Perry Rhodan

Das große Buch der SOL

Perry Rhodan

Das große Buch der SOL

VPM Verlagsunion
Pabel Moewig KG, Rastatt

Redaktion: Sabine Bretzinger/Klaus N. Frick
Titelillustration: Johnny Bruck
Druck und Bindung: Elsnerdruck, Berlin
Printed in Germany 2000
ISBN 3-8118-6477-7

Vorwort

Schiffe auf hoher See sind isolierte kleine Universen, und ihre Abgeschlossenheit ist etwas, das die Phantasie beflügelt. So sind Schiffe seit jeher zu Legenden geworden: die SANTA MARIA, mit der Kolumbus Amerika entdeckte, die GOLDEN HIND des Korsaren Francis Drake, die BOUNTY, Schauplatz der berühmtesten Meuterei aller Zeiten, die HMS VICTORY, mit der Lord Horatio Nelson die Schlachten von Abukir und Trafalgar schlug, oder die TITANIC, deren Name für immer mit ihrem dramatischen Untergang verknüpft ist.

Selbst Schiffe, die nie wirklich existiert haben, erlangten Weltruhm: die ARGO, mit der sich Jason und seine Gefährten auf die Suche nach dem Goldenen Vlies machten, der amerikanische Zerstörer CAINE, der seiner Besatzung zum Schicksal wurde, oder Kapitän Nemos U-Boot NAUTILUS.

Auch die Science Fiction hat ihre Schiffslegenden. Hier sind es natürlich Raumschiffe, etwa die SPACE BEAGLE, die A. E. van Vogt nach dem Vorbild jenes Dreimasters schuf, mit dem Charles Darwin von 1831 bis 1836 die Welt umsegelte, oder das von Anne McCaffrey erdachte Gehirnschiff HELVA. Unvergessen sind der Schnelle Raumkreuzer ORION VIII aus frühen deutschen Fernsehtagen, die HOODED SWAN in den Romanen von Brian Stableford, Ren Dharks Ringraumer POINT OF, Han Solos MILLENNIUM FALCON und der riesige Kampfstern GALACTICA. Und sogar Menschen, die dem Genre ansonsten eher fern stehen, kennen das Raumschiff ENTERPRISE.

Durch das PERRY RHODAN-Universum fliegen zahllose Raumschiffe, doch die meisten Legenden ranken sich ohne Zweifel um die SOL. Mehr als bei jedem anderen Schiff handelt es sich hier um ein eigenes Universum, eine abgeschlossene Welt, denn die SOL ist ein Generationenschiff. Ihre Besatzungsmitglieder sind zugleich Bewohner, die an Bord geboren werden, heranwachsen, Kinder zeugen und sterben.

Von den PERRY RHODAN-Autoren hat sich der 1996 verstorbene Peter Griese in besonderer Weise um die SOL verdient gemacht. Gleich in seinem ersten Roman zur PR-Serie, der 1977 unter dem Titel »Das Erbe der Pehrtus« erschien, stand das Generationenschiff im Mittelpunkt. Später entwarf er als Chefautor der ATLAN-Serie einen weitgespannten Romanzyklus um die SOL, der sich über 175 Bände erstreckte. Diesem Zyklus ließ er dann 1987 den Einzelroman »Der lange Weg der SOL« folgen, der im vorliegenden Buch als zweiter Text abgedruckt ist.

Den Abschluß bildet »Irrfahrt durch die Unendlichkeit«, ein Überblick über die gesamte bisherige Geschichte des Raumschiffs SOL.

Allen Lesern, die die SOL nun auf ihren Abenteuerfahrten begleiten wollen, wünsche ich viel Vergnügen.

Michael Thiesen

Im Jahr 3582 befand sich die Menschheit in einer bizarren Situation. Die Terraner und ihre Nachkommen lebten verstreut über viele Welten der Milchstraße, die seit langem von den Laren, Invasoren aus einer fernen Galaxis, beherrscht wurde. Die Erde aber, der Ursprungsplanet der Menschen, war verschwunden. Als Perry Rhodan vor rund einhundertzwanzig Jahren versucht hatte, Terra vor dem Zugriff der Laren in Sicherheit zu bringen, war er mit dem blauen Planeten in eine weit entfernte Region des Kosmos verschlagen worden.

Niemand wußte, in welchen Bereich des Universums die Erde geraten war. Mit dem neuen Fernraumschiff SOL brach Rhodan auf, um den Weg in die heimatliche Milchstraße zu finden. Eine mehr als vierzig Jahre währende Odyssee mußte überstanden werden, bis das Hantelschiff endlich sein Ziel erreichte. In der Milchstraße angekommen, setzten Perry Rhodan und seine Gefährten eine Aktion in Gang, durch die im Verlauf von achtzig Jahren die Macht der larischen Invasoren gebrochen werden sollte.

Perry Rhodan selbst aber machte sich mit der SOL auf den Rückweg zur Erde, einen Weg, der gesäumt war von vielen Gefahren …

Peter Griese

Das Erbe der Pehrtus

Prolog

Die Vielfalt im Kosmos ist eine Unbekannte von astronomischer Größe. Der Kosmos ist vielfältig in sich selbst. Er reicht durch mehrere Dimensionen, er kennt verschiedene Zeitebenen, verschiedene Energiezustände, verschiedene Arten der Materie. Und verschiedenartige Lebensformen.

Die Vielfalt der Lebensformen im Kosmos ist eine Unbekannte von astronomischer Größe. Das Leben ist vielfältig in sich selbst. Es kennt Formen, die der Mensch gar nicht als Leben erkennen würde. Und doch ist es Leben.

Die Vielfalt im Kommen und Gehen der Lebensformen ist eine Unbekannte von astronomischer Größe. Völker und Rassen kommen und gehen. Oder sie wandeln sich in ihrer Form, in ihrem Denken, in ihrer Art des Daseins. Oder sie verlassen ihre heimatliche Region, um nach neuen Ufern zu suchen. Oder sie verlassen ihre heimatliche Dimension und schwingen sich empor zu einer Daseinsform, der gegenüber der menschliche Verstand verschlossen bleiben muß.

Die Wandlungsfähigkeit des Lebens ist eine Unbekannte von astronomischer Größe. Was vor Milliarden von Jahren einige wenige Urzellen waren, ist heute die Rasse der Menschheit. Wie wird diese Rasse in weiteren Jahrmilliarden aussehen? Wie sehen heute Völker aus, die um ein vielfaches älter sind, die ihre Heimat, ihre Dimension, ihr Denken und ihre Körper verlassen haben?

Die Vielfalt im Kosmos ist eine Unbekannte von astronomischer Größe. Aber dennoch ist jede Phase der Existenz des Kosmos mit jeder anderen verknüpft. Die Verschiedenheit der Lebensformen und Existenzebenen, der Energiezustände und Zeiten, der Energien und Rätsel macht den Kosmos zu dem, was er ist. Zu dem großartigsten Gebilde der Natur, zu sich selbst.

Wen will es da wundern, wenn in dem ewigen Kommen und Gehen der Rassen das Rätselhafte und Geheimnisvolle dominiert?

1.

»Dieser Bildschirm wird gleich seinen Geist aufgeben«, sagte Gucky und zeigte auf den Hauptsichtschirm in der Zentrale der SOL. Als keiner der Anwesenden darauf reagierte, knabberte er genüßlich an seiner Syntho-Mohrrübe weiter.

Der Arkonide Atlan, der erst seit wenigen Tagen wieder mit Perry Rhodan zusammen war, testete einige Steuergeräte der Zentrale über eine Peripherieeinheit des Bordrechners. Ohne aufzublicken, wandte er sich an den Mausbiber.

»Wenn ein Gerät ausfällt, dann wird das durch die automatische Prüfeinrichtung signalisiert. Und nicht durch vorwitzige Mausbiber.«

»Ich brauche keine Telepathie, um festzustellen, daß dieser Bildschirm das Zeitliche gesegnet hat«, entgegnete Gucky unwillig. »Dazu brauche ich nur meine Augen und den Verstand.«

Keiner der Frauen und Männer in der Zentrale reagierte auf seinen Widerspruch. Die Besatzung der SOL war damit beschäftigt, alle Bordsysteme zu testen, um eventuelle Mängel festzustellen.

Rhodan hatte den Stopp der SOL befohlen, nachdem fast die Hälfte der Strecke von der heimatlichen Milchstraße zum Mahlstrom der Sterne zurückgelegt worden war. Die SOL, das mächtige hantelförmige Raumschiff Perry Rhodans, stand bewegungslos im Leerraum zwischen den Sternen. Die riesige Weite bis zum Mahlstrom der Sterne, wo man die aphile Erde zu finden hoffte, konnte nicht in einem durchgehenden Flug überwunden werden. Es waren in regelmäßigen Abständen Pausen erforderlich, in denen alle Systeme des Raumschiffs einer gründlichen Überprüfung unterzogen wurden. Eine solche Pause war vor wenigen Stunden befohlen worden.

Zwei Dutzend Kreuzer waren aus dem mächtigen Leib der SOL ausgeschleust worden. Sie übernahmen die Sicherung des Raumschiffs, da dessen Kraftwerke zum Zweck der Überprüfung ebenfalls zeitweise abgeschaltet werden mußten. Eine Gruppe kleinerer Schiffe führte Prüfungen und Messungen an den Außenhüllen der drei Zellen der SOL durch.

Den Löwenanteil bei einem Teststopp bewältigte die Bordhyperinpotronik SENECA. Aber auch SENECA selbst mußte sich Prüfungen unterziehen. Das stieß in diesem Fall aber auf Schwierigkeiten, weil der Rechner kein isoliertes Gebilde mehr war. Seit die an Bord befindlichen Kelosker ihren Rechner, das Shetanmargt, in SENECA integriert hatten, war SENECA den Menschen doch etwas fremd geworden. Die Menschen hatten einundzwanzig glühende Fragmente gesehen, die sich in die Hohlräume SENECAS eingenistet hatten. Das Wesen dieser Fragmente war ein Rätsel geblieben, ebenso die Art der Integration.

In diesem Augenblick betrat Perry Rhodan die Zentrale. In seiner Begleitung befand sich der Emotionaut Senco Ahrat. Die beiden Männer blickten sich nur kurz um und stellten befriedigt fest, daß alle Besatzungsmitglieder ihren Arbeiten nachgingen. Dann fiel Rhodans Blick auf den Mausbiber, der kauend und mit trotzigem Gesicht mitten im Raum stand.

»Na, Kleiner? Wo drückt dich denn der Schuh?«

Gucky schüttelte unwillig den Kopf.

»Hier hört keiner auf mich. Eine Aufgabe habe ich auch nicht. Und wenn man dann aufpaßt und den Prüfwütigen sagt, was defekt ist, dann wird man nicht beachtet. Das kann man mit mir nicht machen.«

»Um was geht es denn überhaupt?« fragte Rhodan geduldig. Er kannte die Späße des Mausbibers zur Genüge.

»Es ist kein Spaß, Perry«, antwortete Gucky mit beleidigter Stimme. Er hatte einen Gedankenfetzen Rhodans aufgefangen. »Ich behaupte, daß der Hauptbildschirm seinen Geist aufgibt. Sieh ihn dir doch an. Das ist doch keine normale Farbe.«

Rhodan blickte sich um. Die zahlreichen Bildschirme in der Zentrale waren fast alle abgeschaltet. Nur auf einigen flimmerten die verwirrenden Muster von Testbildern. Allein der Hauptschirm war in Betrieb. Er zeigte das Bild des Leerraums mit einigen wenigen, mehrere Millionen Lichtjahre entfernten Galaxien.

Der Terraner kniff die Augen zu schmalen Schlitzen zusammen und pfiff leise durch die Zähne. Auch er bemerkte eine Veränderung auf dem Bild. Es war, als ob sich eine milchige Substanz über den Bildschirm gelegt habe.

»Da stimmt tatsächlich etwas nicht«, wandte er sich an Ahrat. »Was ist das für eine trübe Schlierensubstanz?«

Senco Ahrat antwortete nicht, ging aber mit schnellen Schritten zu einem Bedienerpult und drückte mehrere Sensortasten. Daraufhin erhellte sich ein weiterer Bildschirm. Der Emotionaut warf nur einen kurzen Blick darauf.

»Der Bildschirm ist nicht defekt«, stellte er fest. »Da draußen ist tatsächlich etwas.«

Rhodan war ein vorsichtiger Mann. Seine eineinhalbtausendjährigen Erfahrungen hatten ihm einen sicheren Instinkt für brenzlige Situationen verliehen. Er schaltete sofort.

»Tests unterbrechen. Alle Ortungssysteme einschalten.«

Die Männer und Frauen gingen sofort an die Arbeit. Das Ergebnis der verschiedenen Ortungssysteme lag in Sekundenschnelle vor. Es war negativ.

»Da draußen ist nichts, wenn man von unseren eigenen Schiffen absieht«, meinte Atlan, der sich ebenfalls in die Ortungsmaßnahmen eingeschaltet hatte. »Und dieses Nichts erstreckt sich bis an die Grenze der Reichweite der Ortungsanlagen.«

Eine Funkerin meldete sich.

»Die SZ-1-9, einer der ausgeschleusten Kreuzer, ruft die SOL.«

Mit einer Handbewegung gab Rhodan der Frau zu verstehen, daß er das Gespräch annehmen wollte. Ein Funkbildschirm erhellte sich, und ein Mikrofonring bildete sich frei schwebend in der Luft. Auf dem Bildschirm zeigte sich der Kopf des Kommandanten der SZ-1-9.

»Sir, wir haben eine eigenartige Beobachtung gemacht. Der Leerraum um uns herum scheint sich mit einer Substanz aufzufüllen, die man nur optisch wahrnehmen kann. Unsere Ortungsanlagen melden nichts. Die direkte visuelle Beobachtung bestätigt das, was wir auf den Bildschirmen gesehen haben. Irgend etwas braut sich da draußen zusammen.«

»Danke«, antwortete Rhodan knapp. »Wir haben etwas Ähnliches festgestellt. Beobachten Sie weiter und melden Sie eventuelle Veränderungen. Ende.«

Dann wandte er sich an Gucky.

»Bitte trommle die verfügbaren Mutanten zusammen. Sie sollen sich der Sache annehmen. Ich möchte wissen, was das da draußen ist.«

Rhodan eilte zum nächsten Interkomanschluß. Er drückte drei Tasten und wählte damit die Bordkraftwerke an.

»Hier Rhodan. Tests sofort einstellen. Alle Kraftwerke wieder auf normalen Leistungsbetrieb schalten. Schutzschirme werden in einer Minute eingeschaltet. Ende.«

Er wartete keine Bestätigung ab und blickte erneut auf den Hauptbildschirm. Die milchige Substanz, die langsam den Blick auf die fernen Sternhaufen verwehrte, war dichter geworden. Auch die Farbe trat nun deutlicher hervor. Was sich dort im Leerraum ausbildete, war von einem hellen Grün. Rhodan hatte das Gefühl, daß sich in der kurzen Beobachtungsspanne das Grün mehr und mehr verdichtete und in dunklere Töne überging.

»Noch keine Ergebnisse von der Ortung?« fragte er. Atlan, der sich hinter die Ortungsspezialisten gestellt hatte, schüttelte nur den Kopf.

»Ich glaube, du witterst eine Gefahr, wo gar keine ist, Barbar«, knurrte er. »Wenn die Ortungsanlagen nichts zeigen, kann da auch nichts sein.«

Rhodan antwortete nicht. Er wartete auf die Klarmeldung von der Kraftwerkssektion. Als diese nach knapp einer Minute einlief, befahl er das Einschalten aller Schutzschirme.

Das leichte Flimmern der Schutzschirme zeigte sich nun auch auf den Bildern, die von den Sensoren auf der Außenhülle in die Zentrale der SOL übertragen wurden. Dieses Flimmern wurde aber bald überdeckt von dem grünen Gebilde, dessen farbliche Intensität weiter zunahm.

Gucky meldete sich über Interkom.

»Perry, ich habe alle verfügbaren Mutanten zusammengeholt. Wir haben auch die Bilder beobachtet und sonst alles versucht. Aber da draußen im Leerraum ist wirklich nur Leere. Vielleicht handelt es sich um eine optische Täuschung, so eine Art Fata Morgana im Weltall. Jedenfalls haben wir nichts herausgefunden.«

Rhodan war ratlos. Eine Gefahr war zwar nicht unmittelbar feststellbar. Aber schon allein die Ungewißheit, daß sich etwas abspielte, was sich nicht erklären ließ, beunruhigte den Terraner.

In der Zwischenzeit waren weitere Meldungen der ausgeschleusten Schiffe eingegangen. Sie besagten alle das gleiche. Im weiten Umkreis bildete sich scheinbar aus dem Nichts eine grüne Substanz, die sich weder als Masse noch als Energie identifizieren ließ. Die Intensität des Grüns nahm ständig zu.

Atlan, der sonst immer der vorsichtig taktierende Warner gewesen war, zeigte wenig Verständnis für Perry Rhodans weitere Maßnahmen. Er widersprach seinem Freund allerdings nicht, als dieser durch eine Strukturlücke in den Schutzschirmen alle ausgeschleusten Schiffe einholen ließ und die Testserie generell abbrach.

»Ich halte das alles für unnötig«, meinte er leise.

Dann blickte er quer durch die kreisförmige Zentrale und erstarrte.

Ich bin ein Fremder an Bord. Ich bin ein Kelosker. Ich bin gezwungen, mit diesen Lebewesen, die sich Terraner oder Solaner nennen, zusammenzuleben. Das ist für mich keine Belastung. Es ist nur die Fremdartigkeit dieser Menschen, die mich bisweilen irritiert. Ihre geistige Unfertigkeit ist erschreckend. Um so verwunderlicher ist, daß sie mit ihren unausgereiften Maßnahmen immer wieder Erfolg haben. Ich helfe ihnen gern, wenngleich sie nicht unschuldig am Untergang meiner Heimatgalaxis Balayndagar sind. Sie handelten nicht vorsätzlich böse, nur unwissend und unvorsichtig. Das zeichnet aber junge Rassen aus, die nach höheren Werten streben. Sie müssen noch viel lernen, diese Terraner oder Solaner. Sie müssen sich auf einen gemeinsamen Zahlenwert für ihren Namen einigen, und sie müssen die anderen Menschen, die auf dem Heimatplaneten Erde leben, wieder in sich vereinigen. Und auch die, die ein neues Imperium, das NEI, gegründet haben. Sie können es vollbringen, sie können eine gemeinsame Formel finden, denn ihnen fehlt die Angst vor der Erkenntnis der eigenen Existenz.

Ich bin ein Kelosker. Aber bin ich das wirklich? Ich habe über zweihundert Gravitationslinien meiner untergegangenen Heimatgalaxis berechnet. Die Menschen kennen keine einzige ihrer Milchstraße. Sie verstehen fast nichts, ihr Verstehen ist das Selbstverständnis des Handelns, die Dynamik des Lebens. Vielleicht bin ich nur eine mathematische Illusion, vielleicht sind die Menschen nur eine mathematische Illusion. Vielleicht ist alles nur Illusion im Spiegel der siebendimensionalen Zahlen.

Ich habe die Große Schwarze Null gesehen und erlebt, die Balayndagar verschlang. War sie auch nur eine Illusion? Nein. Hinter der Schwelle zum Nichts gab es ein neues Leben. War es das gleiche Leben gewesen? Die Zahlenkombinationen waren die gleichen geblieben, aber vielleicht hatte sich die Mathematische Konstante der Dimensionen so verändert, daß sie mir die Gleichheit der Zahlenreihen nur vorgaukelte?

Ich bin Dobrak, der Rechner, der Kelosker. Für die Menschen bin ich keine Illusion, sondern ein unförmiges Lebewesen. Nur wenige von ihnen erkennen, daß zur Bewältigung der existentiellen Probleme ein mathematisch geschulter und befähigter Geist wichtiger ist als eine bestimmte Form des Körperbaus. Ich bin um die Hälfte größer als die Menschen, die meine graubraune Haut neugierig anstarren. In ihren Augen bin ich eine plumpe Tonne, die mit schwankendem Gang auf zwei Stummelbeinen einhergeht. Sie wissen nicht, daß mein Körper eine fast vollendete Zahlenkombination darstellt. Sie messen mich mit ihren Maßstäben. Aber was sind das für Maßstäbe? Ich habe Schwierigkeiten, sie zu erkennen, denn sie sind dimensional auf so niedriger Ebene zu finden, daß ein Denken und Empfinden auf solchen Bahnen für mich fast unerträglich ist. Sie können einen Körper nicht als ganze Zahlenfolge erfassen, sie messen seine eindimensionale Länge und Breite. Wen will es da wundern, daß sie in meinen beiden langen Tentakelarmen, die in Hautlappen enden, etwas Unvollkommenes sehen. Nichts ist unwürdiger als ein unvollkommener Geist. Aber es gibt auch Zahlen, in denen ich die Menschen bewundere. In meiner siebendimensionalen Mathematik wirke ich vielleicht auf die Menschen wie ein Unendlichdenker. Aber nichts ist unendlich. Alles hat seine Grenze. Das All, das Dasein, die Dimensionen, die Zeit. Auch die Große Schwarze Null, die meine Heimat verschlungen hat, ist nicht unendlich. Es gibt auch Zahlenkombinationen, die mir verschlossen bleiben. In meiner abstrakten Denkweise bin ich zu keinen moralischen Differenzierungen fähig. Ich besitze nur eine Kleinkombination persönlicher Gefühle, die ein Relikt von Instinkten ist. Die Menschen sind anders. Was ihnen an mathematisch-physikalischer Schulung fehlt, ersetzen sie durch Moralempfinden, Gefühle, Emotionen und Intuitionen.

Ich bin Dobrak, der Kelosker. Ich habe vier Augen, und auf meiner Schädeldecke erheben sich Höcker, in denen ich Nebengehirne besitze. Mit dem Haupthirn und den Nebenhirnen kann ich Probleme lösen, die an die siebte Dimension heranreichen.

Meine Meditationen wurden jäh unterbrochen, als eine akustische Zahlenkombination über mein Hörorgan in ein Nebenhirn eindrang. Ich wurde gerufen. In der Kabine, die man mir an Bord der SOL zur Verfügung gestellt hatte, hatten die Bordtechniker den winzigen Sensorknopf zur Bedienung der Interkom-Sprechanlage durch eine breite Platte ersetzt. Dadurch war mir die Bedienung des Geräts möglich. Ich rollte meinen linken Tentakel aus und ließ ihn auf die Platte sinken. Auf dem Bildschirm erschien der Kopf Perry Rhodans.

»Dobrak, bitte entschuldigen Sie die Störung. Aber wir stehen vor einem Problem, das wir nicht lösen können. Würden Sie bitte in die Zentrale kommen und uns behilflich sein?«

Die Zahlenkombination des Terraners wies einige Unregelmäßigkeiten auf. Ähnliche Störungen hatte ich immer dann bemerkt, wenn Gefahr für die SOL oder ihre Insassen bestand. Ich mußte unwillkürlich an die Abenteuer denken, die ich mit den Terranern in der Dakkarzone bestanden hatte. Dort waren oft die gleichen Störungen in den mathematischen Strukturen aufgetreten.

»Ich komme«, antwortete ich und unterbrach die Verbindung.

Für den Weg in die Zentrale benötigte ich über fünf Minuten. Zu rennen, wie es die Menschen taten, machte mein Körperbau unmöglich. Nur ungern ließ ich mich durch die Antigravschächte zur Zentrale tragen. Mein Gleichgewichtssinn ist nicht besonders gut ausgeprägt. Die Menschen haben es da leichter. Dafür konnte ich auf meinem Weg alle Zahlenkombinationen noch einmal betrachten, die für das bevorstehende Zusammentreffen von Bedeutung waren. Es waren viele Zahlenlücken darunter. Somit galt es abzuwarten und zu erfahren, was Rhodan wollte.

Ich wußte, daß die SOL im absoluten Leerraum stand. Eine Gefahr konnte es daher von außen nicht geben. Etwas an Bord mußte in Unordnung geraten sein. Vielleicht konnte ich helfen.

Als ich die Zentrale betrat, erblickte ich eine Menge wirrer Zahlenkombinationen. Auch der neue Mann an Bord, Atlan, der sein Neues Einsteinsches Imperium verlassen hatte, um zu Rhodan zurückzukehren, zeigte eine gestörte Zahlenfolge.

Ungewißheit, interpretierte ich in den Gedankenbahnen der Betroffenen. Damit schaltete ich automatisch alle Gedankengänge ab, die mich in eine höhere Dimension getragen hätten als die vierte.

»Dobrak, ich danke Ihnen für Ihr Kommen«, wandte sich Rhodan an mich. »Wir haben eine seltsame Beobachtung gemacht, die wir nicht erklären können. Zuerst füllte sich draußen der Leerraum um die SOL mit einer undefinierbaren grünen Substanz, die aber weder Masseeigenschaften besitzt noch sonst irgendwie festgestellt werden kann. Alle Ortungsverfahren blieben ohne Erfolg. Die einzige Möglichkeit, dieses grüne Etwas zu registrieren, ist die optische oder visuelle Beobachtung. Ich habe alle Schutzschirme der SOL einschalten lassen. Dennoch ist das Unmögliche eingetreten. Sehen Sie sich bitte um. Auch der Raum hier in der SOL füllt sich mit dem grünen Zeug. Kein Analysegerät kann etwas registrieren. Nur unsere Augen sehen es.«

Ich blickte auf die Bildschirme, die das Bild der unmittelbaren Umgebung der SOL zeigten. Alle Schirme boten ein gleichmäßiges sattes Grün. Meine beiden anderen Augen kreisten durch den Raum. Ich schaltete die höheren Dimensionskapazitäten der Nebenhirne zu und verarbeitete die aufgenommenen Zahlenkombinationen.

Das Ergebnis war verblüffend.

Ich wußte nicht, wie ich es Rhodan und den anderen erklären sollte. Der Verstand eines Menschen reicht nicht aus, um höherdimensionale Komponenten zu verarbeiten.

»Ist dieses grüne Etwas eine Gefahr?« fragte mich der Arkonide.

»Was sagt denn Ihr Extrahirn dazu?« kam meine Gegenfrage. Aber Atlan winkte nur unwirsch ab.

»Bitte beantworten Sie die Frage, Dobrak«, drängte Rhodan.

»Das ist nicht möglich.«

Diese Antwort entsprach der Wahrheit. Da ich Rhodans unbefriedigten Gesichtsausdruck aufnahm, ergänzte ich vorsichtig:

»Die Gefahr, die von diesem Grün ausgeht, ist sicher nicht größer als die, die in Ihnen selbst liegt.«

Bedauerlicherweise verstanden die Anwesenden auch das nicht. Ebensowenig wäre es mir möglich gewesen, ihnen den Unterschied zwischen dem Shetanmargt und dem Altrakulfth zu erklären.

»Sehen Sie das Grün überhaupt?« fragte Rhodan. Die Frage war widersinnig, also beantwortete ich sie nicht. Natürlich sehe ich alles, was da ist.

»Es ist eine Grüne Null«, versuchte ich vorsichtig eine Erklärung. Wieder traf ich nur auf Verständnislosigkeit.

»Ein Green Hole?« wollte der Mausbiber wissen. »So wie ein Black Hole, nur in Grün? Das ist ja furchtbar. Wer weiß, wo es uns diesmal hinverschlägt!«

»Nein, nein«, wehrte ich rasch ab. »Ein Black Hole ist ein energetisches Gebilde. Was ich sagen wollte, ist, daß dieses Grün sich keiner Zahlenkombination zuordnen läßt.«

»Aber es ist doch da. Ich sehe etwas, also muß sich auch feststellen lassen, was es ist«, behauptete Rhodan hartnäckig.

»Natürlich ist es da. Es ist aber auch nicht da. Also ist es eine Gefahr oder aber keine Gefahr. Es ist eine Nullspur.«

Rhodan wandte sich ab. Offensichtlich betrachtete er das Gespräch als beendet. Er tat mir leid. Besser hatte ich ihm nicht helfen können.

Langsam verließ ich die Zentrale. Ich hatte die wirren Zahlenkombinationen nicht glätten können. Das tat mir weh.

Ich suchte meine keloskischen Brüder auf, um mich mit ihnen zu beraten.

»Dobrak hat uns auch nicht weitergeholfen«, stellte Perry Rhodan fest. »Also müssen wir uns selbst etwas einfallen lassen. Trotz der abgebrochenen Tests ist die SOL wieder voll einsatzbereit. Wir starten ein Ausweichmanöver und fliegen eine Linearetappe von zehn Lichtminuten. Das grüne Ding hat sicher eine Ausdehnung, die viel geringer ist. Wir wollen doch einmal sehen, ob wir ihm dadurch nicht entkommen und unsere Ruhe wiederfinden.«

Seine weiteren Befehle kamen knapp und präzis. Der Emotionaut Senco Ahrat streifte sich die SERT-Haube über und stellte durch Druck mehrerer Tasten den Verbund im gesamten Schiff her. Alle Kommandos, die er nun dachte, würden alle drei Zellen der SOL betreffen.

Dann meldete er klar zum Start. Rhodan nickte dem erfahrenen Piloten nur zu. Die SOL nahm Fahrt auf und beschleunigte mit sechshundert Kilometern pro Sekundenquadrat. Sehr schnell hatte sie die halbe Lichtgeschwindigkeit erreicht. Ahrat gab den Befehl zum Eintritt in den Linearraum und überließ gleichzeitig die Kontrolle über die Dauer des Flugs SENECA.

Als die SOL kurz darauf die Etappe von zehn Lichtminuten zurückgelegt hatte, fiel sie in den Normalraum zurück. In der Zentrale herrschte gespannte Erwartung.

Ein Mißerfolg ließ sich schon während des Flugs beobachten. Das diffuse Grün im Innern des Raumschiffs war unverändert geblieben. Das mußte aber nicht bedeuten, daß der Teil des Grüns, der die SOL eingehüllt hatte, ebenfalls noch existierte.

Auch hier war den Frauen und Männern um Perry Rhodan kein Erfolg beschieden. Die Bildschirme waren wie vor dem Flug voll und ganz von einem satten Grün erfüllt. Kein Sternenfleck schimmerte mehr hindurch.

Das unbekannte Etwas hatte den Flug des Raumschiffs mitgemacht.

Die SOL selbst aber war blind.

»So leicht gebe ich nicht auf«, knurrte Rhodan wütend. »Hat jemand einen brauchbaren Vorschlag zu machen, wie wir dieses Grün abschütteln können?«

»Ich habe alle verfügbaren Daten in den Rechnerverbund SENECA-Shetanmargt eingegeben«, sagte Atlan. »Vielleicht erhalten wir von dort einen brauchbaren Hinweis.«

Perry Rhodan trat an das Kommunikationselement und stellte die Verbindung zum Rechnerverbund her.

»Hier Rhodan. Die unbekannte grüne Substanz, die uns einhüllt, ist dir bekannt. Ich möchte wissen, wie wir dieser Einhüllung entkommen können, was dieses Grün ist und ob es eine Gefahr darstellt.«

Der Rechnerverbund reagierte prompt.

»Die Fragen nach der Existenzform des grünen Gebildes und nach der eventuellen Gefahr können nicht beantwortet werden. Die vorliegenden Informationen sind ungenügend. Um der Einhüllung zu entkommen, werden zwei Maßnahmen empfohlen. Erstens: Vermessen der Größe des Gebildes durch ein auszuschleusendes Schiff. Zweitens: Trennung der SOL in die beiden SOL-Zellen und in das Mittelstück mit anschließendem Flug in drei entgegengesetzt liegende Richtungen. Die zurückgelegte Entfernung sollte mindestens das Doppelte des Durchmessers des grünen Gebildes betragen. Ende.«

Rhodan blickte fragend in die Runde.

Alle maßgeblichen Persönlichkeiten der SOL hatten sich mittlerweile in der Zentrale versammelt. Überall sah er nur fragende Gesichtsausdrücke. Dem Vorschlag SENECAS stimmte man aber zu.

»Wir müssen über dieses Grün mehr in Erfahrung bringen, bevor wir richtig und zweckmäßig reagieren«, meinte Geoffry Abel Waringer. Der Wissenschaftler, der als Zellaktivatorträger auch zu den Quasi-Unsterblichen gehörte, hatte schon in vielen scheinbar aussichtslosen Situationen Rat geben können. In diesem Fall half ihm seine Genialität wenig. Man wußte über das sichtbare Grün nur, daß es sichtbar war. Sonst war es nichts. Oder wie Dobrak es ausgedrückt hatte, es war eine *Grüne Null*.

Die großen dunklen Augen der jungen Frau blickten interessiert auf die Anzeigen des Meßpults, wo mehrere Lämpchen aufblinkten und Zeiger an Instrumenten ausschlugen. Sie justierte einen weiteren Schaltungszweig der zu prüfenden Baugruppe und las die neuen Meßwerte ab. Als der Laborleiter eintrat, blickte sie nicht einmal von ihrer Arbeit auf.

»Alles klar?« fragte Malcolm Defries.

»Bei mir schon«, entgegnete die Ortungstechnikerin Rosy Breuer. »Aber mit der Lufterneuerungsanlage scheint etwas nicht zu stimmen. Ich habe das Gefühl, daß die Luft immer grüner wird.«

»Wir sind im Leerraum in eine grüne Wolke geraten, die auch in das Schiff eingedrungen ist. Diese Information habe ich soeben vom Chef über Rundspruch gehört. Man arbeitet bereits an der Beseitigung. Eine Gefahr soll nicht bestehen.«

Beruhigt machte sich Rosy Breuer wieder an die Arbeit. Als Ortungstechnikerin hatte sie verschiedene Baugruppen von Ortungsgeräten zu prüfen.

Mit Hilfe der rechnergesteuerten Prüfautomatiken war die Fehlerfindung ein Kinderspiel. Sie arbeitete aber noch gern nach ganz herkömmlichen Methoden und versuchte den defekten Bauelementen selbst auf die Spur zu kommen. Dadurch verbesserte sie gleichzeitig ihre Kenntnisse.

Rosy Breuer war fünfundzwanzig Jahre alt, etwa 1,62 Meter groß. Ihre zierliche, mädchenhafte Figur ließ nicht ahnen, welche Kräfte in ihr steckten. Das hübsche Gesicht war von einem rotbraunen Lockenkopf eingehüllt. Die großen, dunklen Augen trugen einen traurigen Zug. Aber das täuschte. Die Frau konnte sehr fröhlich und ausgelassen sein. Bei ihrer Arbeit im Ortungslabor auf Deck 17 in der SOL-Zelle 1 spürte man das aber ebensowenig wie beim Dienst auf dem Kreuzer JAYMADAHR, wo im Einsatzfall ihr Können gefragt war. Die JAYMADAHR trug die offizielle Bezeichnung SZ-1-16.

Gerade als sie die letzten überprüften Bauteile zur Seite gelegt hatte, blinkte ihr Armbandfunkgerät auf und gab einen leisen Summton von sich. Rosy drückte die Bestätigungstaste und las auf dem kleinen Bildschirm die Information ab.

»16-ALPHA«, stand dort. Das bedeutete Alarmstart für die JAYMADAHR. Sie mußte sofort an Bord. Mit einem Ruck zog sie sich die Laborkombi aus und eilte zum Schrank in der Ecke. Dort bewahrte sie eine der beiden Bordkombis auf, die sie im Einsatzfall tragen mußte.

»Einsatzbefehl«, rief sie Defries zu. Der Laborleiter, der selbst keine Zweitaufgabe an Bord eines Schiffs hatte, kannte dieses Spiel zur Genüge.

»Dann viel Erfolg, Miß Breuer«, rief er der zierlichen Ortungstechnikerin zu. »Und kommen Sie heil wieder zurück.«

Rosy Breuer antwortete nicht. Mit wenigen Handgriffen hatte sie sich die Bordkombination übergezogen. Dann war sie auch schon verschwunden.

Sie eilte durch den schwach beleuchteten Gang zum nächsten Antigravlift. Auch hier bemerkte sie das gleichmäßige Grün, von dem das Innere der SOL erfüllt war.

An der Schleuse zur SZ-1-16 erwartete sie der Kommandant des Kreuzers, Win Ogilvie. Der grobschlächtig wirkende Mann war ein Solaner, einer der ältesten, denn er war kurz nach der Flucht Perry Rhodans von der aphilen Erde geboren worden. Bisweilen tat er sich etwas wichtig, im Grunde genommen war er aber ein gutmütiger und freundlicher Vorgesetzter.

»Ah, Miß Breuer, wie immer unter den ersten«, lobte er seine Ortungstechnikerin. »Auftrag vom Chef. Es geht um das grüne Zeug. Machen Sie alles klar in der Ortung.«

Als Ogilvie den Startbefehl gab und die JAYMADAHR aus dem mächtigen Leib der SOL-Zelle 1 ausgeschleust wurde, stellte Rosy Breuer fest, daß der Platz neben ihr leer geblieben war. Dort hätte die Funkerin Ute Eitemuller sitzen müssen. Rosy warf dem Kommandanten einen fragenden Blick zu.

Ogilvie nickte und sagte: »Miß Eitemuller ist erkrankt und fällt für diesen Einsatz aus. Übernehmen Sie die Funkstation mit. Wenn es zuviel Arbeit werden sollte, melden Sie sich.«

An Bord von terranischen Raumschiffen war jedes Besatzungsmitglied für eine bestimmte spezialisierte Aufgabe ausgebildet. Neben der Aufgabe mußte aber jeder über ein bestimmtes Grundwissen verfügen und ferner eine Zweitfunktion übernehmen können. Rosy Breuers Zweitaufgabe, in der sie gründlich ausgebildet worden war, war die Bedienung der Funkstation.

Ogilvie wußte, daß er sich auf seine Ortungstechnikerin verlassen konnte.

Mit einem Ohr verfolgte Rosy Breuer den Kursbefehl, den Ogilvie ausgab. Dann wandte sich der Kommandant an die Ortungstechnikerin.

»Ihre Aufgabe ist, die grüne Wolke zu vermessen. Die jeweiligen Entfernungen von der SOL erhalten Sie automatisch auf Ihr Auswertepult. Sie werden allerdings feststellen, daß die Ortungsanlagen versagen werden, denn sie können das Grün nicht anmessen. Beschränken Sie sich also auf die optischen Sensoren.«

Rosy Breuer runzelte die Stirn. Sie fühlte sich unbewußt gekränkt, weil Ogilvie behauptete, die Ortungsanlagen würden versagen. Schließlich hatten ihre Geräte in noch keinem Einsatzfall versagt.

Sie verbiß sich eine Bemerkung und konzentrierte sich auf ihre Arbeit. Soeben war die JAYMADAHR in den Zwischenraum eingetreten, um in einer ersten Linearetappe eine Strecke von einem halben Lichtjahr zu überbrücken.

Der Halbraumspürer zeigte keine Echos. Dann fiel der Kreuzer in den Normalraum zurück.

»Keine Ortung«, meldete Rosy Breuer. »Die optische Beobachtung zeigt, daß die grüne Wolke auch hier noch in unverminderter Intensität besteht.«

»Danke, Miß Breuer. Geben Sie die Meldung auch an den Chef auf der SOL.«

Die Ortungstechnikerin aktivierte den Hypersender mit der linken Hand, während sie mit der rechten weiter die Ergebnisse der verschiedenen Ortungssysteme auf ihr Auswertepult abrief. Aber alle Displays zeigten Nullwerte. Nur der Massetaster, von dem sie sich am ehesten eine Registrierung der grünen Wolke erhofft hatte, gab ein Echo. Dieses Echo war das der SOL, die nun in einer Entfernung von einem halben Lichtjahr stand.

Während die Empfangsbestätigung der SOL einlief, programmierte Ogilvie schon die nächste Linearetappe. Wieder sollte ein halbes Lichtjahr zurückgelegt werden.

Die Ergebnisse nach diesem Flug waren die gleichen wie nach dem ersten. Es folgten zwei weitere Linearflüge, die die JAYMADAHR auf eine Distanz von zwei Lichtjahren zur SOL brachten.

Erstmals konnte Rosy Breuer nun eine Veränderung feststellen.

»Die Dichte und Intensität des Grüns läßt nach«, meldete sie an Ogilvie. »Aber die Funkverbindung zur SOL wird schwächer.«

»Dann schalten Sie eine Leistungsstufe zu«, brummte der Kommandant unwillig. »Zwei Lichtjahre sind doch für einen Hypersender ein Kinderspiel.«

Die Ortungstechnikerin aktivierte den Hypersender zur vollen Leistung. Wieder ging die SZ-1-16 in den Linearraum und legte die Strecke von einem halben Lichtjahr zurück. Nach der Rückkehr in das Einsteinuniversum bot sich auf den Bildschirmen ein grandioses Bild.

Die JAYMADAHR hatte die grüne Wolke verlassen. Sie stand im Leerraum. Was die optischen Sensoren auf die Bildschirme übertrugen, war eine gigantische grüne Hantel, die in der Richtung im Raum schwebte, in der die SOL stand. Das grüne Gebilde hatte die Form der SOL angenommen. Perry Rhodans Raumschiff mußte in der Mitte dieser diffusen immateriellen Wolke stehen.

Rasch überschlug Rosy Breuer die Ausmaße der Wolke und teilte sie Ogilvie mit.

»Die Länge der grünen Hantel beträgt fast sechs Lichtjahre, der Durchmesser der Kugeln etwas über zwei Lichtjahre. Das Ganze stellt eine Vergrößerung der SOL in einem Maßstab von etwa eins zu rund neun Billiarden dar. Das ist unvorstellbar. Und offensichtlich hängt das grüne Ding irgendwie mit der SOL zusammen, sonst hätte es nicht deren Umrisse angenommen.«

Die Aufzeichnungsgeräte liefen an. Genaue Daten und eine Reihe Bilder wurden festgehalten, damit sie später auf der SOL von den Wissenschaftlern und vom Rechnerverbund ausgewertet werden könnten.

»Miß Breuer«, sagte Ogilvie mit belegter Stimme. »Melden Sie alle Daten an die SOL. Dann fliegen wir zurück.«

Rosy Breuer hatte schon die wichtigsten Punkte für einen Hyperfunkspruch an die SOL zusammengestellt. Sie ließ die Meldung über den Hyperfunksender abstrahlen. Als die normalerweise automatische Quittung nicht innerhalb weniger Sekunden eintraf, wiederholte sie den ganzen Spruch. Auch hier blieb die Quittung aus.

Die Frau überprüfte die Justierung der Richtantennen und die Ausgangsleistung des Senders. Die Anlage arbeitete störungsfrei. Das bewiesen die Kontrollelemente.

Ogilvie trat hinzu und überwachte die Tätigkeiten der Ortungstechnikerin. Schließlich sagte er: »Ich glaube, daß diese grüne Wolke die Hyperfunkwelle dämpft. Wir versuchen die direkte Rückkehr zur SOL. Bleiben Sie auf Empfang. Wenn wir uns länger nicht melden, wird die SOL uns rufen. Und die verfügt über stärkere Sender.«

Die JAYMADAHR nahm Kurs auf die grüne Wolke und ging erneut in den Linearraum. Nach einem Flug von zwei Lichtjahren kehrte das Schiff in den Normalraum zurück.

»Miß Breuer, orten Sie die SOL, damit wir in dieser grünen Suppe die richtige Richtung finden!« befahl der Kommandant.

»Ortung negativ!«

Als Solanerin mußte Rosy Breuer das Unmögliche erst verarbeiten. Die SOL, ihre Geburtsstätte, ihre Heimat, ihre Welt, war verschwunden. Sie mußte unbedingt in der Reichweite der Massetaster sein.

Oder spielte auch hier die grüne Wolke eine Rolle?

Ogilvie legte der Frau beruhigend eine Hand auf die Schulter.

»Wir werden die SOL schon finden. Und wenn wir die ganze grüne Wolke absuchen müssen.«

Er wußte, daß dies eine Unmöglichkeit war. Auch Rosy Breuer wußte das. Im Augenblick kam es nur darauf an, eine mögliche Panik zu vermeiden. An Bord der JAYMADAHR gab es nur SOL-Geborene. Für sie wäre der Verlust der SOL gleichbedeutend mit dem endgültigen Verschwinden der Erde für die Terraner gewesen.

Rosy Breuer hob eine Hand. Mit dieser Geste bat sie um Ruhe. Sie hatte ein schwaches Signal aus dem Hyperfunkempfänger wahrgenommen. Rasch führte sie die Ohrhörer näher heran.

Zwischen dem ungewöhnlich hohen Störpegel glaubte sie eine Stimme zu hören. Sie schaltete die automatische Frequenzstabilisierung ab und ging auf manuellen Betrieb über. Für gestörte Verbindungen war dies immer noch besser als der Automatikbetrieb. Zwei Finger der linken Hand lagen auf den Sensorknöpfen der Frequenzeinstellung. Schließlich hatte sie eine Position gefunden, in der die ankommende Sprache verständlich wurde.

»... die SZ-1-16. Melden Sie ... hier Rhodan ... SZ-1... Peilimpuls ...«

Die Frau reagierte sofort auf die verstümmelte Nachricht. Es war ihr klar, daß sie mit dem schwachen Sender der JAYMADAHR die SOL nie erreichen würde. Für solche Fälle gab es aber ein Verfahren, das dennoch eine indirekte Verbindungsaufnahme gestattete. Die gesamte Sendeenergie wurde durch eine Zusatzschaltung auf einen einzigen Impuls von der Dauer weniger Mikrosekunden konzentriert. Die sonst über die Zeit verteilte Energie würde so möglicherweise die Störfelder noch durchdringen können. Das wäre zumindest ein Lebenszeichen, das eventuell weiterhelfen würde.

Rosy Breuer drückte die Taste für die Impulssendung. Innerhalb von fünf

Sekunden jagte sie die größtmögliche Sendeenergie dreimal in den Hyperraum. Dann lauschte sie in den Empfänger.

»... ein Impuls aufgenommen ... aufgenommen ... fähre Richtung ... Mutanten einsetzen ... Gucky muß Signal ... immer schlechter geworden ...«

Dann riß die ohnehin schwache Verbindung endgültig ab.

Rosy sah den fragenden Gesichtsausdruck des Kommandanten. Aber für lange Erklärungen war jetzt keine Zeit. Wenn sie die unvollständige Nachricht von der SOL richtig verstanden hatte, dann konnte das nur bedeuten, daß Perry Rhodan die Mutanten – und speziell Gucky, dessen Namen sie gehört hatte – zur Navigationshilfe einsetzen wollte.

Erneut konzentrierte sich die Frau. Sie hatte zwar keine Erfahrungen im Umgang mit den Mutanten, war aber so geschult, daß ihre eigene Konzentration das gedankliche Aufspüren erleichtern würde. Mit der rechten Hand preßte sie weiter den Ohrhörer gegen den Kopf in der Hoffnung, daß doch noch eine Nachricht von der SOL ankommen würde. Die anderen Frauen und Männer in der Zentrale der JAYMADAHR verfolgten ihre Bemühungen schweigend. Nur der Kommandant hatte verstanden, was sich abspielte. Und auch das nur in groben Zügen. Er verließ sich aber auf die zierliche Ortungstechnikerin.

Hier ist die SZ-1-16, hier ist die SZ-1-16, dachte die Frau ununterbrochen. *Rosy Breuer an der Ortung ruft Gucky ...*

Sie besaß keinerlei telepathische Fähigkeiten. Sie wollte dem Mausbiber nur entgegenkommen. Ein leiser Zweifel blieb in ihr. Sie war sich nicht sicher, ob sie die letzte Funknachricht richtig interpretiert hatte.

Plötzlich zuckte sie zusammen. Deutlich hörte sie aus dem Hyperfunkempfänger die piepsende Stimme des Mausbibers Gucky.

»Gut so, Mädchen. Ich habe dich gefunden. Das hast du fein gemacht, und wir konnten unsere Richtantennen auf die JAYMADAHR einpegeln. Denk nur weiter schön intensiv, damit der Kontakt nicht verlorengeht. Sag deinem Kommandanten, daß er brav warten soll. Wir kommen hin und werden ...«

Ein Ton wie ein Schwall Wasser klang an ihr Ohr. Dann war nur noch ein Prasseln und Rauschen wahrnehmbar.

Gucky! dachte sie intensiv. *Die Verbindung ist abgerissen. Kannst du einen Impuls senden?*

Gespannt beobachtete sie die Anzeigen. Als eine kleine Spitze auf der optischen Anzeige des Störsignals auftauchte und in Sekundenbruchteilen wieder verschwand, wußte sie, daß der Mausbiber sie noch aufnahm. Ein erleichtertes Lächeln zuckte über die blassen Wangen. Sie wandte sich an Ogilvie und sagte: »Wir sollen hier warten. Die SOL wird kommen.« Dann konzentrierte sie sich wieder auf ihre Arbeit.

Das alles umgebende Grün war immer dichter geworden. Auch im Innern der JAYMADAHR füllte es die Luft mit einem nebligen grünen Schimmer. Rosy schauderte bei dem Gedanken, daß sie ständig dieses grüne Zeug auch einatmete.

Sie wurde erst wieder aus ihren Grübeleien gerissen, als die Massetaster ausschlugen. Im selben Moment gewahrte sie auf den optischen Anzeigen einen Schatten in unmittelbarer Nähe der JAYMADAHR. Die Form des Schattens war unverkennbar.

Es war die SOL!

»Sie ist da!« rief sie erleichtert aus und wies auf den Bildschirm.

Auch jetzt, in unmittelbarer Nähe der SOL, war eine Funkverbindung nicht möglich. Auch der Peilstrahl zum Einschleusen der SZ-1-16 erreichte sein Ziel nicht. So wurde der Kreuzer mit optischer Sicht in die Schleuse der SOL-Zelle 1 bugsiert. Als die JAYMADAHR wieder auf festem Boden stand, kam Gucky in die Zentrale teleportiert.

Er lachte Rosy Breuer frech an.

»Ich wollte nur sehen, wie du aussiehst. Und ich muß sagen, du siehst nicht nur gut aus, du hast auch prima mitgeholfen.«

Ehe Rosy sich's versah, drückte ihr der Mausbiber einen Kuß auf die Wange und verschwand per Teleportation.

In der Zentrale der SOL herrschte eine angespannte Stimmung. Perry Rhodan sichtete gemeinsam mit den wichtigsten Führungskräften der SOL die Informationen, die die SZ-1-16 von ihrem Flug mitgebracht hatte. Noch herrschte Ratlosigkeit über das Wesen der grünen Wolke und über eine mögliche Gefahr, die man in ihr sehen könnte. Das Zusammenbrechen aller Kommunikationsverfahren wurde als eine erste Auswirkung des unheimlichen Grüns gewertet. Dabei war nicht einmal bewiesen, daß das Grün die wirkliche Ursache für diesen Effekt war.

Der Rechnerverbund SENECA-Shetanmargt bestätigte allerdings diese Vermutung mit einer hohen Wahrscheinlichkeit. Als Begründung führte er aber an, daß keine anderen Ursachen erkennbar waren. Es handelte sich bei den Folgerungen also nur um einen indirekten Schluß.

Eine andere Erkenntnis war allerdings sicher. Die Linearetappe, die die SOL durchgeführt hatte, war in jedem Fall zu kurz gewesen. Die Abmessungen der grünen Wolke waren ja um ein vielfaches größer als die zehn Lichtminuten, die das Raumschiff zurückgelegt hatte.

»Es besteht also noch die Möglichkeit, daß wir durch einen Flug über etwa zehn Lichtjahre dem ganzen Spuk entkommen können«, meinte Perry Rhodan.

Aber Waringer widersprach ihm.

»Aus der Form, die die grüne Wolke angenommen hat, schließe ich, daß sie in einer noch unbekannten Weise mit der SOL verbunden ist. Wir müssen damit rechnen, daß sie uns bei einem Flug folgt.«

»Bevor wir weiter darüber diskutieren«, entschied Rhodan kategorisch, »werden wir es durch einen Versuch feststellen. Ahrat! Startklar machen. Etappe über zwölf Lichtjahre. Start frei, wenn alles klar.«

Geoffry Abel Waringer hatte in einer freien Ecke der Zentrale ein Meßgerät aufgestellt, mit dem er die Intensität der grünen Wolke innerhalb der SOL und außerhalb (über die Bildschirme) messen konnte.

»Das Grün ist noch grüner geworden«, stellte er lakonisch fest. Er hielt seine Handfläche vors Gesicht. Bereits auf diese kurze Entfernung war die Verfärbung nun mit dem bloße Auge feststellbar.

Alle anderen Meßgeräte wie Luftanalysatoren oder Dichtemesser zeigten keine Anzeigen. Für sie war die Umgebung so normal wie eh und je.

Die Nugas-Schwarzschild-Reaktoren der SOL liefen an. Das Schiff beschleunigte und verließ wenig später den Normalraum.

Waringer beobachtete sorgfältig die Intensitätsmessungen. Beim Verlassen des Einsteinraums konnte er keine Veränderung registrieren. Er fragte sich, ob die SOL das Grün mitgenommen hatte oder ob dieses in den höherdimensionalen Räumen auch existierte. Er konnte sich die Frage allerdings nicht beantworten.

Rhodan stand im Kontakt mit dem Rechnerverbund.

»Ich möchte den Zeitpunkt genannt bekommen, an dem wir die grüne Wolke verlassen haben müßten.«

»Das ist bereits jetzt der Fall«, entgegnete der Verbund aus Hyperinpotronik und keloskischer Technik.

»Keine Intensitätsänderung!« rief Waringer dazwischen, der dem Dialog Rhodans aufmerksam gefolgt war. Natürlich konnte sich diese Feststellung nur auf das Innere der SOL beziehen, da bei dem überlichtschnellen Flug die Außensensoren nicht arbeiteten.

Noch während der Flug andauerte, startete der findige Waringer einen neuen Versuch. Er nannte ihn Wedelversuch. Da die grüne Substanz völlig gleichmäßig im Raum verteilt war, versuchte der Wissenschaftler durch Wedeln und Komprimieren eine Verdichtung oder Verdünnung, zumindest aber eine ungleichmäßige Verteilung des Grüns zu erzielen. Seine Bemühungen waren erfolglos. Das Grün blieb gleichmäßig verteilt. Feste Materie (Waringer benutzte ein Kartenblatt aus festem Kunststoff) bedeutete kein Hindernis für das Grün.

Als die SOL in den Normalraum zurückfiel, hatte sie eine Strecke von genau zwölf Lichtjahren zurückgelegt. Damit mußte sie endgültig aus der grünen Wolke entkommen sein.

Die zahlreichen optischen Sensoren an der Außenhülle der SOL nahmen sofort ihre Tätigkeit auf und übertrugen die Bilder der Umgebung in die Zentrale. Auf allen Bildschirmen zeigte sich das gleiche. Aber es war nicht die erwartete Schwärze des Leerraums mit einigen Leuchtpunkten ferner Sternenballungen.

Es war ein sattes und gleichmäßiges Grün!

»Erbsensuppe!« schimpfte Gucky. »Widerlich. Wenn es wenigstens rot wäre wie Mohrrübensuppe.«

Keiner achtete auf die Bemerkung des Mausbibers. Er und die anderen Mutanten hatten ihre Bemühungen aufgegeben, etwas festzustellen. Übereinstimmend hatte das Mutantenkorps erklärt, daß man zwar das grüne Gebilde sähe, aber daß es parapsychisch nicht existierte.

»Wir versuchen es weiter.«

Perry Rhodan war ein Mann, der schon mit anderen Problemen fertig geworden war. So leicht gab der Terraner nicht auf, der sich für die über 10.000 Menschen an Bord der SOL verantwortlich fühlte.

»Da ist noch der Vorschlag des Rechnerverbunds, die SOL in ihre drei Teile zu zerlegen und damit in drei entgegengesetzte Richtungen auszuweichen.«

Rhodan, der sich mit seinen wichtigsten Mitarbeitern in der SZ-1 befand, tippte eine Kombination in den Interkom und stellte damit die Verbindung zu den Kommandozentralen des Mittelstücks und der SZ-2 her. Schnell erläuterte er seinen Plan. Die drei Teile der SOL sollten getrennt werden und in einer gedachten Ebene unter Winkeln von je einhundertzwanzig Grad über eine Distanz von zehn Lichtjahren auseinanderfliegen.

Die Vorbereitungen waren schnell abgeschlossen. Vom Rechnerverbund liefen die Steuerkommandos an die kybernetischen Systeme, die für das Anflanschen und Auftrennen der Verbindungen zwischen dem Mittelstück und den beiden SOL-Zellen verantwortlich waren. In jeweils zwölf Zylinderschächten der SOL-Zellen sollten die mächtigen, sieben Meter durchmessenden Verankerungsschrauben in Rotation versetzt werden und damit die SOL in ihre drei Teile aufspalten. Normalerweise dauerte der Vorgang nur zwei Sekunden.

Da meldete sich der Rechnerverbund.

»Loslösung der SOL-Zellen durchgeführt. Loslösung war erfolglos.«

Rhodan verschlug es den Atem. Eine widersinnigere Äußerung hatte der Verbund SENECA-Shetanmargt noch nie gegeben. Normalerweise gab er überhaupt keine widersprüchlichen Kommentare.

»Erkläre das genauer!« befahl er.

Die Kunststimme SENECAS antwortete: »Das Programm zur Abtrennung der SOL-Zellen vom Mittelstück wurde eingeleitet. Die Befehle erreichten die Prozeßrechner der Kopplungs- und Entkopplungsautomatik. Die Befehle wurden von allen Teilsystemen quittiert. Die Durchführung der Entkopplung obliegt den kybernetischen Systemen an den Verbindungsstellen. Nach der vorgesehenen Entkopplungszeit von zwei Sekunden meldeten alle Untersysteme, daß die Trennung durchgeführt wurde. Meine eigenen Schaltungen zu den Trennstellen und in die SOL-Zellen besagen aber, daß das Zerlegen der SOL nicht durchgeführt wurde.«

»Welche Erklärung gibt es für diese Widersprüchlichkeit?« bohrte Rhodan weiter.

Der Rechnerverbund ließ mit einer Antwort auf sich warten. Die Menschen in der Steuerzentrale wurden schon unruhig, als die Stimme SENECAS erklang.

»Alle Subsysteme wurden überprüft. Fehler konnten nicht festgestellt werden. Eine Begründung für das Versagen kann daher nicht gegeben werden.«

Nach einer Pause ergänzte der Rechnerverbund: »Es besteht der Verdacht, daß Kräfte von außerhalb der SOL auf das Schiff einwirken. Möglicherweise hängt das Versagen mit dem Auftreten der nicht identifizierbaren grünen Substanz zusammen.«

»Damit steht für mich endgültig fest«, entfuhr es Rhodan, »daß dieses grüne Zeug uns doch beeinflußt. Erst der Ausfall aller Funk- und Ortungssysteme, jetzt sogar eine direkte Beeinflussung der SOL. Dieses Grün will nicht, daß wir uns aufteilen. Was will es denn?«

»Das herauszubekommen«, meinte Waringer ruhig, »wird unsere nächste Aufgabe sein. Eins müssen wir jedenfalls festhalten: Diese Aktion gegen die Trennung der SOL setzt ein intelligentes Denken voraus. Die grüne Substanz ist keine interstellare Wolke und auch keine Energie. Sie ist im weitesten Sinn etwas Lebendiges.«

Ich hatte gerade ein Bad genommen, um meine dicke Haut etwas geschmeidiger werden zu lassen, als mich Perry Rhodan erneut bat, in die Zentrale der SZ-1 zu kommen. Dort informierte man mich über die jüngsten Ereignisse und ersuchte mich um eine Erklärung für das Versagen der Abtrennung der SOL-Zellen vom Mittelstück.

»Ich muß zunächst mit dem Shetanmargt sprechen«, antwortete ich höflich. Dabei dachte ich, daß das Wort *sprechen* bei der Kommunikation genauso falsch wäre wie jedes andere Wort. Wie soll man aber einem Menschen den Begriff für den Kontakt mit dem Shetanmargt erklären? Es gibt keine Möglichkeit.

Ich bat einen der Anwesenden, eine Kommunikationsleitung zu dem

Rechnerverbund zu schalten. Die Anlagen hier in dem Kommandostand konnte ich nicht bedienen, da ihre Elemente nicht für die Ausgewogenheit keloskischer Tentakel konstruiert worden waren.

In rascher Folge sprach ich auf keloskisch eine Zahlenreihe in das Mikro. Dadurch stellte ich einen direkten Kontakt zur geistigen Dimensionszentrale des Shetanmargts her. Dem nun folgenden Dialog konnte auch SENECA nicht mehr folgen, obwohl er jede Äußerung wahrnehmen und registrieren mußte. Schließlich benutzte ich ja die Kommunikationsstränge des terranischen Rechners.

Ich: »753101357.« (Symbol für Positionierung.)

Shetanmargt: »3 bis X.« (Ungenau, irgendwo oberhalb der dritten Dimension.)

Ich: »X größer 1?« (Die 1 bin ich. Wo liegt in Relation zu mir das X?)

Shetanmargt: »0 – 0.« (Völlig unbekannt!)

Ich: »5639 ..... 231077!« (Hochrechnung erforderlich. Enthält die Grüne Null Komponenten von höherer als siebendimensionaler Kapazität?)

Shetanmargt: »3100.« (Nein, Wahrscheinlichkeit zu gering.)

Ich: »1 – ein sechsdimensionales Fragezeichen?« (Warum erkenne ich die Struktur der Grünen Null nicht?)

Shetanmargt: »0 – 2749 ..... – 1 – ..... 4973!« (Du Narr, weil sie nicht existiert!)

Ich: »0 – ein dimensional unbestimmtes Ausrufezeichen!« (Ich sehe aber etwas. Organisiere dich gefälligst quer zu den Dimensionen!)

Shetanmargt: »2509 ..... 2626.« (Warte einen Moment!)

In der kurzen Pause trat Perry Rhodan an mich heran.

»Würden Sie mir bitte erklären, Dobrak, was Sie da machen?« fragte er. In seinem Gesicht standen einige verwirrende Zahlenkombinationen.

»Ich befrage den Rechnerverbund.«

»Sie meinen wohl, Sie befragen das Shetanmargt.«

Ich mußte den Terraner bewundern. Er hatte aus meinem Handeln den durchaus richtigen Schluß gezogen, obwohl das bei seiner dimensional untergeordneten Denkweise im Normalfall gar nicht möglich sein dürfte. Sicher hatte ihm wieder seine Intuition geholfen.

»Sie können es formulieren, wie Sie wollen«, entgegnete ich höflich. »Sie haben mich um Hilfe gebeten, und ich bin bereit, Ihnen zu helfen. Ohne das Shetanmargt geht das aber nicht.«

Rhodan lenkte sofort ein.

»Schon gut, Dobrak. Was hat denn Ihr Rechner herausgefunden?«

Ich benötigte einen Moment, um das Wort *Rechner* zu verarbeiten, das der Terraner für das Shetanmargt benutzt hatte. Dann aber erkannte ich, daß ihm kein anderes Wort zur Verfügung stand. Was wäre wohl geschehen, wenn ich sein Raumschiff, die SOL, einen *Rollstuhl* genannt hätte? Dieser terranische Begriff entsprach der SOL etwa so wie ein Rechner dem Shetanmargt.

»Bis jetzt hat das Shetanmargt noch nichts gefunden. Aber es wird gleich eine Teillösung präsentieren, denn ich habe es auf die richtige Spur gesetzt.«

So gut ich konnte, bemühte ich mich, mich der terranischen Ausdrucksweise anzupassen. Das Wort *Shetanmargt* hatte ich besonders betont, aber ich war mir nicht sicher, ob Rhodan diesen Hinweis richtig interpretierte.

In diesem Augenblick sprudelte eine längere Zahlenkombination aus dem Lautsprecher der Kommunikationsleitung. Ich aktivierte sofort alle Nebenhirne, um die Nachricht zu speichern und zu verwerten. Der am Schluß folgende Satz: »Die soeben durchgeführte Kommunikation war unverständlich« wurde nicht gespeichert. Er konnte nur von dem Teil des Rechnerverbunds stammen, der SENECA war.

Mit einer weiteren Zahlenfolge bestätigte ich dem Shetanmargt den Empfang und führte gleichzeitig wieder die totale Integration des Rechnerverbunds herbei. Das teilweise Eigenleben von Shetanmargt und SENECA hätte sonst in der Folge zu Störungen führen können.

»Viel ist es nicht, was ich Ihnen sagen kann, Rhodan«, begann ich meine Erklärung. »Die SOL ist von einem Etwas eingefangen, dessen Absichten noch im verborgenen liegen. Sie müssen mit weiteren Aktionen und Reaktionen rechnen. Wie dieses grüne Gebilde beseitigt werden kann, weiß niemand. Auch nicht das Shetanmargt, das aber einige wenige charakteristische Züge des Grüns erkannt hat. Die Kernerkenntnis ist, daß dieses Grün biologischen Ursprungs sein muß. Es ist eine Form von Leben, wie Professor Waringer es auch schon vermutet hat. Zweifellos besitzt es einen eigenen Willen. Ob es intelligent ist, ist damit nicht gesagt, denn es ist denkbar, daß es rein instinktiv handelt. Die mögliche Gefahr wird dadurch nicht geringer, eher größer, weil bei einem intelligenten Wesen gewisse Verhaltensweisen vorhersehbar sind.«

»Das leuchtet mir sogar noch ein«, sagte Rhodan. »Aber wieso können wir dieses Wesen – oder was es immer auch sein mag – nicht mit unseren Instrumenten und Geräten anmessen?«

»Wer sagt denn, daß man jede Lebensform mit den Wahrnehmungsorganen Ihrer Welt erfassen können muß? Immerhin sehen Sie doch etwas. Oder denken Sie an das Geisteswesen ES, von dem Sie mir berichtet haben. Haben Sie je von ihm etwas anderes wahrgenommen als seine Stimme? Und doch zweifeln Sie nicht an seiner Existenz.«

»Soll das heißen, daß diese Grüne Null, wie Sie diese Substanz bezeichnet haben, etwas Ähnliches darstellt wie ES?«

Rhodans Frage war vorwurfsvoll und voller Zweifel. »Was ist schon ähnlich?« lenkte ich ein. »Sind Sie mir ähnlich? Sie wissen nicht einmal, wie ES aussieht, und dennoch wollen Sie eine Ähnlichkeit zwischen diesem Wesen und dem Grün herstellen?«

In typischer Nachahmung einer terranischen Geste schüttelte ich den Kopf. Gleichzeitig rollte ich beide Tentakel einmal ein und wieder aus, was für mich als Kelosker der Ausdruck von Verwunderung war.

Rhodan ließ sich nicht beirren. Er kehrte sogleich auf den Kern der Sache zurück und ließ die kurze Abschweifung vergessen.

»Was wissen Sie noch über dieses Grün, Dobrak?«

Vorsichtig überlegte ich jedes Wort, um den Terraner nicht in die Irre zu lenken.

»Es gibt eine unvollkommene Erklärung dafür, daß dieses Grün eine Null ist. Es ist, egal in welcher Dimension man es sieht, immer eine Null. Das bedeutet, daß es in keiner Dimension existiert. Folglich existiert es in mehreren Dimensionsebenen gleichzeitig und ferner noch in den Zwischenräumen und Labilzonen. Da deren Anzahl nahezu unbegrenzt ist, ist der Anteil des Grüns, den Sie oder ich in einer Existenzebene wahrnehmen, zu gering, um meßbar zu sein. Das Grüne selbst ist sicher nur ein subjektiver Eindruck in unseren Gehirnen, der von der Gesamtheit dieses Wesens ausgeht. Wahrscheinlich ist dieser farbliche Eindruck ein Zufallsprodukt.«

»Das klingt alles wenig erfreulich«, meinte Rhodan nachdenklich. »Haben Sie eine Vorstellung davon, was diese Grüne Null von uns will?«

Ich schüttelte den Kopf, denn ich besaß keinen konkreten Hinweis, um die Frage zu beantworten.

»Ich kann nur vermuten, daß sie etwas will. Vielleicht ist das Grün aber nur neugierig, vielleicht will es Sie, vielleicht mich, vielleicht alle oder nur das Shetanmargt. Oder vielleicht etwas ganz anderes. Ich weiß es nicht. Nun werde ich Sie allein lassen, um in Ruhe von einer anderen Stelle mit dem Rechnerverbund kommunizieren zu können. Vielleicht bringe ich noch neue Erkenntnisse zutage. Dann werde ich Sie sofort informieren.«

Als ich den Raum verließ, knallte Rhodan wütend sein positronisches Notizbuch auf den Tisch.

»Gefangen von einem grünen Wesen, das gar nicht existiert und zwischen den Dimensionen hängt!«

2.

Die Anzahl der Sterne im Kosmos ist eine Unbekannte von astronomischer Größe. Und doch nehmen die Sterne mit ihren Planeten nur einen verschwindend geringen Teil des Volumens des Kosmos ein. Die Leere des Alls ist so unermeßlich, daß sich zwei Galaxien mit dichtester Sternenballung durchdringen können, ohne daß es zu einer Kollision kommt.

Ist das Leben aber nur gebunden an die Sterne und Planeten? Was ist im Leerraum? Der Leerraum ist vielfältiger als der materielle Bestandteil des Kosmos, denn er ist um ein Zigmilliardenfaches größer.

Seine Chancen, biologisches Leben in unserem Sinn hervorzubringen, sind sicher ungleich schlechter. Aber wer von der Vielfalt der Lebensformen nur eine kleine Spur erahnt, der wird von der Vielfalt des Leerraums nicht überrascht sein.

Der wird auch nicht überrascht sein, wenn das Leben dort rätselhafter und geheimnisvoller ist als auf der Erde.

Das Leben auf der SOL nahm trotz der außergewöhnlichen Situation seinen gewohnten Gang. Die Solaner, die das weitaus größte Kontingent auf dem Raumschiff stellten, empfanden die drohende Gefahr durch die grüne Substanz nicht als zu außergewöhnlich. Zu oft schon hatten sie ihre Welt in Gefahren verstrickt gesehen, und immer hatte es einen Ausweg gegeben.

Das unheimliche Grün hatte sich in allen Gängen und Räumen völlig gleichmäßig verbreitet. Perry Rhodan hatte über den Bordrundspruch die Besatzung in kurzen Zügen über die Ereignisse aufgeklärt. Die vermutete Gefahr hatte er bewußt heruntergespielt, um panikartige Auswüchse zu verhindern. Schädigungen durch das Grün waren nicht beobachtet worden. Teilweise gewöhnten sich die Menschen bereits an die fremdartige Färbung der Luft. Andere rissen Witze darüber oder schrieben die Färbung den Klimaanlagen zu.

Im Aufenthaltsraum »Happy Club« auf Deck 21 der SZ-1 saßen einige Männer an den Tischen. Sie tranken, rauchten und diskutierten.

»Wir können immer noch die SOL evakuieren«, sagte Oleg Bordinski zu seinem Neffen Dixon Tabibi. Bordinski war Terraner, er lebte in der SZ-1. Tabibi war wesentlich jünger. Er war auf der SOL geboren und fühlte sich als Solaner. Die beiden hatten sich mehrere Jahre nicht gesehen, denn Dixon Tabibi lebte in der SZ-2. Bordinski hatte Tabibi eingeladen, um von ihm Näheres über die Abenteuer der SZ-2 zu hören, als diese losgelöst vom Rest des Raumschiffs in der heimatlichen Galaxis unterwegs gewesen war. Beide waren von dem plötzlichen Auftauchen der grünen Substanz überrascht worden. Das Thema hatte daher schnell gewechselt. Es konzentrierte sich jetzt auf die aktuellen Ereignisse.

»Du bist wohl von allen guten Geistern verlassen, Oleg«, protestierte der junge Solaner. »Die SOL evakuieren. So ein Unsinn. Wir können doch nicht unsere Heimatwelt aufgeben, nur weil die Luft ein bißchen grün geworden ist.«

»Es ist nicht meine Heimatwelt und auch nicht deine. Die SOL ist ein Fahrzeug. Genauso wie ein Antigravschlitten, nur ein bißchen größer und aufwendiger. Der Mensch gehört auf die Erde.«

Bordinski unterstrich seine Worte mit einer heftigen Handbewegung. Dabei erwischte er das Getränk seines Gesprächspartners, und der Plastikbecher flog vom Tisch.

Beide Männer hatten schon mehrere Gläser mit alkoholischen Getränken zu sich genommen. Als sich Bordinski nach dem hinabgefallenen Becher bücken wollte, wäre er fast vom Hocker gefallen.

»Nun bleib schon sitzen, Oleg«, meinte Dixon Tabibi beruhigend. Sein Onkel hatte den Getränken mehr zugesprochen als der junge Solaner.

Tabibi ging zum Getränkeautomaten und tastete zwei neue Drinks. Er kehrte zum Tisch zurück, wo Bordinski mit dem Fuß an den heruntergefallenen Becher stieß.

»Evakuieren ist schlecht«, versuchte er das Gespräch wiederaufzunehmen. »Wenn das grüne Zeug so fest an der SOL klebt, dann können wir ja mit ihm einen Planeten anfliegen und sehen, ob wir es dort loswerden.«

»Dummes Zeug!« Bordinski war aufgebracht. »Womöglich frißt das grüne Ding dann ein ganzes Sonnensystem auf. Das kannst du doch nicht verantworten.«

Er gab dem am Boden liegenden Becher einen Tritt. Das Plastikgefäß zischte durch den Raum und traf am nächsten Tisch eine ältere Frau, die dort ihr Essen einnahm. Tabibi war die Situation unangenehm. Er befürchtete, daß sein hitziger Onkel die Kontrolle über sich verlieren würde. Er versuchte, ihn mit einem harmloseren Thema abzulenken.

»Habt ihr in der SZ-1 keine Reinigungsroboter, die den heruntergefallenen Dreck wegräumen?«

Oleg Bordinski starrte seinen Neffen an. Dann begann er laut zu lachen. Er fuchtelte mit dem Finger vor Tabibis Nase herum und sagte: »Wir haben sogar noch etwas viel Besseres. Wir haben den Schiffstrottel ›Sol‹.«

»Was habt ihr?« fragte Tabibi verwundert.

»Einen Schiffstrottel. Er ist der blödeste Kerl, den ich je gesehen habe. Er räumt hier auf. Er macht auch sonst alles, was du verlangst. Warte einen Moment.«

Oleg Bordinski erhob sich mühsam von seinem Hocker und blickte durch die Halle des »Happy Club«. Dann ging ein Aufleuchten über sein Gesicht. Er hatte »Sol« in einer Ecke des Raums entdeckt.

»Heh, ›Sol‹!« brüllte er laut. »Komm sofort hierher!«

Eine seltsame Gestalt erhob sich in der Ecke des Aufenthaltsraums: Rurik Conic, den man den Schiffstrottel nannte und voller Selbstironie mit dem Namen »Sol« rief. Der Mann mochte etwa zwanzig Jahre alt sein. Er besaß eine kleine, gedrungene Statur mit kräftigen Muskeln. Er reichte dem fast zwei Meter großen Bordinski gerade bis zur Brust. Am auffälligsten an Rurik war der kugelförmige Kopf, auf dem kein einziges Haar zu finden war. Selbst die Augenbrauen fehlten völlig.

Bordinski fuhr mit der Hand über den kahlen Schädel des jungen Manns.

»Hör gut zu, du Billardkugel, und sieh dir die Schweinerei auf dem Boden an. Das Zeug wird sofort weggeräumt, klar?«

Tabibi beobachtete seinen Onkel mit Widerwillen. Ihm gefiel nicht, wie Oleg Bordinski mit dem offensichtlich gestörten jungen Mann umging. Dann fiel sein Blick auf die Augen Ruriks. Es war schlimmer, als in die Augen eines Toten zu schauen. Denn diese Augen waren auch tot. Sie zeigten keine Regung, keine Reaktion. Auf Bordinskis Ansinnen hin hatte Rurik nichts erwidert.

Er nahm einfach seinen Eimer und einen kleinen Besen und fegte die herabgefallenen Sachen auf.

»Das ist ja ein furchtbar armer Kerl«, sagte Dixon Tabibi erschrocken.

»Ach, Unsinn«, entgegnete ihm sein Onkel unwirsch. »Der ist nur einfach nicht richtig im Kopf.«

»Aber das kann man doch heilen!« begehrte Tabibi auf. »Wir leben doch nicht mehr in der Steinzeit.«

»Bei dem ist kein Tropfen Treibstoff im Kopf. Da können selbst die besten Medizinmänner nichts mehr machen. Man kann ihn nur mit einfachen Sachen beschäftigen wie Tische abräumen oder Böden aufwischen. Oder seinen Spaß mit ihm treiben. So!«

Ehe sich's Tabibi versah, war sein Onkel aufgesprungen und hatte Rurik ein Bein gestellt. Der kleine, rundliche Mann flog der Länge nach zu Boden. Bordinski stieß dazu ein häßliches Lachen aus.

»Das geht aber zu weit!« begehrte Dixon Tabibi auf. Aber bevor Bordinski antworten konnte, mischte sich eine andere Person in das Geschehen.

Unbemerkt von allen, war Rosy Breuer von hinten an Bordinski herangetreten. In einer blitzschnellen Bewegung hatte sie einen Griff angesetzt, der den fast zwei Köpfe größeren Mann zu Boden riß. Neben Rurik Conic lag nun Oleg Bordinski auf dem Boden. Bevor sich der Mann aufrichten konnte, war Rosy Breuer herangetreten, hatte den Eimer Ruriks genommen und goß das Wasser in Bordinskis Gesicht.

Wütend und prustend sprang der Mann auf. Tabibi umfaßte ihn von hinten und hielt ihn fest. Rosy Breuer kümmerte sich nicht darum. Sie faßte Rurik unter den Arm und half ihm auf die Beine.

»Komm jetzt«, sagte sie so ruhig, als wäre nichts vorgefallen. Gehorsam folgte ihr Rurik aus dem Raum.

»Diese blöde Gans!« schimpfte Bordinski. »Es ist nicht das erstemal, daß sie uns den Spaß mit ›Sol‹ verdirbt. Ich möchte wissen, was sie an dem Schiffstrottel findet.«

Dr. Perm Merveur war einer der Gynäkologen an Bord der SOL. Seine massige Figur brachte bei einer Körpergröße von über zwei Metern fast 150 Kilogramm auf die Waage. Seine Bewegungen wirkten plump und unbeholfen, und seine übergroßen Hände hätten besser zu einem Metzger gepaßt als zu einem Gen-Biologen und Gynäkologen. Trotzdem gehörte er zu den beliebtesten Frauenärzten an Bord.

In jeder freien Minute beschäftigte er sich mit dem für ihn rätselhaften Rurik Conic. Er hatte viel über die Geschichte des jungen Mannes erfahren, auf den er vor knapp zwei Jahren durch Zufall gestoßen war. Bis dahin hatte Rurik bei einer Familie im Mittelteil der SOL gelebt und war nie in Erscheinung getreten.

In Rosy Breuer hatte er eine Verbündete gefunden, die dem armen Geschöpf helfen wollte, sich voll in die Gesellschaft und soziale Struktur der SOL zu integrieren. Die Schwierigkeiten schienen jedoch unüberwindlich. Rurik erwies sich als völlig unzugänglich für jede Art von Hypnoschulung. Es schien sich bei ihm um einen reinen Instinktmenschen zu handeln. Er reagierte nicht anders als ein braver und gut erzogener Hund, der alles machte, was ihm sein Herr befahl. Die SOL hatte einige ungewöhnliche Menschen geboren. Da waren die Emraddin-Kinder gewesen, die sich als positive Mutanten mit höchst seltenen Fähigkeiten herausgestellt hatten. Als die SOL sich beim Untergang der keloskischen Kleingalaxis Balayndagar durch das Black Hole begeben mußte, hatten sich die Emraddin-Kinder in einen Überraum gerettet. Keiner wußte bis heute, was aus ihnen geworden war. Oder Bjo Breiskoll, der Katzer, der nicht nur halb wie ein Mensch, halb wie eine Katze aussah, sondern ebenfalls ein Positiv-Mutant zu sein schien. Bjo war erst vor wenigen Tagen im Zusammenhang mit der Rückkehr Atlans zu Perry Rhodan in Erscheinung getreten.

Rurik Conic war auch ein Produkt der ungewöhnlichen Umweltbedingungen auf dem Raumschiff. Sein Fuß hatte noch nie den festen Boden einer Planetenoberfläche betreten. Er war im Raum geboren und hatte sein ganzes Leben im Raum verbracht. Den meisten Solanern, wie sich die

SOL-Geborenen bezeichneten, war es nicht anders ergangen. Sie sehnten sich auch gar nicht nach der Erde oder einem anderen Planeten.

Im Fall Ruriks hatte die Natur den Betroffenen aber nicht begünstigt. Merveur war nach vielen Untersuchungen zu der Feststellung gekommen, daß der junge Mann über keinerlei Gehirnkapazität verfügte.

Weiter erwies es sich als schwierig, daß Rurik Conic ohne Eltern aufgewachsen war. Seine Mutter war angeblich bei der Geburt gestorben. Wer sein Vater war, war unbekannt. Die Nachforschungen gestalteten sich auch deswegen so kompliziert, weil nicht bekannt war, wie Ruriks richtiger Name lautete. Den Vornamen hatte ihm die Familie gegeben, die ihn als Säugling gefunden hatte. Der Zuname war der Name dieser Familie.

Als Rosy Breuer mit Rurik in Merveurs Praxis eintrat, begrüßte der Gynäkologe die Frau freundlich. Rurik nahm nichts von seiner Umgebung wahr. Er ließ sich willig auf dem Robotstuhl nieder, in den Rosy ihn dirigierte.

»Was wollen Sie heute machen, Dr. Merveur?« fragte die Ortungstechnikerin.

»Im Grunde nichts anderes als beim letztenmal. Ich muß der Reihe nach alle Gehirnpartien durchgehen, bis ich einen Ansatzpunkt finde, der entweder eine Erklärung für das Fehlen jeglicher Intelligenz hergibt oder eine Aktivierung brachliegender Gehirnteile erlaubt. Bis jetzt war alles noch ohne Erfolg. Aber ich gebe nicht auf.«

Merveur betätigte eine Reihe von Tasten an einem Bedienpult. Langsam senkte sich die Haube des Robotstuhls über den Kopf Ruriks. Ein leises Summen erfüllte den Raum, als die Untersuchung begann. Die Automatik würde eine halbe Stunde lang eine weitere Gehirnregion Ruriks karthographieren. Die Auswertung würde mindestens vier Tage dauern.

»Glauben Sie, daß diese Methode zum Erfolg führt?« fragte Rosy Breuer den Arzt, als dieser sich vom einwandfreien Funktionieren der Robotik überzeugt hatte.

Merveur zuckte mit den Schultern.

»Ich weiß es nicht, Miß Breuer. Ein Fall wie Rurik ist in meiner Praxis noch nicht aufgetreten. Auch die Kollegen, die ich um Rat gefragt habe, konnten mir keinen besseren Hinweis geben als die Registrierung und Auswertung des gesamten Gehirns. Das ist aber ein sehr langwieriger Prozeß, der nicht ohne persönlichen Einsatz geht. Gehirnpartien lassen sich auch heute noch nicht allein von Computern auswerten. Es gibt zu viele Details, die nur der Fachmann persönlich interpretieren kann.«

»Ich wüßte einen anderen Weg«, sagte Rosy.

Merveur blickte auf.

»Da bin ich aber neugierig.«

»Als ich mit der JAYMADAHR vorhin unterwegs war, um die grüne Wolke zu vermessen, kamen wir auf dem Rückflug in große Ortungsschwierigkeiten. Auch der Funkverkehr brach fast völlig zusammen. Wir kamen nur dadurch zur SOL zurück, daß uns Gucky telepathisch ortete und die SOL zu uns hinlenkte.«

»Und?« fragte Merveur, der noch nicht merkte, worauf die junge Frau hinauswollte.

»Lassen Sie Ruriks Gehirn einmal von Gucky durchleuchten«, meinte Rosy trocken.

»Das ist keine schlechte Idee. Ich habe auch schon daran gedacht. Im Augenblick dürfte das aber kaum möglich sein. Vielmehr nehme ich an, daß alle Mutanten im Einsatz sind, um diese grüne Wolke zu beseitigen. Hier ist ja auch schon alles grün in grün.«

Rosy Breuer ließ sich nicht irritieren. Sie schritt zum nächsten Interkomanschluß und tastete die Rufnummer der Zentrale der SZ-1 ein.

Die Frauen und Männer schwiegen. Perry Rhodan saß in seinem Stuhl und grübelte. Sogar der immer zu Späßen aufgelegte Mausbiber verhielt sich ruhig. Die SOL war gefangen. Aber es war eine Fessel, die sich um das Raumschiff gelegt hatte, wie man sie noch nie erlebt hatte. Die Fessel kam von irgendwoher aus den Dimensionen. Sie war nicht fühlbar und nicht zerstörbar, sie war nur grün. Sie folgte dem Raumschiff bei jeder Bewegung. Und sie zog sich langsam, aber beständig immer weiter zusammen.

Die Intensität des grünen Leuchtens hatte weiter zugenommen. Selbst in den nur halb beleuchteten Ecken des Kommandoraums schimmerte alles in einem satten Grün. Keiner wußte, wie es weitergehen sollte. Keiner wußte, was am Ende dieser langsamen, doch beständigen Verdichtung der grünen Wolke stehen würde.

Vor einer halben Stunde hatte Rhodan auf Atlans Vorschlag hin eine unbemannte Sonde ausgeschleust. Der vorprogrammierte Kurs der Sonde sollte in einem Radius von dreieinhalb Lichtjahren um die SOL herumführen. Dabei sollte die Sonde Aufnahmen von der grünen Wolke machen. Durch Vergleich mit den Bildern, die die SZ-1-16 mitgebracht hatte, hoffte man, Veränderungen feststellen zu können. Aus diesen Veränderungen wollte man wiederum Rückschlüsse auf das Wesen der grünen Wolke gewinnen.

Die Funkverbindung zu der Sonde war mit dem Verlassen der Schleuse abgerissen. Nach den Erfahrungen mit der SZ-1-16 hatte man auch nichts anderes erwartet.

»Wenn die Sonde überhaupt zurückkehrt, werden wir Schwierigkeiten bekommen, sie wieder einzuschleusen«, grübelte Professor Waringer.

»Selbst auf kürzeste Entfernungen versagen alle Ortungs- und Leitverfahren.«

»Wenn wir sie entdecken, kann ich ja hinteleportieren und sie hereinholen«, bot sich Gucky an.

»Wir werden sie aber nicht entdecken«, sagte Atlan resignierend und blickte auf die Borduhr. Neben dem Datum, dem 27. Februar 3582, stand dort die Uhrzeit. Und diese sagte dem Arkoniden, daß die Sonde bereits seit einer Minute überfällig war.

Atlan war froh, als der aufblinkende Interkomanschluß ihn von der weiteren Erörterung des Sondenversuchs ablenkte.

»Hier spricht eine gewisse Rosy Breuer. Sie möchte Gucky fragen, ob er etwas Zeit hat«, sagte Atlan, nachdem er den Interkom aktiviert hatte.

Gucky watschelte hinüber.

»Hallo, Rosy«, sagte er jovial. »Was kann ich für dich tun?«

Auf dem Bildschirm erblickte er das liebliche Gesicht der kleinen Ortungstechnikerin mit den großen, dunklen Augen.

»Ich habe ein Problem mit einem Freund. Wenn Sie etwas Zeit hätten ... Ich weiß nicht, ob Sie gerade ...«

»Ist schon gut, Rosy«, unterbrach der Mausbiber. »Hier ist sowieso nichts los. Ich habe dich schon erspäht, in Dr. Merveurs Knochenflickeranstalt. Ich bin gleich da.«

Er schaltete die Verbindung ab und blickte fragend zu Rhodan. Aber der hatte nichts gegen Guckys Vorhaben einzuwenden.

Mit einem leisen Plop verschwand der Mausbiber per Teleportation.

Zehn Minuten später war Perry Rhodan verwundert, als Rosy Breuer erneut über Interkom anrief und fragte, wo denn der Mausbiber bliebe.

Als Gucky nach der Teleportation rematerialisierte, wußte er sofort, daß etwas schiefgegangen war. Er befand sich in einer dunklen Kammer und nicht in Dr. Merveurs Praxis. Er versuchte sich mit Hilfe seines Parasinns zu orientieren. Um ihn herum waren zahlreiche bekannte Gehirnmuster, also mußte er noch auf der SOL sein. Verwirrend war für ihn, daß die gleichen Gehirnmuster abwechselnd aus verschiedenen Richtungen einfielen. Daher war es ihm unmöglich, einen bestimmten Punkt in der Nähe einer bekannten Person anzupeilen.

Er schüttelte den Kopf, als wolle er damit den verwirrenden Zustand beseitigen. Als das nichts half, rief er telepathisch nach Fellmer Lloyd, dem anderen Telepathen auf der SOL. Auch hier erhielt er schließlich keine Antwort. Da ihm keine Lichtquelle zur Verfügung stand, konnte er sich in dem Raum nicht orientieren. Möglicherweise handelte es sich dabei um ein

Lager. Auf der SOL gab es ungezählte Vorratslager, die nur selten betreten wurden und in denen normalerweise keine Beleuchtung brannte.

Als Gucky die Vergeblichkeit seiner Bemühungen erkannt hatte, riskierte er eine erneute Teleportation. Er sprang aufs Geratewohl über eine kurze Entfernung. Wieder landete er in einem völlig dunklen Raum.

Erst beim nächsten Versuch landete er in einem beleuchteten Flur. An den Beschriftungen erkannte er, daß er im Mittelteil der SOL gelandet war, und zwar unweit der Stelle, wo sich der Kopplungsmechanismus zur SZ-2 befand.

Er war also viel zu weit gesprungen, denn Dr. Merveurs Praxis befand sich in der SOL-Zelle 1.

Gucky war nun vorsichtig geworden. Als nächstes teleportierte er über eine kurze Strecke innerhalb des Flurs, die er überblicken konnte. Anstatt in der Mitte des Gangs zu rematerialisieren, fand er sich in unmittelbarer Nähe einer Seitenwand wieder. Er drehte erstaunt den Kopf und schlug dabei gegen die Wand, so daß er für einige Zeit benommen war.

Daraufhin beschloß er, den weiteren Weg zu Fuß zurückzulegen. Als er an einem Interkomanschluß vorbeikam, überlegte er, ob er Perry Rhodan von den Schwierigkeiten berichten sollte, die er beim Teleportieren hatte. Er unterließ es aber, weil er sich nicht blamieren wollte. Immerhin war es möglich, daß er allein von diesem gestörten Paraverhalten betroffen war.

So erreichte er schließlich über die Laufbänder und Antigravschächte die Praxis von Dr. Merveur mit zwanzig Minuten Verspätung. Der Gynäkologe und Rosy Breuer begrüßten ihn freudig.

»Wir dachten schon, Sie kommen gar nicht, mehr«, sagte die Ortungstechnikerin. »Ich habe schon in der Zentrale nachgefragt. Dort sagte man mir aber, daß Sie schon unterwegs seien.«

»Oje«, meinte Gucky, »dann muß ich Perry zuerst ein Lebenszeichen geben, sonst macht er sich noch Sorgen. Ich habe nämlich nur einen kleinen Umweg gemacht.«

Über Interkom verständigte er Rhodan. Danach wollte Dr. Merveur den Mausbiber mit dem Problem Rurik »Sol« Conic vertraut machen.

»Mr. Guck, es geht um diesen jungen Mann, den Sie dort sehen ...«

Aber der Mausbiber unterbrach Merveur.

»Jetzt will ich euch erst einmal etwas sagen. Wo das Problem liegt, weiß ich natürlich längst. Ich bin ja Telepath. Und noch etwas anderes: Ich duze hier jeden an Bord. Also könnt ihr das gefälligst auch tun. Wenn noch einer von euch Sie zu mir sagt, sage ich zur Strafe Sie zu euch. Und das wäre die größte Beleidigung, die ein Mausbiber einem Menschen antun kann, verstanden?«

Rosy mußte lachen.

Nun konzentrierte sich Gucky ganz auf Rurik, der immer noch in dem Robotstuhl saß. Die Kontakthaube hatte der Gynäkologe allerdings inzwischen entfernt.

»Komisch«, murmelte der Mausbiber einmal und etwas später: »Sehr komisch.«

Plötzlich drehte er sich zur Seite und peilte ein Lesegerät an, das auf einem der Tische stand. Das Gerät begann zu schweben und stieg zur Decke empor. Dann setzte es der Mausbiber wieder telekinetisch auf seinem ursprünglichen Platz ab.

Erneut wandte er sich Rurik zu, der völlig unbeteiligt in dem Stuhl saß. Der Mausbiber schüttelte den Kopf.

»Ich will euch etwas sagen«, begann er dann zögernd. »Meine Parasinne sind im Augenblick etwas mitgenommen. Das Lesegerät konnte ich aber ohne Schwierigkeiten anheben. Auch eure Gedanken liegen vor mir wie ein offenes Buch. Aber diesen Typ dort«, dabei zeigte er auf Rurik, »kann ich keinen Millimeter bewegen. Ich weiß nicht, woran das liegt.«

»Du sollst ihn ja nicht bewegen, sondern mit deiner telepathischen Gabe sein Gehirn untersuchen«, sagte Perm Merveur.

»Das ist es ja eben«, begehrte der Mausbiber auf. Man konnte seinem Tonfall entnehmen, daß er unzufrieden war. »Ich kann nicht einmal feststellen, ob er ein Gehirn hat. Ich spüre nur ein paar Instinktreaktionen. Mir ist das Ganze ein Rätsel. Vielleicht liegt es einfach an dem grünen Zeug, das hier überall herumschwirrt. Es kann aber auch sein, daß es an Rurik liegt. Er schirmt sich nicht etwa ab. Das würde ich sofort merken. Bei ihm ist einfach nichts da. Er ist ein Null-Mensch und ein Null-Mutant.«

»Was soll ich mir darunter vorstellen?« fragte der Gynäkologe.

»Was du willst«, war die Antwort. »Dobrak drückt sich auch immer so aus. Bei diesem Mann paßt der Ausdruck haargenau. Es tut mir leid, daß ich euch nicht mehr sagen kann.«

Damit verabschiedete sich der Mausbiber.

Als er die Praxis hinter sich gelassen hatte und sich unbeobachtet fühlte, probierte er erneut eine Teleportation über eine kurze Strecke. Wieder mußte er feststellen, daß er erheblich von seinem Ziel abwich.

»So ein Mist!« schimpfte er. Zu Fuß begab er sich zu Ras Tschubai, dem zweiten Teleporter an Bord der SOL. Der Afroterraner lag in seiner Kabine auf einer Liege und lauschte dem Klang einer Musik, die Gucky schauerlich fand. Er stand auf, als Gucky eintrat.

»Ras! Teleportiere bitte einmal quer durch den Raum!« forderte Gucky den Freund auf.

»Du hast doch sicher wieder einen Trick auf Lager«, antwortete Tschubai.

»Nein, ganz bestimmt nicht. Ich meine es ernst.«

»Bitte«, sagte Ras Tschubai. Dann verschwand der Teleporter von der Stelle, wo er gestanden hatte. Er rematerialisierte aber nicht innerhalb seiner Kabine.

Gucky wartete eine knappe Minute. Dann stürmte Tschubai durch die Tür herein.

»Das war doch so ein übler Spaß von dir«, schimpfte er. »Wie hast du das gemacht?«

»Ich habe gar nichts getan. Allerdings habe ich die gleiche Feststellung machen müssen wie du. Ich komme bei meinen Teleportationen auch nicht da an, wo ich hin will. Es ist irgend etwas in Unordnung geraten. Wir sollten mit den anderen Mutanten und mit Perry darüber sprechen.«

»Meinst du, es hängt mit dieser grünen Wolke zusammen?«

Der Mausbiber zuckte mit den Schultern.

»Ich möchte es fast vermuten. Dobrak hat ja weitere Aktionen des Grüns vorhergesagt. Vielleicht greift diese Erbsensuppe tatsächlich nach unseren Psi-Fähigkeiten. Das wäre ja entsetzlich.«

»Beruhige dich, mein Kleiner«, sagte Ras. »Wir gehen zu den anderen Mutanten. Dann wollen wir sehen, ob es mit deren Parafähigkeiten ähnlich ist.«

Rosy Breuer brachte Rurik Conic zum »Happy Club« zurück. Sie war niedergeschlagen, weil alle Versuche Dr. Merveurs erfolglos geblieben waren. Auch der Mausbiber Gucky, auf den sie große Hoffnungen gesetzt hatte, war keinen Schritt weitergekommen. Rurik blieb allen ein Rätsel. Instinktiv weigerte sich die Frau, den geschädigten jungen Mann als *Tier* einzuordnen, auch wenn eigentlich alle Anzeichen dafür sprachen. Sie konnte auch nicht ständig hinter ihm herlaufen, um ihn vor den bösartigen Nachstellungen der anderen zu bewahren.

Gedankenverloren schritt sie durch einen Seitengang, der sie zu einem der Hauptflure bringen sollte, die mit Transportbändern ausgestattet waren. Sie war müde, und sie spürte, daß die Tagperiode an Bord der SZ-1 zu Ende ging. Es war ein langer und arbeitsreicher Tag gewesen. Erst die Arbeit im Testlabor, dann der Einsatz mit der JAYMADAHR und dann noch die Sitzung mit Rurik bei Dr. Merveur.

Das intensive Grün, das alle Räume der SOL beherrschte, irritierte sie kaum noch. Doch plötzlich gewahrte sie aus den Augenwinkeln heraus eine Veränderung. Wenige Schritte vor ihr, an der Stelle, wo der Seitengang auf die Transportbänder mündete, entstand eine Bewegung in der Luft. Wie ein Vorhang im Wind begann das Grün zu wallen. Es bewegte sich hin und her. Die Bewegungen waren völlig unregelmäßig.

Rosy blieb stehen.

Einmal schien es ihr, als ob sich in einer Konzentration des Grüns eine Hand bildete, von der ein Finger auf sie zeigte. Dann verschwamm das Gebilde wieder. Die Fläche, in der die unterschiedlichen Farbintensitäten auftraten, war nicht größer als etwa zwanzig mal zwanzig Zentimeter.

Rosy wagte sich bis auf zwei Schritte an das eigenartige Schauspiel heran. Erschrocken fuhr sie jedoch zurück, als aus dem Wabern plötzlich zwei Augen auf sie starrten. Es waren große Augen von fast zehn Zentimetern Durchmesser. Aber sehr rasch verwischte sich alles wieder. Die Turbulenz aber blieb, als ob sie nach neuen Formen suchen würde.

Die Ortungstechnikerin blickte sich um. Sie suchte nach einem Interkom, um Alarm zu schlagen. Als sie keinen entdeckte, widmete sie sich wieder ganz dem grünen Gebilde, das vor ihr wogte. Vorsichtig streckte sie eine Hand danach aus. Das Wabern reagierte nicht darauf. Sie ging noch einen Schritt näher auf die Stelle zu. Da wich das wogende Grün langsam zurück und verformte sich erneut.

Es bildete eine kopfgroße Kugel, die langsam Konturen annahm. Zwei Augen, eine Nase und ein Mund wurden erkennbar. Es handelte sich um absolut menschliche Züge. Nur die beiden Ohren, die sich schließlich herausbildeten, wirkten fremdartig. Der Mund öffnete sich mehrmals. Ein Laut wurde nicht hörbar.

Rosy faßte sich trotz des unheimlichen Schauspiels ein Herz.

»So sprich doch«, sagte sie mit fester Stimme. »Ich höre dir zu. Was willst du? Bist du der Abgesandte der grünen Wolke?«

Sie glaubte ein leichtes Flackern in den graugrünen Augen zu sehen. Eine andere Reaktion war nicht feststellbar.

Der rumpflose Kopf neigte sich zur Seite, bis er fast waagrecht lag. Dann löste sich das ganze Gebilde in Sekundenschnelle auf. An seine Stelle trat wieder das gleichmäßige Grün, das seit vielen Stunden in allen Räumen vorherrschte.

Die kleine Ortungstechnikerin besann sich ihrer Pflichten. Sie eilte auf den Hauptgang hinaus und schwang sich auf das Transportband. Sie ließ sich so weit tragen, bis sie einen Interkomanschluß entdeckte. Dort aktivierte sie hastig die Notrufverbindung zur SZ-1-Zentrale.

Der Kopf eines Mannes erschien, den sie nicht kannte.

»Ich habe eben beobachtet, wie das Grün einen Kopf bildete, einen Menschenkopf«, sprudelte sie heraus.

»Wer sind Sie?« fragte der Mann zurück.

»Rosy Breuer, Ortungstechnikerin, SZ-1-16.«

Sie sah, wie der Mann sich umdrehte und mit einer anderen Person sprach, die nicht im Bild erfaßt wurde. Dann wandte er sich ihr wieder zu.

»Bitte kommen Sie sofort in die Kommandozentrale. Und sprechen Sie vorerst mit niemandem über Ihre Beobachtungen.«

Damit war das Gespräch beendet. Rosy betrat erneut das Transportband. Die Symbole an den Wänden wiesen ihr den Weg. An der nächsten Abbiegung wechselte sie in einen Antigravschacht, der sie nach oben trug. Auch hier in der dämmerigen Beleuchtung dominierte die grüne Farbe der alles durchdringenden Wolke. Über einen letzten kurzen Quergang erreichte sie das erste Schott zur Zentrale der SZ-1. Dort erwartete sie bereits Gucky, um sie durch die Kontrollen zu schleusen, die vor dem Betreten des Kommando- und Steuerraums notwendig waren.

Rosy Breuer war zum erstenmal in ihrem Leben in dem großen Rund der Zentrale. Sie hatte einige Bilder davon während ihrer Ausbildungszeit oder im Bordfernsehen gesehen. Dennoch war sie überwältigt von der Vielzahl der Instrumente, Lichter und Geräte, die den Raum füllten.

Drei Männer traten auf sie zu. Sie erkannte Perry Rhodan, Atlan und Professor Waringer. Die anderen Frauen und Männer gingen weiter ihren Arbeiten nach. Gucky blieb dicht neben ihr stehen.

»Ich begrüße Sie, Miß Breuer«, sagte Perry Rhodan. »Bitte berichten Sie uns, was Sie beobachtet haben.«

Rosy schluckte. Die Eindrücke, die in rascher Folge auf sie eindrangen, mußten erst verarbeitet werden. Dann erzählte sie mit leiser Stimme ihr Erlebnis mit dem wabernden Grün. Als sie geendet hatte, sagte der Mausbiber: »Ich hatte keine Schwierigkeiten bei der kurzen Entfernung, ihren Gedanken zu folgen. Sie hat in allen Punkten die Wahrheit gesagt.«

Erst jetzt wurde sich Rosy der Tatsache bewußt, daß Gucky ihre Gedanken gelesen hatte. Sie hatte dagegen nichts einzuwenden. Zum einen, weil sie den kleinen Kerl in ihr Herz geschlossen hatte, zum anderen, weil sie spürte, daß jede Information über das unheimliche Grün wichtig war.

Sie verfolgte nicht das Gespräch, das sich zwischen Rhodan, Atlan und Waringer nach Beendigung ihres Berichts entwickelte. Erst als eine Frau, die einen Interkom bediente, etwas durch den Raum rief, wurde sie wieder aufmerksam.

»Hier ist eine zweite Meldung. Ein Mann namens Eloi Vanbem will ebenfalls einen Kopf beobachtet haben, der sich aus der grünen Substanz formte. Ferner sagte, er habe einen Fuß gesehen.«

»Was könnte das bedeuten?« fragte Rhodan.

Atlan zuckte nur mit den Schultern. Waringer ging nervös einige Schritte auf und ab. Dann kehrte er zu Rhodan zurück und sagte: »Vielleicht handelt es sich um einen Kontaktversuch. Es könnte aber auch eine zufällige Illusion sein. Denk an die Worte, die der Kelosker gesagt hat.«

»Wir werden sehen«, antwortete Perry Rhodan. Er wandte sich an Rosy

Breuer: »Danke, Miß Breuer. Ich bin sicher, daß Sie uns weitergeholfen haben. Es besteht kein Grund zur Beunruhigung, denn ...«

Rhodan brach mitten im Satz ab, denn die kleine Frau mit dem ausdrucksvollen Gesicht starrte an ihm vorbei an die Decke. Dann hob sie langsam eine Hand und zeigte nach oben. Ihr Mund war halb geöffnet, aber kein Wort kam über ihre Lippen.

Die drei Männer folgten fast gleichzeitig der ausgestreckten Hand. Und da sahen sie es. In etwa drei Metern Höhe schwebte ein dunkelgrüner, massiger Schädel im Raum. Die Augen starrten geradeaus auf die kleine Gruppe Menschen, die fast genau unter der spukhaften Erscheinung standen.

Perry Rhodan, bekannt als Sofortumschalter, reagierte am schnellsten.

»Geoff! Die Kamera! Mach ein paar Bilder!«

Waringer rannte zu einem Tisch und holte von dort eine tragbare Kamera. Während er filmte, starrten die anderen auf den bewegungslosen Schädel.

So plötzlich, wie der dunkelgrüne Kopf aufgetaucht war, verschwand er auch wieder.

»Dieser Kopf sah anders aus als der, den ich gesehen habe«, sagte Rosy. Doch keiner hörte ihr zu. Plötzlich herrschte Hektik in dem Raum, der zuerst eine technisierte Gelassenheit ausgestrahlt hatte. Zwei weitere Meldungen aus der SOL gingen ein. Auch dort hatten Menschen Köpfe beobachtet, die sich aus dem Grün bildeten.

»Komm, Rosy«, sagte Gucky und nahm die Frau an der Hand. »Geh jetzt lieber. Wie du siehst, geht es hier jetzt rund.«

»Atlan, bitte rufe Dobrak. Ich möchte, daß er sich die aufgezeichneten Bilder ansieht. Geoff, mach bitte alles für eine Bildvorführung fertig.«

Rhodan war in seinem Element. Vielleicht hatten sie jetzt einen Ansatzpunkt gefunden, um der unheimlichen, einhüllenden grünen Substanz auf die Spur zu kommen.

Die Zeit, die der Kelosker unterwegs war, nutzte Gucky, um Perry Rhodan von den Störungen bei den Teleportationen zu berichten. Nachdem er seine und Ras Tschubais Erfahrungen dargelegt hatte, fuhr er fort: »Wir haben dann die anderen Mutanten befragt. Auch bei ihnen macht sich eine teilweise Lähmung und Verwirrung der Psi-Fähigkeiten bemerkbar. Am ärgsten betroffen ist Takvorian, dessen Movatorkünste schon völlig verschwunden sind. Ich selbst kann die Gedanken anderer nur noch aus unmittelbarer Nähe aufnehmen. Es ist zu befürchten, daß dieses Nachlassen weiter fortschreitet. Über kurz oder lang wirst du ohne die Mutanten auskommen müssen.«

Rhodan starrte den Mausbiber mit fast geschlossenen Augen an.

»Das ist ein harter Schlag. Andererseits wüßte ich gar nicht, wie ich das Mutantenkorps gegen diese grüne Fessel einsetzen sollte. Ich darf aber annehmen, daß der Psi-Verlust ursächlich von dem Grün herrührt, oder?«

»Zunächst waren wir Mutanten in diesem Punkt nicht sicher. Dann versuchte Dalaimoc Rorvic einen gedanklichen Vorstoß in eine höhere Dimension. Er stieß auf einen Widerstand, von dem er mit Sicherheit behauptete, er stamme von der grünen Wolke. Wenn der Tibeter das sagt, dann wird es wohl stimmen.«

In diesem Moment betrat der keloskische Rechenmeister Dobrak den Raum. Rhodan begrüßte ihn kurz und entschuldigte sich für sein erneutes Anliegen.

»Wenn ich Ihre Zahlenkombination sehe«, antwortete der Rechner, »dann kann ich das Anliegen wohl verstehen. Sie sind noch verwirrter als bei meinem letzten Besuch.«

Perry Rhodan berichtete in kurzen Zügen von dem Auftauchen der Köpfe aus der grünen Substanz und kam dann auf die Aufzeichnung zu sprechen, die Waringer von dem Kopf gemacht hatte, der in der Zentrale erschienen war. Der Wissenschaftler legte den Speicherkristall in die Sensormulde der Vorführautomatik und startete das Gerät. Die Bilder wurden auf ein Display mit dreidimensionaler Wiedergabe übertragen.

Schon in den ersten Sekunden der Vorführung stellte sich heraus, daß der Kopf, den alle in der Zentrale gesehen hatten, nicht aufgezeichnet worden war. Das vorgeführte Bild zeigte nur den Hintergrund, einen Ausschnitt aus den Armaturen der Steuersektion.

Enttäuscht wandten sich die Männer ab. Nur Dobrak, der Kelosker, starrte unverwandt auf die Wiedergabe. Perry Rhodan sprach ihn schließlich an: »Es tut mir leid, aber durch einen unbekannten Effekt ist die Aufzeichnung nicht gelungen. Es muß sich um eine irreale Illusion gehandelt haben.«

Aber der Rechner winkte mit seinem Tentakel ab.

»Lassen Sie nur. Ich sehe einige interessante Zahlenfolgen.«

»Die können Sie auch im Original sehen«, meinte Rhodan trocken. »Es ist der Abschnitt dort drüben.«

Seine Hand zeigte in einem Bogen den Teil der Steuerzentrale, der von Waringer aufgezeichnet worden war. Dobrak ließ sich nicht beirren und verfolgte die Aufzeichnung bis zum Ende. Dann trat er an den Kommunikationsanschluß zu dem Rechnerverbund SENECA-Shetanmargt. In rascher Folge sprach er Zahlenreihen ein, die immer wieder von keloskischen Worten durchsetzt waren. Ebenso rasch kamen die Antworten aus dem Rechnerverbund. Rhodan war sich sicher, daß der Kelosker ausschließlich mit dem ihm vertrauten Shetanmargt kommunizierte. Sein Verdacht wurde bestätigt, als am Ende des Dialogs SENECAS Stimme in Interkosmo erklang: »Die soeben durchgeführte Kommunikation war unverständlich.«

Rhodan schaltete die Leitung zu dem Rechnerverbund selber ab und sagte zu dem Kelosker: »Würden Sie uns bitte erklären, was das zu bedeuten hat?«

Dobrak rollte einen Tentakel um seinen kurzen Hals und hielt den massigen Schädel leicht geneigt, als ob er in sich selbst hineinlausche. Dann blickte er Rhodan mit allen vier Augen an.

»Auf dem Film war etwas zu sehen, was Sie wahrscheinlich nicht wahrnehmen konnten. Es war ein dreidimensionaler Abdruck eines höherdimensionalen Echos. Aber es war kein Kopf. Es war eine Absicht, die Absicht, uns etwas mitzuteilen. Der Abdruck war aber so unvollkommen, daß der Kontaktversuch zum Scheitern verurteilt war. Diese Vermutung habe ich schon während der Aufnahmewiedergabe gehabt. Das Shetanmargt hat sie bestätigt. Aber das Shetanmargt hat noch etwas anderes bemerkt, nämlich eine zweite Absicht. Diese besagt, daß der Urheber dieser illusionistischen Projektion weiter versuchen wird, einen geeigneten Kontaktkörper zu schaffen. Meine eigene siebendimensionale Mathematik bestätigt andererseits, daß der Kontaktversuch durch die Nachbildung eines Teils des menschlichen Körpers nicht gelingen kann. Denn alle Nachbildungen bleiben eine Null bezüglich des Originalwesens. Dieses müßte eine ihm eigene Form der materiellen Konfiguration finden, um mit uns in Kommunikation treten zu können. Warum es das nicht tut, ist unbekannt.«

»Sie haben tatsächlich auf den Aufnahmen etwas gesehen?« fragte Rhodan ungläubig, ohne auf die komplizierten Erklärungen des Keloskers einzugehen.

»Gesehen habe ich nichts. Aber es waren Zahlenkombinationen darauf, die sich von dem des Originals, das Sie mir freundlicherweise zeigten, deutlich unterscheiden. Ich kann Ihnen das leider nicht besser erklären.«

»Können Sie mir sagen, wie dieses grüne Etwas tatsächlich aussieht?«

»Natürlich«, antwortete Dobrak. »Es sieht gar nicht aus.«

Rhodan blickte Atlan verzweifelt an, als ob er von dort erklärende Hilfe bekommen könnte. Der Arkonide zuckte nur mit den Schultern. Waringer starrte nachdenklich auf den Boden.

Gerade als Dobrak sich zum Gehen wenden wollte, gingen mehrere Schreie durch die Zentrale. Mitten zwischen den diskutierenden Männern und dem Kelosker kam das Grün in Bewegung. Erst bildeten sich einzelne Schlieren, die sich langsam verdichteten. Ein Kopf formte sich in groben, verwaschenen Umrissen.

Dobrak richtete alle Augen auf den Vorgang. Seine Paranormhöcker gerieten in leichte Pulsation. Die Anwesenden starrten gebannt auf das wogende Bild.

Nun begann die Luft auch unterhalb des noch ungeformten Kopfes zu flimmern. Das Grün verdichtete sich. Ein Rumpf und zwei Beine wurden erkennbar. Langsam bildeten sich zwei Arme. Noch war die ganze Figur verschwommen. Die Umrisse stabilisierten sich, aber in dem Gesicht waren keine Konturen erkennbar. Aus zwei kleinen grauen Flecken wuchsen zwei übergroße Augen, viel zu groß für den Schädel. Die ganze unfertige Figur schwebte in leichter Schräglage dicht über dem Boden.

Das Gesicht nahm als erstes feste Formen an. Es trug humanoide Züge, war aber ansonsten leblos und nichtssagend. Die unteren Extremitäten blieben verschwommen.

Dobrak winkte einem der Männer.

»Schnell, schalten Sie bitte die Leitung zum Rechnerverbund.«

Kaum daß der Mann der Bitte des keloskischen Rechners nachgekommen war, da sprach dieser wieder eine rasche Folge von Zahlen und keloskischen Begriffen in das Mikro.

Inzwischen hatte sich die grüne Figur weiter stabilisiert. Die Körperpartie oberhalb der angenommenen Gürtellinie glich der eines durchschnittlichen Menschen. Ein breiter, wulstiger Mund öffnete sich und stieß einen undefinierbaren Schrei aus. Dobrak hatte sich leicht vorgebeugt. Blitzschnell wandte er den Kopf in die Richtung des Kommunikationselements zum Rechnerverbund und rief wieder einige Zahlen und Worte auf keloskisch. Dann wandte er sich an Rhodan.

»Lassen Sie sich nicht täuschen. Diese unfertige Figur ist immer noch eine Null. Ein Kontakt kann nicht zustande kommen. Allenfalls können wir mehr über das Wesen im Hintergrund erfahren.«

Wieder kamen einige unartikulierte Laute aus dem Mund des unfertigen Illusionsbilds. Dobraks Hirnhöcker gerieten in wilde Hüpfbewegungen. Ein Tentakel schoß blitzschnell nach vorn und traf die Figur. Diese nahm davon keine Notiz. Der Arm des Keloskers fuhr durch das Pseudowesen hindurch, als wäre es aus Luft. Ebenso schnell, wie der Tentakel herausgeschnellt war, rollte ihn der Rechner wieder ein.

Plötzlich sprach das Illusionsbild einen klaren Satz. Zumindest hörte es sich so an. Verstehen konnte die Sprache allerdings keiner. Dobrak antwortete auf keloskisch. Perry Rhodan, der ständig einen Translator bei sich trug, hörte die Übersetzung: »Dimensioniere deinen Ursprung, denn der Ursprung ist das Wesen des dimensionierten Ichs!«

Unmittelbar darauf verschwand die Figur. Das gleichmäßige Grün herrschte wieder vor.

Dobrak beachtete die Männer nicht, die mit Fragen auf ihn losstürmten. Er watschelte auf seinen Stummelbeinen zur Sprechstelle mit dem Rechnerverbund. Überraschend für Rhodan sagte er in Interkosmo: »Alten Verbund herstellen. Auswertung. Dobrak. Ende.«

Dann sank der Kelosker in sich zusammen und blieb reglos am Boden liegen. Atlan sprang als erster hinzu.

»Wie hilft man diesem Wesen?« fragte er Rhodan.

»Einer der Kelosker mit dem Namen Mirudiak spielt so etwas wie die Rolle des Arztes. Gucky, hole ihn bitte sofort her.«

Der Mausbiber stieß ein Stöhnen aus und sagte mit kläglicher Stimme: »Ich kann nicht einmal bis zu dir teleportieren. Es geht einfach nicht mehr. Ich wollte eben auch den Fall Dobraks telekinetisch aufhalten. Auch das ging nicht. Ich fürchte, daß alle Mutanten ihre Fähigkeiten verloren haben.«

Waringer hatte inzwischen über Interkom die übrigen Kelosker, die sich an Bord der SOL befanden, alarmiert und sie um Hilfe für Dobrak ersucht.

»Er muß sich bei dem Kontaktversuch übermäßig angestrengt haben«, sagte Perry Rhodan leise zu Atlan. Er blickte dem Freund fest in die Augen. »Ich bin froh, daß du wieder hier bist. Wir werden auch diese Situation meistern, nicht wahr, alter Arkonidenfürst?«

»Ich teile deine Zuversicht, Barbar«, antwortete Atlan ebenso leise.

Beide konnten nicht wissen, daß keiner der Anwesenden in der Lage sein würde, die Gefahr von der SOL abzuwenden, die sich immer mehr zusammenbraute.

Die Art, in der Mirudiak den bewußtlosen Rechenmeister behandelte, weckte Erstaunen bei den Terranern und Solanern. Mirudiak rollte die beiden Tentakel Dobraks zu einem unentwirrbar scheinenden Knoten zusammen und legte diesen Knoten unter den massigen Schädel des Bewußtlosen. Dann kniete er sich nieder, wobei er sich auf dem fast verkümmerten Beinpaar abstützte, das in Brusthöhe aus seinem Körper wuchs. Die Hautlappen am Ende der beiden Tentakel legten sich über die Höcker der Nebenhirne des Rechners und begannen diese zu massieren. Irgendwelche Medikamente oder stärkenden Mittel waren den Keloskern offensichtlich unbekannt. Während der Massage der Nebenhirnhöcker gerieten diese in eine leichte Bewegung.

Schließlich schlug Dobrak ein Auge auf. Mirudiak flüsterte ihm etwas zu, was so leise war, daß es die Translatoren nicht erfassen konnten. Daraufhin öffnete der Kelosker alle vier Augen und erhob sich vom Boden. Mirudiak stützte ihn.

Dobrak blickte lange auf Perry Rhodan. Dann sagte er bedächtig: »Ich sehe, daß Sie sich beruhigt haben. Es ist gut, wenn mit der Größe der Gefahr die innere Ruhe wächst. Sie haben die Illusion einer Illusion gesehen. Welche von beiden kann eine Realität werden? Ich werde das Shetanmargt fragen.«

Er sprach einen Satz in das Kommunikationsgerät des Rechnerverbunds, den die Translatoren nicht übersetzten. Die Stimme SENECAS, gesteuert von dem Shetanmargt, antwortete: »Es war ein vergeblicher Kontaktversuch. Es ist gut, daß der Versuch mißlang, denn das Böse darf nicht triumphieren. Die Unfertigkeit des Kontaktversuchs beweist das hohe Alter des Wesens, das als grüne Substanz in dieser Dimension sichtbar wird. Es ist die Fessel, die durch alle Dimensionen reicht und die nach Nährboden sucht. Sie sehen nur einen harmlosen Ausläufer dieser Fessel in den unteren Dimensionen. Dieser reicht aber aus, um alles zu lähmen. Die einzige Möglichkeit ist die Integration.«

»Was bedeutet das?« fragte Rhodan den Kelosker.

»In Ihrem Sinn bedeutet es die Aufgabe«, antwortete Dobrak matt.

»Eine Aufgabe, die zu lösen ist, oder das Aufgeben selbst?« wollte Rhodan wissen.

»Das müssen Sie selbst entscheiden.«

Gestützt von Mirudiak, verließ Dobrak die in ein tiefes Grün getauchte Zentrale der SZ-1. Er ließ eine Handvoll ratloser Menschen zurück.

Ich liege in meiner Badeschale und überdenke die Situation. Das lauwarme Wasser tut meinem Körper gut. Ohne die sanften Impulse Mirudiaks hätte ich die Tortur mit dem Phantombild der Grünen Null nicht überstanden.

Was wissen die Terraner schon von der doktrinären Macht eines Lebens, das durch die Dimensionen ragt? Nichts. Sie sehen nur Äußerlichkeiten. Auch ich sehe bisweilen nur Äußerlichkeiten. Die Rätsel werden immer größer. Soll man die Rätsel überhaupt lösen? Ist nicht die von dem Shetanmargt vorgeschlagene Lösung der Integration die beste?«

Ich weiß es nicht.

Zwei meiner Nebenhirne sagen eins, die anderen sagen null. Ich muß mich erst mit mir selbst integrieren. Ich muß wieder zu mir finden.

Die Illusion war schrecklich, denn sie hat mich über die Grenzen hinausgeführt, die ich in Zahlenkolonnen sortieren kann. Zwar kann ich mit allen Gehirnen gemeinsam bis in die siebte Dimension denken. Aber was bedeutet das? Ich kann nicht in allen Dimensionen gleichzeitig denken. Das ist die Grenze, die mir durch ein Wesen gezeigt wurde, das mehrere Ebenen gleichzeitig beherrscht. Das Bild des projizierten Kontaktversuchs war ein lächerlicher Abklatsch. Eine Null. Was verbirgt sich aber hinter dieser Null? Die Menschen werden die gleiche Überlegung anstellen. Sie werden darüber grübeln, was die Aufgabe bedeutet und was die Integration bedeutet. Je höher man denkt, um so vieldeutiger werden die Begriffe.

Ich lasse etwas warmes Wasser nachlaufen, damit die Durchblutung meines Körpers angeregt wird. Den Geist kann ich nicht mehr weiter aktivieren. Werde ich den Körper noch benötigen, wenn sich die Integration vollzieht? Hat dieses Wesen, von dem das Illusionsbild geschaffen wurde, einen Körper? Das Shetanmargt hat diese Frage verneint.

Ich habe Zweifel. Zweifel an mir, an den Illusionen. Das Haupthirn verlangt eine Entscheidung. Aber worüber?

Über die Zukunft! schreit es in die Nebenhirne. Die können dies aber nicht hören, weil sie desaktiviert sind. Ich brauche Ruhe. Das schreckliche Phantombild hat seine Spuren hinterlassen. Meine Unfertigkeit wurde bloßgelegt. Die Unfähigkeit, mit einem Wesen zu korrespondieren, das durch die Dimensionen ragt. Was soll ich den Menschen der SOL raten? Was soll ich mir selbst raten?

Ich weiß keinen Rat, denn ich kann das mehrdimensionale Wesen nicht erkennen, das seine Fessel über die SOL gelegt hat. Ich weiß nicht einmal, ob es überhaupt ein Wesen ist. Es ist die totale geistige Beanspruchung, wenn man seine eigene Unfertigkeit erkennt. Es ist schlimmer, als unterlegen zu sein.

Ist da nicht eine Hoffnung? Das Etwas, das diese grüne Wolke in unsere Gehirne trägt, mag ein Überwesen sein, vielleicht eine Superintelligenz, vielleicht ein Superinstinkt. Aber auch es ist nicht vollkommen. Trotz seiner Macht, die sich offensichtlich über mehrere Räume erstreckt, ist es unfertig. Wie sonst wären die kläglichen Kontaktversuche zu erklären? Diese Versuche waren zum Scheitern verurteilt. Auch das Shetanmargt hat behauptet, daß dieses Etwas seine eigene, ursprüngliche Form finden muß. Möglicherweise hat es vergessen, wie es früher aussah. Es gibt keinen Anhalt, aus dem man schließen könnte, wie lange es schon im Leerraum existierte, bis durch einen Zufall die SOL in seinen Einflußbereich kam.

Aber es ist unvollkommen. Das ist die Hoffnung. Die Hoffnung ist notwendig, denn aus der Nullspur aus der Aufzeichnung Waringers konnte ich erkennen, daß dieses Etwas böse ist. Das Shetanmargt hat auch dies bestätigt. Moralische Differenzierungen sind mir zwar fremd, aber ich habe von den Menschen gelernt. Sie sind eine junge, wilde und stürmische Rasse. Dennoch achten sie das Leben anderer. Und sie verfügen über ein tiefes, sicheres Gefühl für Gut und Böse.

Ich schalte alle Gehirne zusammen und tauche ganz in das warme Wasser. Die Nässe beflügelt meine Gedanken. Ich sehe eine Entscheidung auf mich zukommen. Eine Entscheidung, die ich fällen muß.

Bevor ich die Frage formuliert habe, besitze ich die Antwort. Sie lautet: *Unsinnig, hoffnungslos!*

Das kann nicht sein, denn eben war die Hoffnung noch da. Ich möchte den Menschen helfen, aber ich weiß noch nicht, ob ich es kann und will.

Meine einzige Stütze ist das Shetanmargt. Es kann in mehreren Dimensionen gleichzeitig Prozesse vollziehen.

Ich tauche aus dem Wasser auf. Immer noch fehlt mir die formulierte Frage. Wieder lenken sich die Gedanken des Haupthirns auf die Menschen. Muß ihnen geholfen werden? Wir sind gemeinsam durch die Große Schwarze Null in Balayndagar gegangen, durch die energetische Null, die die Menschen nur akzeptieren konnten, aber nicht verstehen. Ich habe die Null gesehen. Nun sehe ich wieder eine Null. Aber das Grün, das alles hier erfüllt, ist eine völlig andere Null. Null ist nicht gleich Null. Eine fünfdimensionale Null ist etwas gänzlich anderes als eine dreidimensionale. Und die Null einer Labilzone?

Dieses Etwas ist eine Null in allen Ebenen, in denen ich es wahrnehmen konnte. Deswegen kann es in sich selbst keine Null sein. Wenn ich die Zahlenkombination erkenne, die dieses Etwas beschreibt, kann ich mit ihm Kontakt aufnehmen. Dann bestünde berechtigter Grund zur Hoffnung.

Was will dieses Etwas, das uns das Grün vorgaukelt? Das Shetanmargt arbeitet seit Stunden an dieser Frage. Was bezweckt die Fessel, deren Ausläufer hier im Raum sichtbar und wirksam werden?

Ich steige aus der Badeschale und trockne mich in der Hygienekammer ab. Dann schalte ich eine Leitung zum Shetanmargt.

Noch kein Ergebnis. Es ist auch noch nicht absehbar, wie lange das Shetanmargt seine Energieniveaus schieben, vereinigen und trennen muß, bis ein Ergebnis vorliegt. Es ist nicht einmal sicher, ob es überhaupt ein Ergebnis gibt.

Die Frage, die mich unbewußt die ganze Zeit über beschäftigt, drängt sich nun mit aller Deutlichkeit in den Vordergrund. Plötzlich steht sie als klare Zahlenreihe vor meinem geistigen Auge. Sie hat übergeordneten Charakter und lautet:

Integration mit dem Bösen?

Die Entscheidung fällt.

Kampf dem Bösen. Kampf der Grünen Null. Und wenn er noch so hoffnungslos ist.

3.

Die Evolution des Lebens ist ein ständiger und fortlaufender Prozeß. Wo im Kosmos Leben entsteht, entwickelt es sich weiter. Es verzweigt sich in vielfältige Formen, es wandelt sich in sich selbst. Die Zweige der Evolution, die sich ihrer Umwelt am besten angepaßt haben, haben die größten Überlebenschancen. Die Zweige, die ihre Umwelt verlassen, müssen sich der neuen Umgebung anpassen. Oder sie gehen zugrunde.

Aber das Leben ist stark und erfinderisch. Es kann sogar im scheinbaren Nichts existieren, wenn es sich vom Körperhaften zum Körperlosen emporschwingt.

An Bord der SOL begann eine Tagperiode. Die grüne Substanz, die alle Räume des Raumschiffs gleichmäßig füllte, hatte sich auf einen Intensitätsgrad eingepegelt, der sich nicht mehr veränderte. Vereinzelt war es bei den Menschen zu hysterischen Anfällen gekommen. Die psychische Belastung durch das überall vorhandene Grün war zu groß gewesen. Die illusionistischen Erscheinungen waren nicht mehr aufgetreten.

Der Rechnerverbund SENECA-Shetanmargt hatte ununterbrochen gearbeitet, um eine Lösung für die Befreiung von der Fessel des Grüns zu finden. Dobrak hatte dem Shetanmargt zusätzliche Aufgaben gestellt, deren Ergebnisse noch auf sich warten ließen.

Perry Rhodan hatte nur knappe drei Stunden geschlafen. Als Aktivatorträger benötigte er weniger Schlaf als die anderen Terraner und Solaner. Die Sorge um die Menschen in der SOL hatte ihn bald wieder hochgetrieben. Nun saß er in dem wuchtigen Pilotensessel in der Kommandozentrale der SZ-1 und grübelte vor sich hin. Als er von den vereinzelten panikartigen Unruhen gehört hatte, hatte er verstärkte Roboter-Patrouillen eingesetzt, die für die Aufrechterhaltung der Ordnung zu sorgen hatten.

Ein Team, das der Haluter Icho Tolot anführte, versuchte zur Zeit die Loslösung der SOL-Zelle 2 vom Mittelteil des Raumschiffs durchzuführen. Dazu hatte sich Tolot mit mehreren Technikern direkt an die Anflanschstelle begeben. Normalerweise wurde die Trennung durch SENECA gesteuert und durch die Prozeßrechner durchgeführt, die an der Trennstelle installiert waren. In diesem Fall wollte Tolot unmittelbar auf die Steuermechanismen einwirken, da der andere Weg erfolglos gewesen war.

Icho Tolot kehrte in den Kommandoraum zurück und berichtete.

»Die Abtrennung ist unmöglich, Rhodanos. Dieses Grün will die SOL als Einheit. Das ist klar erkennbar. Wir konnten beobachten, daß sich in den Zylinderschächten eine höhere Konzentration des Grüns befindet als im übrigen Teil der SOL. Diese Verdichtung wirkt in einer mir unverständlichen Weise auf die Verankerungsschrauben. Es blockiert diese. Ferner scheint eine direkte Beeinflussung auf die Steuerautomatik zu bewirken, daß diese alle Kommandos als ›abgearbeitet‹ betrachtet, bevor sie tatsächlich durchgeführt wurden. Wenn die Trennung wirklich vollzogen werden muß, dann empfehle ich rohe Gewalt. Absprengen oder mit Desintegratoren abtrennen. Natürlich würde dabei der Kopplungsmechanismus zerstört.«

Eine Evakuierung der SOL schied für Rhodan aus, da keines der Beiboote in der Lage war, die riesige Entfernung durch den Leerraum bis zur nächsten Galaxis zu überwinden. Für solche Distanzen waren nur die Ferntriebwerke der SOL geeignet. Jede der beiden Zellen und das Mittelstück wären dazu aber in der Lage. Rhodans Überlegungen zielten auf die Durchführung eines bestimmten Plans. Wenn es gelingen sollte, die SZ-2 vom Rest der SOL zu lösen, dann würde dieser Rest, die SZ-1 und das Mittelstück, eine viel größere Masse darstellen als die SZ-2. Rhodan hegte die Hoffnung, daß das Grün in diesem Fall an der größeren Masse bleiben würde, während er mit den Menschen an Bord der SZ-2 der Fessel entkommen könnte. Der Plan hatte viele Unsicherheiten. Die größte Frage war die nach den eventuellen Reaktionen des unbekannten Wesens, das sich in den Ebenen der Dimensionen versteckt hielt und dessen Ausläufer als grüne, immaterielle Substanz spürbar waren.

Der Verlust von zwei Dritteln des Raumschiffs wäre natürlich kaum aufzuwiegen. Dagegen stand aber die Chance auf Befreiung der Menschen.

Rhodan dankte Icho Tolot für seine Arbeit. Eine Entscheidung über die gewaltsame Abtrennung der SZ-2 wollte er erst treffen, wenn Dobrak die Ergebnisse des Shetanmargts bekanntgegeben hatte.

Atlan trat an die beiden heran.

»Seit dieser Kelosker mit dem Rechnerverbund arbeitet, erhalte ich bei fast jeder Anfrage an den Verbund die Aufforderung zu warten. Es ist doch nicht möglich, daß Dobrak die gesamte Kapazität der Rechner für sich beansprucht.«

»Vielleicht doch«, sagte Rhodan. »Wir wollen aber nichts unversucht lassen. Ich möchte dich und Tolot bitten, selbständig eine Strategie gegen das Grün oder das Wesen, das dahintersteht, auszuarbeiten. Schließlich verfügt ihr beide zusammen auch über vier Gehirne, und Tolots Planhirn kann eine Hyperinpotronik weitgehend ersetzen.«

Der Arkonide und der Haluter blicken sich nur kurz an. Dann begaben sie sich in einen Nebenraum.

Rhodan wartete weiter auf Dobrak. Als dieser schließlich erschien, hatte Rhodan das untrügliche Gefühl, daß er über eine Stunde auf den Kelosker gewartet hatte. Ein Blick auf das Chronometer bewies aber etwas anderes. Danach hatten Atlan und Tolot ihn erst vor gut zehn Minuten verlassen. Er schrieb die Täuschung im Zeitgefühl der Belastung zu, die von der grünen Fessel auf alle ausging.

»Das Shetanmargt hat seine Überlegungen abgeschlossen. Es hat bestätigt, daß es sich bei der Grünen Null um die dimensionale Spur einer Lebensform handelt, die körperlos in mehreren Ebenen gleichzeitig existiert. Es behauptet ferner, daß diese Lebensform nur dann in Kontakt zu uns treten kann, wenn sie ihre ursprüngliche Form oder einen Teil der ursprünglichen

Form wiederfindet. Allen Versuchen, die auf die Nachbildung menschlicher Körperteile hinzielen, sollten wir uns daher energisch widersetzen. Es ist damit zu rechnen, daß sich solche Versuche wiederholen. Durch unser Widersetzen können wir der Einheit, die sich verborgen hält, deutlich machen, daß ihre Kontaktversuche widersinnig sind und nicht zum Erfolg führen können. Das Shetanmargt behauptet ferner, daß diese Einheit kollektiv ist. Nur wenn wir dieses Kollektiv erkennen und über es viel in Erfahrung bringen, haben wir eine Möglichkeit, uns der Fessel zu entledigen. Auch die Absicht dieser Wesensform ist transparenter geworden. Es muß etwas an Bord der SOL geben, was mit der Kollektiveinheit in Zusammenhang steht. Ein Hinweis darauf, was dies sein könnte, konnte nicht gefunden werden. Das Shetanmargt glaubte zuerst, daß es selbst das Ziel der Aktionen sein könnte. Dieser Verdacht konnte aber nicht bestätigt werden. Unsere Handlungen sollten also darauf abzielen, möglichst viel über das Wesen im Hintergrund zu erfahren. Daraus läßt sich eventuell seine Absicht erkennen. Wenn wir wissen, was dieses Wesen will, könnten wir es ihm geben.«

»Und das würde uns von der grünen Fessel befreien?« fragte Rhodan.

»Möglicherweise«, argumentierte der keloskische Rechner vorsichtig.

»Wie sollen wir den Trugbildern klarmachen, daß wir sie nicht haben wollen? Sie existieren doch nur in unserer Vorstellung. Es sind Illusionen.«

»Da es gewollte Illusionen sind, muß es eine Möglichkeit geben, gegen sie anzugehen«, antwortete Dobrak. »Das mag Ihnen vielleicht nicht logisch erscheinen, es ist aber so. Ich habe das Shetanmargt beauftragt, ein Mittel gegen die Konzentrationen der Grünen Null zu entwickeln. Ich bin sicher das dies gelingen wird.«

Rhodan schüttelte unwillig den Kopf.

»Ich glaube nicht, daß das der richtige Weg ist. Als gestern das fast komplette Wesen hier auftauchte, fand doch eine Art Kommunikation statt. Das Illusionsbild hat doch einen deutlichen Satz ausgesprochen.«

Dobrak stöhnte auf, als er von dem Terraner an diese Begegnung erinnert wurde.

»Sie können mir glauben, daß dieser Satz die totale Unsinnigkeit war. Ich konnte ihn in eine Zahlenreihe transformieren, aber der Inhalt blieb dennoch im verborgenen.«

Rhodan hatte noch eine letzte Frage an den Kelosker.

»Welche Waffe soll das Shetanmargt gegen die Illusionsbilder entwickeln?«

»Sie würden es vielleicht ein überdimensionales Spiegelfeld nennen oder einen Illusionsspiegel. Damit können die Pseudobilder zu dem Urheber zurückgeschleudert werden. Ich nenne es Prytlgzarg. Das ist ein keloskisches Wort, das etwa das gleiche bedeutet.«

Damit war die Unterredung zunächst beendet. Rhodan blickte wieder zur Uhr. Er registrierte nur nebenbei, daß das Gespräch nur zwei Minuten gedauert hatte. Erst als der Kelosker gegangen war, stand er auf und ging zu dem Digitalchronometer. Gerade erlosch in der Sekundenanzeige die Zahl 27, und die 28 tauchte auf. Rhodan starrte auf die Zahl. Er mußte fast zehn Sekunden warten, bis die 29 erschien.

Da war ihm klar, daß etwas mit der Zeitanzeige nicht stimmte.

Dr. Perm Merveur schob die Schale mit der Biokultur in den Brutofen und stellte die Brutzeit ein. Nach vierzehn Minuten würde sich der Ofen automatisch abschalten. Die Kultur mußte dann eine Höhe von etwa zwei Millimetern haben.

Er wandte sich wieder der drei mal drei Meter großen Projektionswand zu, auf der ein Ausschnitt aus den Aufzeichnungen von Rurik Conics Gehirn zu sehen war. Die Messungen der gestrigen Untersuchung wurden in das Bild eingeblendet. So konnte der Gynäkologe und Gen-Biologe die Meßwerte der Hirnströme direkt an den Stellen ablesen, an denen sie dem Gehirn des geschädigten Mannes entnommen worden waren. Merveur suchte immer noch nach einer Lösung des Problems in der Struktur des Hirns. Die Biomedizin der Gehirne war zwar nicht sein eigentliches Fachgebiet, doch verfügte er auch hier über umfangreiche Kenntnisse.

Als er auf Rurik Conic gestoßen war, hatte er als erstes eine Genuntersuchung durchgeführt. Das Ergebnis hatte ihn verblüfft. Die Genstrukturen des Mannes waren völlig normal. Trotzdem hatte sich Rurik bis zu seinem zwanzigsten Lebensjahr anders entwickelt. Der fehlende Haarwuchs war auch nicht in den Genen verankert gewesen. Die Ursachen für die Fehlentwicklung mußten folglich woanders liegen.

Wie schon bei den vorangegangenen Untersuchungen mußte Merveur feststellen, daß Ruriks Gehirn nicht falsch arbeitete. Es wies in über neunzig Prozent völlige Stille auf. Auch in den Regionen, die er jetzt auf dem Schirm abbildete, waren fast alle Meßwerte der Hirnströme null. Der Widerspruch lag darin, daß diese Partien völlig gesund waren, sofern man sich auf den organischen Aufbau beschränkte.

»Man müßte einige Hirnpartien von außen her mit den richtigen Stromwerten versorgen«, überlegte der Arzt halblaut. Er beschloß, von den passiven Untersuchungen abzugehen und die weiteren Tests durch direkte Eingriffe zu ergänzen.

Über Bordinterkom rief er nach Rosy Breuer und bat die Frau, Rurik in seine Praxis zu bringen.

Unterdessen ging er zu dem Brutofen. Zu seinem Erstaunen stellte er fest, daß von der vorgegebenen Brutzeit erst eine Minute verstrichen war. Rein gefühlsmäßig wußte er aber, daß die Brutzeit längst abgelaufen war. Er schaltete den Ofen ab und entnahm die Schale mit der Biokultur. Auf den ersten Blick sah er, daß die Kultur bereits eine Höhe von etwa fünf Millimetern erreicht hatte. Sie war demnach mindestens zwanzig Minuten in dem Brutofen gewesen. Merveur überprüfte die Automatikuhr des Ofens mit dem Lauf seines Armbandchronometers. Er benötigte nur wenige Sekunden, dann hatte er festgestellt, daß beide Uhren entschieden zu langsam gingen. Er überprüfte noch die Wanduhr seiner Praxis. Auch diese zeigte einen zeitlich stark verzögerten Lauf. Da alle drei Uhren aber unabhängig voneinander arbeiteten, stand für Merveur fest, daß ein Einfluß von außen die Ursache sein mußte.

Er beschloß, die Schiffsleitung über seine Beobachtungen zu informieren. Gerade als er die Kommandozentrale der SZ-1 anwählte, kam Rosy Breuer mit Rurik Conic herein.

»Einen Moment, Miß Breuer«, sagte Merveur. Nebenbei stellte er fest, daß die anmutige Ortungstechnikerin ihre Haarfarbe in einen etwas rötlicheren Ton verändert hatte.

Das Gesicht Perry Rhodans erschien auf dem Bildschirm des Interkoms.

»Sir«, sagte Merveur steif, »ich habe eine Beobachtung gemacht, die möglicherweise eine Auswirkung dieser grünen Substanz sein könnte. Alle meine Uhren laufen zu langsam.«

Rhodan nickte.

»Wir haben hier etwas Ähnliches festgestellt. Nur sind wir nicht sicher, ob wirklich die Uhren langsamer gehen oder ob wir unser Zeitempfinden verändert oder verloren haben.«

Merveur überlegte kurz.

»Es sind bestimmt die Uhren.«

Er berichtete in kurzen Zügen von dem Wachsen der Biokultur und folgerte: »Nach meinem Gefühl war die Kultur etwa fünfundzwanzig Minuten in dem Brutofen. Die Höhe der Kultur nach der Entnahme entspricht genau diesen fünfundzwanzig Minuten. Folglich ging die Uhr falsch. Denn eine Biokultur hat bestimmt kein Zeitgefühl.«

»Danke«, antwortete Rhodan. »Das ist ein guter Hinweis. Jetzt gilt es noch herauszufinden, was diese Aktion für einen Sinn hat.«

Der Bildschirm erlosch.

»Da haben die hohen Herren wieder eine grüne Nuß zu knacken«, meinte Merveur mit gespieltem Humor.

Er erklärte Rosy Breuer, daß er mit Ruriks Gehirn einen Aktivtest durchführen wolle.

»Ist das nicht gefährlich?« fragte die kleine Frau.

»Durchaus nicht«, wurde sie beruhigt. »Allerdings habe ich keine Vorstellung vom Resultat des Tests.«

»Wahrscheinlich geht er so aus wie alle anderen«, meinte Rosy resignierend. »Ergebnis null, Rurik null.«

Sie half dem Gynäkologen bei der Justierung des Medostuhls.

»Ich werde über sechsunddreißig Sonden die Gehirnpartie künstlich aktivieren, die für die Verarbeitung des Wahrnehmungsvermögens zuständig ist. Natürlich nehme ich nur die Hauptleiter, aber ich hoffe, daß dadurch alle Nebenstränge mit aktiviert werden.«

Rurik Conic ließ alle Maßnahmen geduldig über sich ergehen. Er starrte stur vor sich hin. Kein Muskel zuckte in seinem Gesicht, als sich die Sondenhaube des Medostuhls über seinen Kopf senkte.

Die Steuerung der Sonden und der Ströme in den Sonden übernahm der Laborcomputer.

»Jetzt!« sagte Merveur und setzte das Computersystem in Gang. Gespannt beobachtete er mit der Ortungstechnikerin das Gesicht Ruriks.

Durch dessen Augen ging ein leises Zucken. Merveur kontrollierte mit einem raschen Seitenblick die Meßwertanzeigen.

»Es scheint zumindest teilweise zu klappen. Die betreffende Gehirnsektion wird aktiviert. Noch fehlen die Impulse in mehreren Nebensträngen.«

Plötzlich schlugen mehrere Zeiger der Anzeigetafel wild aus. Dann stabilisierten sie sich auf den Sollwerten.

Ruriks Augen verloren den starren Blick. Der junge Mann wollte sich aus dem Medostuhl erheben. Er wurde aber durch ein Fesselfeld daran gehindert. Da öffnete Rurik den Mund und sagte: »Wer noch einmal ›Sol‹ zu mir sagt, bekommt die Faust ins Gesicht!«

Rosy jubelte innerlich. Rurik konnte sprechen. Es war ihr zwar ein Rätsel, wieso er die Sprache überhaupt kannte, denn schließlich hatte er in seinem ganzen Leben noch kein einziges Wort gesagt.

Als die Zeiger der Meßanzeigen wieder in Unruhe gerieten, schaltete Merveur den Computer ab. In Ruriks Gehirn erloschen schlagartig alle Aktivitäten.

Die Sondenhaube wurde zurückgefahren, und das Fesselfeld wurde abgeschaltet.

»Rurik! Steh auf und komm zu mir!« befahl der Arzt.

Gehorsam stand der Mann aus dem Stuhl auf und trottete zu Merveur.

»Heh, ›Sol‹!« rief Merveur nun. »Gib mir die Schlüssel dort vom Tisch.«

Rurik führte auch diese Anweisung widerstandslos durch.

»Sie sehen, Miß Breuer, daß die künstlich hervorgerufene Aktivität der Gehirnregion wieder völlig abgeklungen ist. Er kann sich nicht mehr an den Satz erinnern, den er selbst vor wenigen Sekunden gesagt hat. Aber dennoch war der Test erfolgreich. Wir wissen jetzt, daß sein Gehirn zumindest alle Eindrücke verarbeitet. Woher sollte er sonst die Sprache kennen und seinen Spitznamen wissen? Ich werde weiter experimentieren. Eines Tages wird sein Gehirn aktivierbar sein. Bis dahin werden wohl noch viele Tage vergehen, aber es muß gelingen.«

Perm Merveur konnte nicht ahnen, daß es ganz anders kommen würde.

»Es kann nur von diesem verflixten Grün herrühren«, sagte Perry Rhodan. Damit meinte er den verzögerten Lauf der Uhren an Bord der SOL. Wie eine Überprüfung ergeben hatte, betraf der Effekt ausnahmslos alle Zeitanzeigen, angefangen von der einfachsten mechanischen Uhr bis zur digitalen Zeitimpulsabgabe SENECAS.

»Was hat das nur zu bedeuten?« grübelte Waringer. »Ich sehe da keinen Zusammenhang. Doch, einen vielleicht. Perry, erinnerst du dich, daß Gucky sagte, Takvorians Movatorfähigkeit sei zuerst geschwunden. Erst danach verloren die anderen Mutanten ihre Psi-Kräfte. Es muß also ein Zeitphänomen sein, das hier eine Rolle spielt.«

Er stand auf und schritt zum Interkom.

»Wir haben keine subjektive oder objektive Möglichkeit, um die wirkliche Zeit zu messen. Also muß eine Uhr her, die keine ist. Ich kenne jemand, der eine Sanduhr als Schmuckstück hat. Vielleicht geht die noch richtig.«

Waringer tastete eine Rufkombination. Das Gesicht eines älteren Manns erschien.

»Ich hoffe, ich störe Sie nicht, Dr. Vandeern. Ich habe bei Ihnen einmal eine Sanduhr gesehen. Würden Sie mir diese für einen Versuch zur Verfügung stellen?«

»Ich bin müde und habe keine Lust, Ihnen meine Sanduhr für Ihre dämlichen Experimente zu geben. Ich bin hundemüde, Waringer.«

Der Mann war offensichtlich schlecht gelaunt, aber Waringer schien dies einkalkuliert zu haben. Er ging nicht darauf ein, sondern sagte nur: »Ich schicke einen Mann vorbei, dem Sie die Uhr geben. Und nun schlafen Sie schön.«

Er bat einen Techniker aus der Zentrale, zu Dr. Vandeern zu gehen und die Sanduhr zu holen. Der Mann verließ den Raum mit einem herzhaften Gähnen.

»Dieser müde Vandeern scheint uns alle anzustecken«, sagte Senco Ahrat. »Obwohl es gleich Mittag ist, fühle ich mich auch nicht gerade frisch.«

Rhodan ging nicht darauf ein. Er erkundigte sich, ob weitere hysterische oder panikartige Ausbrüche beobachtet worden waren.

»Seit über drei Stunden ist kein Fall mehr gemeldet worden«, berichtete man ihm. »Die Zeitangabe ist allerdings geschätzt, weil ja keine Uhr mehr richtig geht.«

Mit der inzwischen eingetroffenen Sanduhr zog Waringer einen Zeitvergleich. Dabei stellte sich heraus, daß die Uhren an Bord der SOL um etwa das Hundertsiebzigfache zu langsam liefen. Die Sanduhr wurde von dem Effekt nicht betroffen.

»Wir sollten Dobrak fragen«, sagte Waringer, »was dieser Zeiteffekt bedeuten könnte. Ich tappe völlig im dunkeln.«

»Der Kelosker wird ohnehin bald hier auftauchen. Sicher wartet er nur, bis das Shetanmargt das Prytlgzarg berechnet hat. Ich bin wirklich neugierig, was Dobrak da ausheckt«, war Rhodans Antwort. Der Terraner blickte erstaunt auf Senco Ahrat. Der Emotionaut war in seinem Stuhl eingeschlafen!

Im gleichen Augenblick schlug ein Alarmsignal aus der Abteilung der Bordkraftwerke an. Rhodan sprang zum Interkom.

»Sir«, meldete ein Ingenieur, »ich kann die Arbeit hier einstellen. Meine Leute schlafen reihenweise ein und lassen sich nicht mehr wecken. Ich selbst bin auch hundemüde. Es liegt etwas in der Luft, was ...«

Weiter kam der Mann nicht.

Er unterbrach sich mitten im Satz und schloß seine Augen. Rhodan sah, wie er langsam nach hinten umkippte.

»Verdammt!« schimpfte der Terraner. »Das ist wieder ein Effekt dieses verflixten Grüns.«

»Ich spüre keine Müdigkeit«, sagte Waringer und blickte gedankenverloren auf den rieselnden Sand der Sanduhr.

»Ich auch nicht.« Rhodan wirkte etwas hilflos. »Schließlich tragen wir Zellaktivatoren. Und die sollten uns vor diesem Effekt schützen.«

Dann ließ er einen Medoroboter kommen.

»Dieser Mann schläft«, sagte er zu dem Roboter und zeigte auf Senco Ahrat. »Versuche, ihn mit Medikamenten wach zu bekommen.«

Die Maschine machte sich sofort an die Arbeit. Der Reihe nach injizierte sie fünf verschiedene Stoffe. Senco Ahrat reagierte nicht. Schließlich war der Roboter am Ende seiner Künste. Er führte noch eine allgemeine Untersuchung Ahrats durch. Dann meldete er: »Der Mann ist körperlich völlig gesund und ausgeruht. Das Schlafbedürfnis ist unerklärlich. Die verabreichten Medikamente zeigen keine Wirkung.«

Rhodan war zutiefst beunruhigt, denn ständig gingen weitere Meldungen ein, die prinzipiell das gleiche besagten: Die Menschen an Bord des Raumschiffs fielen in einen tiefen Schlaf.

»Dieser ›Dornröschen-Effekt‹ ist das Schlimmste, was bisher durch das grüne Zeug oder das Wesen im Hintergrund verursacht wurde.«

Waringer hatte sofort den passenden Namen für die Erscheinung gefunden.

»Sicher hängt das mit der Zeitverzögerung zusammen. Wir sollten überlegen, was das zu bedeuten hat. Vielleicht bekommen wir dadurch ein besseres Bild von dem Grün.«

Rhodan überlegte nicht lange. Er schaltete eine Leitung zum Rechnerverbund.

»SENECA! Es geschieht etwas Unheimliches. Alle Menschen fallen in Schlaf. Nur die Aktivatorträger sind von dem ›Dornröschen-Effekt‹ nicht befallen. Du mußt sofort verstärkten Einsatz von Robotern vorsehen, damit die Funktionen zur Aufrechterhaltung eines störungsfreien Betriebs an Bord sichergestellt sind. Für Aufgaben, die unbedingt von Menschen durchgeführt werden müssen, stehen die Aktivatorträger zur Verfügung.«

»Hier SENECA. Verstanden. Ich leite selbständig alle erforderlichen Maßnahmen ein. Ende.«

Rhodan blickte sich in der Zentrale um. Inzwischen waren alle Menschen in tiefen Schlaf gefallen. Nur Waringer und er selbst waren noch wach. Und Ras Tschubai, der als einziger weiterer Aktivatorträger anwesend war.

Innerhalb von einer halben Stunde war fast jegliche Aktivität an Bord erloschen. Die SOL hatte sich in ein Raumschiff der Schläfer verwandelt. Von dem »Dornröschen-Effekt« wurden auch Fremdintelligenzen betroffen. Von den Keloskern blieb allein Dobrak im Wachzustand. Der Rechenmeister nahm in seinem Volk aufgrund seiner außergewöhnlichen Fähigkeiten eine besondere Stellung ein.

Er hatte das Einschlafen selbst beobachtet. Seine Arbeit mit dem Shetanmargt unterbrach er deswegen nicht. Im Gegenteil. Er beauftragte den energetischen Rechner mit einer Beurteilung des Effekts. Das würde jedoch wieder eine erhebliche Zeit benötigen, denn die Probleme waren so vielschichtig. Die einzelnen Auswirkungen, wie die Zeitverschleppung oder der »Dornröschen-Effekt«, waren jeweils nur ein Mosaikstein im Spiel der unheimlichen und unbekannten Kräfte.

Als Dobrak die SZ-1-Zentrale betrat, traf er nur Rhodan und Waringer an. Alle anderen Menschen schliefen. Ras Tschubai war mit den anderen Aktivatorträgern unterwegs, um die Lage an Bord zu kontrollieren.

Rhodan blickte erstaunt auf den Kelosker.

Dobrak hatte einen Tentakel ausgestreckt. Über dem Hautlappen am Ende des Tentakels schwebte ein glühendes, rundes Gebilde in der Luft. Es mochte etwa einen halben Meter durchmessen und folgte jeder Bewegung Dobraks.

»Was ist das?« fragte Rhodan.

»Das ist das Prytlgzarg. Sie können es ruhig anfassen. Es glüht nicht direkt. Das scheint nur so. In Wirklichkeit ist es kalt.«

»Und dieses Ding kann die Illusionsbilder vertreiben?«

Rhodan war skeptisch.

»Natürlich kann es das nur, wenn die Illusionen wieder auftreten.«

Wenn die Lage nicht so verzweifelt gewesen wäre, hätte Rhodan über diese Antwort Dobraks gelacht. Der Kelosker ging bisweilen in dem Bemühen, seine Überlegungen den Menschen mitzuteilen, etwas zu weit.

»Kann man erfahren«, fragte Waringer und starrte die leuchtende Kugel neugierig an, »wie und woraus Sie dieses Prytlgrytlding hergestellt haben?«

»Es heißt Prytlgzarg.« Dobrak wirkte leicht beleidigt. »Und ich habe es nicht hergestellt. Es ist ein Teil des Shetanmargts, das es aus sich durch Energieumformung gebildet hat. Es ist ein Illusionsreflektor.«

»Danke für die Erklärung«, sagte Waringer höflich. Er wollte den Kelosker nicht verärgern. »Können Sie auch noch etwas zu den beiden zuletzt beobachteten Effekten, der scheinbaren Zeitverschiebung und dem ›Dornröschen-Effekt‹, sagen? Wir tappen völlig im dunkeln und sehen nur, daß die Gefahr immer größer wird. Inzwischen haben wir mehrere Auswirkungen des Grüns bemerkt, und doch können wir immer noch keinen Schluß auf sein Wesen oder seine Absichten ziehen.«

Dobrak überlegte lange. Rhodan und Waringer spürten förmlich, wie sich der Rechenmeister bemühte, seine Gedanken in für die Terraner verständliche Worte zu kleiden.

»Die beiden Effekte bestätigen nur die früheren Vermutungen. Es handelt sich bei den Effekten nur um Auswirkungen in ihrer Dimension. Es ist nicht sicher, ob diese Effekte von der Kollektiveinheit im Hintergrund beabsichtigt sind. Ich nehme es aber an. Diese Wesenheit hat eine Absicht, die ich nicht erkenne. Die Kontaktversuche hängen damit zusammen. Wahrscheinlich ist es so, daß es bei der Durchführung dieser Absicht nicht von den Menschen gestört werden will. Daher der ›Dornröschen-Effekt‹. Sie müssen sich das so vorstellen: Ein überdimensionaler Wille bewirkt, daß sie alle einschlafen.«

»Noch sind eine Handvoll Menschen wach«, antwortete Rhodan. »Und Sie auch, Dobrak.«

»Das besagt gar nichts. Ich rechne damit, daß ihre Aktivatoren den ›Dornröschen-Effekt‹ nur verzögern. Verhindern können sie ihn nicht. Ich spüre den Einfluß dieses Effekts erst seit kurzem. Durch vorsätzliche Desaktivierung von jeweils einem Nebenhirn kann ich der Wirkung noch eine Zeitlang ausweichen. Aber irgendwann werde ich auch in Schlaf fallen.«

»Das hört sich aber gar nicht gut an«, meinte Waringer verstört.

»Es ist auch nicht gut«, gab Dobrak zurück. »Meine Hoffnungen liegen in dem Shetanmargt. Aber ohne weitere Informationen wird es möglicherweise auch keinen Ausweg finden. Bis jetzt hat es nur vorgeschlagen, sich in das Unvermeidliche zu fügen.«

Betreten schwiegen Rhodan und Waringer.

Dobrak justierte das Prytlgzarg in der Mitte des Raumes. Dann blickte er Rhodan und Waringer mit je einem Augenpaar an.

»Ich füge mich nicht in das Unvermeidliche«, sagte er leise. »Ich kämpfe für Sie bis zum letzten Atemzug.«

Schlurfend verließ er die Zentrale.

Bei den Mutanten herrschte tiefe Niedergeschlagenheit. Ihre Fähigkeiten waren total geschwunden. Takvorian, Dalaimoc Rorvic und Merkosh waren zudem in tiefen Schlaf gefallen.

Gucky trottete mit Ras Tschubai durch die Flure der SZ-1. Die einzigen Wesen, denen sie begegneten, waren Roboter. SENECA hatte alle verfügbaren Einheiten in Marsch gesetzt, um den Betrieb an Bord aufrechtzuerhalten. Die Hyperinpotronik war an der Grenze ihrer Belastbarkeit angelangt, weil das Shetanmargt in voller Aktivität stand und SENECA für seine Untersuchungen und Berechnungen ständig in Anspruch nahm.

Immer wieder trafen die beiden ihrer Fähigkeiten beraubten Mutanten auf schlafende Menschen, die ihre Unterkunft mit dem Einsetzen der Müdigkeit nicht mehr erreicht hatten und in den Fluren und Schächten liegengeblieben waren. Mehrere Verletzte hatte es gegeben, wo Einschlafende nicht rechtzeitig von den Transportbändern treten konnten und schwer gestürzt waren.

Am Fuß eines Antigravschachts fanden die beiden eine ganze Traube von Menschen, die in dem Schacht vom Schlaf überrascht worden waren. Tschubai rief einen Roboter, mit dessen Hilfe er die Menschen getrennt in einem anschließenden Flur ablegte. Gucky selbst war zu schwach, um bei den körperlich anstrengenden Arbeiten zu helfen.

»Was wird mit den Menschen geschehen, wenn der Schlaf über mehrere Tage andauert?« fragte der Mausbiber. »Sie müssen doch irgendwann verhungern.«

»Wir wissen nicht, welchen Charakter dieser Schlaf hat. Wir können nur hoffen, daß sich die Lage entspannt.«

Ras Tschubai blickte auf seine Uhr. Diese zeigte zwar keine richtige Zeit mehr an, aber der Afroterraner wollte die zeitliche Verzögerung feststellen. Er pfiff leise durch die Zähne, als nach etwa einer Minute Wartezeit die Ziffernanzeige unverändert geblieben war.

»Jetzt steht die Zeit ganz still«, sagte er zu dem Mausbiber.

»Du meinst, die Uhr steht still.«

»Das kannst du halten, wie du willst. Komm, wir gehen zu Perry und Waringer. Vielleicht sind die beiden weitergekommen.«

»Oder Atlan und Icho Tolot«, meinte Gucky.

Wenig später betraten die beiden die Kommandozentrale der SZ-1. Sie sahen Waringer an einem kleinen Tisch sitzen und auf die Sanduhr starren. Daneben lag ein Notizblock, auf dem er die Zeit notierte, die er von der Sanduhr erhalten hatte.

»Es ist jetzt zwei Uhr fünfzehn«, begrüßte er die beiden Mutanten.

»Meine Uhr steht jetzt ganz«, sagte Tschubai. »Und wie ich sehe, ist es hier nicht anders.«

Waringer nickte nur. Er fühlte die ganze Sinnlosigkeit seines Tuns. Das Notieren der Sanddurchläufe war nur noch eine Methode, um sich zu beschäftigen. Den eigentlichen Problemen stand er hoffnungslos gegenüber.

Perry Rhodan erläuterte Gucky das, was er über das geheimnisvolle Prytlgzarg wußte, als Dobrak eintrat.

»Die Uhren sind stehengeblieben«, sagte der Kelosker. Die beiden Tentakelarme hingen schlaff an seinem Körper herunter. »Damit ist der Zeitpunkt des nächsten Kontaktversuchs gekommen.«

Er fuhr mit seiner Hand über das energetische Gebilde des Prytlgzargs. Die Kugel erhöhte ihre Leuchtkraft, so daß die Anwesenden sich geblendet die Hände vor die Augen halten mußten.

»Woher wollen Sie wissen, daß jetzt ein neuer Kontaktversuch bevorsteht?« fragte Rhodan den Kelosker.

Dobraks Blick konnte Perry Rhodan nicht deuten.

»Das kann ich Ihnen nicht sagen«, war die Antwort.

Rhodan kniff die Augen zu schmalen Schlitzen zusammen.

»Sie wollen es nicht sagen, meinen Sie wohl.«

»Nein, Rhodan«, antwortete Dobrak sanft. »Bitte vertrauen Sie mir. Würde es Ihnen helfen, wenn ich sage, ich habe den Zeitpunkt berechnet? Ich muß dann rasch handeln. Wenn nämlich das Illusionsbild diesmal ein nichtmenschliches ist, muß ich das Prytlgzarg desaktivieren.«

Dobrak sah die Nervosität des Terraners, die allmählich in Mißtrauen gegen alles Nichtmenschliche umzuschlagen drohte.

»Da ist es!« piepste Gucky in diesem Moment.

Genau zwischen dem Mausbiber und dem Tisch Waringers mit der Sanduhr begann das Grün zu wogen. Der Wissenschaftler sprang auf und starrte auf die grünen Schlieren, die sich allmählich zu Konturen formten. Dobrak hatte inzwischen das Prytlgzarg mit einer Handbewegung abgeschaltet. Zumindest entstand dieser Eindruck, denn die Leuchtkraft des schwebenden

Gebildes ging fast ganz zurück. Einmal bildete sich für einen kurzen Augenblick etwas Ähnliches wie ein Mund. Dann wogte und waberte alles hin und her, als ob die steuernde Macht nach einer geeigneten Körperform suchen würde.

Die drei Terraner, der Kelosker und der Mausbiber standen in einem Kreis. In der Mitte dieses Kreises entstand allmählich der Umriß eines Kopfes. Noch war nicht erkennbar, ob es ein menschlicher Kopf werden würde. Gucky glaubte für einen Moment, es würde sich um einen Mausbiber handeln. Aufgeregt gab er piepsende Laute von sich. Dann endlich nahm die Phantomfigur feste Formen an. Es waren einwandfrei die Umrisse eines menschlichen Körpers. Wieder waren die Kopfpartien am besten ausgebildet.

Der Mund des Illusionswesens öffnete sich und gab einzelne, unverständliche Laute von sich. Rhodan sah, wie der Kelosker den Illusionsreflektor in Richtung des Trugbilds dirigieren wollte.

»Warten Sie, Dobrak!« rief er hastig. »Es will uns etwas sagen. Warten Sie doch!«

Doch der Kelosker blieb hart.

»Nein. Ich muß es zurückschleudern. Bitte glauben Sie mir doch.«

Rhodan war wie besessen von seiner Idee. Die Strapazen der letzten Stunden waren zuviel für ihn gewesen. Die grüne Fessel aus den Dimensionen hatte ihn verwirrt. Er klammerte sich an Dobrak, um ihn daran zu hindern, das Prytlgzarg auf das Illusionsbild zu dirigieren.

Da öffnete dieses den Mund und sagte einen Satz, der völlig unverständlich war. Die Wirkung dieses Satzes auf die Terraner war schrecklich. Rhodan verspürte, obwohl er den Sinn nicht verstehen konnte, ein Gefühl des totalen Ekels und Widerwillens. Der Satz mußte in einer ihm unbekannten Form eine psychische Wirkung ausstrahlen. Er sah, wie sich auch Waringer und Ras Tschubai angewidert zur Seite wandten.

Da ließ er Dobrak gewähren. Der keloskische Rechenmeister legte den Hautlappen seines rechten Tentakels unter die schwach schimmernde Kugel des Prytlgzargs. Ohne das Gebilde selbst zu berühren, schob er es in das Illusionsbild hinein. Mit einer Bewegung aktivierte er das energetische Fragment des Shetanmargts.

Die Wirkung trat sofort ein. Die schemenhafte Figur stieß einen irren Schrei aus und begann zu wanken. Alle Konturen verflossen ineinander und konzentrierten sich als ein grüner Ball im Mittelpunkt des Illusionsreflektors. Mit einem Geräusch, wie es ein platzender Luftballon erzeugt, flog das Gebilde auseinander. Dann schwebte nur noch das Prytlgzarg allein im Raum.

»Die Aktion war erfolgreich«, sagte Dobrak und blickte den verstörten

Rhodan an. »Jetzt weiß die Wesenheit, daß sie ein Bild der eigenen Eins projizieren muß. Ich bringe das Prytlgzarg zurück zum Shetanmargt, denn wir werden es nicht mehr benötigen. Bitte halten Sie Wache bis zum nächsten Kontaktversuch. Er wird hier in diesem Raum stattfinden, das ist sicher. Wann das sein wird, weiß niemand.«

Er nahm die leuchtende Kugel und verließ die Zentrale.

In diesem Augenblick sank Gucky in sich zusammen und fiel in tiefen Schlaf. Und als Tschubai zu gähnen begann, ahnte Rhodan, daß der »Dornröschen-Effekt« nun auch nach den Aktivatorträgern zu greifen begann. Dobraks Vorhersagen schienen sich zu bewahrheiten.

»Geoff, bitte bleib mit Ras hier. Es könnte sein, daß der nächste Kontaktversuch schon sehr bald geschieht. Ich will sehen, ob Atlan und Icho Tolot etwas gefunden haben.«

Perry Rhodan eilte aus der Zentrale zu dem Besprechungsraum, in dem der Arkonide und der Haluter weilten.

Er stieß die Tür auf und blieb erschrocken stehen.

Auf einem Tisch lagen neben den Kommunikationsgerät mehrere leere Folienblätter. Und neben diesen Blättern lagen die Köpfe von Atlan und Tolot. Ein gleichmäßiges, tiefes Schnarchen erfüllte den Raum.

Rhodan sah sich auch um diese Hoffnung betrogen. Er rannte zurück zu Waringer und Tschubai. Der Wissenschaftler war neben der Sanduhr in Schlaf gefallen. Der Mutant lag im Sessel des Zweiten Piloten. Beide schliefen. Panik befiel den Terraner. Er tippte die Kombination des Mutantenkorps in den Interkom. Eine Antwort erhielt er nicht.

»Mein Gott«, flüsterte er. »Ich bin allein. Wann werde auch ich in Schlaf fallen?«

Unwillkürlich umklammerte seine Hand den Zellaktivator, den er auf der Brust trug und der ihm die relative Unsterblichkeit verlieh.

»Sie sind nicht allein, Rhodan«, sagte eine bekannte Stimme hinter ihm. Ohne daß er es bemerkt hatte, war Dobrak zurückgekehrt. »Wir zwei sind allein. Alles Leben an Bord ist in den Schlaf der Grünen Null gefallen. Wir haben noch etwas Zeit, bis er auch uns übermannt. Aber ich weiß nicht, wie wir die Zeit nutzen sollen.«

Gedankenverloren starrte Dobrak die Sanduhr an, die noch auf Waringers Arbeitstisch stand. Leicht schwankend bewegte er sich darauf zu. Sein Hautlappen umfaßte das Gerät und drehte es um, als die obere Schale leer geworden war.

»Besteht noch Hoffnung?« fragte Rhodan.

»Ich weiß es nicht«, antwortete Dobrak. »Ich kann mich vielleicht noch zwei oder drei Stunden gegen den Druck des ›Dornröschen-Effekts‹ wehren. Sie vielleicht etwas weniger. Es ist wohl die persönliche Abstimmung

Ihres Zellaktivators, die Sie länger wach sein läßt als die anderen Aktivatorträger. Der Rechnerverbund arbeitet einwandfrei. SENECA sorgt für die Aufrechterhaltung der Ordnung an Bord. Das Shetanmargt widmet sich der Auseinandersetzung mit dem unbekannten Wesen, das die Fessel der Grünen Null über uns gesenkt hat. Leider fehlen immer noch nähere Angaben über diese Kollektiveinheit zwischen den Dimensionen. Wenn der nächste Kontaktversuch positiv verläuft, das heißt, wenn diese Wesenheit zu einer Form findet, die ihrem eigenen Ego entspricht, und wenn wir diesen Kontaktversuch noch wach erleben, dann besteht vielleicht eine Hoffnung.«

Rhodan wirkte so verstört, als hätte er dem Kelosker gar nicht richtig zugehört. Er ging unruhig auf und ab. Sein Blick fiel einmal auf die Sanduhr, dann auf die drei Roboter, die SENECA in die Zentrale geschickt hatte und die hier die wichtigsten Überwachungsfunktionen wahrnahmen.

»Nur noch wir zwei«, murmelte der Terraner. Dann blickte er Dobrak fest an. »Ich weiß zwar nicht, wie wir noch kämpfen sollen, aber wir wollen es zumindest versuchen.«

Dobrak nickte.

In den Räumen und Fluren der SOL war die totale Ruhe eingetreten. Die Roboter SENECAS hatten die schlafenden Menschen versorgt, sie in ihre Kabinen gebracht und auf die Liegen gelegt. Dann hatte die Hyperinpotronik die Roboterkolonnen in die Hangars zurückkommandiert.

Es herrschte völlige Ruhe.

Völlige Ruhe?

In einer dunklen Ecke des »Happy Club« räkelte sich zwischen den desaktivierten Reinigungsrobotern eine Gestalt: Rurik »Sol« Conic. Der geschädigte junge Mann beendete seinen Schlaf. Dieser Schlaf war ein natürlicher gewesen; keiner, der von der Wesenheit hinter dem Grün verursacht worden war. Rurik erhob sich bedächtig und sah sich mit starrem Blick um. Seine Instinkte verlangten von ihm, seiner Aufgabe nachzugehen. Er schlurfte durch die Reihen von Tischen und Hockern und hielt Ausschau nach wegzuräumenden Essensresten, Tellern, Bechern und Bestecken.

Er konnte sich nicht darüber wundern, daß alle Tische blank waren und keine Menschen mehr in dem Raum lärmten. Er irrte vom Instinkt getrieben durch sämtliche Reihen, bis er über einen umgefallenen Hocker stürzte. Rurik stand mit ungelenker Bewegung wieder auf und stellte den Hocker an seinen Platz. In diesem Augenblick erlosch die Beleuchtung im Aufenthaltsraum. Der Mann stand in fast völligem Dunkel. Die Notbeleuchtung über den Türen gab nur ein trübes Licht ab, das in dem dichten Grün kaum noch wahrnehmbar war. Rurik steuerte eins dieser Lichter an. Er registrierte nicht das Gebilde, das sich vor seinen Augen aus dem grünen Nebel bildete. Er hätte die bestimmte Form dieses Gebildes auch nicht erkennen können. Als ob nichts vorhanden wäre, schritt er durch den verdichteten grünen Nebel hindurch auf die Tür zu.

Auf dem Gang hinter der Tür herrschte noch die volle Beleuchtung. Rurik zögerte einen Moment, bis er sich für eine bestimmte Richtung entschied. Sein Instinkt trieb ihn zu den Menschen, die ihm bekannt waren. Er suchte menschliche Nähe und Wärme.

4.

Die Evolution des Lebens vollzieht bisweilen Schritte, die auf Anhieb unsinnig erscheinen. So war der Auszug aus dem Wasser auf das Land in der Entwicklungsgeschichte Terras für die Lebensformen mit unsäglichen Qualen verbunden. Viele Formen konnten sich dem neuen Lebensraum nicht anpassen und gingen zugrunde. Das Leben selektiert sich selbst. Aber die, die überlebten, die sich anpaßten, hatten ein höheres Niveau erreicht.

Was geschieht aber mit einem Leben, das den Schritt zum Körperlosen vollzogen hat und nun nach einem neuen Niveau sucht? Ist die körperlose Existenz im Nichts die totale Erfüllung? Sicher nicht. Auch hier sucht das Leben nach Veränderung. Diese Veränderung kann auch ein Schritt zurück sein.

Ich bin Dobrak, der Kelosker. Ich stehe vor der Kommunikationseinheit im Kommandostand der SZ-1, die mich mit dem Shetanmargt verbindet. Rings um mich herum erblicke ich eine Reihe verwirrender Zahlenkombinationen. Wenn ich die Zahlen des schlafenden Manns verarbeite, der Senco Ahrat heißt, erfüllt mich das Ergebnis mit Schrecken. Die Zahleneinheiten des Menschen verringern sich von Minute zu Minute. Der Schlaf ist nur eine erste Zahlengruppe. Aber diese macht deutlich, wo der Schlaf enden wird. In einer Null. Im Tod.

Auch mich wird der Tod ereilen. Die Fessel greift immer fester nach mir. Das Shetanmargt kann keine Lösung aus dieser Situation finden. Energie kann nicht schlafen. Kann nicht sterben.

Alle Menschen müssen sterben, wenn dieser Schlaf nicht in den nächsten Zeiteinheiten beendet wird. Aber wie soll er beendet werden, wenn die Fessel der unbekannten Wesenheit uns immer fester einschnürt?

Ich habe keine Angst vor dem Tod. Er stellt für mich auch nur eine Zahlenkombination dar. Die Ungewißheit ist der auslösende Faktor der Angst.

Das Shetanmargt sendet eine Zahlenreihe. Es will Informationen. Ich antworte: »Null!«

Der Terraner Rhodan ist eingeschlafen. Ich rüttle ihn. Er erwacht. Seine Kombination ist von den Zahlen des Schlafs durchsetzt. Ich schlage ihm einen Tentakel ins Gesicht. Er steht auf und sagt: »Dobrak.«

»Wir müssen alle sterben«, antworte ich. »Die Fessel der Grünen Null erwürgt uns im Schlaf. Nur das Wachsein kann die Rettung bedeuten.«

Der Terraner beginnt schweigend auf und ab zu gehen. Seine Hand ruht auf dem Zellaktivator, dessen Zahlenreihe ich nicht interpretieren kann. Ich sehe nur, daß es eine höchst wunderbare Kombination ist.

Das Shetanmargt sendet eine neue Zahlenreihe. Ich muß alle Nebengehirne aktivieren, um sie zu verarbeiten. Dann steht das Ergebnis fest.

Die denkende Energieeinheit stellt ihre Aktivitäten bis zum Vorliegen neuer Informationen ein.

Rurik »Sol« Conic torkelte durch Deck 21. Sein Instinkt trieb ihn voran. Er öffnete wahllos einige Türen.

Es konnte ein Zufall gewesen sein oder eine instinktive Verhaltensweise, daß er schließlich die Kabine der Ortungstechnikerin Rosy Breuer betrat. Die Frau lag leicht gekrümmt auf einer Liege und schlief. Rurik tastete sich vorsichtig näher. Die dämmrige Beleuchtung und der grüne Nebel erschwerten ihm die Orientierung. Ein kaum wahrnehmbares Zucken lief über sein Gesicht, als er Rosy erkannte. Er kauerte sich neben die Liege und legte eine Hand an die Wange der Frau. In dieser Haltung blieb er eine Weile sitzen. Er spürte nichts von den unsichtbaren Kräften, deren Linien sich zwischen ihm und Rosy Breuer zogen. Auch ein gesunder Mensch hätte sie nicht wahrnehmen können. Und doch war da etwas Undefinierbares, das die grüne Substanz durchdrang.

Plötzlich schlug die kleine, zierliche Frau ihre Augen auf. Verwirrt blickte sie sich um. Sie entdeckte Rurik, der neben ihrer Liege auf dem Boden saß und vor sich hin starrte.

Sie wußte nicht, wie sie in ihre Kabine gekommen war. Ihre letzte Erinnerung lag schon länger zurück. Sie war auf dem Weg zu Dr. Perm Merveur gewesen. Unterwegs hatte sie eine große Müdigkeit befallen, und sie hatte sich für einen Augenblick an die Wand gelehnt, um auszuruhen. Ihr Gefühl sagte ihr, daß die befremdenden Umstände etwas mit der grünen Substanz zu tun haben mußten. Die Uhren standen zwar völlig still, aber es war Tagperiode, wie sie an der Beleuchtung auf dem Gang sah.

Rosy Breuer erhob sich von der Liege und schritt benommen zur Tür.

Dort war der Interkomanschluß installiert. Die merkwürdige Ruhe in der Umgebung ihrer Wohnstätte irritierte sie.

Sie wählte der Reihe nach Dr. Merveur und einige andere Freunde und Bekannte an. Der kleine Bildschirm des Interkoms blieb dunkel. Niemand meldete sich.

»Was geht hier vor?« flüsterte sie verstört und blickte den neben ihr stehenden Rurik an. Der glotzte nur stur vor sich hin. Sie faßte den Mann am Arm und gab ihm zu verstehen, daß er mitkommen sollte. Gemeinsam verließ das ungleiche Paar den Raum.

Rosy spürte, daß die restliche Müdigkeit von ihr abfiel, wenn sie nahe bei Rurik war. Als sie sich auf dem Weg zum Hauptschacht einmal mehr als zwei Meter von Rurik entfernte, überfiel sie sofort wieder das Schlafbedürfnis.

Auf der Suche nach anderen Menschen fand Rosy nur Schlafende. Ihre Angst und Verwirrung steigerte sich immer mehr. Schließlich rief sie die Zentrale der SZ-1. Irgendwo mußte es doch noch waches Leben geben. Es dauerte eine Weile, bis sich der Bildschirm erhellte. Rosy blickte auf einen breiten Schädel mit vier Augen.

Sie war zu verwirrt, um den Kelosker sofort zu erkennen, denn sie hatte die Lebewesen aus der Kleingalaxis Balayndagar nur einmal von Angesicht zu Angesicht gesehen.

»Erschrecken Sie bitte nicht«, sagte der Kopf auf dem Bildschirm. »Ich bin Dobrak, ein Kelosker. Und ich bin ein Freund. Wer sind Sie, und warum schlafen Sie nicht?«

»Muß ich das denn?« fragte Rosy trotzig zurück. Unwillkürlich war sie mißtrauisch geworden.

»Nein, nein«, beeilte sich der Kelosker zu versichern. »Sie haben mich falsch verstanden. Ich bin sehr froh, einen wachen Menschen zu sehen, denn alle an Bord sind in den Schlaf der Grünen Null gefallen. Nur ich bin noch bei wachem Bewußtsein.«

»Ich bin Rosy Breuer, Ortungstechnikerin von der SZ-1-16, der JAYMADAHR. Auch ich habe bis vor kurzem fest geschlafen. Es muß wohl an meinem Freund Rurik liegen, daß ich wieder erwacht bin, denn in seiner unmittelbaren Nähe werde ich nicht müde.«

Sie schob Rurik vor die Aufnahmeoptik, so daß Dobrak den kugeligen, haarlosen Schädel des gestörten Manns sehen konnte. Die Augen des Keloskers verengten sich und begannen zu zucken. Auch die Höcker auf dem Schädel des Rechners gerieten in Bewegung.

»Bitte kommen Sie sofort mit diesem Mann in den Kommandostand der SZ-1«, sagte Dobrak.

Rosy nickte und schaltete ab.

Die Bezeichnungen *Rechner* und *Computer* waren für das Shetanmargt ebenso falsch wie für SENECA. Während die den Menschen unverständliche keloskische Einheit mit Energieebenen arbeitete, in sich aber einen einheitlichen Aufbau hatte, besaß SENECA zwei grundverschiedene Bestandteile. Ein Teil SENECAS war eine Positronik herkömmlicher Art. Der größte Teil dieser Positronik bestand aus Speicherkristallen, in denen alle Informationen und Programme abgelegt waren. In den Recheneinheiten konnten diese Programme mit aktuellen Daten verarbeitet werden. Die Staffelung der Recheneinheiten war so ausgelegt, daß SENECA gleichzeitig eine Vielzahl von Problemen lösen konnte. Das alles machte SENECA aber noch nicht zu dem, was er war. Eingebettet in die Positronikteile waren riesige Tanks mit Bioplasma. Die gehirnartige Substanz stammte von dem Zentralplasma der Hundertsonnenwelt. Sie stellte echtes Leben dar, allerdings in einer Form ohne Körper. Sie war nur Gehirn.

Die organischen Nervenbahnen des Plasmas erzeugten Impulse, die über Bioponblöcke in technisch nutzbare Steuerimpulse umgewandelt wurden. Umgekehrt konnte auch jeder Impuls der Positronik über diese Verzahnung in Informationen verwandelt werden, die für das Plasma verständlich waren. Der Impulsaustausch geschah aber nicht nur auf elektronischer oder positronischer Basis. Das Phänomen SENECA bestand vielmehr darin, daß der Austausch auf hyperphysikalischer Ebene vollzogen wurde. Durch die Verbindung von biologischer und technischer Einheit wurde die Kapazität des Rechners so gewaltig, daß sie mit einer meßbaren Größe nicht mehr auszudrücken war. Diese Kapazität war aber auch erforderlich, um ein Raumschiff von der Größe der SOL zu steuern und gleichzeitig den Menschen als Hilfe in allen Situationen zur Verfügung zu stehen. Neben SENECA gab es an Bord eine Unzahl leistungsfähiger Rechner für spezielle Anwendungsfälle. Für die Lenkung des Raumschiffs war deren Kapazität von untergeordneter Bedeutung.

Das gleichmäßige Grün, das die ganze SOL erfüllte, war als immaterieller Ausläufer aus einer höheren Dimension eingesickert. Es durchdrang jede Art von Materie und kannte keine Hindernisse durch Energieschirme. Es war in der SOL entstanden.

Und es erfüllte auch jede Zelle des Rechnerverbunds SENECA-Shetanmargt.

Dobrak war äußerst erregt. Das Auftauchen von zwei Menschen, die nicht in den Schlaf der Grünen Null gefallen waren, bedeutete neue Hoffnung. Ungeduldig erwartete er das Eintreffen von Rosy Breuer und Rurik Conic in der Zentrale. Er spürte in sich selbst den wachsenden Druck des Schlafbedürfnisses. Rhodan war ihm inzwischen zum Opfer gefallen. Der Terraner war in einem Stuhl eingeschlafen. Dobrak hielt sich dadurch wach, daß er eines seiner Nebenhirne ausschließlich dazu verwendete, seinem Körper belebende Impulse zu spenden.

Endlich trafen die beiden ein. Für Dobrak war Rurik als Zahlenkombination eine echte Überraschung. Was er über das Interkombild nur vermutet hatte, bestätigte sich nun. Der Mann ließ sich in keiner Zahlenkombination ausdrücken! Vordergründig erkannte der Kelosker, daß Rurik in jeder normalmenschlichen Weise eine geistige Null war. Dadurch war er sogar in einer unbestimmten Art mit der Grünen Null verwandt. Aber hinter dieser vordergründigen Kombination verbarg sich etwas anderes, was der Rechenmeister nicht erkennen konnte. Dieses Etwas war ein unsichtbares Fluidum, das der Fessel des Schlafens entgegenwirkte.

Dobrak trat bis auf einen Schritt an den Mann heran. Und da fühlte er es! Schlagartig wich die Müdigkeit aus seinem Körper. Ein unsichtbares Feld, dessen Charakter dem Kelosker verborgen blieb, umgab Rurik Conic. Dieses Feld widersetzte sich der Grünen Null. Der »Dornröschen-Effekt« wurde nicht wirksam.

Er bat Rosy Breuer, auf einem Stuhl Platz zu nehmen, und ging mit Rurik zum Kommunikationsgerät mit dem Rechnerverbund. Die kleine Frau schlief sofort ein, nachdem Rurik sie verlassen hatte.

Dobrak berichtete dem Shetanmargt über die Person Ruriks und über die beobachteten Effekte.

»Wenn dieser Mann instinktiv etwas gegen den Schlaf der Grünen Null tun kann, so muß es auch eine Möglichkeit geben, alle Menschen der SOL von dieser Fessel zu befreien, die sie in den Tod führt«, schloß der Kelosker seine Erklärungen. Geduldig wartete er auf die Antwort des Shetanmargts.

»Eine Verallgemeinerung der Methode Ruriks ist nicht möglich. Der Mann ist ein Negativ-Mutant mit Null-Eigenschaften. Die weiteren Überlegungen hierzu sind unwichtig. Eine andere Erkenntnis drängt sich in den Vordergrund. Ich melde mich gleich wieder.«

Dobrak nutzte die Zeit, in der das Shetanmargt beschäftigt war, und führte Rurik zu Perry Rhodan. Er stellte den jungen Mann so nahe an den Terraner, daß dieser in den Einflußbereich des kaum spürbaren Feldes kam. Es dauerte nicht lange, da schlug Rhodan die Augen auf.

»Bleiben Sie dicht bei diesem Menschen«, sagte Dobrak zu dem noch schläfrigen Rhodan. »Sie werden dadurch wieder völlig wach werden.«

Dobrak fühlte, wie der Einfluß Ruriks auf ihn selbst sofort nachließ. Mehr als ein Lebewesen schien der Negativ-Mutant nicht beeinflussen zu können. Als Rhodan sich zu orientieren begann, berichtete ihm der Kelosker vom Auftauchen Ruriks und von der bevorstehenden Erkenntnis des Shetanmargts. Rhodan registrierte wieder mit der gewohnten Schnelligkeit. Da meldete sich auch schon der keloskische Energierechner.

»Das Ziel der unbekannten Wesenheit ist erkannt worden. Es ist Rurik Conic.«

Rhodan blickte erstaunt auf den jungen Mann mit dem haarlosen Kugelkopf.

»Ich habe diesen Solaner noch nie gesehen. Er soll das Ziel der Aktionen sein? Das ist unglaublich.«

»Das Shetanmargt irrt sich nie. Es rechnet mit höherdimensionalen Energiefeldern. Dadurch werden Fehler ausgeschlossen«, dozierte Dobrak.

»Dann möchte ich mehr über den Sinn dieses Zieles wissen«, verlangte Rhodan. Dicht an Rurik gedrängt, schritten Dobrak und er zu der Sprechstelle. Dobrak sprach eine Anzahl Zahlen und Begriffe. Wieder meldete sich das Shetanmargt mit der Kunststimme SENECAS.

»Die Wesenheit sucht nach Veränderung ihrer Lebensform. In Rurik sieht sie die Möglichkeit der Realisierung. Der vorgesehene Weg ist klar. Durch die Vernichtung allen Lebens auf der SOL, ausgenommen dem von Rurik, wird jeglicher Störeinfluß ausgeschaltet, der eine Integration der Wesenheit mit dem Null-Mutanten behindert. Daher legte die unbekannte Kollektiveinheit das Fesselfeld mit dem ›Dornröschen-Effekt‹. Nach einer Schlafperiode wird die Lähmung aller Nervenstränge in den Gehirnen der Betroffenen folgen. Das bedeutet den Tod aller Lebewesen auf der SOL. Dann wird sich die Wesenheit mit Rurik Conic zu einer neuen Lebensform vereinigen. Dieser Weg liegt klar. Eine Unbekannte in den Berechnungen ist der Kontaktfaktor. Es muß an Bord des Raumschiffs etwas geben, was mit der Wesenheit früher in Berührung kam. Andernfalls hätte sich das Grün als Ausfluß aus den Dimensionen nicht stabilisieren können. Mit Hilfe der Erkenntnis dieser Verbindung könnte über die Wesenheit mehr in Erfahrung gebracht werden. Und ohne weitere Erkenntnisse ist eine Abwendung der Bedrohung nicht möglich. Ende.«

Rhodan stieß nach dieser längeren Erklärung einen Pfiff aus.

»Wir sind zwar einen Schritt weiter, aber noch lange nicht am Ziel. Woher sollen wir wissen, was dieser Kontaktfaktor sein soll?«

»Erinnern Sie sich an die Kontaktversuche mit den Illusionsbildern und an den Einsatz des Prytlgzargs«, sagte Dobrak. »Ich wollte schon immer, daß die Wesenheit sich in ihrem Originalbild zeigt. Vielleicht können wir sie dann erkennen und dem Shetanmargt die fehlende Unbekannte liefern.«

»Dann kommt es also darauf an«, überlegte Rhodan, »daß ein solcher Kontaktversuch stattfindet, bevor die Fessel alle Menschen umbringt.«

»Das ist richtig«, war Dobraks Antwort. »Nur haben wir keinen Einfluß auf den Zeitpunkt eines solchen Kontaktversuchs. Ich bin mir aber sicher, daß er stattfinden wird, denn diese Wesenheit muß spüren, daß noch waches Leben an Bord ist. Nämlich Sie und ich.«

»Kann ich mit SENECA sprechen?« fragte Rhodan den Kelosker. Er hatte bemerkt, daß Dobrak stets nur mit dem Shetanmargt verkehrte. Der Rechnerverbund mußte also teilweise losgelöst sein.

»Das ist ohne weiteres möglich. Der Verbund ist nur gelockert, aber nicht gelöst.«

Rhodan erklärte SENECA sein Anliegen. Die Hyperinpotronik sollte ständig über ihre optischen Sensoren die Kommandozentrale beobachten. Sobald sich der Kontaktversuch durch Verdichtung des Grüns anbahnte, galt es vorrangig festzustellen, was oder wer hinter der unbekannten Lebensform steckte, die Dobrak Wesenheit oder Kollektiveinheit genannt hatte. Dann war zu folgern, in welcher Verbindung sie zu den Terranern oder zur SOL stand.

SENECA bestätigte den Auftrag.

»Alle gespeicherten Informationen stehen abrufbereit. Spezielle Teile des Bioplasmas werden die Identifizierung vornehmen. Die vorgesehenen Sektionen werden ...«

Mitten im Satz brach der Rechner ab. Rhodan wölbte die Stirn. Auch Dobrak stutzte.

»Rhodan an SENECA. Warum sprichst du nicht weiter?«

Als Antwort kam ein ganz und gar unübliches Krachen zurück. Auf dem Bildschirm zerfloß das Symbol SENECAS. Wirre Muster flimmerten über die Scheibe. Dobrak versuchte, Kontakt zum Shetanmargt zu bekommen, aber auch dieser Versuch scheiterte. Ratlos standen der Terraner und der Kelosker vor dem Kommunikationsgerät, aus dem wieder eine Folge von Krach- und Zischlauten kam.

Dann herrschte plötzlich Stille. In die Stille hinein erklang die Kunststimme des Rechnerverbunds.

»Hier spricht der positronische Teil SENECAS. Notprogramm BIO-OFF wurde aktiviert. Die hypertoyktische Verzahnung mit dem Bioplasma wurde aufgelöst. Es steht nur noch die Positronik zur Verfügung.«

»Begründung!« schrie Rhodan.

Und die Antwort kam.

»Unter dem Einfluß der grünen Substanz ist das Bioplasma eingeschlafen!«

Dobrak saß mit Rurik in dem Spezialsessel des Haluters Icho Tolot, der wegen seiner Größe die beiden nebeneinander aufnehmen konnte. Der Kelosker hatte sich mit Perry Rhodan darauf geeinigt, daß er als erster die

Wache übernahm. Es galt zu warten. Warten auf einen erneuten Kontaktversuch der Kollektiveinheit.

Durch den Ausfall des Bioplasmas war die Situation an Bord äußerst kritisch geworden. Die Positronik allein war zwar ein leistungsfähiges Gebilde; für Probleme der Mustererkennung oder Fragen des gefühlsmäßigen Handelns war sie fast völlig ungeeignet. Zwar konnte sich die Positronik durch verschiedene Simulationsprogramme helfen, die Ergebnisse wurden dadurch aber in der Regel um einen unbestimmten Faktor ungenau. Für Dobrak war es wichtig, daß durch den Schlaf des Bioplasmas die Verbindung zum Shetanmargt nicht unterbrochen worden war. Die Störungen, die beim Einsetzen des Notprogramms BIO-OFF aufgetaucht waren, hatte die Positronik SENECAS wieder beseitigt. Insgeheim bewunderte Dobrak die Weitsicht der Terraner, die beim Bau des Superrechenhirns an den möglichen Ausfall des Plasmas gedacht hatten.

Ruriks unsichtbare Kräfte, mit denen er gegen den »Dornröschen-Effekt« ankämpfte, ließen nicht nach. Allerdings hatte Dobrak feststellen müssen, daß das Kraftfeld nur vorübergehend zwei Lebewesen zusätzlich einschließen konnte. Rhodan lag daher jetzt schlafend in einem Sessel.

Um die in Todesgefahr schwebenden Besatzungsmitglieder konnte sich der Kelosker nicht kümmern. Er verstand zuwenig von der terranischen Medizin. Die Medoroboter waren mit dem Ausfallen des Plasmateils aktionsunfähig geworden. Auch darüber konnte sich Dobrak keine Gedanken machen. Entweder es lag an der Art der Steuerung der Roboter durch SENECA, oder es waren in den Medorobotern auch Plasmateile enthalten, die in Schlaf gefallen waren.

Dobrak konzentrierte sich auf eine einzige Aufgabe: die Vorbereitung des Auftauchens einer neuen Projektion der unbekannten Wesenheit. Bei seinen intensiven Überlegungen setzte er alle Nebenhirne ein. Auch das Shetanmargt arbeitete wieder ununterbrochen.

Bei seinem Bemühen, das zu erwartende Auftreten einer neuen Illusion bestmöglich vorzubereiten, stieß Dobrak auf eine Unbekannte. Er wußte fast nichts über Rurik Conic. Auch Rhodan konnte ihm nicht helfen, da der Terraner den Null-Mutanten früher nie gesehen hatte. Dobraks Blick fiel auf die schlafende Rosy Breuer. Sie mußte mehr über Rurik wissen. Mit Rurik im Tentakel begab sich der Kelosker zu der Frau. Er entfernte sich einige Schritte, damit Rurik schnell auf die Ortungstechnikerin einwirken konnte.

Dobrak stieß ein Summen der Erleichterung aus, als Rosy Breuer erwachte. Verständnislos blickte sie umher.

»Ich brauche Ihre Hilfe, Miß Breuer«, sagte der Kelosker sanft. »Bitte erzählen Sie mir alles, was Sie über Rurik wissen.«

»Was geht hier vor?« stammelte Rosy schlaftrunken.

»Bitte kümmern Sie sich nicht darum. Sie können uns dadurch im Kampf gegen die Grüne Null helfen, daß Sie alles über diesen Mann berichten. Ich muß seine Verhaltensweisen kennenlernen und alles über ihn erfahren, was seine Eigenschaft als Null-Mutant betrifft. Die Zeit drängt.«

»Grüne Null?« fragte die Frau. »Sie meinen wohl das grüne Zeug. Was Rurik betrifft, so kann ich Ihnen nicht viel sagen. Ich habe mich nur um ihn gekümmert, weil er mir leid tat. Er hat sich stets wie ein treu ergebenes Tier verhalten, nicht wie ein Mensch. Nur einmal hat er einen Satz gesagt. Das war, als Dr. Merveur eine Gehirnpartie künstlich unter Strom setzte.«

Dobrak wollte noch wissen, ob Dr. Merveur mehrere Versuche mit Rurik durchgeführt hatte. Als Rosy dies bejahte, handelte der Kelosker. Er entfernte Rurik aus der Nähe der Frau, woraufhin diese sogleich wieder einschlief. Dann forderte er SENECA auf, den Gynäkologen suchen zu lassen und ihn in die Zentrale zu bringen. Der aktive Teil des Rechenhirns protestierte gegen den zusätzlichen Auftrag, da seine Kapazität voll ausgelastet war. Dobrak selbst war nicht generell autorisiert, in dem Notfall, in dem sich SENECA befand, uneingeschränkte Weisungen zu geben. Dem Kelosker blieb daher nichts anderes übrig, als Rhodan mit Ruriks Hilfe zu wecken und von diesem den Auftrag erneut an den Rechner übertragen zu lassen. Bei dieser Gelegenheit informierte er den Terraner über den Stand der Dinge.

Mit Merveurs Auftauchen mußte Dobrak Perry Rhodan wieder aus dem Feld Ruriks nehmen. Für drei Personen reichte die Kraft des Null-Mutanten nicht aus. Und Dobrak selbst konnte auch nicht länger als wenige Minuten auf Ruriks Hilfe verzichten. Wenn der Mann mit Rosy Breuer nicht zufällig aufgetaucht wäre, wäre auch Dobrak zu diesem Zeitpunkt schon der Fessel der Grünen Null erlegen gewesen und in den todbringenden Schlaf gefallen.

Merveur hatte nach seinem Erwachen keine Orientierungsschwierigkeiten. Als geschulter Wissenschaftler paßte er sich der Situation rasch an und berichtete dem Kelosker alles, was er über Rurik Conic im Lauf der Untersuchungen in Erfahrung gebracht hatte. SENECA und das Shetanmargt, die durch Dobraks Schaltung nur noch lose miteinander verbunden waren, hörten mit. Der terranische Rechner konnte in seinem halbgelähmten Zustand zur Lösungsfindung nicht beitragen. Das Shetanmargt jedoch verwertete alle Informationen und reagierte sofort.

»Es könnte möglich sein, daß Ruriks Gehirn erneut künstlich aktiviert werden muß. Der Medostuhl aus der Klinik Dr. Merveurs sollte daher umgehend hierhergeholt werden«, forderte es.

»Das ist unmöglich«, antwortete Merveur. »Der Stuhl ist zwar transportabel. Er arbeitet aber mit fest installierten Teilen und einem speziellen Computer zusammen, die unmöglich transportiert werden können.«

Das Shetanmargt schwieg für einen Moment. Als es sich wieder meldete, sagte es: »Ich habe alle Informationen über die Gehirnströme eines normalen Menschen von der Positronik SENECAS erhalten. Die Erzeugung der Ströme kann durch ein Uchzplar mit hinreichender Genauigkeit erfolgen. Ich arbeite jetzt ein Uchzplar aus und schicke es nach Fertigstellung in die Zentrale.«

»Was ist ein Uchzplar?« fragte Merveur erstaunt.

Dobrak suchte nach Worten.

»Vereinfacht ausgedrückt ist das die Summation komplexer Energiefelder, die durch Induktion in bestimmten Abständen seiner Umgebung bestimmte Ströme erzeugen können. Ein Uchzplar kann Ihren Robotstuhl mit den Hirnsonden ersetzen.«

»Und wie will Ihre Maschine das Uchzplar herstellen?« wollte der Gynäkologe noch wissen.

»Das Shetanmargt ist keine Maschine«, belehrte Dobrak den Arzt. »Es ist ein Shetanmargt. Es stellt auch nichts her. Es dimensioniert ein Fragment.«

»Ich gebe es auf«, stellte Merveur resignierend fest.

»Das müssen Sie auch«, antwortete Dobrak und bemühte sich, seiner Stimme einen sanften Klang zu verleihen. »Ich muß Sie leider wieder in den Schlaf schicken.«

Er entfernte Rurik aus der unmittelbaren Nähe Merveurs. Der Gynäkologe schloß sofort die Augen. Behutsam legte der Kelosker den Mann in einen freien Sessel.

Das Uchzplar drang durch die Wände in die Zentrale ein. Auf den ersten Blick ähnelte es dem Prytlgzarg, denn auch dieses Fragment des keloskischen Energierechners war ein leuchtendes Kugelgebilde.

Im Gegensatz zu dem Illusionsreflektor, der in seiner Lichtintensität völlig gleichmäßig gewesen war, wies das Uchzplar in seinem Innern eine Vielzahl von schmalen, leuchtenden Bahnen auf. Dobrak positionierte das Shetanmargt-Fragment in seiner Nähe, so daß er es jederzeit schnell aktivieren konnte.

Alle Vorbereitungen waren abgeschlossen. Es gab nichts mehr zu tun. Dobrak wartete. Er wartete auf das Auftauchen eines neuen Illusionsbilds der unbekannten Kollektiveinheit, die sich in den Dimensionen und Zwischenräumen verbarg. Von den Überlegungen des Shetanmargts wußte Dobrak, daß die Wesenheit sehr alt sein mußte. Vielleicht hatte sie schon Äonen im Leerraum verbracht, bis sie auf die SOL traf.

Dobrak hoffte inbrünstig, daß eine brauchbare Illusionserscheinung auftauchte, bevor der »Dornröschen-Effekt« in die tödliche Phase übergehen würde.

Der leichte mentale Druck verwirrte Dobrak. Er saß etwa seit drei Stunden neben dem stumpfsinnig vor sich hin starrenden Rurik Conic in dem Halu-ter-Sessel, ohne daß etwas geschehen war. Es bereitete ihm keine Schwierigkeit, sich gegen die drängenden Impulse abzuschirmen. Als Kelosker verfügte er über eine natürliche Abschirmung im Sinn einer Mentalstabilisierung. Was ihn beunruhigte, war das Fehlen einer Möglichkeit, den Ursprung des mentalen Drucks zu erkennen. Als rein geistige, überdimensionale Strahlung ließ er sich in kein Zahlenmuster einordnen. Der Druck war einfach da.

Dobrak versuchte, eine Veränderung an Rurik zu finden. Aber da war nichts. Er schloß daraus, daß die Quelle an einer anderen Stelle zu suchen sei. Er teilte seine Beobachtungen dem Shetanmargt mit, das den mentalen Druck als den möglichen Beginn eines neuen Kontaktversuchs interpretierte.

Aufmerksam beobachtete Dobrak den Raum. Und da entdeckte er eine Veränderung. Über dem Tisch, auf dem die Sanduhr Waringers stand, verdichtete sich das Grün. Dobrak überlegte, ob er Perry Rhodan schon in das Anti-Feld Ruriks ziehen sollte, entschloß sich dann aber für ein Abwarten.

Schon in der ersten Phase der Verdichtung erkannte Dobrak, daß der Vorgang auf ein anderes Gebilde hinzielte. Der betroffene Raumabschnitt war annähernd würfelförmig. Nur an den oberen vier Ecken bildeten sich Abrundungen heraus. Mit dem Grad der Verdichtung des Grüns wuchs der mentale Druck.

Der Kelosker erhob sich gemeinsam mit Rurik aus dem Sessel. Er hielt den jungen Mann, der ihm gerade bis an das obere Beinstummelpaar reichte, mit einem Tentakel fest an sich gepreßt.

Allmählich veränderte sich die Würfelform und ging in eine Halbkugel über, die sich mit der Wölbung nach oben auf den Tisch legte. Wieder nahm der mentale Druck etwas zu. In dem Augenblick, in dem Dobrak in dem wabernden Gebilde mehr als eine Null erkannte, geschah etwas Unglaubliches. Das noch völlig unfertige Gebilde drückte die Sanduhr über den Tischrand. Das Kleinod polterte zu Boden und zerbrach.

»Die Projektion versucht feste Formen anzunehmen«, flüsterte der Kelosker erregt. Aber niemand konnte ihn hören, und Rurik reagierte auf das Schauspiel überhaupt nicht.

Auf der Oberfläche der Halbkugel begannen sich erste Konturen abzuzeichnen. Wurstartige Formen zogen sich unregelmäßig über die Außenfläche. Dazwischen entstanden kleine Mulden.

»Ohne das Bioplasma ist eine Identifizierung nicht möglich«, plärrte die Stimme SENECAS, gesteuert vom positronischen Teil, dazwischen.

Dobrak erkannte ständig neue Zahlenmuster, die aber nach sehr kurzer Zeit wieder verschwanden. Nichts war stabil, alles war in Bewegung. Mit einem raschen Seitenblick überzeugte sich Dobrak davon, daß der mentale Druck keinen Einfluß auf die Schlafenden ausübte. Die Szene in der SZ-1-Zentrale war unverändert. Er spürte einen Begriff in dem geistigen Durcheinander des mentalen Zwanges, der wie Suchen klang. Aber dieser Geistesinhalt verschwamm so schnell, wie sich die Wülste auf der Kugeloberfläche bewegten.

Nun begann sich die Farbe der wogenden Halbkugel zu ändern. Sie ging von einem dunklen Grünton in graubraune Schattierungen über. Immer mehr stabilisierte sich die Form der Halbkugel. Die Umrisse nahmen feste Konturen an. Die letzte Phase vollzog sich schlagartig. Der mentale Druck verschwand vollkommen, und die Form nahm eine graue Farbe an. Die fließenden Bewegungen stoppten urplötzlich. Auf dem Tisch lag ein Rätsel.

Ein versteinertes Gehirn!

Es war etwa einen halben Meter breit und ebenso hoch. Einige wulstartige Stränge ragten über die Tischplatte hinaus. In einem Umkreis von etwa zwei Metern rings um das versteinerte Gehirn wich die grüne Substanz zurück.

Dobrak fixierte das unglaubliche Gehirn und versuchte, es in eine ihm verständliche Zahlenreihe umzusetzen. Der Versuch mißlang. Das Gehirn war zu vielschichtig, als daß es ohne größere Berechnungen hätte verstanden werden können. Der Kelosker überlegte angestrengt. Eine Lebensform, die nur aus einem Gehirn bestand, das einem kompletten Körper entstammen mußte, hatte er noch nie gesehen. Ihm kamen Zweifel, ob dieser Kontaktversuch wirklich ein Originalbild der Lebensform der unbekannten Wesenheit war.

»Vielleicht konnte es nur sein Ursprungsgehirn projizieren«, überlegte er halblaut. Er befragte SENECA und das Shetanmargt nach dem Wesen des versteinerten Gehirns. Der positronische Teil SENECAS kapitulierte völlig. Das Shetanmargt behauptete aber mit Sicherheit, daß das Gehirn der Ursprungsform der Wesenheit entsprach.

Dobrak verwirrte diese Unmöglichkeit. Wieder war es für ihn ein qualvoller Schock, daß er vor unlösbaren Fragen stand. Was sollte er mit dem versteinerten Gehirn anfangen?

Als ob das Shetanmargt seine Überlegungen gehört hätte, kam der Kommentar aus dem energetischen Rechner: »Zwischen dem versteinerten Gehirn und einer Einheit innerhalb der SOL muß eine Beziehung bestehen. Weder in den Speichern SENECAS noch in meinem Reservoir existiert ein Hinweis darauf, was diese Einheit sein könnte. Sie ist der unbekannte Faktor, der unbedingt gefunden werden muß, um die Wesenheit zu interpretieren.«

Dobrak trat an das Gehirn heran. Er legte einen Hautlappen darauf und befühlte das Gebilde. Es sah nicht nur aus wie ein Stein mit den Formen eines Gehirns. Es war ein Stein. Um so verwunderlicher war, daß das einfache Muster des Steins von zahlreichen anderen Zahlenmustern überdeckt war. Das Gehirn war aus Stein, aber damit war sein wahrer Charakter nicht gelüftet.

»Ich verlange eine zahlenmäßige und dimensional geordnete Kombination für das versteinerte Gehirn«, verlangte er vom Shetanmargt. Die Aufnahmeoptiken des ursprünglichen Rechnerverbunds SENECA-Shetanmargt waren auf das Gebilde gerichtet und übertrugen die Bilder zu den noch aktiven Teilen. Von SENECA, dessen biologischer Teil ausgefallen war, erhoffte sich Dobrak ohnehin keine Unterstützung. Aber auch das Shetanmargt kapitulierte vor der Aufgabenstellung des Keloskers. Es fand keinen Lösungsansatz.

In seiner Verzweiflung beschloß Dobrak, mit Ruriks Hilfe Perry Rhodan zu wecken. Vielleicht wußte der Terraner einen Rat.

Die Kraftlinien breiteten sich unsichtbar und unbemerkt im Raum aus. Der einzige sichtbare Effekt war das Zurückdrängen des Grüns in unmittelbarer Nähe des versteinerten Gehirns. Der leblose Steinbrocken allein wäre dazu aber nicht in der Lage gewesen. Mit der Materialisierung hatte das Gehirn ein Echo gefunden. Dieses Echo drang aus dem Kopf Rurik Conics. Zwei Gehirne korrespondierten miteinander. Eins aus Stein, das andere ein verkümmerter, fast lebloser Organklumpen. Das steinerne Gehirn wartete auf weitere Echos, aber es drangen nur wenige instinktive Impulse zu ihm hin. Die anderen Lebewesen in der Nähe nahm es nicht wahr. Es wollte sie nicht wahrnehmen, denn die angebotenen Organstrukturen waren zu fremdartig und schieden für eine Integration aus.

Es verdichtete weiter die gedanklichen Bahnen zu dem Null-Feld Ruriks. Eine Aktivierung konnte jedoch nicht gelingen. Die materiell gewordene Projektion verfügte über keine anderen Möglichkeiten, als Gedankenimpulse zu erzeugen. Wenn sie damit ihr Ziel nicht erreichte, so blieb nur das Warten und Weitersuchen. Nun tastete es nach den Gehirnen der anderen Lebewesen, um über diese eine Aktivierung des brachliegenden Null-Felds zu erreichen. Bei dieser Suche drang ein Gedanke in das Gehirn des schlafenden Perry Rhodan. Das versteinerte Gehirn verspürte ein Echo. Da es aber kein reales Bewußtsein besaß, konnte es dieses Echo nicht verwerten. Da kam ihm der Zufall zu Hilfe. Der Terraner erwachte.

Als Rhodan die Augen öffnete, fühlte er die unmittelbare Nähe Ruriks. Schlagartig erfaßte er die Situation und rief die letzten Erinnerungen zurück. Dann blickte er sich um und registrierte die Veränderungen. Dobrak stand dicht bei ihm. Mitten im Raum schwebte eine leuchtende Kugel, die ihn an das Prytlgzarg erinnerte. Und auf Waringers Arbeitstisch lag das mächtige Halbrund eines versteinerten Gehirns.

Dobrak wartete geduldig, bis der Terraner die neuen Eindrücke verarbeitet hatte. Dann erklärte er das inzwischen Vorgefallene. Er schloß: »Mit Hilfe des Uchzplars könnte ich das Gehirn Conics künstlich mit Nervenströmen durchsetzen und damit aktivieren. Bis jetzt habe ich das jedoch unterlassen, weil ich nicht weiß, ob es zweckmäßig ist. Das Problem liegt woanders. Die unbekannte Wesenheit hat bei diesem Kontaktversuch das riesige versteinerte Gehirn erzeugt, das Sie dort sehen. Das Gehirn hat sogar feste materielle Form angenommen. Das Shetanmargt behauptet nachdrücklich, daß dieses versteinerte Gehirn eine ursprüngliche Lebensform der Wesenheit darstellt. Eine Identifizierung ist jedoch nicht gelungen. Damit stecke ich in einer Sackgasse. Ich hatte gehofft, aus der Art der Projektion einen Rückschluß auf das verbindende Element zwischen der Wesenheit und der SOL ziehen zu können und die Wesenheit selbst besser zu erkennen. Die Zahlenmuster des Steinbrockens sind jedoch verwirrend und unklar, und keiner der Rechner konnte aus dem Projektionsbild einen Rückschluß ziehen.«

Während Dobraks Erklärungen hatte Perry Rhodan das versteinerte Gehirn unverwandt angestarrt. Die restliche Müdigkeit war von ihm abgefallen. Ein dumpfes Gefühl befiel ihn beim Anblick des versteinerten Gehirns. Erinnerungen wurden wach, die über einhundertzwanzig Jahre zurücklagen.

Die Galaxien Naupaum und Catron, Personen wie Doynschto der Sanfte, der Rote Anatom, der Petraczer Gayt-Coor, sein treuer Kampfgefährte, oder wie Zeno, der Accalaurie.

Die versteinerten Gehirne der Pehrtus! Die Monumente einer ausgestorbenen Rasse, der Pehrtus.

»Sie haben mich genau zum richtigen Zeitpunkt geweckt, Dobrak«, sagte Perry Rhodan schwer atmend. »Niemand an Bord hätte Ihnen bei der Identifizierung dieses versteinerten Gehirns helfen können, außer mir.«

»Sie wissen, was dieses Gehirn darstellt?« fragte Dobrak erregt.

Rhodan nickte.

»Es sieht aus wie ein versteinertes Gehirn der Pehrtus. Also nehme ich an, daß es eins ist.«

»Wieso konnte SENECA es nicht identifizieren? Selbst bei Ausfall des Bioplasmas müßte die Positronik in ihren Speichern entsprechende Informationen haben.«

»Nein«, sagte Rhodan gedehnt. Er war immer noch überrascht. »Bildliche Informationen über die versteinerten Pehrtus-Gehirne besitze nur ich. Genaugenommen besitzt sie nur mein Gehirn, denn nicht einmal meine Augen haben diese Gehirne gesehen.«

»Sie sprechen in Rätseln, Rhodan.« Der Kelosker drängte: »Bitte berichten Sie mir alles, was Sie über diese Pehrtus-Gehirne wissen. Es kann uns nur weiterhelfen.«

Bevor Rhodan antworten konnte, mischte sich das Shetanmargt in das Gespräch ein. Es verfolgte alle Vorgänge über die Kommunikationseinheit.

»Eine weitere Unbekannte wird gelöst. Es konnte die geistige Beziehung geklärt werden, durch die die Wesenheit Kontakt mit der SOL durch die Fessel der Grünen Null gewinnen konnte. Die Ursache liegt in der Person Perry Rhodans, dessen Gehirn über Zeit und Raum mit Pehrtus-Gehirnen in Berührung kam.«

Rhodan wurde bei dieser Erklärung des Shetanmargts bleich. Er sollte der Grund dafür sein, daß die SOL mit den vielen tausend Menschen in die tödliche Gefahr der grünen Wolke gekommen war? Das klang unglaublich, zumal sein Zusammentreffen mit den Relikten der Pehrtus völlig unfreiwillig geschehen war. Anti-ES hatte in einem kosmischen Spiel der Überwesen sein Gehirn in die Galaxis Naupaum versetzt. Dort war es auf die versteinerten Pehrtus-Gehirne gestoßen. Es erschien unfaßbar, daß dieses Zusammentreffen vor einhundertvierundzwanzig Jahren die geistige Ursache für das Entstehen der grünen Fessel war.

Dobrak bemerkte die schockierende Wirkung, die das Shetanmargt bei dem Terraner ausgelöst hatte. Da er von Rhodan weitere Informationen haben wollte, lenkte er ihn von der belastenden Frage ab.

»Die Wertung des Shetanmargts ist eine rein logische und übergeordnete Aussage. Sie enthält keinerlei moralische Vorwürfe. In Ihrer Sprache müßte man die Verbindung zwischen Ihnen und den Pehrtus-Gehirnen als *Zufall* bezeichnen. Bitte machen Sie sich keine Gedanken darüber und konzentrieren Sie sich auf das eigentliche Problem. Ich benötige alles Wissen, das Sie über das Volk der Pehrtus und ihre versteinerten Gehirne besitzen. Nur dadurch können wir eine Strategie gegen die Wesenheit entwickeln.«

»Viel ist es nicht, was ich Ihnen sagen kann«, begann Rhodan. »Das meiste an den Erlebnissen ist mir auch unklar. Mein Gehirn war, losgelöst vom Körper, in eine unbekannte Galaxis namens Naupaum verschlagen worden. Ein übergeordnetes Wesen, ein Gegenspieler von ES namens Anti-ES, hatte dies mit einer uns unbekannten Technik bewerkstelligt. Ich versuchte damals mit allen Mitteln, die heimatliche Milchstraße zu finden und die Rückkehr dorthin zu bewerkstelligen. Meine Existenz war an Fremdlebewesen gebunden, in die mein Gehirn übertragen wurde. Ich durchlebte mehrere verschiedene Körper. Die Kunst der Organverpflanzung stand in

Naupaum auf der Welt Yaanzar in hoher Blüte. Im Zuge der Auseinandersetzungen, in die ich verwickelt wurde, stieß ich auf zwei Wesen, die ebenfalls nur als Gehirn existierten. Diese beiden waren die Letzten eines Volkes, das sich Yulocs nannte. Ferner stieß ich in Naupaum und in der Nachbargalaxis Catron auf vereinzelte versteinerte Gehirne, die einem anderen ausgestorbenen Volk zugeschrieben wurden, nämlich den Pehrtus. Yulocs und Pehrtus müssen in der Frühzeit ihrer Geschichte einen langen Kampf ausgefochten haben. Nach unseren Maßstäben verkörperten die Yulocs das Gute, die Pehrtus das Böse. In den Sagen der Bewohner von Naupaum erwachten die versteinerten Pehrtus-Gehirne zum Leben. Ich habe später solche Fälle selbst beobachtet. Die Gehirne sind als Stein zwar tot. In ihnen muß jedoch etwas existieren, was sie unter bestimmten Voraussetzungen vorübergehend zum Leben erweckt. Die tieferen Zusammenhänge sind mir jedoch weitgehend verborgen geblieben. Ich war froh, als ich nach der endlos scheinenden Gehirn-Odyssee schließlich eine Möglichkeit fand, mein Gehirn in den Stammkörper in der heimatlichen Galaxis zu übertragen. Anders als in den versteinerten Gehirnen bin ich den Resten dieses Volks der Pehrtus nie begegnet.«

»Sie wissen also auch nicht, wie diese Pehrtus ausgesehen haben?« fragte Dobrak, der Rhodans Ausführungen aufmerksam gefolgt war. Der Terraner verneinte.

»Ich beginne allmählich die Zusammenhänge besser zu verstehen. Das Shetanmargt wird mir behilflich sein, komplette Erklärungen und Deutungen zu bestimmen. Können Sie keinen Hinweis geben, wie man diese versteinerten Gehirne zum Leben erweckt?«

»Nein, es geschah einfach. Ich glaube nicht, daß eine äußere Einwirkung die Ursache war. Es muß sich um übergeordnete Gründe gehandelt haben.«

Dobrak unterhielt sich länger mit dem Shetanmargt, während Rhodan wieder von einem Müdigkeitsanfall getroffen wurde. Rurik Conic, der während der ganzen Zeit zwischen dem Terraner und dem Kelosker gestanden hatte, besaß nicht die Kraft, beide Lebewesen vor dem Einfluß des »Dornröschen-Effekts« über eine längere Zeit zu schützen. Dobrak trat ein Stück zur Seite, damit Rhodan vorübergehend voll in den Einflußbereich Ruriks geriet. Prompt wurde er völlig wach.

»Hören Sie zu, Rhodan«, sagte der keloskische Rechenmeister eindringlich. »Das Shetanmargt sucht weiter nach einer Lösung, wie wir uns gegen diese Wesenheit wehren können. Zunächst setzt es aus den Mosaiksteinchen, die uns bekannt sind, ein Bild dieser Wesenheit zusammen. Sie haben mit Ihrer Schilderung über die Pehrtus-Gehirne wesentlich dazu beigetragen, daß dies gelingt. Dann müssen wir warten, ob sich das versteinerte Gehirn von selbst aktiviert oder ob wir nachhelfen sollen. Ich denke daran, das Uchzplar als Gehirnaktivator gegen den Steinklumpen zu verwenden. Ob das zweckmäßig ist, untersucht das Shetanmargt ebenfalls. Ob es überhaupt gehen würde, weiß ich nicht. Wir müssen in den direkten Kontakt kommen, um mehr über die Absichten der Wesenheit mit Rurik Conic zu erfahren. Das ist der Stand der Dinge.«

»Ich bin in großer Sorge um die Schlafenden. Wenn das eintritt, was das Shetanmargt vorausberechnet hat, wird die Schlafphase irgendwann beendet sein. Dann wird dieses Grün nach den Gehirnen der Menschen greifen und ihren Tod verursachen. Wann wird das sein, und was können wir dagegen tun? Sollten wir den verrückten Steinklumpen nicht einfach gewaltsam zerstören?«

Rhodan wirkte nervös. Das Hin- und Herpendeln aus Schlaf und Wachsein, die Anwesenheit des steinernen Gehirns und die Ungewißheit über den Ausgang der Dinge zehrten an seinen Nerven.

»Bis jetzt ist noch keiner gestorben«, tröstete ihn Dobrak. »Die rein positronischen Roboter SENECAS sind ständig im Einsatz und kontrollieren die Schlafenden. Wenn etwas Außergewöhnliches geschieht, werden wir alarmiert. Wann das Grün nach den Gehirnen der Menschen greift, weiß ich nicht. Dieser Zeitpunkt läßt sich nicht berechnen. Von der Wesenheit geht etwas aus, das ich zeitliche Unbestimmtheit nennen möchte. Sie haben das auch am Stehenbleiben der Uhren bemerkt. Diese Unbestimmtheit ist ein Risikofaktor, mit dem wir leben müssen. Es geht nicht anders.«

Dobrak überlegte einen Moment.

»Eine gewaltsame Zerstörung des versteinerten Gehirns dürfte nicht möglich sein. Auch wenn das Gebilde feste Materie ist, ist es doch letztlich nur eine Projektion. Schießen Sie ruhig darauf, dann werden Sie es sehen.«

Rhodan ergriff einen schweren Blaster und zielte. Der Energiestrahl aus der Waffe durchdrang das versteinerte Gehirn mühelos. Als er den Finger vom Abzug nahm, trat er näher an den Steinklumpen heran. Dieser war unversehrt. Wütend hieb er mit dem Knauf der Waffe auf das versteinerte Gehirn. Er erzeugte nicht einmal einen Kratzer.

Resignierend zog sich Rhodan auf einen Stuhl zurück und schlief ein.

Beim nächsten Wecken Rhodans durch Dobrak lagen die ersten Ergebnisse des Shetanmargts vor. An der Anwesenheit des versteinerten Gehirns hatte sich nichts verändert. Auch Rurik Conics Verhalten war gleichgeblieben.

»Wie lange habe ich diesmal geschlafen, und wie geht es den anderen Schläfern?« fragte Rhodan den Kelosker.

»Sie haben etwa eine halbe Stunde geschlafen«, war die Antwort. »Den

Schlafenden geht es unverändert gut. Ich hoffe, daß das so bleibt. Ich habe Sie geweckt, um Ihnen von den Ergebnissen zu berichten, die das Shetanmargt über die unbekannte Wesenheit gefunden hat. Sie erinnern sich, daß ich auch von einer Kollektiveinheit gesprochen habe. Das Kollektiv, das gemeint ist, ist die Summe von Bewußtseinen des Volks der Pehrtus. Das Volk ist nicht ausgestorben, wie Sie meinten. Vielmehr muß man annehmen, daß in einer Phase der Existenz ein Übergang vom Körperhaften zum Körperlosen erfolgte. Die Bewußtseinsinhalte der letzten Pehrtus schlossen sich zu einer geistigen Macht zusammen. Das immaterielle Kollektivwesen aus reinem Geist suchte sich dann einen neuen Lebensraum. Diesen fand es in den übergeordneten Räumen, in denen es sich verteilte. Es löste sich aber nicht völlig von der Ursprungswelt ab. Vielmehr vermute ich, daß es selbst die Wiederbelebung der versteinerten Gehirne bei Ihrer Odyssee in den Galaxien Naupaum und Catron bewirkt hat. Hier hören allerdings die rekonstruierbaren Erkenntnisse auf. Alles andere ist nur Vermutung. Was noch als wesentliches Ergebnis zu unterstreichen ist, sind das Böse und die Machtbesessenheit dieses Volkes. Diese Charakterzüge hat es auch in seiner jetzigen Zustandsform nicht verloren. Das beweist die rücksichtslose Vorgehensweise gegen die SOL und ihre Bewohner. Die Pehrtus müssen als reales Volk schon unsagbar fremdartig gewesen sein. Das gilt aus meiner Sicht als Kelosker ebenso wie aus Ihrer Sicht. Die Mentalität des Kollektivwesens hat sich wahrscheinlich bei seinem Aufenthalt im überdimensionalen Leerraum noch mehr verändert, sicher aber nicht zum Positiven. Die Machtbesessenheit ist geblieben, ebenso der Drang nach Veränderung. Dieser Drang nach Veränderung ist für das Kollektivwesen die Ursache für die Kontaktaufnahme mit der SOL. Das Ventil, das diesen Kontakt für das Überwesen erst möglich machte, waren Sie, Rhodan. Das Ziel aller Maßnahmen der vergeistigten Pehrtus ist Rurik Conic. Sein Gehirn stellt in einer mir nicht verständlichen Art den Nährboden für eine Veränderung des Kollektivwesens dar. Conic ist ein Null-Mutant, er besitzt und zeigt in dieser Existenzebene nur Instinkte. Das besagt aber nicht, daß das auf anderen Ebenen auch so sein muß.«

»Mir will nicht einleuchten, daß ich ursächlich an dem Auftauchen dieses Pehrtus-Geisteswesens beteiligt sein soll«, sagte Rhodan. »Der Gedanke, daß ich dieses Unheil über die SOL und ihre Bewohner gebracht habe, belastet mich außerordentlich.«

»Ich sagte Ihnen doch schon, daß Sie das nicht unter moralischen Aspekten betrachten dürfen. Es handelt sich um eine überdimensionale Beziehung, die auch einen Zeitfaktor enthält.«

»Darunter kann ich mir nichts vorstellen«, meinte Rhodan.

»Es ist zum Beispiel denkbar, daß sich während Ihrer Gehirnwanderung

Ihre geistigen Bahnen mit denen der Ur-Pehrtus kreuzten oder sie störten. Allein dadurch kann schon eine Verbindung zwischen Ihrem Gehirn und dem geistigen Pehrtus-Wesen zustande gekommen sein, die als Peilfaktor ausreichte, die grüne Wolke in unserer Dimension durch Einsickerung entstehen zu lassen.«

Rhodan überlegte einen Moment.

»Sie können recht haben, Dobrak. Ich erhielt damals in Naupaum von einem der beiden Yulocs einen Hinweis auf eine angebliche Ursprungswelt der Pehrtus. Der Planet hieß Horntol, er lag in dem Sonnensystem Fuehrl am Rand der Galaxis Naupaum. Dort begegnete ich einem versteinerten Pehrtus-Gehirn, das als Gottheit ›Furloch‹ verehrt wurde. Als ich bis zu diesem Gehirn vorgedrungen war, erwachte dieses ohne erkennbare Ursache für eine kurze Zeit zum Leben, sprach einige rätselhafte Worte und versteinerte wieder. Danach zerbrach es wie unter einer inneren Explosion. Es fällt mir jetzt auf, daß die Worte, die ich damals hörte, jenen ähnelten, die wir von dem früheren Illusionsbild gehört haben. Auf Horntol war ich glücklich, als ich der aufgebrachten Priesterschaft entkommen konnte. Die meinten nämlich, ich hätte ihre Gottheit getötet. In Wirklichkeit habe ich nur ein Schauspiel verfolgt, ohne in irgendeiner Weise darauf einzuwirken.«

»Allein dieser Kontakt reichte aus«, antwortete der Kelosker, »damit das Pehrtus-Wesen Sie wiedererkennen konnte. Andernfalls hätte es aus den Räumen seiner jetzigen Existenz keinen Zugriff in unsere Ebene gehabt. Ebensowenig, wie Sie sich mit einem zweidimensionalen Lebewesen verständigen könnten. Sie würden es nicht verstehen. Und es würde Sie nicht verstehen.«

Rhodan fand sich mit dieser Erklärung ab. Es gab keinen Grund, Dobrak nicht zu glauben. Nachdenklich betrachtete er das versteinerte Gehirn. Das kosmische Spiel zwischen ES und Anti-ES hatte also doch nicht vor hundertvierundzwanzig Jahren seinen letzten Zug gehabt. Es gab noch einen weiteren, in dem sich Perry Rhodan nun gegen ein Geisteswesen der Pehrtus zu bewähren hatte. Sicher war dieser Zug nur zufällig zustande gekommen, aber das änderte nichts an der Gefahr, in der die SOL mit ihren Bewohnern schwebte.

Er teilte seine Gedanken Dobrak mit, aber der Kelosker meinte: »Nicht Sie haben sich zu bewähren. Das ist unmöglich. Dieses Wesen, das mit aller Macht nach uns greift, ist uns in jeder Beziehung überlegen. Es hat unbegrenzt Zeit, um seine Ansprüche durchzusetzen. Und wir können es nicht einmal antasten. Sehen Sie sich nur dieses Gehirn an. Es ist da und fühlbar. Ihre Waffe konnte aber nichts dagegen ausrichten. Das versteinerte Gehirn ist für Sie ein Tabu. In Wirklichkeit ist es eine Inkarnation eines Kollektivgeistes, der uns ein Zeichen seiner Macht und Unzerstörbarkeit vor Augen führt. Sie können nichts machen. Auch Ihr freundlicher Helfer ES würde uns nicht beistehen können.«

»Was sollen wir denn überhaupt noch versuchen?« stöhnte Rhodan.

Der Kelosker gab ihm keine Antwort.

Er wußte keine.

5.

Die Evolution ist eine einzige Kette von staunenswerten und wunderbaren Ereignissen. Kein einziger der unzähligen Schritte, aus denen sie sich zusammensetzt, ist ohne jeden einzelnen der vorangegangenen Schritte verständlich und denkbar.

Hoimar von Ditfurth

Es war vor Urzeiten, die so fern zurück zu suchen wären, daß der menschliche Verstand die zeitliche Distanz nie und nimmer begreifen konnte. Das Universum war noch sehr jung. In allen Teilen des Alls verdichteten sich die Gaswolken. Neue Elemente entstanden aus der Ursprungsmaterie. Die Ursprungsbewegung führte zur Herausbildung charakteristischer Formen. Erste grobe Formen der Galaxien. Im Kleinen entstanden in diesen Galaxien Sonnen und Planeten durch Verdichtung der Materie. Das große Zufallsspiel der Natur begann.

Noch bevor die Materiekugel, die einmal der Planet Horntol der Sonne Fuehrl werden würde, seine endgültige Form gefunden hatte, entstand in der ursprünglichen Wolke aus Gasen, Flüssigkeiten und fester Materie erstes Leben. Es war primitives Leben, das der Zufall erzeugt hatte. Eine Vielzahl kleiner Kapseln hatte sich gebildet. Die kugelförmigen Materieklümpchen durchmaßen nur wenige Zentimeter oder Millimeter. In ihrem Innern sammelte sich die Wärme der Sonne Fuehrl. Die lebensnotwendigen Elemente waren vorhanden, allen voran ein ausgewogenes Verhältnis von Kohlenstoff, Sauerstoff, Stickstoff und Wasserstoff. So entstanden im Kapselinnern kleine Milieus mit idealen Voraussetzungen für chemische Reaktionen, die zur Bildung von organischen Verbindungen erforderlich waren. Heftige elektrische Entladungen sorgten für den Energienachschub und die hohe Wahrscheinlichkeit der chemischen Reaktionen. Unter den unzähligen Verbindungen, die zufällig entstanden, waren irgendwann auch jene, die die Grundstoffe des organischen Lebens bedeuteten. Es dauerte eine Million

Jahre, bis sich aus diesen Grundstoffen die erste Zelle eines lebensfähigen Gebildes entwickelt hatte. Die Anzahl der Zufälle, die dabei eine Rolle spielten, mag etwa so groß gewesen sein wie die Anzahl der Fehlversuche der Natur. Aber schließlich war in mehreren Kapseln das Leben entstanden. Primitives Leben in Form einer einzigen Zelle. Das war etwa zu der Zeit, als der Verdichtungsprozeß der Urwolke Horntol abgeschlossen war. Die Kapseln mit dem Leben wurden in die Materie des Planeten eingeschlossen. Viele gingen zugrunde, denn sie konnten sich den veränderten Temperaturverhältnissen nicht rasch genug anpassen. Andere überlebten. Zufällige Mutationen führten bei ihnen zum Erfolg. Hinzu kam, daß sich in einer bestimmten Tiefe eine Temperatur einstellte, die für die einzelligen Lebewesen günstig war. Dennoch war der Existenzkampf hart. Als Nahrung diente den Lebewesen in den Kapseln ihre eigene anorganische Umgebung. Durch eine chemische Substanz an der Außenfläche wurde die umgebende Materie Zug für Zug in die organische Substanz umgewandelt. Dies konnte nur dadurch geschehen, daß in der Außenhülle neben den Grundelementen für organische Verbindungen ein Produkt entstanden war, das durch Bestandteile der aggressiven Elemente Fluor und Chlor getragen wurde. Die noch kleinen Einzeller wurden dadurch in ihrem Verhalten aggressiv. Dieser typische Zug verschwand fortan nie mehr. Er übertrug sich später vom Freßverhalten auf das Instinktverhalten. Und noch später vom Instinktverhalten auf das bewußte Verhalten. Es wurde der dominierende Charakterzug aller Lebensformen, die aus den Einzellern in den Kapseln hervorgingen. Bis hin zu einem rein geistigen Kollektivwesen.

Als sich die Verhältnisse auf der Planetenoberfläche Horntols so weit stabilisiert hatten, daß in den Urmeeren neue Zellen entstanden, aus denen Millionen Jahre später Flora und Fauna hervorgehen würden, herrschte in der Planetenkruste bereits eine Lebensform vor, die sich in ihrem aggressiven Drang die umgebende Materie einverleibte. Die Einzeller fraßen die ursprünglich schützende Kapselhülle bis auf wenige Reste auf, die sie in ihrer organischen Substanz nicht benötigten. Und sie wuchsen. Sie behielten die Kugelform bei, die sie am Anfang hatten. Im Innern der Lebenszelle begann dann eine Spezialisierung. Einzelne Partien übernahmen bestimmte Funktionen. Es entstand eine Art Nervensystem, das zugleich gewonnene Informationen speichern konnte. Zu der Entstehung dieses Ur-Nervensystems bedurfte es wiederum vieler tausend Jahre und ebenso vieler Zufälle und Fehlversuche. Als der Keim aber dann vorhanden war, griff er mit der naturgegebenen Aggression um sich. Nach und nach gingen die Zellen in reine Denk- und Speichereinheiten über. Nur an der Außenfläche gab es in der schützenden Kruste, die mittlerweile von den Wesen selbst gebildet wurde, einige wenige Organe. Diese Organe dienten ausschließlich dem

Erkennen und Aufnehmen von geeigneten Stoffen für das Wachstum. Die Ur-Nervensysteme wandelten sich mehr und mehr in ein Instinkt-Gehirn. Mit dem Aufkommen des instinktiven Denkens wurde der Aggressionstrieb gezielt eingesetzt. In einer relativ kurzen Zeitspanne wuchsen die einzelligen Gehirne auf eine beträchtliche Größe. Die größten durchmaßen mehrere hundert Meter, als das entscheidende nächste Ereignis auftrat. Es war eigentlich kein Zufall, sondern ein Ergebnis, das zwangsläufig eintreten mußte.

Zwei der Ur-Wesen in der Planetenkruste Horntols trafen aufeinander. Für jedes von ihnen bedeutete dies das Auftreffen auf organische Materie. Die auf tote Materie programmierten aggressiven Außenorgane nahmen den Kampf auf. Sie taten dies mit den Waffen, die sie bislang gegen die anorganischen Stoffe verwendet hatten. Die Folge waren die totale Zerstörung der Organe und eine weitgehende Beschädigung der Außenhülle. Damit trat der Kampf in seine zweite Phase. Die beiden Ur-Gehirne kamen in unmittelbare Berührung. Nervenströme sprangen über, und die Hirnmassen gerieten in heftige Bewegung. Wer Sieger in dem unsinnigen Kampf sein würde, war völlig unerheblich, denn letztlich handelte es sich um zwei fast völlig gleiche Wesen. Unterschiedliche Nuancen gab es nur dort, wo der biologische Zufall diese herbeigeführt hatte. Doch schließlich gewann eins der beiden Ur-Wesen den Kampf. Es hüllte die Hirnmasse des anderen ein und durchsetzte sie mit den eigenen instinktiven Impulsen. Aus einer Zelle waren damit zwei geworden. Es war die erste Integration in der Entwicklungsgeschichte der Pehrtus.

Dieses neue Wesen wäre unweigerlich zum Sterben verurteilt gewesen. Es besaß aus der ersten Kampfphase keine Organe mehr zur Nahrungsaufnahme. Es hätte noch eine Zeitlang dahinvegetieren können, dann wäre es am inneren Energieverbrauch eingegangen. Die Natur und die Evolution des Lebens gehen wundersame Schritte. Gerade der Kampf war es gewesen, der jetzt ein Überleben sicherte. Durch die Integration der beiden Gehirne, die bis zu diesem Zeitpunkt nur instinktive Maßnahmen hatten durchführen können, entstand das erste Bewußtsein. Das Doppelwesen erkannte sich. Es sah bewußt seine Situation, und es wußte, daß es zum Tod verurteilt war. Mit Hilfe des neu gewonnenen Bewußtseins jedoch war es in der Lage, sich selbst bewußt zu verändern. Es ersetzte die naturgegebene Bildung der Außenorgane durch eine bewußte, gesteuerte Aktion. Es war intelligent, und es setzte diese Intelligenz bewußt ein, indem es an der Außenhülle die verletzten Teile abstieß und aus der Hirnmasse neue Organe bildete.

Mit dem Abschluß dieser Maßnahmen begann ein neuer Denkprozeß. Das neue Wesen begann mit der Betrachtung und Auswertung seiner Umwelt. Es entwickelte (wiederum in geradezu lächerlich kurzer Zeit) eine

Reihe von neuen Organen, um die Umwelt besser wahrnehmen zu können. Eines dieser Organe war im Grundprinzip ein Schwerkraftmesser. Damit stellte das Wesen fest, daß es von einer bestimmten Seite her angezogen oder belastet wurde. Die Ursache für diesen Sog konnte es jedoch nicht bestimmen. Mit dem erwachten Bewußtsein war auch der Forschungstrieb erwacht. Zwar diente dieser letztlich nur dem Zweck der verbesserten Nahrungssuche, aber er war vorhanden. Das Wesen beschloß, in Richtung der Schwerkraft nach deren Ursache zu suchen. Es entwickelte ein Fortbewegungsorgan. Durch das Körperinnere wurde ein Schlauch gelegt, an dessen einem Ende ein schaufelartiges Gebilde die Materie aufnehmen konnte. Im Schlauchinnern sorgte eine Unzahl von Lamellen für die Beförderung der aufgenommenen Materie durch den Leib. Auf diese Weise fraß sich das Wesen durch die Kruste Horntols in Richtung des Planetenmittelpunkts.

Es war nicht rekonstruierbar, ob sich diese Begegnung zweier Einzeller einmal oder mehrmals zugetragen hat. Für die weitere Evolution der Pehrtus war das auch unerheblich. Fehlversuche, die zum Untergang führten, hat die Natur vergessen.

So war es auch ein Fehlversuch, als das zweizellige Wesen sich in Richtung der Schwerkraftquelle bewegte. Dank seiner gewonnenen Intelligenz und mit Hilfe der neu gebildeten Organe führte dieser Versuch aber nicht zum Tod. Die Umgebungstemperatur war schon immer ein besonders kritischer Faktor gewesen, von dem die Existenz abhing. Daher hatte das Wesen auch ein Organ entwickelt, mit dem es die Temperatur fühlen konnte. Und es wußte, bei welchen oberen und unteren Werten Gefahr bestand. Dieses Organ alarmierte die Zentralnerven, als während der Wanderung die Temperatur die obere zulässige Grenze erreicht hatte. Das Wesen wußte nichts von dem glühenden Ball aus Magma im Innern des Planeten. Nur dessen Temperatur veranlaßte einen Halt auf dem beschwerlichen Weg. Die folgende Überlegung beweist den hohen Stand, den das Bewußtsein bereits erreicht hatte. Vielleicht handelte es sich nicht um eine Quelle der Anziehung, sondern um eine Quelle des Wegdrückens. Beide Möglichkeiten waren aus seiner Sicht gleich wahrscheinlich. Das Wesen beschloß, in der entgegengesetzten Richtung zu suchen.

Auf dem Weg zur Planetenoberfläche überdachte es ein anderes Problem. Es wußte, daß es aus zwei ursprünglichen Zellen entstanden war. Folglich hatte es außer dem eigenen Körper noch einen zweiten gegeben. Und folglich konnte es noch beliebig viele andere Körper geben. Sicher würden sich viele dieser Wesen für eine Integration eignen. Dadurch könnte die eigene Kapazität erweitert werden. Das Wesen hielt auf seinem Weg an und versuchte, ein Organ zu erzeugen, mit dem es andere Wesen orten konnte. Aber der Versuch mißlang. Das Gehirn verfügte zwar über eine riesige Masse, in seinen Strukturen war es aber noch zu grob, als daß es etwas Ähnliches wie Telepathie hätte erzeugen können. Es brach den Versuch vorerst ab und konzentrierte sich auf das alte Ziel. Die Temperaturen auf dem weiteren Weg waren angenehm. So erreichte das Wesen schließlich die Oberfläche des Planeten Horntol. Um die Fülle der neuen Eindrücke aus der plötzlich veränderten Umwelt wahrnehmen zu können, mußte es eine Reihe neuer Organe entwickeln. Zunächst fühlte es nur, daß die dichte Materie einer sehr dünnen gewichen war, die ihm praktisch keinen Widerstand mehr bot. Dieser neuen Umgebung galt es sich anzupassen. Da es zu diesem Zeitpunkt bereits einen hohen Grad der Bestimmung der eigenen Evolution erreicht hatte, begann es zu experimentieren. Von den unzähligen Versuchen, bestimmte Sensor-Organe zu erzeugen, waren nur wenige erfolgreich. Die Zeit, die verging, bis der Erfolg eintrat, war enorm lang. Mehrere hundert Planetenumläufe mußten verstreichen, bis das Wesen ein *Auge* und ein *Ohr* aus dem ursprünglich allein vorhandenen Tastsinn entwickelte. Im Vergleich mit der Dauer der Evolution anderer Lebensformen im Weltall waren diese Zeiten jedoch lächerlich gering.

Die Verarbeitung der neuen Informationen dauerte wenige Horntol-Tage. Das größte Phänomen waren der Tag-Nacht-Wechsel und das damit verbundene Auftauchen der Sonne Fuehrl. Der Sinn aller dieser Vorgänge blieb dem Wesen noch verschlossen. Es sah aber auch die Weite der Planetenoberfläche, und es beschloß, auf Erkundung zu gehen. Kein Beobachter konnte das Schauspiel wahrnehmen, das sich auf Horntol ereignete. Ein mehrere hundert Meter durchmessendes Gehirn wanderte über die Planetenoberfläche. Nur an seiner Unterseite waren einige Organe zu erkennen, die der Fortbewegung dienten. Und auf der Gehirnhülle befanden sich winzige Knoten, von denen die Aufgabe der Sinnesorgane übernommen wurde.

Auf seiner schneckenhaft langsamen Wanderung stieß das Wesen erneut auf organische Substanz. Es waren die ersten primitiven Pflanzen und Tiere, die die Natur auf der Planetenoberfläche hervorgebracht hatte. Gierig verleibte sich das Wesen die organischen Substanzen ein. Ein geistiges Potential fand es zu seiner Enttäuschung zunächst nicht. Nach der Daseinsberechtigung der Pflanzen und Tiere fragte es nicht. Der ursprünglich schon vorhandene Aggressionstrieb sagte ihm, daß sein Tun richtig war. Alles andere galt daneben nichts. Systematisch vernichtete es alles Leben, das die Natur auf Horntol hervorgebracht hatte. Es hätte auf diese Weise den gesamten Planeten kahlgefressen, wenn nicht ein anderes Ereignis eine einschneidende Veränderung herbeigeführt hätte.

Eines Tages traf es auf ein anderes Gehirn, das ihm ähnlich war und ebenfalls die Fauna und Flora Horntols fraß. Was sich vor Jahrhunderten in der Tiefe der Planetenkruste schon einmal zugetragen hatte, fand nun eine Parallele. Der Kampf zweier Giganthirne entbrannte mit aller Macht. Es war ein langer Kampf. Und ein Kampf der Unsinnigkeit. Unsinnig deshalb, weil beide Gegner das gleiche Ziel hatten und weil feststand, daß es keinen Sieger geben würde. Das Ende des Kampfes war die Integration. Zwar bestimmte nur der eine der beiden Gegner die Nervenimpulse, die das neue Wesen beherrschten, aber die Unterschiede im Wollen der beiden waren verschwindend gering. Das neue Wesen bestand nun aus vier Ur-Zellen. Der Grad der Freiheit des Bewußtseins und des Denkvermögens schnellte in die Höhe. Die Integration als der Fortschritt wurde erkannt. Auch dieser Wesenszug blieb fortan als elementarer Bestandteil vorhanden. Er übertrug sich (wie der Aggressionstrieb) auf alle folgenden Lebensformen, die sich aus dem Gigant-Gehirn entwickelten.

Das neue Wesen erkannte erstmals die Unsinnigkeit seiner Vorgehensweise. Es berechnete den Zeitpunkt, an dem alles primitive Leben in seinem Leib aufgegangen sein müßte. Mit diesem Zeitpunkt würde sein Untergang beginnen, denn die Fähigkeit, tote Materie zu verarbeiten, hatte es verloren. Das Angebot der Natur an den leicht verarbeitbaren organischen Substanzen hatte zur Regeneration der früheren Organe zur Verwertung toter Materie geführt. Das Gehirn-Wesen überlegte nur kurz, ob es diesen Mangel durch einen gewollten Akt wieder beseitigen sollte. Es war ja in der Lage, die Peripherieorgane in ihrer Existenz zu beeinflussen. Aber es verwarf diesen Plan sehr rasch, denn eine andere Erkenntnis verbot die Realisierung. Die Rückkehr zur früheren Art der Nahrungsaufnahme bedeutete einen Rückschritt in der Entwicklung. Außerdem würde sie nur einen Aufschub ausmachen, denn irgendwann würde auch diese Materie völlig verschlungen sein. Wenn sie sich überhaupt ganz verschlingen lassen würde, denn im Planeteninnern existierten ja Temperaturen, die für das Gehirn lebensfeindlich waren. Es mußte ein anderer Weg gegangen werden, das war dem Mammutgehirn klargeworden. Aus den primitiven Kleintieren Horntols schöpfte es die entscheidende Erkenntnis. Hier wurde ihm vorexerziert, wie eine andere Lebensform die Daseinsprobleme bewältigte. Nämlich durch ein Leben vieler Individuen in einem Rudel und durch Vermehrung im ursprünglichen biologischen Sinn. Das Gehirn hatte stets nur sich als einzige Lebensform gesehen, neben der es nicht einmal ein Ebenbild geduldet hatte. Kampf und Aggression waren ihm selbstverständlich. Und mit der Frage der Fortpflanzung hatte es sich nie konfrontiert gesehen. Es war ja gänzlich anders. Es war praktisch unsterblich. Der Fortschritt bestand in der Integration.

Es verarbeitete diese Erkenntnisse und kam zu einem Entschluß. Bei seiner riesigen Masse war es zu unbeweglich. Ihm fehlte die Agilität, um das Leben in seiner Umwelt zu beeinflussen und zu seinem Nutzen zu steuern. Folglich begann es, die primitiven Tiere Horntols in ihrer Lebensform nachzuahmen. Es begann sich zu teilen. Zunächst einmal, dann zweimal und dann immer so weiter. Dabei achtete das Gehirn darauf, daß jedem neuen Unterglied Bestandteile aus allen vier Zellen beigeordnet wurden. Zwischen den Einzelgehirnen, die so entstanden, bildete es einen losen, halbtelepathischen Verbund. Dadurch stärkte es das Zusammengehörigkeitsgefühl und verhinderte so, daß der angeborene Aggressionstrieb der Teilgehirne zu neuen Integrationsversuchen verleitete.

Der nächste Schritt war die Heranzüchtung von Trägerkörpern für die Gehirne. Hier mußte der Verbund der Einzelwesen experimentieren, denn die vorhandene Natur bot keine geeigneten Vorbilder. Das Ergebnis der Versuche war in der Tat verblüffend. Die Fortbewegung mit Füßen hatte das Ur-Gehirn schon frühzeitig verworfen. Ihm war dieser Mechanismus unbefriedigend erschienen, weil er anfällig war und ständig organische eigene Körpersubstanz der Planetenoberfläche in Berührung brachte. Die Teilgehirne einigten sich auf eine andere Lösung. Aus metallhaltigen Gesteinen formten sie Kugeln von etwa einem halben Meter Durchmesser. Auf diese Kugeln stülpten sie die Organteile an der Unterseite der Gehirne, so daß die Kugeln zu etwas mehr als zur Hälfte von der Körpersubstanz bedeckt waren. Dann wurden in den an die Kugel angrenzenden Gebieten neue Organe entwickelt, die eine höchst simple Aufgabe hatten, nämlich vom Gehirn gesteuerte elektrische Ströme und magnetische Felder zu erzeugen. Mit Hilfe dieser Ströme und Felder wurden die metallischen Teile in den anorganischen Kugeln magnetisiert. Dadurch gerieten sie in Bewegung. Die Einzelgehirne des Ur-Pehrtus-Gehirns lernten es rasch, die Kugel so zu steuern, daß sie mit hoher Geschwindigkeit einherglitt und damit das Gehirn von einem Ort zum anderen beförderte. An der inneren Gleitfläche sorgte ein öliges Sekret der Gehirne für äußerst geringe Reibung.

Die weitere Ausbildung des Körpers vollzog sich noch schneller. Die Pehrtus-Gehirne, jedes etwa einen halben Meter im Durchmesser, erzeugten zwei obere Extremitäten, die als Greifwerkzeuge dienten. Die beiden Arme mündeten in eine grazile Hand für Feinarbeiten und in eine grobe, feste Hand für alle anderen Tätigkeiten. Der fertige Pehrtus war eineinhalb Meter groß und gliederte sich in drei Teile. Oben das fast völlig freiliegende Gehirn, daran anschließend die Organzone mit den beiden Armen und unten die Fortbewegungskugel.

Für die gesamte Umbildung vom Ur-Gehirn in über eine Million Einzelwesen (genau waren es ursprünglich 1.048.576 Einzel-Pehrtus) benötigte die Kollektivintelligenz weniger als zwei Horntol-Jahre. Das war in der Evolution des Lebens eine so unvorstellbar kurze Zeit, daß man von einem extremen Ausnahmefall der Natur sprechen konnte.

Die Pehrtus begannen nun ihr Leben systematisch zu gestalten. Zunächst erschlossen sie die Landwirtschaft, indem sie gezielte Anpflanzung und Tierhaltung betrieben. Die eigene Existenzgrundlage schien dadurch auf Jahre hinaus gesichert. Was die Pehrtus nicht konnten, war die eigene Vermehrung, Die Gehirne und die Wesen, in denen diese Gehirne steckten, waren unfähig zu wachsen. Andere geistige Wesen, die sich für eine Integration eigneten, gab es auf Horntol nicht. Aber was ihnen von der Natur zur Arterhaltung nicht gegeben worden war und was sie sich selbst nicht geben konnten, ersetzten sie durch die Unsterblichkeit der Gehirne. Diese alterten nicht. Die Organe konnten bei Alterserscheinung willentlich abgestoßen werden. Dieser Wille ermöglichte auch die Ausbildung neuer Organe.

Nachdem die Existenz der Pehrtus durch die Landwirtschaft gesichert war, begannen sie die Natur näher zu erforschen. Sie sondierten die Elemente und ergründeten die Naturgesetze. Innerhalb weniger Jahre gab es einen technologischen Aufschwung. Eine der Folgen davon war die Herstellung von Aluminiumlegierungen, die die Kugeln der Fortbewegungsmechanismen ersetzten. Durch das reine Metall, das nun verwendet wurde, erhöhte sich die Beweglichkeit der Pehrtus in großem Maß.

Die Technisierung ging wiederum außerordentlich schnell voran. Eifersüchteleien oder übertriebenen Ehrgeiz konnte es nicht geben, weil alle Pehrtus durch ein geistiges Band miteinander verbunden waren. Es gab keine Bevorrechtigten oder Führer. Obwohl jedes Einzelwesen über einen freien Willen verfügte, handelte letztlich doch das Gesamtbewußtsein der Pehrtus als Einheit.

So entstand eine echte Kultur. Die Vorzeichen, von denen diese Kultur geprägt war, waren Zweckmäßigkeit und Nüchternheit. Sie war völlig unmenschlich, denn sie kannte keine Gefühle, keinen Schöngeist, keine Freuden. Alles war nur darauf abgerichtet, die eigene Existenz zu sichern und den Einflußbereich auszudehnen. Pflanzen und Tiere, die der Planet Horntol hervorgebracht hatte und die sich für keinen Verwendungszweck anboten, wurden restlos ausgerottet. Die Weiterentwicklung der natürlichen Evolution wurde dort unterbunden, wo es den aggressiven Pehrtus zweckmäßig erschien. Horntol wurde ein technokratischer Planet, auf dem die Natur nur nach den Gesichtspunkten der Pehrtus existieren konnte. Da die Mentalität dieser Wesen kein Gut und Böse kannte, kein Häßlich oder Schön, keine Freude und kein Leid, lief die Entwicklung erneut in eine Sackgasse. Das Ende dieses Pfads war erreicht, als die Natur des Planeten erschlossen war. Die Pehrtus erkannten nicht, wie die Entwicklung weitergehen sollte. Sie erkannten aber ihre eigene Unsinnigkeit der Existenz. Ein

Kollaps des Gehirnverbunds drohte. Für Wochen und Monate versanken die Pehrtus in Grübeleien und überließen alle Aktivitäten den Robotautomaten, die das gesamte Leben auf Horntol lenkten und steuerten.

Es war purer Zufall, daß vor dem Überschnappen der Pehrtus ein Ereignis eintrat, das ihre Existenz weiterführte. Und veränderte.

Auf Horntol landete ein Raumschiff.

Die Anwesenheit dieses Fremdkörpers auf Horntol war für die Pehrtus etwas Unvorstellbares. Zum erstenmal wurden sie sich bewußt, daß ihre Welt nicht an der Planetenoberfläche endete. Sie erkannten den Fehler, der seit Ewigkeiten ihr Verhalten beeinflußt hatte. Sie waren nicht allein. Ihr Egoismus, der eine zwangsläufige Folge des Aggressionstriebs war, hatte sie blind gemacht. Sie richteten ihre Sehorgane bewußt in den Himmel und sahen die Sterne. Und sie sahen das breite Feld der Möglichkeiten, die sich ihnen boten. Ein Feld, auf dem man andere Wesen finden könnte, die sich für eine Integration eigneten.

Die Fremden, die mit dem Raumschiff gekommen waren, wurden überwältigt. Der Aggressionstrieb brach bei den Pehrtus ebenso schnell durch wie das Verlangen nach Integration.

Das Raumschiff hatte drei Lebewesen nach Horntol gebracht. Es handelte sich um zweibeinige, großgewachsene Geschöpfe, die sich in geistiger Verwirrung befinden mußten, denn sie zeigten keinerlei Aggression. Dadurch ließen sie sich um so leichter überwältigen. Ihre Körper wurden vernichtet. Die Gehirne integriert.

Zwei wesentliche Dinge folgten daraus. Die Pehrtus erfuhren so von einem Volk, das sich Yulocs nannte und das die Raumfahrt beherrschte und schon mehrere Planeten besiedelt hatte. Die Pehrtus erkannten aus dem Geistesinhalt der integrierten Gehirne, daß die Yulocs ein krankes und lebensuntüchtiges Volk sein mußten, denn sie waren bei der Kolonisation anderer Planeten nicht aggressiv vorgegangen. Unsinnigerweise hatten sie sich bemüht, in die dortigen Welten sowenig wie möglich einzugreifen. Es war den Pehrtus zunächst ein Rätsel, wie diese Rasse überhaupt noch existieren konnte.

Die zweite Folge der Integration der drei Yuloc-Gehirne war schwerwiegender. Es entbrannte zum erstenmal ein Streit zwischen den drei Pehrtus, die die Gehirne aufgenommen hatten, und den restlichen. Es gab plötzlich geistige Unterschiede. Da mit dem Auftauchen des Raumschiffes auch die lange angestauten Aggressionen wach geworden waren, entbrannte ein Kampf. Es war ein kurzer Streit, denn die drei Pehrtus waren der Überzahl trotz ihres höheren geistigen Niveaus unterlegen.

Für die Pehrtus zählte der Verlust der drei Mitglieder des geistigen Verbunds gar nichts. Es galt nun, die neuen Erkenntnisse auszuwerten. Es gab also andere Welten und andere Rassen. Und es war ein Weg aufgezeigt worden, wie man dorthin gelangen konnte. Das Raumschiff der Yulocs stand unversehrt auf Horntol. In seinem Bordrechner waren eine Vielzahl von Daten über andere Welten gespeichert. So erfuhren die Pehrtus alles Wissenswerte über die Welt außerhalb Horntols. Sie erweiterten ihr Wissen um die Kenntnisse über den Aufbau des Universums. Plötzlich sahen sie sich selbst in einer gänzlich anderen Position. Sie waren nur ein Volk, das am Rande der Galaxis Naupaum abgekapselt lebte. Die Überzeugung setzte sich schlagartig durch, daß nur sie, die Pehrtus, die wahren Herren dieser Galaxis sein könnten. Die geistig verwirrten Yulocs waren bedeutungslos.

Die Folgerungen aus diesen Überlegungen wurden rasch gezogen. Die Industrie wurde umgestellt. Raumschiffe und Waffen wurden gebaut. Eine andere Gruppe beschäftigte sich mit der Erforschung des Weltalls durch sorgfältige Beobachtung. Das eigene Sonnensystem der Sonne Fuehrl wurde vermessen. Die Sterne, deren Positionsdaten man im Bordrechner der Yulocs gefunden hatte, wurden am Himmel gesucht. Ein Plan zur Eroberung der Galaxis wurde in zunächst noch groben Zügen festgelegt. Das Ziel war klar: Beherrschung der Galaxis Naupaum, um neue Nahrungsquellen zu erschließen und für jeden Pehrtus ein Yuloc-Gehirn für die Integration zu besorgen. Das würde Fortschritt in der Evolution bedeuten.

Was die Pehrtus zu diesem Zeitpunkt nicht wußten und daher bei ihren strategischen Überlegungen nicht berücksichtigten, war die Tatsache, daß die Yulocs bereits gewarnt waren. Sie waren nicht nur völlig unerfahren im Umgang mit anderen Rassen, ihre eigene Mentalität und der Aggressionstrieb ließen den Gedanken gar nicht aufkommen, daß die Yulocs sich Sorgen um drei Mitglieder ihres Volkes machten, weil diese von einer Forschungsreise nicht zurückgekehrt waren. Ferner konnten die Pehrtus auch nicht feststellen, daß das Raumschiff der Yulocs nach der Vernichtung der Besatzung einen automatischen Notruf an die Heimatwelt abgeschickt hatte.

Die Aggression der Pehrtus verwandelte sich vorübergehend in Euphorie, als eine Flotte von zweiunddreißig Raumschiffen nach dem Vorbild der Yulocs erbaut und erfolgreich getestet worden war.

Das erste Ziel der Pehrtus-Flotte war die Heimatwelt der Yulocs. Man ging den direkten Weg und wurde zunächst nicht enttäuscht. Die Warnsysteme der Yulocs registrierten die Schiffe zunächst als eigene. Als die Pehrtus auf dem Hauptplaneten der Yulocs landeten und wahllos alles zerstörten, was nach einer Gefahr aussah, war es allein die zahlenmäßige Unterlegenheit, die den Kampf entschied. Als die Übermacht der Yulocs zu groß wurde, war es dennoch schon zu spät. Die Roboter der Pehrtus (auch nach dem Vorbild der Yulocs gebaut) hatten mehrere hundert der friedlichen Wesen in den Frachträumen der Raumschiffe verstaut. Dann flohen die Pehrtus, denn die Situation wurde zu gefährlich und der Zweck der Mission war erfüllt. Rücksichtslos gingen die Pehrtus gegen ihre Gefangenen vor. Die Gehirne wurden integriert, die organische Substanz war willkommene Nahrung.

Nach der Rückkehr auf Horntol wurden die restlichen Yulocs auf andere Pehrtus verteilt. Alle Pehrtus, die eine Integration vollzogen hatten, wurden in einem gesonderten Gebiet abgekapselt. Dadurch sollten interne Konflikte vermieden werden, bis jeder Pehrtus ein Yuloc-Gehirn zur Integration bekommen hätte. Die weiter und höher stehenden Pehrtus entwickelten nun detaillierte Pläne zur Eroberung von Naupaum. Die Flotte betrug mittlerweile über einhundert Schiffe. Und es wurde weiter gebaut. Ein neuer Feldzug wurde gestartet. Als die Schiffe zurückkamen, machte sich große Enttäuschung breit. Man hatte eine verlassene Yuloc-Welt vorgefunden. Die Yulocs waren mit unbekannten Zielen geflohen.

Diese ersten Begegnungen zwischen Yulocs und Pehrtus waren aber nur ein Geplänkel im Vergleich zu dem, was in den nächsten Jahrhunderten folgte. Was folgte, war der Kampf zweier Lebensformen mit völlig unterschiedlicher Mentalität. Es war ein Kampf, der mit allen Mitteln geführt wurde. Der Kampf der aggressiven Pehrtus mit den friedlichen, aber hochintelligenten Yulocs.

Zunächst richteten die Pehrtus überall in der Galaxis Naupaum Stützpunkte ein, von denen aus sie weite Teile kontrollieren konnten. Wo man noch auf kleine Kolonien der Yulocs traf, wurden diese rücksichtslos vernichtet und die Gehirne der Geschöpfe der Integration unterzogen. Dann kam der Tag, an dem die Yulocs zurückschlugen. Keiner der Pehrtus ahnte, woher die Schiffe plötzlich auftauchten. Es waren riesige Schiffe mit einer starken Bewaffnung, die die Yulocs entwickelt hatten. Wo sie auf die Pehrtus trafen, schalteten sie diese erbarmungslos aus. Die Gier der Pehrtus wuchs durch diese Verluste noch mehr. Es galt, die Gesamthirnsubstanz des eigenen Volks zu erhalten. Neue Techniken wurden entwickelt, und auch die Pehrtus bauten größere und stärkere Raumschiffe.

Schließlich beherrschten sie eines Tages die gesamte Galaxis Naupaum. Die Yulocs aber fanden sie nicht.

Die rund fünfhundert Pehrtus, die eine Integration mit Yuloc-Gehirnen vollzogen hatten, waren die geistige Elite der aggressiven Rasse. Sie fanden schließlich auch eine Antwort auf die Frage, wo sich die Yulocs verborgen hielten. Es war typisch für die engstirnige Mentalität, daß sich die Pehrtus diese einfache Frage erst so spät beantworten konnten.

Die Yulocs hatten Naupaum verlassen. Sie führten den Kampf aus einer anderen Galaxis heraus. Die wenigen Stützpunkte, die sie in ihrer ursprünglichen Welt hinterlassen hatten, waren von den Pehrtus aufgerieben worden.

Eine große Suche begann. Und neue Techniken mußten entwickelt werden, um die riesigen Abgründe im All von Naupaum zu den Nachbargalaxien zu überwinden. Wieder vergingen Jahrhunderte. Dann fand man in der Galaxis Catron die Yulocs. Sie lebten dort friedlich auf mehreren Welten. Die Erkundungsschiffe der Pehrtus fanden zu ihrer Überraschung keine Raumschiffe der Yulocs, keine Waffen, keine Schutzvorrichtungen. Im Lauf der Zeit waren die Pehrtus vorsichtig geworden. Mit Hilfe von neuen Medikamenten unterdrückten sie auf ihren Einsatzflügen den Aggressionstrieb so weit, daß nicht jedes Zusammentreffen mit Yulocs einen sofortigen Überfall nach sich zog. Zu oft hatte man dabei den kürzeren gezogen. Man flog zurück nach Horntol, um sich zu beraten. Die Gemeinschaftsintelligenz aller Pehrtus kam aber dennoch zu dem Schluß, daß ein Überfall auf die entdeckten Yuloc-Welten in der Galaxis Catron die einzig richtige Maßnahme war.

Das Gesamtkontingent aller Pehrtus-Schiffe wurde startklar gemacht und bemannt. Nur das Kollektiv derer, die bereits eine Integration vollzogen hatten, blieb zurück.

Die Schiffe der Pehrtus landeten auf den Yuloc-Welten. Kampfroboter schwärmten aus, kreisten die Yulocs ein und führten sie zu den gierig wartenden Pehrtus.

Dann kam die große Enttäuschung. Sie war zugleich eine Erklärung dafür, daß die Yulocs keine Raumschiffe, keine Schutzschirme und keine Waffen mehr besaßen. Zumindest keine Waffen im herkömmlichen Sinn der Pehrtus.

Die Yulocs hatten die Auseinandersetzung auf eine andere Ebene verlagert. Auf eine geistige Ebene. Jeder einzelne von ihnen strahlte eine mentale Macht aus, die ihn unerreichbar für die Pehrtus machte. Es bot sich kein Ansatzpunkt für die Pehrtus. Die Yulocs waren körperlich sichtbar, und die Gehirne der Pehrtus spürten die geistigen Impulse. Und doch war da eine undurchdringbare Wand, ein Rätsel.

In ihrer Gier und Wut verfielen die enttäuschten Pehrtus in ihre egoistische Denkweise. Rücksichtslos setzten sie ihre Waffen gegen die Yulocs ein. Aber auch das brachte keinen Erfolg. Zwar wurden die Körper zerstrahlt, aber die Pehrtus spürten, daß die Bewußtseine weiterlebten. Sie ballten sich zusammen und bildeten ein unsichtbares geistiges Potential, das in die Gehirne der Pehrtus eindrang. Es ergriff vorübergehend Besitz von den Pehrtus und befahl ihnen die Flucht.

Eine mit geistigen Waffen geschlagene Pehrtus-Flotte kehrte nach Naupaum zurück. Einige Pehrtus blieben unentdeckt in Catron zurück, um Näheres über die Veränderung bei den Yulocs in Erfahrung zu bringen.

Die geistige Macht der Pehrtus überdachte die Situation. Das Wort aufgeben hatte in der Mentalität dieser aggressiven Rasse keinen Platz. Der

Ausweg, der blieb, war die Suche nach anderen Waffen, nach geistigen Waffen, die denen der Yulocs überlegen waren. Man hatte miterlebt, wie sich die Bewußtseine der Yulocs von den Körpern trennen konnten. Und was die Yulocs konnten, das konnten die Pehrtus auch. Zumindest glaubten sie das.

Die ersten Pehrtus begannen sich in der Loslösung des Bewußtseins vom Körper zu trainieren. Zunächst wurden alle nicht unbedingt notwendigen Organteile abgestoßen. Was übrigblieb, war praktisch das Gehirn. Es war der Ursprungskörper gewesen, und er würde als Stammkörper bleiben müssen. Der Weg, der eingeschlagen wurde, war denkbar einfach. Durch einen geistigen Impuls wurde das Gehirn konserviert, wenn das Bewußtsein es verließ.

Das Gehirn versteinerte!

Die Aggression, ursprünglich biochemisch hervorgerufen durch die Elemente Fluor und Chlor, ging mit dem Bewußtsein mit. Und der Drang nach Integration.

Die körperlosen Pehrtus schlossen sich zu einer Einheit zusammen. Zu der Einheit, der sie letztlich entstammten. Für ihre Reise nach Catron benötigten sie keine Raumschiffe. Die Kollektiveinheit ging einfach hin. Zurück blieben versteinerte Gehirne. Auf Horntol und den anderen Welten der Pehrtus.

Als die Yulocs die gebündelte Gewalt der Pehrtus durch den Überraum auf sich zukommen fühlten, reagierten sie rasch. Fast alle Angehörigen dieses Volkes verließen ihren Körper. Die Bewußtseine schlossen sich zu einem geistigen Trichter zusammen, um das kollektive Geisteswesen der Pehrtus zu empfangen. Für beide Gegner spielte in der folgenden Auseinandersetzung die Zeit keine Rolle. Dafür hatten sie ihre Körperlichkeit aufgegeben. Und doch dauerte der Kampf nur wenige Sekundenbruchteile, bis die Kollektivintelligenz der Pehrtus spürte, daß sie hoffnungslos unterlegen war. Der geballte Yuloc-Geist würde sie nicht nur verdrängen, er würde sie *vernichten*. Der Yuloc-Geist suchte keine Integration. Er suchte Ruhe und Frieden. Die Gefahr der Vernichtung tauchte zum erstenmal im Bewußtsein des Pehrtus-Kollektivs auf. Sie versetzte ihm einen Schock, der schlagartig eine Vielzahl der versteinerten Gehirne zum Explodieren brachte. Das war ein neuer Schock. Eine Rückkehr in den eigenen Körper wurde für einen Teil des Wesens damit unmöglich. Wieder explodierten mehrere tausend der versteinerten Pehrtus-Gehirne. Zufrieden wurde dies von dem geistigen Kollektiv der Yulocs registriert.

Dann blieb der Pehrtus-Intelligenz nur ein Ausweg. Die Flucht! Die Yuloc-Intelligenz setzte sofort nach, um das Böse dieser Rasse für alle Zeiten zu eliminieren. Sie folgte dem Fliehenden durch die Dimensionen bis an die Grenzen der Erträglichkeit.

Als das Pehrtus-Wesen das Ende fühlte, rettete es sich durch einen verzweifelten Trick. Es verteilte seine gesamte geistige Substanz über alle erreichbaren Räume und Dimensionen. So entzog es sich dem würgenden Griff der Yulocs.

Die wenigen Pehrtus und Yulocs, die in ihrer körperhaften Form zurückblieben, starben fast alle bald danach. Die Pehrtus retteten sich vor dem Wahnsinn, indem sie ihre Körper verließen und ihre Gehirne versteinerten. Sie schlossen sich dem Verbund ihres Ursprungswesens in den geistigen Dimensionen an. Nur gelegentlich versuchte ein Pehrtus später in sein Gehirn zurückzukehren. Für eine solche Rückkehr gab es zwei Gründe. Der Kampf gegen die Yulocs mußte mit aller Vorsicht weitergeführt werden. Dazu bediente man sich nun der Hilfsvölker, die in den folgenden Jahrmillionen in Naupaum und Catron gewachsen waren. Der Erfolg war gering. Der andere Grund lag in dem Drang nach Integration, nach Veränderung und Verbesserung der eigenen Lebensmöglichkeiten. Für die Pehrtus, die, obwohl biologische Lebensform, nie einen Vermehrungsprozeß gekannt hatten, war dieser Drang vergleichbar mit dem Paarungstrieb anderer Lebewesen. Aber auch hier hatten sich nur selten Erfolge eingestellt.

Eine Pehrtus-Einheit namens Furloch hätte bei einem Besuch ihres versteinerten Gehirns beinahe eine Integration zustande gebracht. Das versteinerte Gehirn hatte Jahrtausende auf der Heimatwelt der Pehrtus, auf Horntol, überdauert. Furloch hatte es verstanden, eine Priesterschaft bei seinen seltenen Besuchen so zu beeinflussen, daß diese fernen Nachkommen der sich später frei entwickelnden Fauna Horntols sich um die Erhaltung des Gehirns kümmerten. Ein integrationswürdiges Gehirn war auf Horntol aufgetaucht. Furloch hatte sein Gehirn belebt und dem fremden Wesen die Integration angeboten. Aber dieses Wesen verstand ihn nicht. Bei dem gewaltsamen Versuch einer Übernahme scheiterte Furloch dann völlig. Die Explosion des versteinerten Gehirns war die Folge gewesen. Furlochs Bewußtsein kehrte in das Kollektiv zurück. Das Muster des Gehirns, mit dem es eine Integration gewünscht hatte, nahm es mit und stellte dieses Wissen dem Kollektiv zur Verfügung. Vielleicht konnte man es später für einen Peilungspol in einer unteren Dimension noch verwenden.

Furloch behielt mit dieser Ahnung recht.

Das mentalstabilisierte Gehirn Perry Rhodans hatte ihn vor einhundertvierundzwanzig Jahren auf Horntol vor einer Integration mit dem Bewußtsein Furlochs bewahrt. Und jetzt führte diese Begegnung die SOL mit allen Menschen an Bord in den sicheren Untergang, denn ohne die Begegnung auf Horntol wäre ein Kontakt der Pehrtus-Intelligenz mit dem Raumschiff nicht möglich gewesen.

6.

Es gibt keinen Unterschied zwischen kleinem und großem Leid. Was zählt, ist die Wirkung auf den Betroffenen. Es gibt erwachsene Menschen, die können über eine zerbrochene Puppe weinen. Oder über ein gestorbenes Tier, das mehr Ärger als Freude bereitet hat. Das ist nicht lächerlich. Man darf den Kummer nicht messen. Etwa so: Soviel Kummer steht dir beim Verlust eines Tieres nicht zu, wie eine Mutter Jammer spürt beim Verlust eines Kindes. Jeder kann darunter leiden. Und nur darauf kommt es an. Immer ist Schmerz auch ein Element der Liebe. Das beweist, daß man das Leid in jeder Form respektieren muß, in der es sich präsentiert.

Die Ewigkeiten dauernde Suche hatte Erfolg gehabt. Es hatte eine geistige Ebene entdeckt, die ein geradezu idealer Nährboden war. Nach der Integration würde es mit großer Wahrscheinlichkeit ein Niveau erreicht haben, in dem es keinen Gegner mehr zu fürchten brauchte.

Noch war die Tat, die Integration, nicht vollzogen. Es gab zu viele Störkomponenten. Das Gehirn, das sich für die Evolution vorzüglich eignete, war von einer Unzahl anderer Bewußtseine umgeben, die ihre Bahnen zogen und die geistige Felder aufbauten, die es nicht wollte.

Es war das Zusammengehörigkeitsgefühl der Menschen auf der SOL, das selbst im tiefsten Schlaf als geistiger Faktor existierte. Und störte. Diesen Faktor galt es folglich auszuschalten.

Es mußte behutsam vorgehen. Jede übermäßige Verdichtung auf irgendeiner Ebene konnte andere Mächte wecken oder aufmerksam machen. Der Yuloc-Geist existierte sicher noch, obwohl es ihn seit Urzeiten nicht mehr gespürt hatte. Vielleicht hatte er doch eine Integration durchgeführt.

Die völlig fremden geistigen Bahnen der Lebewesen auf dem winzigen Raumschiff verblüfften es bei jeder Kontaktaufnahme erneut. Hinzu kam, daß eine kleine Anzahl anderer Wesen, die mit dieser Rasse zusammenlebten, in der gleichen Weise dachten und fühlten. Anstatt zu integrieren, lebte man nebeneinander her. Es war unvorstellbar.

Mit einem immateriellen Fühler tastete es sich erneut nach dem Nährboden der Integration. Es fühlte die wundervolle Leere des Gehirns und erkannte wieder die hohen Niveauschwellen des Bewußtseins. Rurik »Sol« Conic. So nannte man das Bewußtsein. Es würde diesen Namen nach der Integration auslöschen. Es würde seinen Namen für alle Zeiten in dieses Bewußtsein drücken.

Pehrtus!

Es war nicht leicht gewesen, bei der vorsichtigen Vorgehensweise die störenden Faktoren nach und nach zu lähmen und ferner eine geeignete Brücke für den Kontakt zu schlagen. Dieser Kontakt war eine unabdingbare Voraussetzung für die Integration. Es war zu alt, als daß es sich ohne Schwierigkeiten auf die richtigen Kontaktbilder konzentrieren konnte. Es wußte sie nicht mehr. Der würgende Griff, den es um diese Lebewesen gelegt hatte, hatte dann aber doch den gewünschten Erfolg gebracht. Man hatte die Projektion zurückgeschleudert. Dieser Schock weckte die alten Erinnerungen. Zusammen mit der Erinnerung der Teileinheit Furloch fand es das richtige Bild: das versteinerte Gehirn. Es war der Schlüssel zur Vereinigung mit dem wundervollen Bewußtsein Rurik»Sol« Conic.

Noch gab es einige Probleme zu überwinden. Aber es hatte die Lebewesen in seinem Bann, so daß sie nur noch in seinem Sinn handeln konnten. Es mußte dieses Bewußtsein erobern, denn es bot in seiner schier unendlichen Weite die einmalige Möglichkeit für eine Integration mit dem gesamten Kollektiv. Nicht einige Teilbewußtseine würden den Fortschritt spüren und erleben. Alle wären betroffen.

Es überlegte nicht mehr länger. Die Zeit war gekommen. Die Störfaktoren mußten endgültig ausgeschaltet werden. Es zog die geistige Fessel enger um die lästigen Bewußtseine, um diese auszulöschen.

Da geschah etwas, womit es nicht gerechnet hatte.

Ein neuer, unbekannter Faktor trat auf.

Irgend etwas oder irgendeine Macht begann das versteinerte Gehirn künstlich zu beleben.

Die Kollektivintelligenz der Pehrtus begrüßte diese Entwicklung.

Dobrak sah sich zum Handeln gezwungen, als die Nachricht SENECAS eintraf. Die positronischen Roboter des Rechenhirns hatten die ersten Menschen entdeckt, die dem Druck der Pehrtus-Intelligenz nicht mehr länger widerstehen konnten. Ihr Tod würde in den nächsten Minuten unweigerlich eintreten.

Der Kelosker hatte mit dem »Dornröschen-Effekt« zu kämpfen. Selbst die Nähe des Null-Geists Rurik Conic half kaum noch. Hinzu kam eine natürliche Müdigkeit. Und Resignation. Dobrak hätte sich am liebsten in einen Winkel verkrochen, um das unvermeidlich scheinende Ende abzuwarten.

Das Nebenhirn, das in den letzten Minuten desaktiviert gewesen war, signalisierte neue Impulse. Dobrak mußte unwillkürlich an die sechsundzwanzig Kelosker denken, die in der Galaxis der Menschheit zurückgeblieben waren, um dort für die Menschen an der Befreiung vom Joch der Laren und Überschweren zu arbeiten. Auch seine Freunde würden nicht aufgeben.

Und für ihn war der Zeitpunkt noch nicht gekommen, an dem er seine Erfüllung finden würde. Das wußte er.

Er blickte auf die schlafenden Menschen. Auch Perry Rhodan war darunter. Dann schlurfte er mit Rurik zu dem Uchzplar. Er aktivierte das Shetanmargt-Fragment und dirigierte es in eine Position über dem versteinerten Gehirn. Er wußte nichts über die Art und Stärke der erforderlichen Hirnströme, aber er hoffte, daß sich das Uchzplar automatisch an die Gegebenheiten anpaßte.

Der keloskische Rechenmeister begab sich zu Perry Rhodan. Unter dem Einfluß Rurik Conics wachte der Terraner auf.

»Ich habe das Uchzplar auf das versteinerte Gehirn justiert«, erklärte Dobrak. »Ob diese Maßnahme Erfolg hat, läßt sich nicht berechnen. Ich mußte etwas tun, denn die ersten Menschen sterben unter dem Einfluß der Grünen Null.«

Bevor Rhodan antworten konnte, meldete sich das Shetanmargt.

»Die getroffene Maßnahme ist richtig, denn sie fördert die Integration.«

Rhodan fühlte einen Schauer bei diesen Worten des keloskischen Energie-Rechners. Er konnte sich unter der Integration nichts Konkretes vorstellen. Sie konnte Rettung oder Untergang bedeuten. Oder etwas gänzlich anderes.

Die Müdigkeit drohte ihn wieder zu überwältigen. Er drängte sich näher an die kleine, kräftige Gestalt Ruriks. Dabei beobachtete er das versteinerte Gehirn und den ebenfalls mit dem Schlaf kämpfenden Dobrak.

»Die Justierung ist vollzogen«, informierte das Shetanmargt. »Sie war erfolgreich. Das Gehirn wird erwachen.«

Und so geschah es!

Das Pehrtus-Gehirn erwachte zu vollem Leben. Seine Farbe änderte sich und ging in rötliche und hellbraune Töne über. Die wurstartigen Verdickungen begannen zu pulsieren. Die Oberfläche überzog sich mit einer glänzenden, feuchten Schicht.

Perry Rhodan spürte einen starken mentalen Druck, der von dem Gehirn ausging. Auch Dobrak schien davon betroffen zu sein, denn er fuhr sich in wirren Bewegungen mit den Tentakelenden über die Schädeldecke. Die Höcker seiner Nebenhirne gerieten in wilde Hüpfbewegungen. Die Gedankenströme, die von dem Pehrtus-Gehirn ausgingen, enthielten keinen Nachrichteninhalt. Etwas hemmte das Gehirn noch.

»Ich entferne das Uchzplar, damit sich die Gedanken frei entfalten können. Dadurch erhalte ich die noch fehlenden Informationen.«

Die Kunststimme SENECAS, vom Shetanmargt benutzt, meldete dies. Rhodan stand dem Geschehen fassungslos gegenüber. Es bedrückte ihn zutiefst, daß er in eine Auseinandersetzung verwickelt war, deren Ausgang er nicht beeinflussen konnte. Er hatte in diesem Spiel keine Waffen.

Die leuchtende Kugel des Uchzplars erlosch. Das Gebilde schwebte zur Seite. Im gleichen Augenblick stürmte eine Flut von ungeordneten Gedanken auf Rhodan ein. Es war, als ob unzählige Lebewesen gleichzeitig zu ihm sprachen. Zunächst konnte er nur die Gefühle erfassen, die in den Gedanken lagen, denn diese Gefühle waren von einheitlichem Charakter.

Gier, Aggression, Rücksichtslosigkeit und Unverständnis.

Dann schien es, als ob einige wenige Stimmen die Oberhand gewännen. Das gedankliche Chaos beruhigte sich. Und eine Stimme erklang im Kopf des Terraners.

»Wir wollen die Integration, und wir werden sie vollziehen. Niemand kann uns daran hindern. Eure primitiven Bewußtseine stören den Vollzug. Ich befehle euch daher, eure Bewußtseine zu vernichten. Ich ... Wir wollen das Bewußtsein des ...«

Die gedankliche Stimme brach ab. Rhodan registrierte eine gewisse Verwirrung bei dem Wesen, das durch die mentale Kraft des Gehirns zu ihm sprach. Der Kollektivcharakter wurde durch Ich-Formulierungen unterbrochen. Er blickte fragend zu Dobrak. Aber der Kelosker starrte nur geistesabwesend vor sich hin.

Eine neue Veränderung trat ein. Der grüne Nebel, der die Zentrale der SZ-1 erfüllte, lichtete sich. Nur im Umkreis des pulsierenden Pehrtus-Gehirns blieb eine dünne Kugelschale aus der grünen Substanz. Von dieser Kugelschale her zog sich dann ein armdicker grüner Strang in den Raum. Das Ende des Strahls bewegte sich suchend hin und her. Es tastete sich immer näher an Perry Rhodan heran. Plötzlich erkannte der Terraner, daß nicht er das Ziel war, sondern der neben ihm stehende Rurik Conic. Als der grüne Strang den stur vor sich hin glotzenden jungen Mann erreichte, verharrte er auf dessen Stirn. Rurik zeigte keine Reaktion.

»Was spielt sich hier ab, Dobrak?« keuchte Rhodan. Er erhielt keine Antwort. Das Shetanmargt, das über die Sensoren alle Vorgänge beobachtete, sprach für den Kelosker.

»Es ist der erste Versuch zur Einleitung der Integration. Die Vorgehensweise der Pehrtus-Kollektivintelligenz ist jetzt erkannt.«

Erregt und wütend schrie Rhodan durch den Raum: »Mich interessiert nicht die Vorgehensweise. Ich will wissen, was wir gegen dieses Wesen tun können, bevor es uns alle umbringt.«

Das Shetanmargt reagierte nicht. Dobrak legte einen Tentakel auf die Schultern Rhodans.

»Sie müssen warten. Wenn das Shetanmargt eine Lösung weiß, wird es sie uns mitteilen.«

Der mentale Druck des Pehrtus-Gehirns wurde stärker. Rhodan schirmte sich ab, so gut es ging. Aber immer wieder kamen Impulse durch die Abschirmung. Diese Gedanken befahlen ihm, sich sofort selbst zu töten.

Er teilte dies Dobrak mit.

»Ich spüre die gleichen Gedanken«, antwortete der Kelosker mit erstaunlicher Ruhe. »Noch kann ich mich dagegen wehren, aber nicht mehr lange.«

Wieder schaltete sich das Shetanmargt ein.

»Der erzwungene Selbstmord kann nur dadurch verhindert werden, daß Sie sich dem Einfluß Rurik Conics entziehen. Dadurch fallen Sie in Schlaf und können sich nicht töten.«

»Das ist doch Wahnsinn!« schrie Rhodan. »Dann bringt uns dieses Wesen im Schlaf um. Wir müssen aktiv etwas tun, nicht schlafen.«

»Genau das Gegenteil ist zutreffend«, antwortete das Shetanmargt. »Die strategischen Berechnungen sind abgeschlossen. Die Lösung liegt allein darin, daß Sie sich dem Schlaf hingeben.«

Perry Rhodan schüttelte verzweifelt den Kopf. Er verfolgte kaum noch, daß Dobrak einen kurzen Dialog mit seinem Rechner führte. Die Zahlenreihen und keloskischen Begriffe drangen wie aus weiter Ferne an sein Ohr. Das Gehirn konnte sie nicht mehr aufnehmen.

»Das Shetanmargt hat die einzige Alternative aufgezeigt. Wir sollten uns seinem Rat beugen«, sagte der Kelosker und blickte Rhodan fest an. »Sie sind völlig verwirrt, Perry Rhodan. Bitte glauben Sie mir und dem Shetanmargt.«

Rhodans Zorn und Verzweiflung sprachen aus seinem Gesicht.

»Ich denke gar nicht daran!« schrie er den Kelosker an. »Ich habe immer gekämpft und werde auch jetzt kämpfen. Wahrscheinlich stecken Sie und Ihr Shetanmargt mit den Pehrtus unter einer Decke.«

Er stieß den keloskischen Rechenmeister zur Seite und zog seine Waffe. Wütend feuerte er das ganze Magazin auf das Pehrtus-Gehirn ab. Die flammenden Strahlen prallten jedoch an der grünen Umhüllung ab.

Da griff Dobrak ein. Seine beiden Tentakelarme umfaßten den Terraner. Gegen den massigen Körper und die darin steckenden Kräfte war Rhodan machtlos. In einem großen Bogen schleuderte Dobrak ihn von Rurik Conic weg. Perry Rhodan landete unsanft auf dem Boden in der Nähe des Sessels des Ersten Emotionauten. Sofort wollte er sich aufraffen und auf Dobrak zustürmen. Die unsichtbaren Kräfte des »Dornröschen-Effekts« waren jedoch schneller. Rhodan kam nur zwei Schritte weit. Dann fielen ihm die Augen zu, und er sank endgültig zu Boden.

Dobrak wartete noch einen Augenblick. Als sich nichts mehr in der Zentrale rührte, dirigierte er das Uchzplar über den kahlen Schädel Rurik Conics. Dann aktivierte er das Shetanmargt-Fragment.

Dobrak trat einige Schritte von dem Solaner zurück. Er sah noch, wie Leben in die Augen des Mannes kam und wie dieser seinen Mund öffnete.

Der Kelosker sank nieder und schlief sofort ein.

Langsam füllte sich das leere Gehirn Rurik »Sol« Conics mit Impulsen. Das Shetanmargt-Fragment ging dabei äußerst behutsam vor. Wissen oder Gefühle konnte es dem jungen Mann nicht vermitteln. Und die Bereiche des Gehirns, die die Pehrtus-Intelligenz so magisch für eine Integration anzogen, konnte das Uchzplar nicht einmal erfassen. Sie lagen in einer anderen Dimension, die auch den Menschen und sogar den Mutanten verschlossen geblieben war.

Rurik irrte von seinem Instinkt getrieben durch die Zentrale. Das eingebleute Programm »Tischeabräumen« hatte nach der ersten, noch vorsichtigen Aktivierung des Gehirns die Oberhand gewonnen. Aber er fand keine Tische, die er hätte säubern können. Verständnislos blickte er auf das pulsierende Gehirn, das noch auf Waringers Arbeitstisch lag. Für einen Moment zögerte Rurik, als ob er überlegte, ob das Ding auch entfernt werden müßte. Aber noch war kein klarer Gedanke in seinem Bewußtsein.

Zufällig fiel sein Blick zu Boden. Dort lagen die Reste der zerbrochenen Sanduhr. Dieses Objekt paßte in das Aufräumprogramm. Entfernen konnte er die Reste aber nicht, denn es fehlte ihm an dem notwendigen Handwerkszeug.

Den armdicken, grün leuchtenden Schlauch, der an seinem Gehirn endete und der von dem Pehrtus-Gehirn ausging, beachtete Rurik nicht. Er bückte sich und schob die zerbrochenen Teile der Sanduhr mit seinen plumpen Fingern zusammen.

Plötzlich zuckte er zusammen. Ein rasender Schmerz stach durch seinen Kopf. Das geistige Kollektivwesen der Pehrtus hatte seine Fühler nach ihm ausgestreckt. Das Uchzplar über dem haarlosen Schädel begann heftiger zu pulsieren.

Rurik Conic bekam Angst. Seine Augen begannen zu flattern und die Mundwinkel zu zucken. Er drehte sich mehrmals hilfesuchend im Kreis. Aber da war niemand, der ihm helfen konnte. Die Menschen schliefen. Und der Kelosker auch.

Rurik Conic irrte durch die Zentrale. Er stolperte voran, bis er über den am Boden liegenden Perry Rhodan fiel. Er raffte sich halb auf und kroch auf allen vieren weiter. Schweiß trat auf seine Stirn, als der Schmerz in seinem Kopf erneut zunahm. Gleichzeitig wirkte das Uchzplar auf die Nervenzellen seines Gehirns ein. Bald würde es die Aktivierung des Gehirns abgeschlossen haben.

Auch das Pehrtus-Gehirn erhöhte seine Aktivität. Es fungierte als eine Art Schaltstelle zwischen dem Kollektivbewußtsein und dem Bewußtsein Rurik Conics. Es stellte den Kontakt im Einsteinraum her und sollte ferner das Bewußtsein Ruriks später, zum Abschluß der Integration, übertragen.

Der Mann kroch weiter hilflos durch die Zentrale. Sein voll aktiviertes Gehirn suchte nach Informationen, nach Bekanntem. Verständnislos blickte er auf das leuchtende Gebilde des Uchzplars, das in diesem Augenblick seine Arbeit einstellte. Alle Zellen und Nervenbahnen Rurik Conics waren nun voll arbeitsbereit. Rurik suchte weiter. Er wurde von der Angst getrieben, die die Schmerzen in seinem Gehirn verursachten.

Zufällig fiel sein Blick auf die schlafende Rosy Breuer. Ein Leuchten ging über sein Gesicht. Er hatte die zierliche Ortungstechnikerin erkannt. Er *wußte* plötzlich, daß er durch sie und in ihrer Nähe immer Geborgenheit und Fürsorge gefunden hatte. Es war das erstemal, daß Rurik etwas bewußt dachte. Er drängte sich an die Frau heran, er suchte Hilfe.

Wenig später erwachte Rosy Breuer unter dem Einfluß des Anti-Felds, das Rurik unsichtbar umgab. Sie blickte sich verstört um. Die Szene, die sie erblickte, flößte ihr Furcht ein. Das riesige, fremdartige Gehirn, die schlafenden Menschen, ein schwach leuchtendes Kugelgebilde, das an der Decke der Zentrale schwebte, und der leuchtende grüne Schlauch, der zwischen dem Gehirn und Rurik wogte.

In diesem Augenblick übermannte die Gier nach Integration das geistige Pehrtus-Wesen. Ohne den Tod der störenden Bewußtseine an Bord der SOL abzuwarten, leitete es die ersten konkreten Maßnahmen ein. Die Kollektivintelligenz wußte nicht, daß diese Integration ein Kampf werden würde. Sie fühlte nur die überdimensionale Leere von Ruriks Bewußtsein. Wenn sie diese Leere mit dem eigenen Dasein füllen konnte, würde ihr das Universum offenstehen. Dann konnte die notwendige Aggression wieder durchgeführt werden.

Die Ausläufer des Kampfes waren in mehreren Dimensionen und Labilzonen zu beobachten. Nur fehlte es an geeigneten Beobachtern. Das einzige normale Bewußtsein, das die Auseinandersetzung verfolgen würde, war das von Rosy Breuer. Aber sie sah nur einen winzigen Ausschnitt aus dem Geschehen. Es war der gleiche Ausschnitt, den die Sensoren der Positronik SENECAS aufzeichneten.

Es unterzog sich nicht der Mühe, nach der Ursache für das Leben zu suchen, das durch einen unbekannten Faktor in das versteinerte Gehirn geraten war. Es nahm diese Tatsache hin, denn ein lebendes Gehirn eignete sich um ein vielfaches besser für die Vorbereitung der Integration. Die Pehrtus-Kollektivintelligenz hatte Jahrtausende warten müssen, bis sich diese Möglichkeit zur Verbesserung der eigenen Bedingungen bot. Einige wenige Zeiteinheiten mehr spielten da keine Rolle. Es war die Gier nach der Integration, die das geistige Wesen vorantrieb. Nun, da das Hirn lebte und alles noch leichter erschien, wagte es die Integration, ohne die Eliminierung der störenden Bewußtseine abzuwarten.

Die geistige Verbindung zu dem Gehirn war noch zu lose. Es ballte einige hundert Teilintelligenzen in der fünften Dimension zusammen und tastete sich von dort über das projizierte Gehirn an Rurik heran. Zunächst mußte ein Grundwissen überspielt werden, da sonst die Gegensätzlichkeit der Bewußtseine für eine Integration zu groß gewesen wäre. Das Gehirn arbeitete als fehlerfreier Transmitter für die Informationen. Wenn die Pehrtus-Intelligenz den Begriff *Dankbarkeit* gekannt hätte, dann hätte sie ihn dem Uchzplar oder dem Kelosker Dobrak zugespielt. Sie kannte aber nur den von Aggressionen getriebenen Drang zur Integration.

Eine Portion dieses Gefühls begleitete die ersten Informationen, die von der Pehrtus-Intelligenz abgestrahlt wurden. Die Informationen selbst bestanden in einer Formulierung, die das untrainierte Gehirn Ruriks noch nicht verstehen konnte.

Der junge Solaner saß dicht bei Rosy Breuer. Er fühlte nur den stechenden Schmerz in seinem Gehirn. Dieser Schmerz wurde durch völlig wirre Aussagen überdeckt. Er fuhr sich mit der Hand über die Stirn. Da erblickte er bewußt den grünen Schlauch, der dicht über seinen Augen an der Stirnfläche endete. Mit einer instinktiven Bewegung wollte er ihn wegwischen. Der Versuch mißlang.

»Hilf mir!« flehte er Rosy Breuer an. Aber die Frau schüttelte nur traurig den Kopf.

»Ich kann dir nicht helfen, Rurik. Ich verstehe nicht, was hier vorgeht. Plötzlich kannst du wieder sprechen. Versuche, dir selbst zu helfen.«

Ruriks Instinkte waren darauf trainiert, der Frau zu gehorchen. Er hatte dies nie als Zwang empfunden. Und so begann er sich selbst zu helfen. Er unterdrückte den Schmerz und blickte in sich selbst. Da erreichte ihn ein neuer Schub Informationen. Er spürte, daß es sich um das Wissen einer fremden Welt handelte, einer Welt, die nie seine gewesen war. Er verstand ein Wort, nämlich *Integration*. Aber das Wort bedeutete ihm nichts. Er war sich sicher, daß er es in seinem bisherigen Dasein schon gehört hatte. Doch die Erklärung fehlte. Außerdem spürte er ein neues Gefühl, das sich in ihm ausbreitete. Dieses Gefühl erinnerte ihn schon halb bewußt an einige Menschen, die ihn bei seiner Tätigkeit geärgert hatten. Widerwille kam in ihm auf.

Rurik Conic erkannte, daß er mehr und mehr in die Lage kam, Zusammenhänge zu erkennen und bewußt zu denken. Die Informationen, die ihm zuflossen, ignorierte er. Sie waren fast völlig unverständlich und fremdartig.

Diese Informationen regten aber sein Gehirn an und holten aus der Tiefe des Geistes die Dinge an die Oberfläche, die er unbewußt im Lauf der Jahre gespeichert hatte. Schlagartig erkannte er, daß sich sein Gehirn von dem der anderen Menschen grundlegend unterschieden hatte und noch immer unterschied. Neu war, daß er jetzt bewußt dachte.

Eine erste Erkenntnis war das Fehlen einer ausgeprägten Gefühlswelt. Er besaß nur instinktive Verhaltensweisen. Folglich mußte er sich orientieren. Rurik überlegte, ob er Rosy Breuer fragen sollte, wie GUT und BÖSE als Gefühl sind. Er unterließ es jedoch, weil sein zunehmend schärfer werdender Verstand ihm sagte, daß er Gefühle nicht aus Erklärungen gewinnen konnte.

Er tat etwas völlig anderes. Er setzte die Kräfte seines Bewußtseins ein, die kein anderer Mensch besaß, wenn man von den wenigen Mutanten absah. Er griff in das Gehirn Rosy Breuers, von der er wußte, daß sie nicht schlecht sein konnte. Den Beweis für die Richtigkeit dieser Annahme hatte er in den letzten Jahren überdeutlich gespürt, wenn die Frau ihn vor den boshaften Hänseleien der anderen Solaner bewahrt hatte. Rosy war jedem energisch entgegengetreten, der ihn Schiffstrottel oder »Sol« genannt hatte.

Rosy Breuer spürte nur ein leises Kitzeln in ihrem Gehirn, als Rurik ein Abbild ihrer Gefühlswelt herstellte und es in sein eigenes Bewußtsein übernahm.

Die neue Erkenntnis traf ihn wie ein Schlag. Die Gefühle, die mit den verwirrenden Informationen aus einer unbekannten Dimension in ihn eingedrungen waren, waren schlecht, böse und aggressiv.

Die zierliche Ortungstechnikerin bemerkte das veränderte Verhalten ihres Schützlings. Rurik blickte sich verwirrt in der Zentrale um, als ob er etwas suchte.

»Was ist los, Rurik?« fragte Rosy.

»Danke«, war die erste Antwort. Und dann: »Ich brauche Informationen. Ich bin erwacht und ...«

Aufstöhnend brach Rurik ab. Eine neue Welle war von dem Pehrtus-Gehirn auf ihn zugeflossen. Schmerz paarte sich mit Widerwillen. Er konzentrierte sich und stieß alles Unangenehme aus seinem Gehirn. Als wieder Ruhe eingekehrt war, blickte er sich erneut um.

»Rosy«, wandte er sich erneut an die Frau. »Da ist etwas, das von mir Besitz ergreift. Etwas Unheimliches und Mächtiges. Ich muß wissen, was hier vorgefallen ist. Wer weiß um die Vorgänge?«

Rosy Breuer mußte ihre Verblüffung über Ruriks Verhalten erst verdauen. Der hilflose Solaner, der mehr Tier als Mensch gewesen war, sprach plötzlich eine klare und deutliche Sprache. Und was er sagte, klang absolut vernünftig.

»Du solltest den Chef fragen. Ich meine Perry Rhodan, wenn du ihn wach bekommst.«

Rurik winkte lässig ab.

»Ich brauche ihn nicht zu wecken oder zu fragen.«

Rosy Breuer sah, wie Rurik zu dem schlafenden Terraner hinüberblickte. Seine Augen verengten sich, und der grüne Schlauch an seiner Stirn geriet in zuckende Bewegung.

Da lachte Rurik auf. Die Art, in der er lachte, glich der von Rosy.

»Von dir habe ich die Gefühle, von Rhodan die Informationen. Jetzt gibt es nur noch ein Problem. Die Macht, die nach mir greift, ist mächtiger als ich. Es handelt sich um ein geistiges Kollektiv von einer Million Wesen.«

Nach den ersten abgestoßenen Impulsen machte sich die Pehrtus-Intelligenz noch keine Gedanken über Erfolg und Mißerfolg. Es stand ja von Anfang an fest, daß die Integration erfolgreich sein würde. Die Gier machte das Kollektiv fast blind. Es sah nur das unendlich scheinende geistige Feld in Ruriks Bewußtsein. Es erkannte gerade noch die Grenzen des Potentials. Was es nicht sah, waren die Öffnungen.

Das Kollektivbewußtsein der Pehrtus wurde erst auf die veränderte Lage aufmerksam, als ein Teil der abgegebenen Informationen in es selbst zurückfloß. Erstaunlich daran war, daß der Rückfluß nicht über das projizierte Kontaktgehirn lief, sondern den direkten Weg gewählt hatte.

Der Partner wehrte sich!

Die bislang vorsichtige Vorgehensweise war sofort vergessen. Das Kollektiv schlug mit aller Macht zu.

In der SZ-1-Zentrale geschahen so viele Dinge gleichzeitig, daß Rosy Breuer sie gar nicht alle wahrnehmen konnte. Das Pehrtus-Gehirn blähte sich schlagartig auf und vergrößerte sein Volumen auf den hundertfachen Wert. Es füllte nun ein Viertel des Kommandostands aus und reichte bis unter die Decke. Der Kelosker Dobrak wurde von der ungeheuren Masse des Gehirns fast völlig bedeckt. Nur sein Kopf und ein Tentakel ragten noch unter der wallenden Masse hervor.

Rosy war zu keinem Wort mehr fähig. Sie fühlte sich von den bösartigen Gedanken, die aus dem Pehrtus-Gehirn auf sie eindrangen, völlig verwirrt. Ihr Arm zeigte auf den Kelosker. Rurik erkannte nun auch die Gefahr, in der Dobrak schwebte. Das Gehirn würde ihn zerquetschen.

Rurik blickte kurz zu dem Kelosker. Dann glitt dieser unversehrt unter der Gehirnmasse hervor.

Mit dem Aufblähen des Gehirns war der grüne Schlauch zu Ruriks Stirn verschwunden. Dafür erfüllte jetzt ein dunkles Grün den ganzen Raum. Die grüne Substanz verdichtete sich mehr und mehr um Ruriks Körper. Rosy sah, wie sich der Mann unter Schmerzen krümmte. In das einhüllende Grün kam Bewegung. Es floß in den Leib Ruriks. Es drang durch seine Haut, ohne daß der Solaner etwas dagegen tun konnte. Nun wuchs auch Rurik. Sein Körpervolumen verdreifachte sich etwa.

Und er begann zu glühen. Erst war es ein sanftes Leuchten, dann schlugen Blitze durch den Raum, von dem Pehrtus-Hirn zu Rurik. Das Grün verschwand mit seinen letzten Resten im Körper Ruriks. Der Mann stürzte zu Boden und wand sich unter heftigen Krämpfen.

Rosy wollte aufspringen und zu Hilfe eilen. Aber eine Macht hielt sie zurück. Etwas preßte sie in die Ecke, in die sie sich gekauert hatte.

Eine Stimme erklang.

»Ich bin die Macht, und ich fordere die Integration. Es ist völlig sinnlos, sich zu wehren.«

Rosy preßte sich die Ohren zu. Das half jedoch nichts, denn die widerliche Stimme drang direkt in ihr Bewußtsein. Sie ahnte, daß das Gehirn auf gedanklicher Basis mit Rurik Conic gesprochen hatte.

Erneut zuckten energetische Entladungen durch den Raum. Die Umgebung verschwamm vor Rosys Augen. Wände und Konsolen wirkten plötzlich schief oder gebogen. Farben veränderten sich willkürlich in Bruchteilen von Sekunden. Der Krach der Entladungen dröhnte in den Ohren der Frau.

In diesem Chaos wälzte sich Rurik Conic, der jetzt förmlich von innen heraus glühte.

»Integration! Integration!« schrie dazu immer wieder die ekelerregende Stimme des Pehrtus-Gehirns.

Rurik Conic kam wieder schwankend auf die Beine. Er stolperte hinüber zu Rosy Breuer und ergriff ihre Hand. Die Frau empfand keine Furcht neben der fast fünf Meter großen leuchtenden Gestalt. Sie blickte hoch und sah, daß Rurik ihr etwas sagen wollte. Über seine Lippen kam jedoch nur ein Stöhnen.

»Versuch es, Rurik!« rief sie ihm zu. »Wenn ich dir helfen kann, ist mir jedes Mittel recht.«

Die riesige Gestalt Rurik Conics sank auf die Knie. Der Mann bückte sich, bis sein Kopf dicht an dem Ohr der Frau war. Rosy sah, daß der haarlose Schädel durchsichtig geworden war. Sie blickte direkt auf das Gehirn Ruriks.

Plötzlich vernahm sie Ruriks Stimme in ihrem Kopf. Der so grotesk veränderte Mensch war nicht mehr in der Lage, seine natürlichen Sprechwerkzeuge zu benutzen. So drangen seine Gedanken direkt in Rosy Breuers Bewußtsein.

»Ich brauche deine Hilfe gegen das Böse. Was ich verlange, ist viel, sehr viel. Ich brauche dein Bewußtsein mit allen seinen originalen Gefühlen.«

»Ich weiß nicht, wie du es nehmen kannst, Rurik«, sagte Rosy mit tonloser Stimme. »Aber nimm es dir.«

»Es kann dein Ende bedeuten.«

»Auch dann!«

Der erste heftige Schlag war fast erfolgreich abgeschlossen, als die Kollektivintelligenz der Pehrtus eine neue Veränderung feststellte. Eben noch hatte sie über die Hälfte des Bewußtseins des Partners beherrscht und sich im Gefühl des sicheren Sieges geglaubt. Da leitete dieser plötzlich durch ein unbemerkt gebliebenes Loch einen Teil des Pehrtus-Bewußtseins ab. Die restliche Intelligenz, die sich für die Auseinandersetzung fest in der vierten und fünften Dimension verankert hatte, hatte Mühe, die abgestoßenen Teilbewußtseine wieder aufzuspüren und sie dem Kollektiv einzuverleiben. Die Zeit, die sie dafür benötigte, nutzte Rurik. Er nutzte sie in einer für die Pehrtus-Intelligenz höchst verblüffenden Weise.

Rurik Conic führte eine Integration durch!

Er nahm das Bewußtsein eines anderen Lebewesens in sich auf. Das Kollektivwesen wunderte sich über die Unvollkommenheit der Integration. Die beiden Bewußtseine verschmolzen nicht vollkommen, sie klammerten sich nur aneinander. Dann machte Rurik noch den Fehler, so stellte sie fest, daß er den organischen Körper des aufgenommenen Bewußtseins nicht zerstörte, um seinen Energiehaushalt auszugleichen.

Mit geballter Aggression schlug die Pehrtus-Intelligenz erneut zu. Aus der fünften Dimension rasten durch einen unsichtbaren Kanal die Kräfte in das Kontaktgehirn. Dort spiegelten sie sich und wurden gegen das Bewußtsein Rurik Conics abgestrahlt. Nun erkannte das Kollektiv die Auswirkungen der Integration. Rurik setzte seine ganze geistige Kraft nur zur Abwehr der eindringenden Teilbewußtseine ein. Das zweite Bewußtsein hingegen stellte lediglich seine Gefühle gegen den Aggressionstrieb der Pehrtus.

Dennoch gelang es der Mehrzahl der Teilbewußtseine, in den Integrationspartner zu gelangen. Dort hörte der Kampf jedoch nicht auf. Rurik fand immer wieder Öffnungen in seiner geistigen Potentialebene, durch die er die Pehrtus-Bewußtseine abstieß. Schließlich hatte er die Zahl der Fremdintelligenzen so weit dezimiert, daß er sie sicher beherrschte. Das Kollektivwesen zog sich vorerst zurück, um eine neue Strategie zu erarbeiten.

Es beschloß, seine gesamte geistige Energie in einem Schlag auf Rurik zu werfen und ihn so zu überwinden. Die Koordinierung von annähernd einer Million Bewußtseinen war auch für die Pehrtus-Kollektivintelligenz keine leichte Aufgabe. Der Weg eines jeden Teilbewußtseins mußte vorab festgelegt werden. Das gleiche galt für die Zielpunkte im Bewußtsein des Gegners. Das Kollektiv benötigte Zeit. So entstand eine Pause in dem Kampf der geistigen Giganten.

»Hörst du mich?« wisperte es in Rosy Breuers Bewußtsein.

»Rurik?« fragte sie gedanklich zurück.

»Ja. Im Augenblick herrscht Ruhe. Sicher bereitet dieses Wesen einen neuen Angriff vor. Ich will die Zeit nutzen und ihm zuvorkommen. Wach du nach außen.«

»Aber ich habe nicht die Kraft wie du. Ich bin ein ganz normaler Mensch.«

»Du brauchst mich nur zu warnen, Rosy. Ich muß mich jetzt auf das Kontaktgehirn konzentrieren. Du wirst es spüren, wenn ein neuer Angriff kommt. Dann rufe mich.«

Rurik griff nach den wenigen Teilbewußtseinen, die noch in ihm waren, und schleuderte sie von sich. Dann begann seine eigentliche Aufgabe. Das Ziel war das ungeheure Pehrtus-Gehirn, das ein Viertel der SZ-1-Zentrale füllte. Er wußte, daß es sich um eine Projektion handelte, die körperliche Formen angenommen hatte. Und er wußte, daß das Uchzplar des Keloskers die Projektion zum Leben geweckt hatte. Dadurch war die Auseinandersetzung mit dem Kollektivwesen zeitlich so vorverlegt worden, daß die schlafenden Menschen an Bord der SOL bei Kampfbeginn noch nicht dem tödlichen Griff des unheimlichen Grüns erlegen waren.

Rurik erfaßte das Uchzplar, das nutzlos unter der Decke der Zentrale schwebte. Er dirigierte es so nahe wie möglich an das künstliche Pehrtus-Gehirn heran. Bevor er es jedoch aktivierte, manipulierte er die inneren Energiebahnen. Aus dem Uchzplar wurde eine Waffe. Rurik gab den Einschaltimpuls.

Im gleichen Augenblick begann das Gehirn wild zu zucken. Es wogte und wallte. Eine Fülle völlig irrsinniger Steuerströme aus dem Uchzplar beeinflußte es. Dem Kunstwesen der Pehrtus-Intelligenz blieb nur die Flucht. Die Flucht in die Versteinerung. Doch die Manipulation durch das keloskische Energiefeld ging unerbittlich weiter. Sie zwang das Gehirn zum Schrumpfen. Es wurde kleiner und kleiner.

Als es nur mehr einen Meter durchmaß, stürzte es in einer Implosion in sich zusammen und verschwand.

»Rosy! Das Pehrtus-Gehirn ist vernichtet. Den Rest muß ich allein durchstehen. Wir trennen uns jetzt wieder, denn bei meinem nächsten Schritt muß ich allein sein. Auf Wiedersehen.«

Das Bewußtsein der Frau antwortete nicht. Auf Wiedersehen, das hatte so menschlich geklungen. Und doch fühlte sie, daß an Rurik nichts Menschliches mehr war. Sein geistiges Pendel war vom einen Extrem als Tier, Instinktmensch oder Schiffstrottel in das Gegenteil geschwenkt. Nur fehlten Rosy hierfür die rechten Begriffe.

Übergangslos fand sie sich in ihrem Körper wieder. Sie sah Rurik mit seiner immer noch fast fünf Meter großen Gestalt vor sich stehen. Auch das Glühen in seinem Körper war noch vorhanden. Nur das Pehrtus-Gehirn war verschwunden und mit ihm der mentale Druck.

Rurik stand da und lauerte. Er blickte in die Richtung, in der das projizierte Gehirn gelegen hatte. Dort zuckte plötzlich ein greller Blitz auf. Rosy ahnte, daß die Kollektivintelligenz jetzt zum letzten Angriff antrat.

Von dieser Auseinandersetzung erlebte sie nicht viel. Der Blitz zuckte ständig an der gleichen Stelle. Er war nur der vierdimensionale Ausläufer einer höherdimensionalen Macht. Diese Macht fand den vorprogrammierten Weg nicht mehr.

Rurik Conic glühte noch mehr auf. Sein ganzer Körper wurde transparent, nur das Gehirn blieb sichtbar. Er winkte Rosy noch einmal zu. Dann verschwand er völlig. Mit ihm löste sich der zuckende Blitz auf.

Innerhalb weniger Sekunden normalisierte sich alles.

Rosy erblickte aus den Augenwinkeln eine Bewegung. Sie blickte auf. Die Ziffern der Borddigitaluhren bewegten sich wieder. Die zierliche Ortungstechnikerin erhob sich.

»Rurik?« flüsterte sie leise. Als sie keine Antwort erhielt, begann sie zu weinen.

Perry Rhodan erwachte als erster. Er ging zu Rosy Breuer, sagte aber nichts, als er deren Trauer und Verwirrung wahrnahm.

»Ich glaube, es ist wieder alles in Ordnung. Nur Rurik ist nicht mehr da«, sagte Rosy tapfer. »Es hat nie zwei Menschen gegeben, die sich einander näher waren. Er und ich.«

Epilog

Der Ort, an dem die neue Intelligenz existierte, ließ sich mit menschlichen Maßstäben nicht beschreiben. Die Intelligenz selbst läßt sich kaum näher erklären. Sie war das Produkt einer Integration, eines Zusammengehens eines Geisteskollektivs mit einem außergewöhnlichen Einzelbewußtsein. Das Einzelbewußtsein trug früher den Namen Rurik Conic, das Kollektiv hieß Pehrtus. Aber was bedeuteten Namen für diese Intelligenz? Nichts! Das neue Geisteswesen, das auf einer unbegreiflichen Stufe der Evolution entstanden war, benötigte keinen Namen. Es benötigte nur sich selbst. Oder vielleicht einmal eine Welt mit freundlichen Wesen, denen es ein gutes Bewußtsein einverleiben konnte. Die Zeit spielte keine Rolle mehr, denn in der jetzigen Existenzebene gab es keine Zeit, kein Gestern, kein Heute. Und nur vielleicht ein Morgen. Aber es gab eine Vergangenheit. Sie war geistiger und körperlicher Natur gewesen. Sie hatte die Intelligenz geprägt. Sie hatte ihr Wesen bestimmt, ihren Charakter, ihr Denken und ihr Tun. Die letzte Integration hatte den entscheidenden Wandel bestimmt. Das Ergebnis resultierte aus einem Kampf, der in seinen Waffen und in seiner Dauer unbestimmbar gewesen war. Was zählte, war nur das Ergebnis. Die Erinnerung an diesen Kampf würde weiterleben. Für die Betroffenen auf beiden Seiten. Bei den Kämpfenden und bei den Zuschauern. Verstehen würde das Ergebnis jedoch nur einer, und das war die neue Intelligenz, die aus der Integration hervorgegangen war. Das geistige Bündnis, das aus Rurik Conic, dem Menschen, dem Solaner, dem Nachkommen der Terraner, und aus der Kollektivintelligenz der Pehrtus bestand. Es wurde diktiert vom Ergebnis des Integrationskampfes. Rurik Conic hatte als Mensch und Null-Mutant lange Zeit benötigt, um sich zu erkennen, um die Gefahr zu analysieren und die richtigen Schritte zu tun. Nach den Leistungskriterien seines einmal aktivierten Gehirns war es eine lange Zeit. In Wirklichkeit waren es weniger als zwei Stunden. Aber dann hatte das Bewußtsein den richtigen Weg gefunden. Als der Pehrtus-Intelligenz durch die Eliminierung des Kontakt-Gehirns der Weg zur Integration abgeschnitten war, schlug das Bewußtsein Rurik Conics zurück. Es benötigte kein projiziertes Kontaktbild, um das Geisteskollektiv zu finden. Es konnte den direkten Weg gehen. Der Sieg gelang mit den Waffen des Gegners, mit der Integration. Für die überhebliche, aggressive Kollektivintelligenz kam der Schlag zu überraschend. Mit einer solchen Maßnahme hatte sie nicht gerechnet. Der Integrationspartner leitete den Prozeß der Vereinigung selber ein. Aber mit seinen Mitteln und Gedanken. Mit seiner Psyche und seinen Fähigkeiten. Mit seinem Willen und mit seinen Gefühlen. Die Gefühle hatten letztlich den Ausschlag gegeben für den raschen Sieg des Bewußtseins von Rurik Conic. Sie zählten um ein vielfaches mehr als die Anzahl der eine Million umfassenden Teilbewußtseine der Pehrtus.

Die neue Intelligenz existierte. Sie dachte und überlegte. Ein Drang in ihr verleitete sie zum Suchen. Noch wußte sie nicht genau, wonach sie zu suchen hatte. Nicht nach einer Integration und nicht nach dem verlorengegangenen bösen Teil des einen Ursprungswesens. Eine Integration war nicht mehr erforderlich, und das verlorene Böse war vernichtet. Es existierte nicht mehr. Etwas anders mußte gesucht werden. Vielleicht doch eine Welt mit körperlichen Individuen, die sie nach einer Teilung beseelen könnte? Aber wäre das nicht ein Rückschritt in der Evolution? Die neue Intelligenz wußte es nicht, noch nicht. Die Frage der Evolution war für sie nicht mehr wichtig. Sie war so unwichtig wie eine eventuelle Begegnung mit dem Geisteskollektiv der Yulocs, denn dieses würde den Teil der neuen Intelligenz, der einmal sein Gegner war, auch nicht mehr erkennen. Es zählten nur die Gefühle und die Charakterzüge.

Ein kurzer Gedanke blitzte auf. Vielleicht sollte die neue Intelligenz doch nach dem suchen, was sich in ihr selbst ständig widerspiegelte. Das, was sie selbst ausmachte und was für einen Sieg über die Pehrtus den Ausschlag gegeben hatte. Aber der Gedanke verfloß wieder. Die fürsorgliche und gutherzige Freundin gab es nicht mehr. Sie lebte auf einer anderen Ebene. Sie konnte von der neuen Intelligenz nichts ahnen. Und noch weniger konnte sie ahnen, daß sie einem integrierten Geisteswesen für alle Zeiten den Stempel ihres Charakters aufgedrückt hatte. Den Stempel der Güte und Menschlichkeit.

Nach vielen weiteren Abenteuern erreichte die SOL schließlich die Erde, und Perry Rhodan sorgte dafür, daß sie in die Milchstraße zurückkehren und ihren angestammten Platz im Solsystem einnehmen konnte.

Im Dezember 3586 überließ Perry Rhodan die SOL den Solanern, die das Generationenschiff, ihre Heimat, längst als ihr rechtmäßiges Eigentum ansahen. Die SOL startete ins Ungewisse, und für lange Zeit verlor sich ihre Spur.

Es war Perry Rhodans alter Freund, der unsterbliche Arkonide Atlan, der im Jahr 3791 wieder auf das Generationenschiff stieß. Atlan hatte einen Auftrag der Kosmokraten zu erfüllen, und die SOL sollte ihm dazu als Werkzeug dienen. Der Arkonide verfügte zwar über die Koordinaten seines Bestimmungsorts, des Raumsektors Varnhagher-Ghynnst, doch eine unübersehbare Zahl von Hindernissen stellte sich ihm in den Weg.

Als mächtigster Widersacher erwies sich ausgerechnet Anti-ES, jene negative Superintelligenz, die Perry Rhodans Gehirn während des Kosmischen Schachspiels nach Naupaum geschleudert und dadurch indirekt den späteren Konflikt der SOL mit den vergeistigten Pehrtus, der Grünen Null, herbeigeführt hatte. Wegen zahlreicher Regelverstöße in seinem Schachspiel gegen ES war Anti-ES von den Kosmokraten in die Namenlose Zone verbannt worden. Aber Anti-ES fand sich mit diesem Richterspruch nicht ab. Es unterwarf vielmehr die zehn Zähler, die seinen Läuterungsprozeß unterstützen sollten, und wandelte sie in Manifeste um, in machtvolle Werkzeuge, seine Isolation in der Namenlosen Zone zu überwinden. Mit Hilfe der Manifeste suchte Anti-ES Atlan und die SOL in seine Gewalt zu bringen, um sich aus der Namenlosen Zone befreien und grenzenlose Macht im Universum erringen zu können. Zunächst begegnete Atlan und den Solanern Janvrin, ein unbesiegbarer achtbeiniger Panther, den Anti-ES aus Janv-Zount, dem Ersten Zähler, geschaffen hatte, später Pervrin, das aus Perv-Zount, dem Zweiten Zähler, entstandene Manifest-B, das einem leuchtenden Balken glich, und dann, Schlag auf Schlag, alle anderen.

Glücklicherweise fanden Atlan und die Solaner Helfer, die ihnen gegen ihren mächtigen Feind beistanden. Einer davon war Wöbbeking, der sich einst als positives Fragment aus Anti-ES abgespalten hatte; ein anderer Chybrain, das rätselhafte Ei aus Jenseitsmaterie. Wöbbeking und Atlans Extrasinn hatten es lange Zeit zuvor gemeinsam hervorgebracht.

Die Freunde meisterten die Bedrohung. Erfolgreich wehrten sie die Angriffe der Manifeste ab, und die Zähler konnten, dem Zugriff von Anti-ES entzogen, wieder in ihre Heimat, die Namenlose Zone, zurückkehren. Schließlich vermochte Wöbbeking aus sich und dem geschlagenen Anti-ES die neue Superintelligenz KING zu formen.

Auf Chybrains Drängen mußte sich Atlan nun intensiv mit der Namenlosen Zone beschäftigen, einem Ort des Schreckens. Die Solaner trafen auf die heimlichen Herrscher der Namenlosen Zone, die Zyrtonier, und ihre Anführer, die Pagen. Wieder fanden Atlan und seine Freunde Unterstützung: die ameisenähnlichen Vulnurer, Verwandte der Zyrtonier aus dem Normaluniversum, und die Lichtquelle, einen Born der Jenseitsmaterie, den die Ur-Vulnurer einst geschaffen hatten. Die Lichtquelle stellte Atlan ihren Boten Parzelle zur Seite.

Gemeinsam besiegten der Arkonide und seine Verbündeten zu guter Letzt die Pagen der Zyrtonier. Die Namenlose Zone löste sich auf, und zahlreiche Völker waren befreit.

Endlich konnte man nach Varnhagher-Ghynnst fliegen. Aber noch war die SOL nicht am Ziel …

Peter Griese

Der lange Weg der SOL

Prolog

Die grünen Ziffern des Bordchronometers der SOL zeigen das aktuelle Datum an, den 7. Oktober des Jahres 3808.

Meine Gedanken gehen den Weg zurück zu jenem 4. März des Jahres 3791, als mich die Solaner im Leerraum entdeckt und an Bord ihres Generationenschiffs gebracht hatten. Sie durcheilen die Jahre bis zum gestrigen Tag, der eine wichtige Entscheidung in meinem Leben gebracht hat. Die Gedanken zerren an einer verblassenden Erinnerung, die ich festhalten will und doch nicht an mich klammern kann.

Gestern. Ich muß es noch einmal aufrollen, das Gestern, um ein paar vage Gedanken der schwindenden Erinnerung zu halten ...

Wir saßen in der Messe im Mittelteil der SOL. Auch Parzelle war präsent, aber er war nur noch ein flüchtiger Schatten. Ich hörte mir an, was Breckcrown Hayes zu berichten hatte. Er sah übel aus, der Solaner, aber ich dachte mir, daß er noch ein paar Jahre durchhalten würde.

SENECA verfügte auch wieder über die Koordinaten von Varnhagher-Ghynnst. Ich hatte sie ihm nicht mitteilen müssen. Das Wissen darum war urplötzlich wieder in ihm gewesen. Er behauptete, daß er wisse, daß er die Koordinaten lange Zeit nicht besessen habe, aber dennoch aus seinen Speichern erkennen könne, daß er sie nie hergegeben hätte.

Chybrain hatte auf meine Fragen hierzu keine Erklärung abgegeben.

Die Raumschiffe der tausend Pagen der Namenlosen Zone waren vernichtet worden. Sie hatten den Kampf und den Tod gesucht. Die SOL hatte keine nennenswerten Verluste erlitten.

Über Bildfunk waren wir mit den Vulnurern verbunden. An Bord ihrer drei Schiffe befanden sich auch schon Zyrtonier, um die endgültige Versöhnung mit den Vulnurern zu bekräftigen. Lichtquelle-Jacta teilte uns mit, worin sie ihre neue Aufgabe sah. Es galt, für die vielen Völker der ehemaligen Namenlosen Zone die Weichen für die Zukunft zu stellen. Es würde noch genügend Reibereien geben, bis sich diese Völker an ihr neues Dasein gewöhnt hatten und die verbliebenen Aggressionen verweht waren.

Unser Abschied von den Vulnurern stand bevor, denn das Ziel der SOL hieß Varnhagher-Ghynnst. Und Varnhagher-Ghynnst war auch mein ganz persönliches Ziel.

Feiern wollte eigentlich niemand so recht, denn letztlich waren wir uns alle darüber im klaren, daß wir zwar viel Positives in unserem Sinn erreicht hatten, aber unzählige Opfer dafür hatten bringen müssen.

Ich verließ die Versammlung und bat auch Tyari, mir nicht zu folgen. In meiner Kabine wartete Chybrain. Er hatte mich um ein Gespräch gebeten.

Er leuchtete noch immer sehr matt, als ich eintrat.

»Wir sind allein«, begrüßte er mich auf normalem akustischem Weg. »Das ist gut. Ich habe dir zu danken. Wenn ich die Jenseitsmaterie nicht bekommen hätte, wäre ich verendet. Wenn du nicht nach Zytron gekommen wärst, wäre ich in der Gefangenschaft Null-Pages gestorben.«

Ich nahm auf einem Hocker Platz und betrachtete das seltsame Ei, dem ich eigentlich mehr zu verdanken hatte als es mir.

Er verdankt dir in jeder Hinsicht seine Existenz, merkte der Extrasinn an.

»Ich dachte, er verdankt sie dir«, antwortete ich lächelnd.

Ich bin du. Und du bist ich.

»Wenn ihr fertig seid«, kam es von Chybrain, »dann möchte ich noch etwas sagen.«

»Sprich!«

»Es ist traurig, aber wahr. Ich habe versucht, die Anerkennung der Kosmokraten zu gewinnen. Ohne mich wäre die Namenlose Zone noch jetzt ein Ort des Schreckens und der immerwährenden Gefahr für alle Völker. Aber die Kosmokraten haben sich nicht bei mir gemeldet. Der Makel eines Bastards klebt weiter an mir. Ich habe versagt. Ich habe alles falsch gemacht. Ich gehe. Was ich brauche, ist die Einsamkeit.«

»Jetzt sind doch alle Probleme beseitigt«, widersprach ich vorsichtig. »Und da willst du uns verlassen?«

»Ja.« Er schwebte in die Höhe und kam auf mich zu. »Ich muß weiter reifen. Es gibt irgendwo eine Sonne namens Gumb, um die ein Planet kreist, der Jukka genannt wird. Das ist der Ort, an dem ich Katzulla traf, der mich besiegte. Der alte Kennery lebt sicher noch. Er wird sich über meine Rückkehr freuen, und ich werde das Gejaule der Kauzunde genießen und an euch denken.«

Er ließ mir keine Möglichkeit des Einwands.

»Sehe ich dich wieder, Chybrain?« war meine letzte Frage,

»Nein, das glaube ich nicht.«

Er verschwand durch die Wand. Ich hockte eine Weile da und sinnierte über alles nach. Dann berührte mich etwas. Parzelle stand neben mir.

»Er ist von den Wassern der ewigen Zeiten an neue Ufer gespült worden«, sagte der Durchsichtige. »Meine Existenz ist zu Ende. Ohne Termentier und Lichtquelle kann ich nicht länger bestehen. Lebe wohl!«

»Warum verlaßt ihr mich alle?« Ich schüttelte den Kopf.

»Die Wasser der Zeiten, Atlan.« Parzelles Gesicht nahm noch einmal feste Formen an. »Sie spülen alles weg, aber sicherlich nicht dich. Ich habe erfahren, daß die Kosmokraten dich noch brauchen. Du bist ein Auserwählter der Mächte aus dem Jenseits. Chybrains Visionen werden in dir verblassen, weil sie dich nur belasten würden. Der Kleine hat das so gewollt. Und daran hat er recht getan. Auf dich wartet in Varnhagher-Ghynnst eine neue Aufgabe. Aber das ist nicht alles! Für ein eigentlich untätiges und unbewegliches Orakel bist du den Kosmokraten sicher zu schade. Ich denke, dein Weg ist noch weit.«

»Du hast mit den Kosmokraten gesprochen?« staunte ich.

»Nein, Atlan.« Parzelle schüttelte den Kopf. »Sie haben mich etwas wissen lassen, aber ich verstehe es selbst nicht.«

»Was haben sie dich wissen lassen?« Meine Neugier war erwacht.

»Du hast alle Bewährungsproben bestanden. Du bist reif für eine Aufgabe, die den Kosmokraten mehr Kummer bereitet, als sie vertragen. Das Universum ist voller Wunder. Und der ewige Kampf der Mächte des Chaos mit denen der Ordnung wird so lange andauern, wie die Wasser der Zeiten fließen. Sie werden dich an ein Ufer spülen, an dem du noch nie gewesen bist. Und du wirst die Gefahr erleben, die jede Vorstellung übertrifft.«

Parzelle löste sich vor meinen Augen auf.

Ich wußte nicht, was ich von seinen Worten halten sollte.

»Varnhagher-Ghynnst«, sagte ich. »Wir kommen!«

Chybrains Visionen werden in dir verblassen, weil sie dich nur belasten würden.

Das ist einer der entscheidenden Sätze. Ich weiß noch, daß Parzelle damit auf die Visionen angespielt hat, die ich in den letzten Wochen hatte erleben müssen. Ich weiß noch, daß mich diese Visionen auf die Spur Chybrains gebracht hatten, aber ich kenne den Inhalt der Visionen nicht mehr. Das Wissen darum ist vergangen. Auch der Extrasinn kann mir da nicht helfen.

Mich verunsichern diese neuen Wissenslücken, denn sie erscheinen mir irgendwie unlogisch. Oder, so sage ich mir, ich kann den Sinn dieses Erinnerungsschwunds nicht verstehen. Es handelt sich mit Sicherheit nur um ein bruchstückhaftes Wissen, das mit der riesigen Erinnerungslücke aus meiner Zeit jenseits der Materiequellen nicht konkurrieren kann. Aus dieser Lebensphase besteht ein geistiges Loch von rund 186 Jahren.

Eine neue Belastung ist jedenfalls da. Sie beeinträchtigt mich, und ich habe keine Ahnung, wie lange dieser Zustand andauern soll.

Die Gefahren, von denen Parzelle gesprochen hat, schrecken mich weit weniger. Mein Leben war nie gefahrlos gewesen. Und meiner Aufgabe im Sinn der Kosmokraten war ich mir voll bewußt, auch wenn ich sie nicht in den Einzelheiten zu formulieren vermochte. Varnhagher-Ghynnst wartete auf die SOL und mich. Und aus der letzten Vision war der Begriff »Orakel« in meinem Bewußtsein hängengeblieben. Aber die Leere in einigen Bereichen meiner Erinnerungen stört mich doch.

Du solltest dich an das halten, was du weißt und was du besitzt, rät mir mein Logiksektor. *Grübeleien über Vergangenes und Vergessenes bringen dich nicht weiter.*

Nun gut. Ich habe Tyari, eine wunderbare Lebensgefährtin. Ich habe die SOL. Ich kenne den grundsätzlichen Inhalt meines Auftrags. Ich habe den festen Willen, nach den Vorstellungen der Unbegreiflichen von jenseits der Materiequellen diesen Auftrag mit Leben und Taten zu füllen.

Aber das alles täuscht nicht darüber hinweg, daß ich Verluste erlitten habe, die an meiner Seele nagen. Chybrain, Hage Nockemann, Blödel, Parzelle, Chart Deccon und viele rechtschaffene Solaner ...

Ich ahne etwas Böses, das mit dem entwendeten Wissen aus den Visionen zu tun haben muß. Die Reihe der Verluste, die ich hinnehmen mußte, ist noch nicht zu Ende. Die Bewährungsproben, die mir die Kosmokraten immer wieder auferlegen, können noch andauern.

Ich gehe zu Tyari und suche Trost und Frieden bei ihr. Ich weiß aber, daß sie mir nur sehr bedingt helfen kann.

Ich muß damit leben.

Heute starten wir in Richtung Varnhagher-Ghynnst. Für den Flug sind zwölf Tage vorgesehen. Breckcrown Hayes und SENECA haben für jeden Tag einen Zwischenstopp eingeplant.

In zwölf Tagen werde ich mehr wissen.

Erstes Zwischenspiel

ER raste wie ein Besessener durch den Leerraum, angetrieben von einer fixen Idee. ER wollte nicht aufgeben. ER war noch da, und alle sollten ihn zu spüren bekommen. Die Zeit war reif für eine entscheidende Tat.

Aber wo sollte ER SIE finden? Gab es SIE überhaupt noch?

Oder war alles nur eine hypothetische Annahme, die einfach in ihm entstanden war? ER wußte es nicht genau, aber ER glaubte an sich.

SIE konnten nicht zur Gänze verschwunden sein. Dafür waren SIE zu stark, zu absonderlich, ja manchmal fast wie eine Superintelligenz gewesen. ER wußte nichts über die wahre Vergangenheit derer, deren Reste ER suchte. ER glaubte ganz einfach daran, daß es diese Fragmente des früheren Daseins noch geben mußte. SIE wären das ideale Instrument, um alles in Bewegung zu bringen.

Auch den Mächten jenseits der Materiequellen würden SIE nicht verborgen bleiben, wenn SIE plötzlich wieder handeln würden.

Allein war jeder zu schwach. Vielleicht ruhte jede in einem hoffnungslosen Dämmerzustand irgendwo zwischen den Dimensionen. Aber ER war sicher, daß SIE noch existierten.

SIE mußten existieren, denn SIE konnten nicht einfach verschwunden sein. SIE waren nicht wirklich sterblich. Dafür standen SIE zu hoch.

SIE mußten hier irgendwo sein, denn den Ort, an dem SIE so lange gelebt hatten, gab es nicht mehr.

ER streckte seine geistigen Fühler aus und lauschte. Die Echos des Universums waren sehr vielfältig und meistens unbegreiflich. SIE würde ER aber erkennen, denn ihre Ausstrahlung war charakteristisch. ER besaß das Muster dieser Ausstrahlung.

Sicher, SIE würden sich bestimmt verändert haben, nein, mehr noch, SIE mußten sich verändert haben, denn SIE hatten unsägliches Leid ertragen müssen, aber etwas von den ursprünglichen Impulsen mußte noch existieren.

ER brauchte SIE für die Aufgabe, die ER sich gestellt hatte. SIE würden ihn verstehen und akzeptieren, denn SIE mußten sich in einer größeren Notlage befinden als ER. Daran gab es keinen Zweifel.

ER sondierte die Störimpulse aus, die in diesem neuen Raumgebiet noch vorherrschten. ER war auf der richtigen Spur. Hier hatten SIE zwischen Diesseits und Jenseits existiert. Hier mußten sich ihre Fragmente finden lassen.

Die Suche hatte schließlich Erfolg.

ER jubelte, als ER den ersten Impuls erkannte. Das Signal war matt. Es steckte kaum noch Leben in ihm, aber er bewies auch, daß dies nicht der Tod war.

ER steuerte das Raumgebiet an, aus dem der Impuls kam. Hier herrschte Leere. Die nächsten Sterne waren sehr weit entfernt. Also hatten SIE sich in die Einsamkeit ihrer Hoffnungslosigkeit zurückgezogen.

ER dachte, daß SIE ein würdigeres Schicksal verdient hatten. Welches, das sollten SIE selbst bestimmen.

Die genaue Lokalisierung des Ersten war problematisch, denn dieses Wesen besaß nichts Körperliches mehr. ER hatte das eigentlich erwartet.

Das Fragment registrierte ihn mit Neugier.

ER filterte die geistigen Bänder heraus, die SIE alle miteinander verbanden. Als das geschehen war, konnte ER sprechen.

SIE hörten schweigend zu und zollten ihm dann uneingeschränkte Zustimmung.

ER baute SIE zu einer Leiter aus zehn Sprossen zusammen, wobei ER eine willkürliche Reihenfolge wählte.

Als SIE bereit waren, zog ER sich wieder zurück, um zu warten.

ER hatte Zeit.

Zweites Zwischenspiel

Ich wachte irgendwann in der Nacht auf. Mir war, als wäre ein fremdes Geräusch an meine Ohren gedrungen. Ein undefinierbares Summen lag in der Luft. Ich schwitzte.

Als ich den Kopf zur Seite drehen wollte, um nach Tyari zu sehen, spürte ich einen dumpfen Widerstand. Ich brauchte alle Kraft, um die einfache Bewegung durchführen zu können.

In einer Ecke meiner Kabine brannte das schwache rötliche Nachtlicht. Jetzt kam es mir fast gespenstisch und unwirklich vor. Die müden Lichtstrahlen schienen zu zittern. Ich wollte mir mit einer Hand über die Augen wischen, aber meine Arme ließen sich nicht bewegen. Eine unsichtbare Kraft preßte sie auf die Liege.

»Ein Alptraum, Extrasinn?« preßte ich über die trockenen Lippen.

Ich bekam keine Antwort von meinem zweiten Ich.

Ticker, der Adlerähnliche vom Arsenalplaneten, ruhte in einem Nebenraum. Er müßte doch mit seinen psionischen Fähigkeiten meine Not spüren und mir zu Hilfe kommen. Aber dort rührte sich nichts.

Endlich hatte ich den Kopf in eine Position gebracht, in der ich Tyari sehen konnte. Aber ihr Bett war leer! Das verstand ich nun überhaupt nicht.

»Ganz ruhig bleiben«, wollte ich mir zuflüstern, aber jetzt ließen sich auch meine Lippen nicht mehr bewegen.

Das fremdartige Summen peinigte meine Ohren und marterte mein Gehirn. Die Nachtbeleuchtung flackerte noch stärker. Oder waren das alles nur Halluzinationen eines bösen Traumes? Die Nachwehen der Ereignisse der letzten Monate in der Namenlose Zone?

Namen, die der Vergangenheit angehörten, drängten sich in mein Bewußtsein: Anti-ES, die zehn Zounts oder Zähler, KING, HIDDEN-X, Twoxl ...

Das Summen erstarb ganz plötzlich. Auch hörte das Flackern der Beleuchtung auf. Aber bewegen konnte ich mich noch immer nicht.

»Du bist wach?« hörte ich eine fremde Stimme. Sie klang weder männlich noch weiblich. Sie schien mitten in meiner Kabine zu entstehen, aber dort sah ich nichts.

Eine Antwort konnte ich nicht geben, denn außer den automatischen Bewegungen meines Brustkorbs war ich zu keiner Regung mehr fähig.

»Du bist wach«, stellte die Stimme fest. »Dann höre, Atlan! Du glaubst, daß du in zwölf Tagen Varnhagher-Ghynnst erreichen kannst. Du glaubst, daß die Zeiten der Prüfungen vorüber sind. Parzelle, der Unwirkliche, hat dir eingeredet, daß du dich ausreichend bewährt hast. Es gibt aber noch viel zu tun. Du hast die Geister deiner Vergangenheit geweckt. Und die scheren sich nicht darum, was die Kosmokraten wollen. Sie haben selbst unter ihnen gelitten. Du bist dafür verantwortlich, daß die Namenlose Zone nicht mehr existiert. Das mag für dich richtig sein, aber nicht für uns. Du kannst uns nicht einfach verlassen. Du hast uns vergessen, aber wir dich nicht. Varnhagher-Ghynnst kann warten. Die Kosmokraten können warten. Für sie ist es gleichgültig, ob du dein Ziel in zwölf Tagen oder in zwölf Monaten erreichst.«

Ich wollte etwas schreien, aber die Lähmung und der Druck hielten unvermindert an.

»Die Geister der Vergangenheit kreuzen deine Lebensleiter«, fuhr die unsichtbare Stimme gnadenlos fort. »Zehn Sprossen mußt du erklimmen, wenn du an dein Ziel gelangen willst. Die Kosmokraten werden dir nicht helfen. Und wenn du die zehn Stufen nicht erkennst und meisterst, wirst du nicht einmal als Leichnam nach Varnhagher-Ghynnst gelangen. Nun kennst du einen Teil deiner wahren Aufgabe, die wir dir stellen. Du kannst ihr nicht ausweichen.«

Ich brachte unter unsäglichen Mühen die linke Hand in die Nähe des Alarmknopfs, aber ich besaß nicht die Kraft, diesen zu berühren.

»Du kannst an die vergangenen Jahre auf der SOL denken.« Die Stimme wurde etwas leiser. »Aber du sollst wissen, daß er noch nicht zu Ende ist – der lange Weg der SOL!«

Ich bäumte mich auf, und plötzlich war der unerklärliche Druck verschwunden. Ich schnellte in die Höhe. Sofort schaltete sich automatisch die Beleuchtung in der Kabine ein.

Ich saß kerzengerade im Bett und blickte mich um.

Alles war ganz normal. Neben mir lag Tyari. Ihre Atemzüge waren ruhig und gleichmäßig.

Ich wischte mir den Schweiß von der Stirn. Der Zellaktivator pulsierte etwas stärker als gewöhnlich, und das war ein sicheres Zeichen dafür, daß ich einer besonderen Streßsituation ausgesetzt gewesen war.

Sollte ich Alarm schlagen? Ich würde mich womöglich lächerlich machen, denn hier war nichts Verdächtiges zu entdecken.

Ich tastete mir ein Erfrischungsgetränk aus dem Automaten, Während ich das kühle Naß über die Zunge laufen ließ, versuchte ich, wieder zu mir selbst zu finden. Das heftigere Pulsieren des Aktivators ließ schnell wieder nach. Ich starrte auf die schlafende Tyari und schüttelte irritiert den Kopf.

Ein Blick in den Nebenraum genügte mir, um zu sehen, daß auch Ticker seine Nachtruhe nicht unterbrochen hatte. Er hatte seinen Kopf ins Gefieder gesteckt, und er rührte sich auch jetzt nicht.

Die Minuten verstrichen. Und mit jeder gewann ich mehr das Gefühl, alles nur geträumt zu haben.

Das war Wirklichkeit, meldete sich der Extrasinn. *Versuche nicht, das Erlebte zum Traum oder zur Halluzination abzustempeln. Das könnte ein böser Fehler sein.*

»Und wenn es Wirklichkeit war?« fragte ich zurück. »Was hat es zu bedeuten? Von welchen Geistern der Vergangenheit hat der Unbekannte gesprochen?«

Ich weiß es nicht. Aber ich zweifle nicht daran, daß du es über kurz oder lang erfahren wirst. Du bist noch nicht in Varnhagher-Ghynnst. Und ich sehe die Sache so, daß du auch nicht so bald an dieses Ziel gelangen wirst. Du solltest SENECA informieren und Breckcrown Hayes warnen.

»Ich brauche noch eine Stunde Schlaf«, antwortete ich unzufrieden und legte mich wieder ins Bett.

Der lange Weg der SOL ist noch nicht zu Ende, dachte ich. Und: *Mögen die angeblichen Geister der Vergangenheit doch kommen!*

Die erste Sprosse

Trotz der gestörten Nachtruhe fühlte ich mich am nächsten Morgen frisch. Die Impulse meines Zellaktivators hatten alle Spuren des Wachtraums ausradiert.

Ich fragte Tyari, ob sie in dieser Nacht etwas geträumt habe, und sie antwortete: »Ja, mein Lieber. Ein Unsichtbarer hatte mich entführt. Aber du hast mich aus seinen Klauen gerettet und wieder an Bord der SOL geholt.«

Sie lachte dabei schelmisch, so daß ich nicht wußte, ob sie scherzte. Ich zog es vor, sie nicht weiter zu fragen und ihr auch nichts von meinem nächtlichen Erlebnis zu erzählen.

Nach dem ausgiebigen Frühstück begaben wir uns in die Hauptzentrale. Hier erkannte ich mit einem Blick aus den Anzeigen, daß die erste Flugetappe noch andauerte. Die Dimesexta-Triebwerke der drei SOL-Zellen arbeiteten im Verbund mit 80 Prozent Schub.

Breckcrown Hayes hatte das Kommando an Brooklyn übergeben, die eigentlich Solania von Terra hieß. Beim Anblick der 63jährigen Ex-Magnidin beschlich mich ein seltsames Gefühl. Eine Erinnerung wollte sich aufdrängen, aber ich verwischte sie, denn sie war bruchstückhaft und unlogisch.

Sie besagte, daß Solania längst nicht mehr am Leben war. Sie stand aber in ihrer vollen Größe nur wenige Meter von mir entfernt. Irgend etwas stimmte nicht mit ihr oder mit mir.

Breckcrown Hayes ließ sich sicher in einem Medo-Center behandeln. Es war sehr fraglich, ob er sein Leiden je ganz auskurieren können würde.

Das muß mit den vergessenen Visionen zusammenhängen, half mir der Logiksektor, womit er auf meine Gedanken zu Solania anspielte. *Aber Grübeleien darüber helfen dir nicht.*

Das mochte stimmen, aber dennoch war meine Frühstückslaune schnell wieder verflogen.

Ich wechselte hier und dort ein paar Worte mit den Solanern. Uster Brick, der in den vergangenen Wochen meine MJAILAM, den Kreuzer MT-1, gesteuert hatte, war sehr redselig. Er vermittelte den Eindruck einer positiven Stimmung an Bord. Die Abenteuer der Namenlosen Zone waren überstanden. Jetzt ging es zu neuen Ufern. Und wohl auch zu friedlicheren.

Zumindest schien dies die vorherrschende Meinung bei den meisten Solanern zu sein. Eine Ausnahme bildete die neue Cheftechnikerin der SOL, Jessica Urlot. Sie hatte nach dem Tod der Ex-Magnidin Ursula Grown deren Posten als Stabsspezialistin angenommen. Jessica galt als Allroundgenie, nicht nur was technische Belange betraf. Auch als Führungskraft hatte sie sich schon einen Namen gemacht.

Mit Breckcrown Hayes verband sie etwas. Der High Sideryt hatte sie schon mehrmals als persönliche Beraterin zu Wort kommen lassen oder als seine Vertreterin eingeteilt. Man munkelte an Bord, daß sie vielleicht seine Nachfolgerin im höchsten Führungsposten der SOL werden könne, wenn Hayes nicht wieder seine volle Gesundheit zurückgewinnen konnte.

Insofern wunderte ich mich jetzt etwas, weil Solania von Terra das Kommando führte. Sie gehörte ja eigentlich auf die SOL-Zelle 2.

Jessica Urlot war 64 Jahre alt und eigentlich eine ganz durchschnittliche Solanerin. Ihre brünetten Haare waren kurz geschnitten, und das entsprach den augenblicklichen modischen Vorstellungen an Bord des Generationenschiffs. Sie wirkte etwas maskulin und hart, insbesondere, wenn sie sprach.

Aus unserer kurzen Unterhaltung ging nicht viel hervor, aber ich gewann doch den Eindruck, daß sie nicht vorbehaltlos mit dem Flug nach Varnhagher-Ghynnst einverstanden war. Es hatte in der Vergangenheit mehrfach Bestrebungen aus verschiedenen Gruppen der Solaner gegeben, die meinen Einfluß auf den High Sideryt mißbilligten. Ich hatte zwar Verständnis dafür, denn durch meine Entscheidungen war die SOL in so manche lebensgefährliche Situation geraten. Und durch meine Ziele hatte es Opfer zur Genüge gegeben.

Mir fiel der seltsame Alptraum der vergangenen Nacht wieder ein. Es wäre sehr unklug gewesen, gegenüber den Solanern etwas davon zu erwähnen. Ich verzichtete auch darauf, SENECA, die Bordpositronik, vertraulich darüber zu informieren.

Die Solaner hatten wirklich Ruhe verdient. Schreckensnachrichten hätten nur eine neuerliche Stimmung gegen mein Ziel Varnhagher-Ghynnst und damit gegen mich erzeugen können.

»Ende der Flugetappe in fünf Minuten«, tönte es aus den unsichtbaren Lautsprechern.

Bewegung kam in das Personal der Zentrale. Mit dem Zwischenstopp würde eine gründliche Orientierung notwendig werden. Der Weg nach Varnhagher-Ghynnst war noch weit. Und diese Orientierung war eine Aufgabe, die das SPARTAC-Teleskop gemeinsam mit SENECA zu bewältigen hatte.

In der Zentrale herrschte Gelassenheit. Breckcrown Hayes kam herein. Ein Roboter stützte ihn, aber der High Sideryt schüttelte die Maschine ab, begrüßte seine Leute und nahm in seinem Kommandantensessel Platz. Solania gab einen kurzen Bericht ab, der mit den Worten »keine besonderen Vorkommnisse« endete.

Die SOL fiel in den Normalraum zurück. Die Anzeigen der Dimesexta-Triebwerke fielen auf Null. Auf dem Hauptschirm der Zentrale leuchtete matt das Schwarz des Alls auf. Aus Gründen der reinen Routine wurden die Defensivschirme im gleichen Moment auf 50 Prozent Last hochgefahren. Man konnte nie ganz genau wissen, wo man gelandet war.

SENECA wertete in Sekundenbruchteilen die Ergebnisse der Ortungsstationen aus. Es gab keine Anzeichen für eine Gefahr. Der Raum ringsum war lichtjahreweit völlig leer, und das entsprach den Vorausberechnungen. Die Schutzschirmenergien wurden auf 20 Prozent reduziert. Das reichte immer noch aus, um gelegentlich durch den Leerraum streunende kleine Himmelskörper aufzuhalten, die dem Ynkelolium-Terkonit-Verbundstahl unserer Außenhüllen unter Umständen Schäden zufügen konnten.

Die Auswertungen des SPARTAC-Teleskops dauerten wesentlich länger. Ferne Galaxien mußten identifiziert und vermessen werden. Daraus wurde dann die eigene Position berechnet.

Ich erwartete auch hier keine Besonderheiten und setzte mich mit Tyari an einen Ecktisch, wo ein Roboter Getränke und kleine Speisen aufgefahren hatte. Wir plauderten zwanglos, als sich Uster Brick wieder zu uns gesellte.

Nacheinander gingen die Meldungen der drei SOL-Zellen ein. In den technischen Sektionen, und diese betrafen in erster Linie die Dimesexta-

Triebwerke für den extragalaktischen Flug, waren keine nennenswerten Störungen zu verzeichnen.

Jessica Urlot faßte diese Meldungen in einem Satz zusammen: »Die SOL ist zu 99,9 Prozent einsatzbereit und fernflugtauglich.«

Ich merkte erst eine ganze Weile später, daß Breckcrown Hayes unruhig wurde. Schließlich fragte der High Sideryt beim SPARTAC-Teleskop an, warum die Positionsbestimmung eine so lange Zeit dauerte.

Ein Bildschirm flammte auf, und der Kopf eines jungen Solaners erschien. Die Augen des Mannes zuckten nervös.

»Probleme«, erklärte der Solaner knapp. »Wir können die drei nächsten Galaxien nicht identifizieren. Die Entfernungen betragen zwischen acht und zwölf Millionen Lichtjahren, aber kein System ist uns bekannt.«

»Und andere Galaxien?« wollte Hayes wissen.

»Wir haben Pers-Mohandot gefunden, aber die Entfernung ist zu 200 Prozent falsch. Etwas Ähnliches gilt für Myrsantrop und ...«

»Das gibt es nicht«, grollte der High Sideryt. »In eurem Teleskop ist wohl eine Schraube locker. Meßt alles noch einmal nach. Ende.«

Hayes drückte eine Sensortaste, die eine direkte Verbindung zu SENECA schaltete. Das Symbol der Biopositronik flammte auf.

»Und?« fragte der Solaner nur.

»Die Berechnungen des SPARTAC-Teleskops sind richtig«, erklärte SENECA.

»Das würde aber bedeuten, daß wir unser Ziel nicht erreicht haben!« brauste der High Sideryt auf.

»Das wüßte ich aber«, erklärte SENECA lapidar.

»Mit dummen Sprüchen ist keinem geholfen.« Jetzt wurde Hayes richtig wütend. Sein angekratzter Gesundheitszustand hatte ihn in den letzten Tagen schon manchmal fast cholerisch reagieren lassen.

Ich erhob mich und ging zu ihm hinüber. Beruhigend legte ich ihm eine Hand auf die Schulter, aber er reagierte zunächst nicht. Seine Blicke ruhten starr auf den Bildern, die die Ortungszentralen hereinspielten. Sieben Galaxien waren hier abgebildet. Und nur drei trugen einen eingeblendeten Namen.

»Verstehst du das, Atlan?« fragte mich Breck schließlich.

Ich schüttelte nur den Kopf.

»Hier SENECA«, erklang es. »Meine Nachberechnungen haben ergeben, daß wir unser Zwischenziel nicht erreicht haben. Sie haben ferner ergeben, daß die Konstellation der erfaßten Galaxien falsch sein muß, denn die durch das SPARTAC-Teleskop vermessenen Galaxien Pers-Mohandot, Myrsantrop und AK-7781 – Bezeichnung nach dem Beneter-Katalog – stehen in einem räumlichen Verhältnis zueinander, das nicht den bekannten

Tatsachen entspricht. Die Folgerung daraus ist, daß das SPARTAC-Teleskop falsch arbeitet.«

»Aha!« Hayes winkte Jessica Urlot heran. »Das fällt in dein Ressort. Bitte kümmere dich darum. Ich bereite unterdessen die Daten des Weiterflugs aufgrund der bisherigen Fakten auf, ohne diese falschen Resultate zu berücksichtigen.«

»Das ist nicht möglich«, widersprach SENECA. »Ich habe keinen Anhaltspunkt. Erst muß das SPARTAC-Teleskop repariert werden.«

»Ich wechsle hinüber zu meiner SZ-2«, bot Solania an. »Wir haben dort ein kleines und weniger leistungsfähiges Teleskop, aber seine Ergebnisse müßten für eine Positionsbestimmung ausreichen.«

Breckcrown Hayes war damit einverstanden, und Solania verließ die Hauptzentrale über den Antigravschacht.

Es verging eine Viertelstunde. Dann gingen kurz nacheinander drei Meldungen beim High Sideryt ein, die ich mitverfolgte.

Die erste kam von Jessica Urlot. Die Überprüfung des SPARTAC-Teleskops hatte ergeben, daß dieses fehlerfrei arbeitete.

Noch rätselhafter wurde die Sache, als Solania die gemessenen Werte des SPARTACS mit ihrem Teleskop bestätigte.

Den bewußten Tropfen, der das Faß zum Überlaufen brachte, lieferte SENECA.

»Ich habe eine Hyperfunknachricht empfangen«, verkündete die Biopositronik. »Ein Absender wurde nicht genannt, und eine Peilung war wegen der Kürze der Nachricht nicht möglich. Der Inhalt besteht aus drei Worten, und diese lauten: ›Die erste Sprosse‹. Der Text ergibt für mich keinen Sinn.«

Meine Augen begannen zu tränen.

Was sollte ich tun? Eigentlich war jetzt der Moment gekommen, an dem ich über meinen seltsamen Alptraum sprechen mußte.

Genau das konnte sich aber auch als schwerer Fehler herausstellen. Ich erwartete einen bissigen Kommentar meines zweiten Bewußtseins, aber der Extrasinn schwieg beharrlich. Er schien sich seiner Sache auch nicht sehr sicher zu sein, was bei den dürftigen Hinweisen und den ungeklärten Verhältnissen auch kein Wunder war.

Ich wischte mir unauffällig das salzige Naß aus den Augen und folgte meinem ersten Entschluß, nämlich abzuwarten und zu schweigen.

Breckcrown Hayes ließ sich die Meldungen noch einmal wiederholen. Dann handelte er so, wie es sich für einen High Sideryt gehörte, nämlich logisch und konsequent. Er witterte etwas Undurchschaubares. Und Undurchschaubares konnte immer gleichbedeutend mit Gefahr sein.

»Wir brauchen Klarheit.« Seine Stimme klang jetzt fester, und der Anflug von Unruhe, Unzufriedenheit und ein bißchen Cholerik war verschwunden. »SENECA! Sind alle Daten des SPARTAC-Teleskops abgespeichert?«

»Natürlich«, antwortete die Biopositronik sofort.

»Dann halt sie gut fest. Wir führen eine Etappe mit den Lineartriebwerken durch. Dabei fliegen wir im rechten Winkel zur Abstandslinie zur Galaxis Myrsantrop. Entfernung 5000 Lichtjahre. Dort wird gestoppt und alles erneut vermessen.«

Ich erkannte Hayes' Absicht. Er wollte von einer anderen Stelle aus die astronomischen Daten bestätigt oder widerlegt haben. Die Querbewegung zur Blickrichtung Myrsantrop mußte bei dieser Entfernung ein deutlich anderes Ergebnis liefern.

Die verschiedenen Sektionen der SOL-Zellen bestätigten die Anweisung. SENECA koordinierte die Antriebssysteme. Es dauerte keine Minute, bis sich die SOL wieder in Bewegung setzte. Nach der Beschleunigung sollte diese Linearetappe nicht länger als höchstens zwölf Minuten dauern.

Ich begab mich wieder zu Tyari, die mich fragend anblickte. Meine Reaktion war nur ein leichtes Kopfschütteln.

Es hat sich jemand mit dir in Verbindung gesetzt, sprach plötzlich gedanklich der Logiksektor. *Dieser Jemand war real, auch wenn er nicht so wirkte. Und er demonstrierte seine Macht. Dieser Jemand sprach von sich in der Mehrzahl. Dabei klang für meine Begriffe an, daß du für ihn kein Unbekannter bist. Damit gilt diese Feststellung auch im umgekehrten Sinn. Du müßtest diesen Jemand kennen, und ich müßte diesen Jemand kennen, aber ich erkenne ihn – oder sie, denn es sind wohl mehrere – nicht.*

»Weiter!« drängte ich lautlos, denn mir war in diesem Moment jede Hilfe willkommen.

Da ist ein ganz entscheidender Punkt. Dieser Jemand wandte sich in jeder Beziehung nur an dich, nicht jedoch an die SOL oder die Solaner oder an eine andere Person. Das geht nicht nur aus seinen Worten hervor. Es wird auch dadurch bekräftigt, daß niemand außer dir diesen scheinbaren Alptraum erlebte.

Es stimmte, was der Extrasinn sagte. Ich mußte zugeben, daß ich die Sache so nicht in aller Deutlichkeit gesehen hatte, wenngleich ich durch mein Schweigen in diesem Sinn gehandelt hatte.

Oder nicht gehandelt, spottete mein zweites Bewußtsein.

»Er hat aber vom langen Weg der SOL gesprochen«, erinnerte ich mich wieder.

Eine bewußte Irreführung, behauptete der Extrasinn nicht ganz überzeugend. *Er sieht die SOL als dein Werkzeug, was sicher nicht ganz richtig ist. Die Problemstellung mit dem Kreuzen der Lebensleiter – was immer das bedeuten soll – betraf allein dich.*

Ich beendete den gedanklichen Kontakt, denn die Linearestappe neigte sich dem Ende zu.

»Du bist sehr schweigsam«, meinte Tyari ohne jeden Vorwurf.

»Ja.« Ich versuchte ein Lächeln. »Ich habe nachgedacht, was das alles zu bedeuten hat. In ein paar Minuten werden wir mehr wissen.«

Ganz so kam es nicht. Wir erfuhren zwar etwas Neues, aber unsere Lage wurde dadurch noch unsicherer und unklarer.

Die astronomischen Vermessungen durch das SPARTAC-Teleskop ergaben ebenso wie die durch das kleine Teleskop der SZ-2, daß sich gar nichts geändert hatte. Der logische Schluß daraus wäre gewesen, daß sich die SOL gar nicht von der Stelle bewegt hatte. Dem widersprachen aber alle Messungen der bordeigenen Systeme von den Beschleunigungsmessern bis zum Energieverbrauch.

Wir hatten uns bewegt! Und zwar genau die 5000 Lichtjahre, die Breckcrown Hayes angeordnet hatte.

Der Widerspruch zu den Resultaten der Teleskope wurde dadurch aber nicht geklärt.

Während alle Systeme erneut überprüft wurden, wartete ich darauf, daß sich der Unbekannte noch einmal meldete. Aber das geschah nicht.

Die Nachricht, die SENECA empfangen hatte, stellte einen eindeutigen Bezug zu meinem Alptraum her. Ein Zufall konnte das unmöglich gewesen sein. »Die erste Sprosse«, das paßte genau zu meinem Alptraum.

Es gab aber noch eine andere Möglichkeit. Und je länger ich darüber nachdachte, desto logischer erschien es mir. Es gab eigentlich nur ein Wesen, das hier an Bord die Macht hatte, mich diesem Alptraum auszusetzen. Es gab auch nur ein Wesen an Bord, das die seltsame Nachricht von der »ersten Sprosse« empfangen hatte. Und es gab nur ein Wesen, das in solch großem Umfang Daten der Teleskope oder der Ortung manipulieren konnte.

SENECA!

Die Biopositronik hatte uns in der Vergangenheit schon so manchen Streich gespielt. Zwar waren dabei in den meisten Fällen Fremdbeeinflussungen die Ursache gewesen, aber ich erinnerte mich noch zu gut an die erste Zeit nach meiner Ankunft auf der SOL, als SENECA jede Zusammenarbeit verweigert hatte.

Ich habe solche Überlegungen auch bereits angestellt, teilte mir der Extrasinn mit. *Deine SENECA betreffenden Gedanken sind logisch, aber das ist noch kein ausreichender Beweis.*

»Es gibt eine ganz einfache Möglichkeit«, antwortete ich dem Logiksektor auf mentaler Ebene, »das festzustellen. Die MJAILAM-Positronik der MT-1 arbeitet völlig unabhängig von SENECA. Er kann sie vielleicht hier an Bord beeinflussen, aber niemals außerhalb davon.«

Richtig!

Damit stand für mich fest, was ich zu tun hatte. Ich wartete noch eine Weile ab, ob sich neue Erkenntnisse ergaben. Das war nicht der Fall. Dann wandte ich mich an Breckcrown Hayes und schlug ihm vor, mit der MJAILAM, wie der Eigenname des Kreuzers MT-1 lautete, einen Erkundungsflug durchzuführen und von einer größeren Entfernung zur SOL aus die bisher so widersprüchlichen Daten zu überprüfen oder zu widerlegen.

Der High Sideryt konnte mein Verlangen nicht abschlagen. Außerdem sah er mir mit Sicherheit an, daß ich einen bestimmten Plan verfolgte. Er schien diesen auch schon zu ahnen, und das war mir ganz recht.

Von den Leuten, die in den letzten Monaten an meiner Seite gekämpft hatten und die man das »Atlan-Team« genannt hatte, nahm ich nur Tyari und den Piloten Uster Brick mit. Hayes versicherte ich, in spätestens einer Stunde zur SOL zurückzukehren.

Als die MJAILAM die Hauptschleuse des Mittelteils der SOL verließ, hatte ich das Gefühl, daß eine Last von mir abfiel. Aber Gefühle trogen ja oft. Ich maß ihnen daher keine Bedeutung bei und konzentrierte mich ganz auf mein Vorhaben.

Wir wählten eine Richtung aufs Geratewohl und brachten in einer Linearetappe von 700 Lichtjahren schnell eine größere Entfernung zwischen die SOL und uns. Kaum kehrten wir aus dem Zwischenraum zurück, da meldete sich SENECA über Hyperfunk. Ich ließ ihn warten und veranlaßte erst einmal, daß unser kleines Observatorium in der Polkuppel seine Arbeit aufnahm. Von dort erhoffte ich mir die wichtigsten Ergebnisse und Aufschlüsse.

Dann beantwortete ich SENECAS Anruf.

»Es fällt mir nicht schwer«, erklärte die SOL-Positronik, »den Sinn deines Manövers zu durchschauen. Bei den Recherchen, die ich angestellt habe, um einen Urheber zu finden, der uns dieses verwirrende Bild der kosmischen Umgebung vorspiegelt, bin ich zu dem Resultat gekommen, daß nur ich selbst dazu in der Lage wäre. Und um das zu ergründen, hast du dich mit der MT-1 abgesetzt, weil deren Positronik von mir völlig unabhängig ist.«

»So ist es«, antwortete ich ohne Zögern. Ich erntete erstaunte Blicke von Tyari und Uster Brick, denen ich von meiner Absicht natürlich nichts mitgeteilt hatte.

»Ein vernünftiger Schritt, Atlan«, fuhr SENECA völlig unbeeindruckt fort. »Ich hoffe, daß du einen Beweis findest. Ich bin mir weder einer Beeinflussung bewußt, noch könnte ich einen anderen Grund nennen, um euch so zu täuschen. Ich stehe dir nach deiner Rückkehr zur SOL für jede Untersuchung und Überprüfung uneingeschränkt zur Verfügung. Der High Sideryt – und nur der allein – kann dieses Gespräch verfolgen.«

Das klang alles gut und vernünftig.

»Ich melde mich wieder, SENECA«, antwortete ich, »wenn ich meine Untersuchungen abgeschlossen habe.«

Die Verbindung wurde beendet, und ich konnte mich wieder ganz um die Geschehnisse an Bord der MJAILAM kümmern.

Die Ergebnisse unseres Observatoriums lagen wenig später vor. Die wirklich von SENECA völlig unabhängige MJAILAM-Positronik faßte sie zusammen: »Es bestehen geringfügige Abweichungen zu den Messungen, die von der SOL aus gemacht wurden. Aber die ermittelte Konstellation der bekannten Galaxien entspricht nicht den bekannten Werten. Und die unidentifizierbaren Galaxien können von hier ebenfalls beobachtet werden.«

Das Rätsel, mit dem ich mich herumschlug, wurde dadurch eher größer.

»Wir führen eine weitere Linearetappe von mindestens 700 Lichtjahren durch«, entschied ich. »Ich möchte weitere Messungen von einem weiter entfernten Ort vornehmen lassen.«

Mit diesem Entschluß folgte ich einfach meinem Gefühl.

Die Festlegung des Kurses überließ ich Uster Brick. Während der Pilot mit der MJAILAM-Positronik die Daten festlegte, informierte ich Breckcrown Hayes über meinen nächsten Schritt, ohne dabei aber die unklaren Resultate zu erwähnen, die wir bisher erzielt hatten.

Die neuerliche Linearetappe betrug 800 Lichtjahre. Nach dem Wiederauftauchen im Einsteinraum bekam ich keinen Funkkontakt zur SOL. Ein Ortungsecho war bei der großen Entfernung, die wir inzwischen zum Generationenschiff hatten, nicht zu erwarten.

Die ganze Sache wurde immer rätselhafter. Ich kämpfte gegen eine aufsteigende Panik, obwohl dafür eigentlich kein Grund vorlag.

Oder noch keiner, dämpfte der Extrasinn meinen verbliebenen Optimismus.

»Beeilung!« herrschte ich das Personal des Observatoriums an. »Ich brauche die Ergebnisse sofort, denn wir haben den Kontakt zur SOL verloren.«

Damit übertrug sich die Unruhe auf das ganze Schiff. Sie steigerte sich noch mehr, als das Observatorium meldete, daß nun ausschließlich bekannte Galaxien gesichtet worden waren. Danach ließ sich auch unsere Position und damit die theoretische der SOL bestimmen.

Wir standen wahrscheinlich in der richtigen Entfernung von knapp 1500 Lichtjahren von dem Hantelschiff, aber dieses hatte das Zielgebiet der ersten Fernflugetappe um mindestens drei Millionen Lichtjahre verfehlt.

Die weiteren Folgerungen waren einfach.

SENECA hatte uns belogen. Die Frage war nur, ob er dies wissentlich und vorsätzlich gemacht hatte oder nicht. Ich war fest entschlossen, das auf dem schnellsten Weg zu klären.

»Rückkehr zur SOL!« befahl ich.

Uster programmierte eine einzige Etappe ein. Ich hatte während des Fluges durch die Labilzone wieder ein steigend ungutes Gefühl. Das mochte von dem fehlenden Funkkontakt beim letzten Aufenthalt herrühren. Es konnte aber auch damit zusammenhängen, daß ich mir wieder deutlicher bewußt war, daß ich mich der SOL näherte.

Ich atmete auf, als bei der Rückkehr in den Normalraum die Orter sofort das Generationenschiff erfaßten und auch der Funkkontakt zustande kam.

»Ihr bleibt alle an Bord der MJAILAM!« ordnete ich an. »Es darf vorerst niemand etwas von den Resultaten unseres Ausflugs erfahren. Strengstes Stillschweigen! Ich will erst mit SENECA sprechen, aber nicht über ein x-beliebiges Kommunikationsgerät.«

»Ich begleite dich natürlich«, meinte Tyari.

»Nein, mein Herz«, erklärte ich entschieden. »Auch du bleibst hier. Nur Ticker wird mich zu SENECA begleiten, denn ich gewinne immer mehr den Eindruck, daß dies allein meine Angelegenheit ist.«

SENECA war der Name der biopositronischen Hyperinpotronik der SOL, eingebaut im zylindrischen Mittelteil des Mutterschiffs. Mit einer herkömmlichen Bordpositronik ließ sich diese in jeder Hinsicht autarke Kugel von 500 Metern Durchmesser nicht vergleichen. Ein eigenes Nugas-Kraftwerk hinter den zwei Meter dicken Panzerstahl-Außenwänden SENECAS sorgte dafür, daß die gewaltige Biopositronik von außen nicht durch Energieentzug desaktiviert werden konnte. 125.000 Kubikmeter Zellplasma, das von der Hundertsonnenwelt der Posbis stammte, erzeugte neben der positronischen Komponente echte Intelligenz und Eigenständigkeit.

Ganze zwei Schleusen führten ins Innere SENECAS. Besuche waren ohnehin stets die Ausnahme, dafür sorgte SENECA selbst. Das Wissen, das er barg, war eine unersetzliche Quelle für die fast 100.000 Lebewesen an Bord der SOL. Es durfte nicht gefährdet werden.

Vor einem dieser Eingänge stand ich nun. Meine Besuche hier konnte ich an einer Hand abzählen, aber dennoch waren mir die räumlichen Einzelheiten bestens bekannt.

Hinter der Schleuse begann der sogenannte Todesgang, der fast 200 Meter ins Innere zur Alpha-Zentrale führte. Es war nahezu undenkbar, daß ein Lebewesen diesen Todesgang gegen den Willen SENECAS passieren konnte. Die Fallen und Vernichtungssysteme, die er enthielt, waren mir allerdings auch nur zu einem geringen Teil bekannt.

Die Alpha-Zentrale war ein besonderer Kommunikationsort für extreme Fälle. Normalerweise war sie von außen her unzugänglich. Es verstand sich von selbst, daß niemand – auch nicht der High Sideryt oder ich – die Außenschleuse mit einer Waffe oder einem anderen Vernichtungsinstrument passieren konnte.

Daher war klar, daß ich mich an diese Regelung zu halten hatte. Ich hoffte nur, daß SENECA nichts gegen meine Begleitung einzuwenden hatte. Ticker hatte sich auf meiner rechten Schulter einen Platz gesucht. Und er konnte unter Umständen gefährlicher sein als eine Bombe. Seine ganzen psionischen Kräfte und Möglichkeiten kannte ich auch jetzt noch nicht.

Ticker glich äußerlich einem großen Adler. Ursprünglich war er ein ganz normales Tier eines Planeten gewesen, den wir durch die Umstände im Kampf gegen Anti-ES den Arsenalplaneten genannt hatten. Der Arsenalplanet hatte kein intelligentes Leben hervorgebracht. Er hatte aber mit der geballten Kraft seiner Natur alle denkbaren Kräfte in ein Wesen vereinigt – in Ticker –, um sich gegen Anti-ES und seine Helfer zur Wehr zu setzen.

Ticker war mein Freund geworden. Ohne den Adlerähnlichen hätte ich wohl nie über Anti-ES triumphieren können.

Ticker besaß ein graues, fast unscheinbares Gefieder. Der weiße Fleck unter seinem Hals stellte die einzige Ausnahme dar. Sein Hakenschnabel ragte eine gute Handbreit nach vom. Wenn er still hockte, wirkte er mit einer Größe von 65 Zentimetern und einer Länge von fast einem Meter schon imposant. Voll zur Geltung kam er aber erst, wenn er seine Flügel ausbreitete, die eine Spannweite von vier Metern erreichten.

Jetzt saß Ticker auf meiner rechten Schulter. Er verhielt sich ruhig. In ihm lebte die ganze Natur des Arsenalplaneten mit ihren natürlichen psionischen Kräften. Er mochte mich. Und ich mochte ihn.

Wir standen in der Schleuse zu SENECA, hinter der der Todesgang zur Alpha-Zentrale führte, und ließen die ersten Prüfungen über uns ergehen. Es vergingen mehrere Minuten, bis eine unpersönliche Stimme erklang: »Eintreten!«

Die Innentür der Schleuse öffnete sich. Der Todesgang mit seinem rötlichen Dämmerlicht nahm mich auf.

Im gleichen Moment meldete sich der Extrasinn. Mein zweites Bewußtsein legte mir eine gründliche Analyse vor. Einiges von dem, was es mir mitteilte, klang merkwürdig oder unglaubhaft. Aber insgesamt war ich schnell überzeugt.

Als ich die quadratische Alpha-Zentrale erreichte, schwieg der Extrasinn wieder. Zeit für eine Antwort oder für Rückfragen war mir nicht geblieben, denn SENECA meldete sich sofort.

»Hallo, Atlan! Ich begrüße dich. Es ist gut, daß du allein gekommen bist.«

Er schien Ticker gar nicht zu registrieren. Oder hatte der Adlerähnliche sich mit seinen psionischen Kräften so getarnt, daß SENECAS Sensoren versagten?

»Ich hoffe«, fuhr SENECA fort, »du bringst Informationen mit, denn ich stehe vor einem Rätsel. Es bestehen Widersprüche, die ich nicht erklären kann.«

»Deine Balpirol-Halbleiter werden gleich noch mehr ins Schwitzen kommen«, scherzte ich. »Ich habe ein paar Neuigkeiten, und die werden auch nicht in dein Bild und in deine Überlegungen passen.«

Ich berichtete getreu dem Rat des Extrasinns zunächst ausführlich von meinem Alptraum. SENECA stellte keine Zwischenfragen. Dann legte ich offen, was sich aus dem Erkundungsflug der MJAILAM ergeben hatte.

»Da ist unmöglich!« platzte es aus der Hyperinpotronik heraus.

»Bestehende Tatsachen darf man nicht als unmöglich bezeichnen« , entgegnete ich. »Vielleicht können wir gemeinsam eine Erklärung finden. Ich betrachte alles, was bisher geschehen ist, als eine Reihe von Maßnahmen, die sich primär gegen meine Person richten. Irgend jemand will etwas Bestimmtes von mir. Ich weiß nicht, wer das ist. Vermutlich handelt es sich um mehrere Wesen. Ich spreche ganz bewußt nicht von einem Angriff. Es ist auch keine Prüfung oder Bewährung. Ich glaube auch nicht, daß die Kosmokraten ihre Finger im Spiel haben. Eher meine ich, daß ich in der jüngsten Vergangenheit etwas übersehen habe. Und diese Geister der Vergangenheit sind es, die sich jetzt rühren.«

»Das ist mir zu phantastisch«, wehrte die Biopositronik ab.

»Das war erst die Einleitung, SENECA. Deine und meine astronomischen Messungen haben ergeben, daß zum einen du beeinflußt wirst, zum anderen die SOL und ihre nähere Umgebung. Wir sind nach dem Fernflug nicht an den richtigen Zielpunkt gekommen. Und unsere kosmische Umgebung präsentiert sich in einem gefälschten Bild.«

»Ich werde nicht manipuliert«, wehrte sich die Biopositronik. »Ich wüßte das doch.«

»Ich kann dir beweisen, daß du nicht unfehlbar bist. Du kennst Ticker?«

»Natürlich.«

»Wo befindet er sich?«

»Ich nehme an, in deiner Privatkabine. Oder bei Tyari auf der MT-1. Was soll diese Frage?«

»Ticker ist hier. Er sitzt auf meiner Schulter. Und du kannst ihn nicht wahrnehmen. Es gibt bestimmte psionische Beeinflussungen, die du gar nicht merkst.«

SENECA schwieg.

»Der, der dich und uns alle beeinflußt und uns eine falsche astronomische Umgebung vorgaukelt«, fuhr ich ungerührt fort, »scheint mit ähnlichen psionischen Energien zu arbeiten.«

»Ticker ist nicht hier«, behauptete er. »Ich hätte es bereits von den Sensoren an der Eingangsschleuse erfahren, wenn du nicht allein gewesen wärst.«

»Deine Sinne sind getrübt. Ich werde Ticker auffordern, sich zu zeigen, wenn du mir zusicherst, daß ihm nichts widerfährt.«

»Einverstanden.«

Ich nickte Ticker zu. Da er meine gewollten Gedanken empfangen konnte, wußte er, was er zu tun hatte.

Er breitete seine Schwingen aus und drehte eine Runde in der Alpha-Zentrale.

»Tatsächlich, Atlan«, sagte SENECA. Und dann schrie er: »Vorsicht! Da ist noch etwas! Ich baue einen Paratronschirm auf.«

Energien prasselten auf. Ich wurde gegen eine Seitenwand geschleudert.

In der Mitte der Zentrale bildete sich ein kugelförmiges Energiefeld von rötlicher Farbe. Es schloß Ticker ein. Und neben diesem wuchs eine achtbeinige Gestalt aus dem Boden, die halb wie ein Mensch und halb wie ein Tier aussah.

Zwischen den beiden ungleichen Wesen entspann sich ein Kampf, bei dem die psionischen Energien im Vordergrund standen. Wilde Gedanken peitschten trotz des Paratronschirms SENECAS in mein Bewußtsein. Ein paar davon konnte ich sogar empfangen.

... unfair von dir, einen anderen kämpfen zu lassen ... aber ich bin auch nicht allein, nur jetzt, du wirst ...

... Rücksicht vor den Vergangenen scheinst du nicht ...

... die anderen Sprossen ...

Ticker hieb mit seinem Hakenschnabel auf die undefinierbare Gestalt ein, die unter den Schlägen und seinem psionischen Feuer immer mehr schrumpfte.

Die peitschenden Gedanken verstummten im gleichen Moment, als sich Tickers Gegner in einen rötlich und grünlich funkelnden Stab von etwa zwanzig Zentimetern Länge verwandelte. Ticker packte das strahlende Ding mit seinem Schnabel. Das Leuchten des Stabes ließ schnell nach.

Ein klarer und verklingender Gedanke erreichte mich noch: *Beim nächsten Mal kann er dir nicht helfen ...*

Das Leuchten verschwand. Der Stab wurde matt und silbergrau.

»Schalte den Paratronschirm ab«, forderte ich SENECA auf. »Die Gefahr ist vorüber.«

Als das geschehen war, sprang Ticker zu mir und hielt mir den Stab entgegen. Ich nahm ihn in die Hand. Er bestand aus Metall, und es war unschwer zu erraten, daß er aus purem Nickel war.

Das rot-grüne Leuchten hatte schon auf die geheimnisvolle Jenseitsmaterie hingewiesen, die sich in Nickel verwandelte, wenn ihre Andersartigkeit verflogen war. Aber das wunderte mich nicht im mindesten.

Der Stab verjüngte sich an beiden Enden zu stumpfen Kegeln. Das Mittelstück war jedoch im Querschnitt ein Rechteck.

Das Ding glich aufs Haar der Sprosse einer Leiter.

Ich wurde sehr nachdenklich.

Ohne ein weiteres Wort verließ ich SENECA.

Drittes Zwischenspiel

Zwei Stunden später hatten wir uns im großen Versammlungsraum getroffen. Fast alle wichtigen Personen waren anwesend. Jessica Urlot war in der Zentrale geblieben. Sie führte dort das Kommando, so daß Breckcrown Hayes die Konferenz selbst leiten konnte.

Ich saß mit Tyari, Bjo Breiskoll, den Zwillingstelepathen Sternfeuer und Federspiel, Joscan Hellmut und dem Kowallek Insider in der vordersten Reihe. Am Konferenztisch selbst hatten neben dem High Sideryt die Stabsspezialisten Galatan Herts, Lyta Kunduran, Curie van Herling, Gavro Yaal, Wajsto Kolsch und Solania von Terra Platz genommen.

Die Buhrlos wurden durch ihre Sprecherin Bora St. Felix vertreten. Die übrigen Anwesenden waren in erster Linie Wissenschaftler aus den verschiedenen Sektionen der SOL.

SENECA nahm mit einer fest installierten Kommunikationseinheit an der Versammlung teil.

Ich hatte meinen Bericht und insbesondere die Erlebnisse mit der MJAILAM und mit SENECA bereits vorab allen zur Kenntnis gegeben. Auch über meinen Alptraum hatte ich ausführlich gesprochen.

Die Nickelsprosse lag nun vor Hayes. Die wissenschaftlichen Untersuchungen hatten ergeben, daß sie völlig harmlos war und nichts Fremdartiges oder Lebendiges mehr enthielt.

Die Mutanten hatten inzwischen mit SENECAS Einverständnis und Unterstützung den gesamten Bereich der Hyperinpotronik psionisch sondiert. Danach stand mit sehr großer Wahrscheinlichkeit fest, daß sich nichts Fremdes mehr in SENECA befand.

Wogegen Ticker gekämpft hatte und wen oder was er besiegt hatte, wußten wir aber auch jetzt noch nicht. SENECA war aber wieder in der

Lage, die falschen astronomischen Daten zu erkennen. Dieses Rätsel war jedoch noch nicht beseitigt, denn das SPARTAC-Teleskop und alle anderen Observatorien lieferten weiterhin die gleichen Informationen, die einfach nicht stimmen konnten. SENECA arbeitete an der Lösung dieses Widerspruchs ebenso wie mehrere wissenschaftliche Abteilungen. Breckcrown Hayes erhoffte sich neue Aufschlüsse in der nächsten Stunde.

Als der High Sideryt die Besprechung eröffnete, meldete sich SENECA sofort.

»Es steht zweifelsfrei fest«, erklärte er, »daß es nicht nur in mir, sondern auch in der ganzen SOL keine fremden Störeinflüsse mehr gibt. Ich habe alle Möglichkeiten überprüft. Da die falschen kosmischen Konstellationen weiterhin von den Teleskopen angemessen werden, schließe ich daraus, daß diese manipulierten Daten von außerhalb der SOL kommen.«

Hayes warf mir einen fragenden Blick zu. Ich nickte, denn der Extrasinn war auf fast das gleiche Ergebnis gekommen.

»Ich gehe sogar noch etwas weiter«, erklärte ich dann. »Ich weiß zwar nicht, welche Ziele die Unbekannten verfolgen, aber ich neige dazu, daß sie nichts Gewalttätiges planen. Sie wollen mich in eine bestimmte Richtung drängen. Das ist sehr wahrscheinlich. Ich kenne nicht das Ziel dieses Drängens, aber es ist ganz offensichtlich nicht identisch mit Varnhagher-Ghynnst. Auch rechne ich damit, daß sich weitere Dinge ereignen, die damit im Zusammenhang stehen, denn bei dem seltsamen Kontakt, den ich als Alptraum bezeichnete, klang dies an. Für uns alle bedeutet das erhöhte Wachsamkeit.«

»Dagegen ist nichts einzuwenden«, antwortete Breckcrown Hayes. »Mir ist auch klar, daß wir diese Rätsel nicht im Handumdrehen lösen können. Ein aktuelles Problem muß aber beseitigt werden. Ohne exakte astronomische Daten können wir unseren Flug nicht fortsetzen. Wir sind zwar technisch manövrierfähig, aber dennoch nicht praktisch. Wir sind blind.«

»Die Störquelle ist irgendwo außerhalb des Schiffes im Leerraum.« Ich versuchte, Zuversicht auszustrahlen. »Wahrscheinlich ist sie unsichtbar. Die Ortungsstationen haben nichts gefunden. Da werde ich den Hebel ansetzen. Ich werde diese Störquelle finden und ausschalten. Ich werde diesem ominösen Gegner das Gesetz des Handelns aufzwingen. Für morgen plane ich einen erneuten Start mit der MJAILAM. Wenn keine Bedenken bestehen, sollte Bjo mich mit der FARTULOON begleiten.«

Die Solaner stimmten meinem Vorschlag zu. Ein bißchen hatte ich das Gefühl, daß sie ganz froh waren, weil ich mich bereit erklärt hatte, die Kastanien aus dem Feuer zu holen. Aber eigentlich war das unwichtig, denn ich betrachtete die Sache wirklich als meine ureigene Angelegenheit.

Viertes Zwischenspiel

Ich führte noch am gleichen Tag eine Routineinspektion der MJAILAM durch. Tyari und Bjo Breiskoll begleiteten mich. Ich verfolgte eigentlich keine bestimmte Absicht mit dieser Kontrolle. Es kam mir mehr darauf an, überhaupt etwas Sinnvolles zu tun. Mein Gefühl sagte mir, daß über kurz oder lang wieder etwas Ungewöhnliches geschehen würde.

Der Extrasinn hüllte sich seit dem Erlebnis mit SENECA fast nur noch in Schweigen. Ich vermochte nicht zu sagen, ob er sich zurückgezogen hatte oder ob er sich mit den anstehenden Problemen befaßte.

Als ich vor den Panoramaschirm der Zentrale trat, geschah es. Ich spürte, wie etwas nach mir griff. Gleichzeitig tauchte die Umgebung in ein unwirkliches Rotlicht. Eine Erinnerung drängte sich in mir an die Oberfläche meines Bewußtsein. Die fremde Komponente förderte diesen Vorgang, während sich alles in mir dagegen sträubte.

Ich wollte Tyari und Bjo eine Warnung zurufen, aber ich war wie gelähmt. Die Ähnlichkeit mit dem ersten Alptraum wurde mir dennoch bewußt.

Ich sah Bilder auf dem Panoramaschirm, der gar nicht eingeschaltet war. Und ich sah Szenen in meiner Umgebung, die einfach nicht stimmen konnten. Mit aller Kraft versuchte ich, wieder Klarheit zu gewinnen. Der Extrasinn schwieg. Ich scheiterte. Die Unwirklichkeit übermannte mich ...

Tyari hielt einen Strahlenkarabiner in Händen. Ihre Finger umkrampften den Abzug, daß die Knöchel bleich durch die Haut schimmerten. Ein heiseres Krächzen ließ mich aufschauen. Obwohl ich wußte, wonach ich zu suchen hatte, entdeckte ich Ticker, den Adlerähnlichen vom Arsenalplaneten, keineswegs auf Anhieb. Das Tier hatte sein Gefieder nahezu vollständig der Färbung der rotbraunen Gesteinsschichten angepaßt, die das unterirdische Höhlensystem durchzogen.

»Sie werden gleich wieder angreifen«, sagte Tyari unvermittelt.

»Kannst du inzwischen ihre Gedanken erkennen?«

»Nur dumpfe Emotionen. Die Psi-Paralyse des Roboters läßt mich erschaudern.«

Ich nickte flüchtig, wobei ich mich zum wiederholten Male fragte, wo wir uns eigentlich befanden. Ich wußte nur, daß Tyari, Ticker und ich uns auf einer unbekannten Welt aufhielten. Irgendwann in der Zukunft – aber nicht einmal das stand fest. Was war aus der SOL geworden? Ich hatte ebenfalls keine Ahnung und machte den gegnerischen flugfähigen Kleinroboter für meine Erinnerungslücken verantwortlich. Tyaris panische Angst vor dieser Maschine hatte längst auf mich übergegriffen.

Flügelschlagend ließ Ticker sich nieder. Ich erkannte, daß der Adler eine der letzten uns verbliebenen Lähmbomben aufnehmen wollte, um sie gegen die Angreifer einzusetzen. Meine gedankliche Warnung konnte Ticker jedoch nicht aufhalten.

Der Adler hatte das Ende der Höhle fast erreicht, da tauchte aus einem der in die Tiefe führenden Stollen der kaum fünfzig Zentimeter messende Roboter auf. Tyari schrie, als die Ausläufer der sich wellenförmig ausbreitenden Psi-Paralyse sie ebenfalls erreichten. Ticker verlor in dem Moment nicht nur seine Mimikry-Fähigkeit, sondern auch seine anderen besonderen Kräfte. Zu einem normalen Vogel geworden, suchte er sein Heil in der Flucht. Der Roboter folgte ihm. In seinen Tentakeln hielt er eine bogenförmige Waffe. Nur Sekunden später stürzte Ticker, von einem stählernen Pfeil getroffen, wie ein Stein zwischen die sich heranwälzenden Angreifer.

Die detonierende Lähmbombe verschaffte Tyari und mir ein wenig Luft.

Ungeachtet ihrer eigenen Sicherheit sprang Tyari auf und stürmte vor. Ihr Strahlenkarabiner säte Verderben. Dann fand sie das Ziel, das sie gesucht hatte. Der Schutzschirm des Kleinroboters glühte zwar auf, hielt jedoch stand.

Jetzt erst feuerte ich. Als unsere Waffenstrahlen sich in einem Punkt vereinigten, verging der Roboter ...

Das unwirkliche Erlebnis endete hier abrupt.

Ich stand wie versteinert da. Meine Gedanken überschlugen sich. Ich faßte mir an den Kopf. Zwischen den Schleiern, die die Tränen in meinen Augen erzeugten, erkannte ich die sorgenvollen Blicke von Tyari und Bjo Breiskoll.

»Was ist geschehen?« fragte ich matt.

Tyari und Bjo blickten sich fragend an. Dann schüttelte der Katzer den Kopf. »Ich weiß es nicht, Atlan. Du warst für mehrere Minuten wie zu einer Salzsäule erstarrt und nicht ansprechbar. Etwas anderes habe ich nicht bemerkt.«

»Der unbekannte Gegner hat wieder nach mir gegriffen«, versuchte ich eine Erklärung abzugeben. »Eine höchst merkwürdige Geschichte. Ich erlebte ganz wirklichkeitsnah den Tod Tickers. Aber das ist nicht alles. Ich habe dieses visionäre Erlebnis schon einmal gehabt, hier an der gleichen Stelle, als wir vor ein paar Wochen mit Hilfe der BRISBEE-Kinder in die Namenlose Zone vorstoßen wollten. Ich hatte das aber vergessen, wohl, weil Chybrain es so wollte. Ich erkenne jetzt wieder, daß er mir diese Vision und ein paar weitere, an die ich mich nicht erinnern kann, geschickt hat. Warum wiederholt sich dieses Erlebnis? Chybrain ist weg. Er kann nicht der Urheber sein. Ich habe deutlich gespürt, wie die Sperre, die er in meine Erinnerung pflanzte, durch einen äußeren Einfluß aufgehoben wurde. Meine Gegner wollten, daß ich mich an diese Vision erinnerte.«

Die beiden sagten nichts. Und ich gab zu, daß die Rätsel nur noch größer geworden waren.

Was hast du gehört, fragte der Extrasinn ironisch, *als Ticker in SENECA gegen den Unbekannten kämpfte? ›Beim nächsten Mal kann er dir nicht helfen.‹ Nicht wahr?*

Ich wollte das Gesetz des Handelns an mich reißen, aber ich spürte, wie mir die Kontrolle auf unbegreifliche Weise mehr und mehr entglitt.

Die zweite Sprosse

Ich startete am nächsten Morgen mit der MJAILAM und in Begleitung der Korvette MT-K-20, FARTULOON, auf der Bjo Breiskoll als Kommandant fungierte. Mein Ziel war, die nähere Umgebung der SOL abzusuchen. Ich ging dabei von den gemachten Erfahrungen aus, daß sich nämlich mit zunehmender Entfernung vom Generationenschiff der Solaner die Wirklichkeit mehr und mehr stabilisierte.

Vor dem Abflug hatte ich mit SENECA über das visionäre Erlebnis gesprochen. Aber die Biopositronik hatte mir auch nicht mit neuen Erklärungen helfen können. Ihr Schweigen hatte meine Verunsicherung eher vergrößert.

Von der Logik her gesehen hätte ich Ticker gar nicht mitnehmen dürfen. Denn wenn die Vision der Wirklichkeit entsprach, mußte ich ihn auf der SOL lassen. Der Logiksektor hatte mich in diesem Punkt aber überzeugt.

Wenn du einen wahren Ausschnitt einer nahen Zukunft erlebt hast, dann kannst du diesem Geschick nicht entgehen.

Ich wollte das einfach alles nicht glauben. Es war zu unwirklich. Die Mächte, die mit mir spielten, waren unbegreiflich. Schließlich hatte ich es Ticker überlassen, ob er mich begleiten wollte. Er hatte sich mir angeschlossen.

Wir bewegten uns erst im Unterlichtflug von der SOL weg. Sämtliche Ortungsanlagen arbeiteten auf Hochtouren. Die Funkverbindungen zum Mutterschiff wurden pausenlos überprüft.

Natürlich gingen auch auf der SOL die Bemühungen der Wissenschaftler weiter, das herauszufinden, was die Umgebung scheinbar oder wirklich veränderte. Noch tappten wir alle im dunkeln. Wir sprachen von einem »psionischen Störfeld«, ohne zu wissen, ob die Kräfte wirklich psionisch waren.

Dann setzten wir die Erkundung mit kurzen Linearetappen fort. Dabei zeigte sich, daß die Funkverbindungen in einem ungewöhnlichen Maß schnell schwächer wurden. Zumindest war dies ein weiterer Beweis für die Hypothese, daß da irgend etwas war.

Ich schickte Bjo los. Er sollte anhand der schwachen Funkpegel feststellen, wo das Zentrum dieser Störungen lag. Dazu bewegte sich die FARTULOON nun in einer Entfernung von etwa 500 Lichtjahren kreisförmig um die SOL herum. Unterdessen konzentrierte ich mich mit der MJAILAM ganz auf die Ortungssysteme. Aber wir fanden nichts.

Der Flug der FARTULOON erbrachte bald ein greifbares Resultat, aber das half mir auch nicht weiter. Auf Basis der abnehmenden Funkpegel ergab eine indirekte Hochrechnung über das Zentrum des vermuteten psionischen Störfelds, daß dieses mit dem Standort der SOL identisch war.

Ich forderte Breckcrown Hayes auf, mit dem Hantelschiff eine Flugetappe von 400 Lichtjahren durchzuführen. Als das geschehen war, nahm die FARTULOON erneut die Pegelmessungen der Funksignale vor. Das Ergebnis entsprach meinen Erwartungen. Das Zentrum des Störfelds bewegte sich mit der SOL.

Bedeutete das, daß die SOL selbst die Veränderungen erzeugte? Oder etwas, das sich doch an Bord befand?

SENECAS Behauptung, daß nichts Fremdes im Schiff sei, geriet dadurch wieder in Zweifel. Mein visionäres Erlebnis um den Tod Tickers hatte auch schon an dieser Annahme gerüttelt, war das Ereignis doch auch innerhalb der SOL abgelaufen.

Unsere Ortungssysteme wiesen ebenso wie die der SOL und der FARTULOON auch nach der mehrstündigen Suche nicht die geringste Kleinigkeit weit und breit nach. Wir befanden uns im Leerraum, und in diesem war nichts außer dem üblichen kosmischen Staub. Alle hyperenergetischen Werte waren stabil und normal.

Ich wollte die immer sinnloser erscheinende Suche schon abbrechen, denn ich wußte ja nicht einmal, wonach ich suchte. Da bekam ich den entscheidenden Hinweis aus dem Kreis des Teleskop-Teams der MJAILAM.

»Desmon Jukera«, meldete sich ein älterer Mann auf meinem Bildschirm. Ich erkannte, daß es sich um einen Buhrlo handelte. »Ich habe gerade meine Schicht am Teleskop angetreten. Und ich sehe etwas, das die anderen nicht sehen.«

Schlagartig erinnerte ich mich an unsere Auseinandersetzungen mit den Zyrtoniern in der Namenlosen Zone. Dieses Volk hatte dort die eigenen Sonnensysteme durch sogenannte Schockfronten absolut unsichtbar gemacht. Erst reichlich spät hatten wir entdeckt, daß unsere Buhrlos, die dem Weltraum am besten angepaßten Nachkommen der Terraner, durch diese Schockfronten hindurchsehen konnten.

Zum Teufel! schimpfte ich gedanklich. *Warum bin ich nicht früher auf diese Idee gekommen?*

»Ich bin auf dem Weg zur Polkuppel«, antwortete ich.

Tyari begleitete mich. Als ich mit ihr aus dem Antigravschacht in den Raum des Observatoriums sprang, hatte Desmon Jukera schon mit Hilfe der MJAILAM-Positronik eine Skizze des Objekts angefertigt, das er ausgemacht hatte. Es handelte sich um einen kleineren Himmelskörper mit unregelmäßigen Formen. Die Skizze erinnerte mich an eine überdimensionale Kartoffel oder an den Marsmond Phobos. Auch die geschätzte Masse schien damit übereinzustimmen.

Desmon Jukera führte mich zum Teleskop. Ich warf selbst einen Blick hinein, aber ich sah nichts. Auch Tyari schüttelte nach ihrem Versuch nur resignierend den Kopf.

»Die Entfernung beträgt nur etwa 100 Lichtminuten«, erläuterte der Buhrlo. »Aber dieser Wert ist eher geschätzt.«

Ich eilte ohne jeden weiteren Kommentar in die Hauptzentrale zurück. Von hier informierte ich die SOL über die Entdeckung. Gleichzeitig beorderte ich die FARTULOON herbei.

»Was hast du vor?« fragte der High Sideryt an.

»Ich gehe der Sache sofort auf den Grund«, antwortete ich entschlossen. »Halte dich für ein eventuelles Eingreifen bereit. Ich fliege zu dieser seltsamen Kartoffel. Sie versteckt sich hinter einer Art Schockfront. Erfahrungsgemäß lassen sich diese von außen her problemlos durchqueren. Und wenn ich erst einmal drin bin, wird sich alles Weitere schon zeigen.«

»Bist du nicht etwas leichtsinnig, Atlan?« meldete Breckcrown Hayes seine Zweifel an.

»Nein.« Meine Stimme klang etwas rauh. »Ich habe es satt, mich mit diesem Hokuspokus herumzuschlagen. Ich starte, sobald Bjo eingetroffen ist.«

Ich schaltete eine direkte Verbindung zu Desmon Jukera, denn dieser würde nun praktisch als Lotse dienen. Uster Brick bereitete unterdessen mehrere kurze Linearetappen von jeweils zehn bis zwölf Lichtminuten vor. Diese Daten wurden für einen Parallelflug an die FARTULOON weitergegeben, als diese eingetroffen war. Bjo hatte zwei Buhrlos an Bord, und diese sollten Desmon Jukera mit eigenen Beobachtungen unterstützen.

Das Herantasten an die Phoboskartoffel vollzog sich problemlos. Nach jedem Zwischenstopp korrigierten wir unsere Flugrichtung nach den Hinweisen der Buhrlos. Als wir noch sieben Lichtminuten von unserem Ziel entfernt waren, sprachen endlich die Orter für Hyperenergien an. Offensichtlich ließen sich die Streuenergien in der unmittelbaren Nähe des Entstehungsorts nicht voll kompensieren. Damit hatten wir einen weiteren

Anhaltspunkt, aus dem sich die Schockfront – oder um was auch immer es sich hier handelte – genau vermessen ließ. Die energetische Struktur erwies sich als exakt kugelförmig und schloß den kleinen Himmelskörper genau in ihrer Mitte ein.

Sie war energetisch den bekannten Schockfronten der Zyrtonier nur bedingt ähnlich. In den praktischen Auswirkungen war sie aber gleich. Immerhin schloß ich daraus, daß dieses Objekt nichts mit den untergegangenen Zyrtoniern zu tun haben konnte.

Ich flog mit der MJAILAM zuerst durch das unsichtbare Hindernis. Im gleichen Moment erschien die Phoboskartoffel als normaloptische Darstellung auf dem Panoramaschirm.

Mehrere kleine Kunstsonnen tauchten den rauhen Himmelskörper in ein mattes Licht von bläulicher Farbe.

Die MJAILAM-Positronik nahm die routinemäßigen Vermessungen vor und stellte alle Daten auf einem weiteren Bildschirm bereit. Überraschungen ergaben sich dabei nicht. Ich ließ dennoch die Defensivschirme hochfahren.

Die Ortungszentrale meldete vier Punkte, die dicht unter der Oberfläche lagen, von denen aus extrem starke energetische Strahlungen ausgingen. Eine genaue Analyse dieser Energien erwies sich als sehr schwierig.

»Wir landen in der Nähe von Quelle eins«, entschied ich.

Auch die FARTULOON war nun zur Stelle. Wir tauschten die Beobachtungsergebnisse und die gemessenen Werte aus. Zur SOL bekamen wir nun keinen Kontakt mehr. Die Schockfront wirkte von innen her auch in dieser Beziehung absolut undurchlässig.

Uster Brick steuerte den Kreuzer mit der üblichen Routine auf ein Plateau zu. Die Landebeine wurden ausgefahren. Als wir aufsetzten, hatte ich bereits meine Kampfmontur angezogen. Tyari war schweigend meinem Befehl gefolgt.

»Ticker bleibt an Bord!« entschied ich, wobei ich einer spontanen Eingebung folgte. Zumindest glaubte ich das.

Spontane Eingebung? spöttelte der Extrasinn. *Du hast Angst, daß du ihn verlieren könntest.*

Ich entgegnete nichts, aber ich registrierte zu meiner Zufriedenheit, daß der Adlerähnliche meinen Willen ganz offensichtlich empfangen hatte, denn er steckte seinen Kopf ins Gefieder.

Zu den Leuten, die mich bei einer ersten Erkundung begleiten sollten, gehörten auch Insider und Federspiel. Sternfeuer sollte an Bord bleiben. Die telepathische Verbindung zwischen den Zwillingen konnte in Gefahrenmomenten nützlicher sein als jedes technische Mittel. Ferner gehörten vier Solaner und ein Dutzend Kampfroboter zu meiner Begleitung.

Bjo Breiskoll blieb mit der FARTULOON in einem Orbit über der Phoboskartoffel. Der telepathisch hochbefähigte Katzer würde von sich aus die Geschehnisse verfolgen und dann eingreifen, wenn es nötig sein würde.

Zumindest hatte ich mir das alles so gedacht. Der Extrasinn warnte mich zwar mehrmals, ich solle mir keine Illusionen machen, aber ich dachte keine Sekunde daran, auf ihn zu hören.

Und prompt kam alles ganz anders.

Kaum standen wir im Freien und bauten die tragbaren Energieorter auf, da fegte eine unsichtbare Kraft meine Begleiter zu Boden. Ein grünlich schimmerndes Energiefeld hüllte mich ein. Durch die energetischen Schlieren hindurch sah ich, wie sich meine Umgebung schlagartig veränderte.

Ich wurde räumlich versetzt und damit gleichzeitig von Tyari und den anderen abgeschnitten. An eine Gegenreaktion war nicht zu denken.

Das Energiefeld erlosch. Ich stand in einem unterirdischen Gang. Woher die Beleuchtung kam, konnte ich nicht feststellen. Das unbearbeitete Gestein ringsum schimmerte rotbraun.

»Du sollst diese Auseinandersetzung allein bestehen!« klang eine unwillige Stimme mit einem seltsamen Akzent auf.

Ich regelte blitzschnell den Verstärker der Außenmikros herunter, aber die Lautstärke veränderte sich dadurch nicht. Folglich drang der Sprecher direkt in mein Bewußtsein ein – und das trotz meiner Mentalstabilisierung!

»Ich mußte dich daher von den Unwichtigen trennen. Du bist der Verursacher, Atlan. Du mußt den angerichteten Schaden wieder ins Lot bringen.«

Vor mir tauchte aus einem Seitengang ein vielleicht fünfzig Zentimeter großer Roboter auf. Der Zwerg wirkte harmlos, zumal er in seinem Aufbau menschliche Züge trug.

»Wer bist du?« rief ich.

»Wer war ich?« fragte er zurück. »Wer werde ich sein? Die zweite Sprosse? Oder der, der dich bestraft?«

Ich spürte einen ungeheuren psionischen Druck, der von dem Kleinroboter auszugehen schien. Gleichzeitig hämmerte der Extrasinn seine Überlegungen in mein Bewußtsein.

Das ist der Roboter aus der Vision. Und auch die Umgebung, der unterirdische Gang von rotbrauner Farbe, ist dir bereits daher bekannt.

Ich kam gar nicht dazu, eine überlegte Antwort zu geben, denn nun überstürzten sich die Ereignisse.

Der kleine Roboter jagte in einer Irrsinnsgeschwindigkeit davon. Er verschwand irgendwo zwischen dem Felsgestein. Dafür tauchten nun aus allen Ecken und Winkeln röhrenförmige Gestalten auf. Sie wirkten wie Lebewesen, aber es konnte sich auch um Roboter handeln. Sie eröffneten sofort das Feuer auf mich. Das Aggregat meines Schutzschirms heulte auf, während ich eine Deckung suchte. Ich feuerte zurück und erkannte, daß meine Waffen den zahllosen Angreifern deutlich überlegen waren. Dafür war ich aber zahlenmäßig haushoch unterlegen.

Der ganze Kampf kam mir irgendwie unsinnig vor. Ich wußte ja nicht, warum und gegen wen ich kämpfte!

»Ich bin da!« Tyari landete neben mir auf dem Boden. Als ich nach oben blickte, erkannte ich Ticker, der sie wohl befördert hatte. Der Adlerähnliche paßte die Farbe seines Gefieders der Umgebung an. »Ich habe ein paar Lähmbomben mitgebracht.«

Ticker raste ohne meinen Auftrag los. Er handelte wohl rein instinktiv. Er warf die Bomben zwischen die Reihen der röhrenförmigen Angreifer. Die Explosionen erzeugten Schockwellen, die zur Bewußtlosigkeit führten. Die röhrenförmigen Gestalten kippten reihenweise um, aber aus den Seitenstollen der Höhlen strömten immer wieder neue Wesen nach.

»Der eigentliche Feind«, rief Tyari mir zu, »ist ein kleiner Roboter. Ob es sich wirklich um einen Roboter handelt, weiß ich noch nicht. Er kann psionische Kräfte neutralisieren oder paralysieren. Ich habe ihn geortet und Bjo und Federspiel auch. Hüte dich vor ihm. Er ist hier irgendwo.«

Ich spürte den Moment, in dem das begann, was ich in der Vision erlebt hatte. Aber auch jetzt war es für ein Eingreifen zu spät.

Der bekannte Film lief einfach ab ...

Zum drittenmal erlebte ich den Tod Tickers, nur handelte es sich diesmal um die Wirklichkeit.

Ich war von einer inneren Starre fast gelähmt ...

Als der Pfeil den Körper des Adlers durchbohrte, vermeinte ich, daß er mich selbst getroffen hatte. Ich brauchte mehrere Sekunden, um Tyari in ihrem verzweifelten Kampf gegen den Kleinroboter zu unterstützen und so wenigstens einen kleinen Erfolg zu erzielen.

Die röhrenförmigen Angreifer zogen sich nun schlagartig zurück, wohl, weil sie ihres Anführers beraubt worden waren. Ich konnte nicht sagen, wohin sie verschwanden. Einige schienen sich regelrecht aufzulösen.

»Komm!« sagte Tyari.

Sie führte mich zu Ticker, der mit verkrümmtem Hals zwischen den Felsbrocken lag. Ich riß den Pfeil aus seinem Körper und hielt ihn zornig in die Höhe.

Vor meinen Augen verformte sich das Ding zu einer silbrig glänzenden Leitersprosse.

Diese glich bis ins letzte Detail der, die ich aus SENECA mitgebracht hatte.

Auch Tyari war stumm vor Staunen.

»Ich werde Ticker begraben«, erklärte ich dumpf.

Die dritte Sprosse

Tyari führte mich aus dem unterirdischen Labyrinth. Ich hörte ihr kaum zu, als sie erzählte, daß Ticker aus eigenem Antrieb bei ihr erschienen war, als das grünliche Transportfeld mich entfernt hatte. Für den Adlerähnlichen vom Arsenalplaneten war es eine Selbstverständlichkeit gewesen, mir zu helfen, als er mit seinen unbegreiflichen Sinnen die Gefahr gewittert hatte. Meine Gefährtin stand jetzt in telepathischem Kontakt mit den Zwillingen Sternfeuer und Federspiel. Daher war es ihr möglich, den Weg zurück zur Oberfläche zu finden.

Bei den Raumschiffen war alles in Ordnung, wußte Tyari zu berichten. Auch der Angriff, der mich von den anderen getrennt hatte, war ganz harmlos gewesen. Niemand war zu Schaden gekommen.

Das Unwirkliche und Gewaltlose meiner unbekannten Gegner spiegelte sich darin wider. Aber andererseits war Ticker völlig überflüssig getötet worden. Ich wußte nicht, woran ich war.

Nach einer halben Stunde erreichten wir die Oberfläche in der Nähe der MJAILAM. Hier war alles unverändert. Ich stellte Funkkontakt zu Bjo Breiskoll und der FARTULOON her. Was sich in der unterirdischen Höhle ereignet hatte, war dem Telepathen natürlich längst bekannt.

»Hier draußen blieb alles ruhig«, teilte mir der Katzer mit. »Es hat sich auch nichts verändert. Das betrifft insbesondere das Energiefeld um die Phoboskartoffel. Es besteht unverändert. Versuche, mit robotischen Sonden dieses Tarn- und Sperrfeld zu durchqueren, sind gescheitert. Es wirkt in der Tat wie eine Schockfront. Wir sitzen vorerst noch fest.«

»Das Energiefeld wird irgendwo im Innern der Phoboskartoffel erzeugt«, antwortete ich. »Wir werden die Quelle finden und abschalten.«

Ich begab mich zunächst an Bord der MJAILAM, wo ich meinen staunenden Mitstreitern die zweite Sprosse zeigte.

»Das Ding ist mir unheimlich«, erklärte Uster Brick.

»Es ist völlig harmlos«, beruhigte ihn Tyari. »Ich würde es spüren, wenn es sich um etwas anderes als ein Stück Nickel handeln würde.«

»Wir sollten uns um die wirklichen Probleme kümmern«, griff ich ein. »Wir haben vier Energiequellen geortet. Eine oder mehrere davon erzeugen das Sperrfeld. Es gilt nun, diese Anlagen zu desaktivieren.«

»Wenn sie sich desaktivieren lassen«, unkte der Pilot.

Die MJAILAM-Positronik hatte inzwischen eine erste, noch grobe Karte des Planetoiden angefertigt und dort die Punkte vermerkt, die die Ortungssysteme als starke Energiequellen ausfindig gemacht hatten. Sie lagen in einem Umkreis von fünfundzwanzig Kilometern von unserem Landeplatz.

Einer, der die Nummer eins bekommen hatte, war fast identisch mit der unterirdischen Höhle, in der Ticker den Tod gefunden hatte.

»Wir werden alle vier Orte aufsuchen«, entschied ich. »Ich kann nicht beurteilen, ob die Sache gefährlich wird oder nicht. Einen Gegner haben wir zwar ausgeschaltet, und ob die röhrenförmigen Wesen oder Roboter noch einmal eingreifen oder angreifen, weiß ich auch nicht. Es ist auch unbekannt, ob sich noch weitere Gegner hier befinden. Tyari konnte nichts feststellen, aber das besagt wenig. Vorsicht ist in jedem Fall geboten. Ein Kommando übernehme ich selbst. Wer macht mit?«

»Ich komme per Transmitter herunter«, meldete sich Bjo Breiskoll, der alles mitgehört hatte. »Und ich übernehme einen Suchtrupp. Wir sollten bei jedem Team einen Telepathen haben, um unsere Erfahrungen ständig austauschen zu können. In der Nähe der Energiequellen kommt es bestimmt zu erheblichen Störungen der Funkverbindungen.«

»Klar«, rührte sich Insider, »daß ich dabei bin. Aber ich bin kein Telepath.«

»Ich komme mit dir, Atlan«, meinte Tyari. »Und wenn Sternfeuer und Federspiel sich aufteilen ...«

Die Zwillinge verständigten sich lautlos. Dann teilte die Frau den gemeinsamen Entschluß mit: »Mein Bruder übernimmt den vierten Trupp. Ich gehe mit Insider. Dann ist der telepathische Kontakt sichergestellt.«

Bjo Breiskoll kam aus dem Transmitter.

Joscan Hellmut übernahm das Kommando über die beiden Raumschiffe. Weitere Solaner und Kampfroboter ergänzten die Erkundungstrupps. Die beiden Zwölf-Meter-Space-Jets der MJAILAM, MJAI-A und MJAI-B, wurden für den Transport ebenso startklar gemacht wie die beiden Lightning-Jets.

Ich entschied mich für Quelle zwei, weil ich nicht noch einmal an den Ort von Tickers Tod zurückkehren wollte. Federspiels Trupp übernahm diese Aufgabe.

Kurz bevor wir aufbrachen, knackte es in den Normalfunkanlagen. Wir stutzten. Es prasselte eine Weile, und dann hörten wir eine verzerrte Stimme mit einem ähnlichen Akzent, wie ihn der Kleinroboter besessen hatte: »PE und JA hast du erlöst. ER wartet. Aber du solltest besser allein kommen, Atlan, sonst wird KA oder TA dich am Ende doch noch erwischen. Und der Weg der SOL wird immer länger. «

Ich wartete auf eine Mitteilung des Extrasinns, aber der schwieg. Er konnte mit diesen Worten wohl auch nichts anfangen.

»Hier Ortungszentrale«, hörte ich. »Wir haben das Signal gemeinsam mit der FARTULOON angepeilt. Es kam aus der Region der Energiequelle zwei.«

»Es bleibt alles so«, entschied ich, »wie es beschlossen war. Wir brechen auf. Wenn der Unbekannte, der sich wohl ER nennt, in Quelle zwei steckt, dann bin ich auf der richtigen Spur. Und denkt daran: Es müssen alle Energiequellen abgeschaltet oder eliminiert werden, damit das Sperrfeld zusammenbricht.«

Dann waren wir unterwegs. Der telepathische Kontakt klappte einwandfrei, wenngleich ich auch in diesem Punkt gewisse Bedenken hatte. Das Wesen, das Ticker getötet hatte, war nach Tyaris Aussage in der Lage gewesen, psionische Kräfte zu eliminieren. Da aber die Normalfunkverbindungen keine Probleme machten, konnten wir Joscan Hellmut laufend informieren.

Die Funkstörungen, die Bjo Breiskoll erwartet hatte, traten in der Folgezeit tatsächlich immer dann ein, wenn ein Trupp ganz nah am Ziel war.

Ich erreichte mein Objekt als letzter der vier Erkundungstrupps, weil wir die größte Entfernung zurückzulegen hatten. Von Federspiel lagen zu diesem Zeitpunkt bereits die ersten Nachrichten vor.

Er hatte problemlos in das Höhlenlabyrinth eindringen können. Nichts hatte sich ihm in den Weg gestellt, auch nicht die röhrenförmigen Wesen, die mich angegriffen hatten.

Etwa tausend Meter hinter Tickers Grab war er auf eine nahezu undurchdringliche Wand gestoßen, die aus einem unbekannten Material bestand und zusätzlich mit Schirmfeldern gesichert wurde. Hinter dieser Sperre, so wiesen die mitgeführten Orter aus, tobten gewaltige Energien. Die Massetaster entdeckten Hohlräume, aus deren Anordnung man auf ein Kraftwerk oder etwas Ähnliches schließen konnte.

Jetzt versuchte der Trupp, dieses Hindernis aufzubrechen, aber ein Erfolg zeichnete sich nicht ab.

Ganz ähnliche Nachrichten gingen wenig später von Bjo Breiskoll und Insider ein. Die drei Anlagen schienen zumindest von außen her gleich zu sein. Einen Eingang entdeckte niemand.

Wir hatten die MJAI-B verlassen und drangen nun ebenfalls in unterirdische Regionen vor. Hier herrschte ein schwaches Dämmerlicht von rötlichem Charakter, das mich ein wenig an das seltsame Leuchten während der wiederholten Vision erinnerte.

Durch einen kilometerlangen Stollen glitten wir mit den Flugaggregaten voran. Ein Trupp Kampfroboter bildete die Spitze. Dann folgten Tyari und ich. Den Abschluß bildeten vier Solaner und acht weitere Roboter.

»Kannst du irgend etwas Lebendiges feststellen?« fragte ich meine Gefährtin.

»Eine unbestimmte Ausstrahlung.« Sie zögerte. »Sie kommt aus keiner bestimmten Richtung. Sie enthält auch keine inhaltlichen Informationen.«

Ich erwartete, daß auch wir in unserer Flugrichtung auf ein Hindernis treffen würden, denn die Energieechos waren eindeutig und identisch mit denen, die die anderen Trupps angemessen hatten.

Wieder einmal kam es ganz anders.

Der Höhleneingang weitete sich ganz plötzlich zu einem riesigen Tal. Ich sah einen großen See mit einer kleinen Insel in der Mitte, auf der sich eine altertümliche Burg erhob. Die Ufer des Sees wurden von weißen Stränden und palmenartigen Bauminseln gesäumt. Mich erinnerte das an Hawaii, wenn da nicht diese merkwürdige Burg gewesen wäre. Hoch über dem See strahlte eine kleine Sonne.

Erst durch einen Hinweis des Extrasinns wurde ich darauf aufmerksam, daß die Abmessungen nicht stimmen konnten. Das ganze Gewölbe war höher als die Entfernung bis zur Oberfläche der Phoboskartoffel. Und in der Breite war ebenso wie in der Ferne kein Horizont zu erkennen.

Ich wollte mich zu Tyari umdrehen, aber ich entdeckte sie nicht. Auch die Kampfroboter und die solanischen Begleiter waren verschwunden. Ich warf einen Blick zurück und sah auch den Höhlengang nicht mehr, durch den wir gekommen waren.

Ein illusionäres Bild, meinte der Extrasinn. *Vielleicht Wirklichkeit, vielleicht auch nicht.*

Ich versuchte es mit dem Funkgerät, aber ich bekam keine Antwort.

Du bist allein, bemerkte der Logiksektor ganz überflüssig. *Deine Gegner beweisen wieder, daß meine erste Vermutung richtig war. Sie interessieren sich nur für dich.*

Ich schritt die wenigen Meter hinunter zum See und steckte prüfend eine Hand in die Flüssigkeit. Es handelte sich um lauwarmes Wasser, und dieses fühlte sich verdammt echt an. Ein Test mit meinem Multisensor bestätigte diesen ersten Eindruck. Ich ließ etwas Sand durch meine Finger rieseln. Auch der wirkte ganz echt und natürlich.

»Was hat das zu bedeuten?« fragte ich mein zweites Bewußtsein.

Ich weiß es nicht.

Nachdenklich schritt ich am Ufer entlang. Immer wieder warf ich einen Blick zu der gut fünfhundert Meter entfernten Insel mit der Burg. Manchmal hatte ich dabei das Gefühl, diese Szene schon einmal gesehen zu haben. Aber eigentlich konnte ich mich auf mein fotografisches Gedächtnis doch verlassen. Und das sagte klar nein.

Ich schleppte ein paar Erinnerungslücken mit mir herum. Dessen war ich mir bewußt. Da war vor allem die fast zweihundert Jahre umfassende Zeit, in der ich aller Wahrscheinlichkeit nach hinter den Materiequellen und im Reich der Kosmokraten gewesen war. Ich besaß nicht den Funken einer Erinnerung daran. Gleichwohl lebte in mir der feste Wille, nach

Varnhagher-Ghynnst zu gelangen und dort eine Aufgabe im Sinn der Kosmokraten und zum Wohl der positiven Kräfte des Universums zu übernehmen.

Im Vorfeld zu dieser Aufgabe hatte ich sehr viel erreicht. Ich hatte Hidden-X, eine Spiegelung der Superintelligenz Seth-Apophis, in die Schranken gewiesen. Es war mir gelungen, die katastrophalen Zustände auf der SOL zu normalisieren. Und schließlich hatte ich Anti-ES befrieden und das Rätsel der Namenlosen Zone lösen können, was zur Befreiung einer großen Zahl von geknechteten Völkern geführt hatte.

Ich bildete mir nichts auf diese Taten ein. Ich war mir bewußt, daß ich allein keines dieser Ziele erreicht hätte.

Irgendwann während dieser Zeit mit den Solanern mußte ich etwas übersehen oder falsch gemacht haben. Anders waren die nun drohenden »Schatten der Vergangenheit« kaum zu erklären.

Oder sollte doch Chybrain hier seine Finger im Spiel haben? Eigentlich gab es dafür keine Hinweise. Vielmehr verließ ich mich auf das, was er zum Abschied gesagt hatte, nämlich, daß er sich zurückziehen wollte. Er grollte sicher noch immer den Kosmokraten, die ihn nicht anerkennen wollten. Ich sagte mir manchmal, daß die unfaßbaren Kosmokraten vielleicht gar nichts von seiner Existenz wußten oder wissen wollten.

Meine Gedanken wanderten zu Tyari und meinen Begleitern. Sicher würden sie mich vermissen. Sie würden versuchen, mich zu finden. Aber so, wie ich die Sache jetzt sah, hatten sie kaum eine Chance, denn ich schien mich auf einer gänzlich anderen Welt, ja vielleicht sogar auf einer anderen Existenzebene zu befinden.

Eine räumliche Versetzung oder eine Teleportation hatte ich nicht wahrgenommen. Aber auch das besagte wenig oder nichts. Die Gegner, mit denen ich es hier zu tun hatte, verfügten offensichtlich über Möglichkeiten, die mein Vorstellungsvermögen erheblich überschritten.

»Gegner oder Gegenspieler?« fragte ich laut und zog meinen Kombistrahler. Mit einem gezielten Einzelschuß trennte ich einen Ast von einem Baum. Das Holzstück fiel vor mir in den Sand.

Ich untersuchte es mit den bescheidenen Möglichkeiten, die mir zur Verfügung standen, und konnte nichts Außergewöhnliches entdecken.

Mein unfreiwilliger Aufenthalt in dieser seltsamen Landschaft mußte doch einen Sinn haben. Sicher war ich nicht in der Lage, die Hintergründe zu erkennen. Aber diejenigen, die das veranlaßt hatten, mußten um die Gründe wissen. Sie zeigten sich aber nicht.

Du solltest die Burg aufsuchen, riet mir der Logiksektor. *Sie ist der einzige markante Punkt in dieser Landschaft. Nur dort kannst du etwas entdecken, was dir weiterhilft.*

»Damit würde ich genau das tun, was meine Gegner oder Gegenspieler wollen. Und dazu verspüre ich keine Lust.«

Der Extrasinn schwieg, und ich setzte meinen Weg am Ufer entlang fort.

»Hallo, Atlan!« schnarrte es in meinem Rücken.

Ich fuhr herum und erblickte eine kaum fünfzig Zentimeter große Gestalt. Sie erinnerte mich an einen verhutzelten Zwerg, dem beide Arme fehlten. An deren Stelle ragten verknorpelte Stummel aus dem Oberkörper. Der Braunhäutige trug einen lappigen Umhang, der aber nicht einmal den halben Körper bedeckte. Er wirkte harmlos, aber das konnte auch eine bewußte Täuschung sein.

»Du kennst mich«, stellte ich fest und ging ein paar Schritte auf den Kleinen zu. »Aber ich kenne dich nicht.«

»Du erkennst mich nicht wieder«, lautete die rätselhafte Antwort.

»Nenne mir deinen Namen!«

»Ich weiß ihn nicht mehr. Ich bin nur noch ein Fragment eines Fragments. Eigentlich weile ich dort in der Burg. Dort warte ich auch auf die Begegnung mit dir. Nur dort wirst du vielleicht eine Antwort bekommen. Ich bin nur ein Teil von ER. ER, das ist die dritte Sprosse. ER, das ist der, der dir kürzlich eine Botschaft geschickt hat.«

»Per Funk«, antwortete ich und betrachtete den Zwerg genauer. »Und ER hat von PE, JA, KA und TA gesprochen.«

»Das könnte sein. Ich weiß es nicht genau. Wie gefällt es dir hier?«

»Hübsch. Es wäre aber angenehmer, wenn ich wüßte, was dieses Theater bedeuten soll. Das ist doch keine Wirklichkeit.«

Der Hutzlige sagte zunächst nichts. Seine Haut wirkte aus der Nähe fast durchscheinend. Im Innern glaubte ich positronische Schaltanordnungen zu erkennen. Genau konnte ich das aber nicht feststellen.

»Die Zeit deiner Leiden hat erst begonnen«, knarrte der Zwerg. »Die Zeit der Antworten sollst du ja nicht erreichen.«

Meine Geduld war am Ende. Ich sprang blitzschnell nach vom und schnappte mir den Burschen. Das hieß, ich wollte es tun, denn meine Hände griffen ins Leere. Das angebliche ER-Fragment löste sich vor meinen Augen auf.

Es konnte aber auch sein, daß er sich unsichtbar gemacht hatte und ausgewichen war, denn ich hörte seine Stimme noch: »WO hat einmal gesagt, du seist jenseits der Materiequellen gewesen. Hast du dort diese Landschaft nicht gesehen? Oder stimmt es, daß du keine Erinnerung daran hast? ER will das wissen, bevor er dich für deine Freveltaten mit dem Tod bestraft.«

Ein hämisches Lachen klang auf, das sich schnell entfernte.

Damit steht fest, bemerkte der Extrasinn, *daß dieser Gegner nichts mit den*

Kosmokraten zu tun hat. Denn wäre das der Fall, dann wäre diese Frage absolut unsinnig gewesen.

Ich antwortete nichts und schaltete das Flugaggregat ein. Mein Ziel war die Burg auf der Insel. Ich wollte endlich Klarheit.

Vor dem Eingang zur Burg erstreckte sich eine mit quadratischen Steinen gepflasterte Fläche. Zwischen den Fugen streckten kleine Gräser ihre Spitzen in die Höhe. Staub wirbelte auf, als ich dort landete. Alles machte einen reichlich verkommenen und uralten Eindruck.

Ich schritt auf das breite Tor zu. Die hölzernen Balken waren mit dicken Eisenbeschlägen verstärkt worden. Eine Flügeltür stand einen Spalt offen. Sie gab mit einem Knarren nach, als ich gegen sie drückte.

Ich trat ein. Wieder war es, als ob ich in eine andere Welt käme.

Vor mir türmten sich weiß getünchte Wände mit zahllosen Winkeln und Lücken auf. Aber hier wirkte alles sauber und neu.

Ein Labyrinth, stellte mein Logiksektor fest.

Ich blickte zurück. Der Toreingang war verschwunden. Hinter mir erstreckte sich eine lückenlose und glatte Wand.

An den verschiedenen Durchlässen des Labyrinths entdeckte ich kleine Pfeile. Diese waren entweder hellrot oder blaßgrün.

Die Farben der Jenseitsmaterie, teilte der Extrasinn mit. Weitere Folgerungen konnte aber auch er nicht ziehen.

Ich schaltete meinen Defensivschirm ohne die Paratronkomponenten ein und machte mich auf den Weg. Dabei wählte ich einen Gang, der mit einem grünen Pfeil gekennzeichnet war. Schon nach der ersten Biegung stieß ich auf eine mehrfache Verzweigung. Auch hier waren wieder rote und grüne Pfeile für alle möglichen Richtungen angebracht.

Ich hielt mich weiter an die grünen Wegweiser. Zu meiner Verwunderung kam ich schnell voran. Erst als ich mich umsah, merkte ich, daß sich die Konstellation der Gänge und Durchlässe hinter mir verändert hatte. Direkt beobachten konnte ich diese Veränderungen nicht. Sie geschahen immer nur dann, wenn ich mich nach vorn orientierte.

Ich versuchte einen Weg zurück zu finden, aber ich rannte überall in Sackgassen. Bevor ich weiterging, untersuchte ich das Material der Wände. Es fühlte sich warm und weich an, fast, als ob es leben würde, war aber dennoch unnachgiebig. Es schien sich um eine Art Plastik zu handeln.

Als ich versuchte, den roten Pfeilen zu folgen, geriet ich ebenfalls in Sackgassen und zweimal an einen schier bodenlosen Abgrund.

Man will dich nicht nur in eine bestimmte Richtung lenken, folgerte der Extrasinn. *Man will dich auch nervös machen.*

»Wer?« fragte ich zurück, aber erwartungsgemäß wußte mein zweites Bewußtsein darauf keine Antwort.

Ich fügte mich in die Gegebenheiten und folgte den grünen Pfeilen. Nach zahllosen Winkeln und Verzweigungen gelangte ich in einen kreisrunden Raum. Das einzige Möbelstück hier war ein Thron, der in der Mitte auf einem mehrere Meter hohen Podest stand.

Und darauf hockte eine Gestalt, die der glich, die mir draußen am Ufer des Sees begegnet war. Nur war diese Figur mindestens viermal so groß.

Hinter mir schloß sich die letzte Lücke des Labyrinths.

Der Armlose stieß einen lauten Ruf aus, der wohl ein Ausdruck seiner Begeisterung sein sollte. Dann polterte er los: »Diese Aufgabe war sehr leicht, Atlan. Nicht wahr? Sie sollte es auch sein, denn es entsprach meinem Willen, dich hier zu sehen.«

»Bist du dieses ER-Fragment?« rief ich nach oben.

»Ich bin es«, kam prompt die Antwort. »Ich kenne dich von früher, auch wenn wir uns nie direkt gesehen haben. Aber das spielt keine Rolle mehr. Du mußt mir zwei Fragen beantworten, bevor du deine Strafe bekommst, die auch der Tod sein kann.«

»Es wäre wohl angebracht«, entgegnete ich barsch, »wenn du mir ein paar Fragen beantworten würdest.«

»Dafür gibt es keinen Grund.« Der Armlose lachte selbstbewußt. »Versuche nur, etwas zu fragen.«

»Warum werde ich von dir und deinesgleichen verfolgt? Was wollt ihr überhaupt von mir?«

»Ich dachte«, kicherte die braune Gestalt, »du wärst so intelligent, um das zu erkennen. Du hast dich an uns versündigt. Du hast uns nicht erkannt. Du hast uns ins Unglück gestoßen. Und aus diesem Unglück wollen wir uns befreien. Du wirst bestraft, und du verhilfst uns gleichzeitig zu unserem Glück.«

»Das verstehe ich nicht«, gab ich offen zu. »Drücke dich deutlicher aus!«

»Nein, Atlan!« Das klang hart. »Es ist dein Problem, deine Fehler und uns zu erkennen. Ich habe genug gesagt. Und nun beantworte meine beiden Fragen! Wage nicht, mir auszuweichen, denn das hätte deinen sofortigen Tod zur Folge.«

Ich wollte diesen seltsamen Burschen nicht unnötig reizen und lenkte ein.

»Ich höre«, sagte ich. »Was willst du wissen?«

»Warst du hinter den Materiequellen?«

Das war eine schlimme Frage, denn meine Antwort konnte alle möglichen Folgen haben. Ich beschloß, es mit der Wahrheit zu versuchen.

»Ich war wohl dort, ER-Fragment, aber ich habe keine Erinnerung daran.«

Wütend stand der Armlose aus dem Thron auf. Er umrundete diesen einmal und wandte sich dann wieder an mich: »Sieht es dort so aus wie draußen am See mit der Burg?«

»Ist das die zweite Frage, Alter?«

»Es ist eine Zusatzfrage. Antworte!«

»Es ist eine dumme Frage, Bruchstück. Wenn ich mich an nichts erinnern kann, wie soll ich dann wissen, wie es hinter den Materiequellen aussieht?«

Er hockte sich wieder in seinen Thronsessel und schwieg eine Weile.

»Die zweite Frage erübrigt sich«, kam es dann etwas kleinlaut. »Ich habe dich überschätzt. Verlasse diesen Ort, wenn du kannst. Ich werde dich töten, bevor du in Freiheit gelangst.«

»Dazu gehören zwei«, konterte ich.

Mit blitzschnellen Bewegungen riß ich meinen Kombistrahler hervor. Da das ER-Fragment mir wehrlos erschien, feuerte ich nur auf den Sockel, auf dem sein Thron stand. Die Energien wüteten nur Sekunden, dann waren der Sockel, der Thron und das seltsame Wesen verschwunden.

Mein Feuer hatte das nicht bewirkt. Es mußte dieser Armlose gewesen sein. Jedenfalls war der Raum jetzt leer.

»Finde den Weg zurück!« lachte er von irgendwoher. »Wenn du kannst! Ein einziger falscher Schritt wird dein Tod sein!«

Ich entdeckte eine Öffnung in der Wand. Sie befand sich genau an der Stelle, an der ich den runden Raum betreten hatte. Als ich darauf zuschritt, meldete sich der Extrasinn.

Vorsicht! Ich denke, du mußt genau den Weg wählen, auf dem du gekommen bist. Das schließt auch die Seitengänge ein, bei denen du auf Hindernisse gestoßen bist.

Ich stutzte. Wenn das stimmte, mußte ich die Fähigkeit meines fotografischen Gedächtnisses bis an die Grenzen strapazieren, denn der Weg war lang und verwirrend gewesen. Ich wurde unsicher.

Überlaß es mir, flehte der Extrasinn. *Ich kann es besser als du.*

Ich befolgte diesen Rat. Das fotografische Gedächtnis war ja auch ein Produkt der ARK SUMMIA und eigentlich ein Teil meines zweiten Bewußtseins.

In den nächsten Minuten hörte ich in mir nur die Worte: *Gerade, links, rechts, kehrt.*

Und tatsächlich gelangte ich ohne Zwischenfall an das Tor der Burg. Aber hier bot sich eine neue Überraschung.

Im Torbogen stand das ER-Fragment. Seine Augen funkelten tückisch.

»Du hast es tatsächlich ohne einen Fehler geschafft!« knarrte der Armlose. »Wie ist das möglich?«

»Wie sind so etwas wie du und diese Welt möglich?« konterte ich.

»Diese Welt bin ich. Und du wirst hier sterben. Ich bin nicht so behutsam wie JA und PE.«

Er kam auf mich zu. Aus seinen verknorpelten Armstümpfen wuchsen kräftige Extremitäten mit klobigen Händen. Diese griffen durch meinen Defensivschirm und die Kampfausrüstung hindurch, als seien beide nicht vorhanden. Sekunden später spürte ich den Druck, der sich um meinen Hals legte.

Ich wehrte mich mit allen Tricks und Möglichkeiten, aber sein Körper war weich und nachgiebig. Ich bekam ihn nicht zu fassen.

Als ich kurz vor der Besinnungslosigkeit stand, fuhr ich mit einem Schlag den doppelten Paratronschirm meines Kampfanzugs auf die höchste Energiestufe. Es war ein verzweifelter Versuch, und er glückte.

Als das rote Energiefeld sich aufblähte, zerrte es die unwirkliche Gestalt mit. Der Druck an meinem Hals verschwand. Das ER-Fragment verfing sich zwischen den Energien des prasselnden Doppelschirms. Es tobte dort herum, aber es wurde zusehends kleiner und schwächer in seinen Bewegungen.

Schließlich polterte eine amorphe Masse, die weiter schrumpfte, zu Boden.

Ich trat ein paar Schritte zurück und zog meine Waffen. Aber dieser kümmerliche Rest schien kein Leben mehr zu enthalten. Daher wagte ich mich wieder näher heran.

Der letzte Schrumpfungsprozeß begann. Im gleichen Moment verschwand die gesamte Materie ringsum.

Ich schwebte im Leerraum. In der weiteren Umgebung verblaßten schnell die Kunstsonnen der Phoboskartoffel. Von dem Planetoiden war innerhalb kürzester Zeit keine Spur mehr vorhanden.

Und wenige Meter vor meinen Augen glitzerte dunkel die Masse des ER-Fragments, bis sie sich zu einer silbrig glänzenden Leitersprosse verformt hatte.

Ich steckte das Ding in eine Außentasche meiner Kampfkombination.

Als ich die Funkanlage einschaltete, hörte ich ein Durcheinander, aus dem sich aber bald ein klares Bild ergab.

Auch die anderen Trupps und nicht zuletzt die MJAILAM waren von dem Verschwinden der Phoboskartoffel – und damit auch der Schockfront – überrascht worden. Jetzt suchten alle Anschluß an das Raumschiff.

Auch ich meldete mich. Joscan Hellmut leitete unsere Bergung ein. Bis sie mich holen würden, hatte ich noch etwas Zeit, um über dieses unbegreifliche Erlebnis nachzudenken.

Fünftes Zwischenspiel

Wir saßen in einem Nebenraum der Kantine von Deck 17. Die Roboter fuhren Speisen und Getränke nach unseren Wünschen auf. Aber es mochte keine rechte Stimmung aufkommen. Tyari war nicht weniger nachdenklich als Breckcrown Hayes oder Bjo Breiskoll. Und ich selbst fühlte mich nach dem Abenteuer auf der Phoboskartoffel auch nicht befreit. Ich wußte, daß diese Geschichte noch nicht zu Ende war. In meinem Alptraum hatten die Unbekannten (oder war es nur einer gewesen?) von zehn Sprossen gesprochen.

Drei Nickelstücke waren jetzt in meinem Besitz. Einfach ausgedrückt bedeutete das vielleicht, daß ich noch siebenmal durch die Hölle gehen mußte, um dieses Rätsel zu lösen. Und dazu verspürte ich keine Lust, denn alles erschien mir irgendwie sinnlos.

Du erkennst den Sinn nur nicht, meinte der Extrasinn.

SENECA hatte meinen Bericht kommentarlos zur Kenntnis genommen. Als ich ihn gefragt hatte, warum er nichts dazu zu sagen hätte, hatte er erst geschwiegen und dann lakonisch gemeint: »Ich weiß nicht, was ich sagen soll.«

Unsere Bergung aus dem Raum war ohne Zwischenfälle verlaufen. Mit der Auflösung des Planetoiden und der Schockfront hatten unsere beiden Raumschiffe auch wieder Funkkontakt zur SOL bekommen. Und nachdem die MJAILAM und die FARTULOON alle Mann aufgenommen hatten, waren wir an Bord des Generationenschiffs zurückgekehrt.

Die astronomische Umgebung, die uns das SPARTAC-Teleskop jetzt zeigte, hatte sich weitgehend normalisiert. Weitgehend! Das bedeutete, daß es immer noch ein paar unklare Galaxien und ein paar nicht unerhebliche Abweichungen in den wahren Konstellationen gab. Die Wissenschaftler vermuteten einen Resteffekt der Störungen, die von der Phoboskartoffel ausgegangen und auf die SOL zielgerichtet gewesen waren. Sie meinten, daß sich diese verbliebenen Störungen mit der Zeit verlieren würden.

Ich glaubte das nicht. Und SENECA teilte meine Bedenken.

Die Geschichte war nicht abgeschlossen. Das zeigte sich allein daran, daß ich nur drei von den zehn angedeuteten Sprossen besaß. Ich konnte meinen Verdacht nicht beweisen, aber ich glaubte, daß noch irgend etwas von diesen unheimlichen Wesen in unserer Nähe war.

Immerhin hatten wir in einer relativ kurzen Entfernung von nur 18.000 Lichtjahren eine Kleingalaxis ausmachen können, die sich vor der Zerstörung der Phoboskartoffel gar nicht gezeigt hatte. Die Galaxis trug die Katalogbezeichnung VP-515 und war ansonsten gänzlich unbekannt. Ihr größter Durchmesser betrug nur knapp 10.000 Lichtjahre, der kleinste 4000

Lichtjahre. VP-515 war eher ein in die Länge gezogener Kugelsternhaufen als eine richtige Galaxis.

SENECA hatte vorgeschlagen, VP-515 anzufliegen, weil nach seiner Meinung zwischen den Sternen die noch vorhandenen Störeinflüsse bei der Ermittlung der astronomischen Daten verschwinden würden. Und das mußten wir erreichen, um wieder gezielt Fernflüge durchführen zu können.

Der Start stand bevor, aber der High Sideryt hatte erst um dieses Gespräch gebeten.

Ich war nicht richtig bei der Sache, denn meine Gedanken beschäftigten sich mit anderen Dingen. Was wir mit der Phoboskartoffel, den verfälschten astronomischen Daten, dem ER-Fragment und auch davor erlebt hatten, ließ mich erschaudern. Es handelte sich nicht nur um unerklärliche Dinge. Sie waren vor allem von solch gewaltigen Ausmaßen, daß allein die Macht, die das ER-Fragment repräsentiert hatte, an die Fähigkeiten einer Superintelligenz heranreichte.

Meine Bemühungen, den Gegner zu erkennen (der ja mehrmals betont hatte, er würde mich kennen und ich müßte ihn kennen und erkennen!), waren erfolglos. Ich suchte in den fernsten Erinnerungen herum, aber ich fand nichts in meiner Vergangenheit, was auf diese »Schatten« oder »Geister« hindeutete. Vielleicht übersah ich etwas.

Und auch der Extrasinn wußte zu dieser Kernfrage nichts zu sagen.

Zuletzt hatten wir die Zyrtonier der ehemaligen Namenlosen Zone besiegt. Von den zyrtonischen Führern, den Pagen, war keiner am Leben geblieben. Davor war es gelungen, Anti-ES zu bekehren und zu KING zu verwandeln. Da war kein Rest, kein Fragment, eines Bösen verblieben. Und davor? Hidden-X war zur Gänze ausgeschaltet worden. Auch er kam nicht in Frage.

Und davor?

Da lagen die 186 Jahre, die ich wohl hinter den Materiequellen im Reich der Kosmokraten verbracht hatte. An diese Zeit konnte ich mich mit keinem Funken erinnern. Wußten das die geheimnisvollen Gegner von jetzt nicht? Das ER-Fragment hatte sich in merkwürdiger Weise danach erkundigt.

Es war zumindest theoretisch denkbar, daß ich in dieser Zeitspanne Feinden begegnet war, die mich noch jetzt verfolgten. Aber wahrscheinlich war das nicht. Auch wenn ich die Welt der Kosmokraten nicht kannte, so erschien sie mir in meinen Vorstellungen doch als etwas Kompaktes und Ganzes und Stabiles. Von dort konnten diese »Geister der Vergangenheit« schlecht kommen.

Und wenn ich noch weiter in die Vergangenheit ging, dann kamen die Zeit mit Perry Rhodan auf der BASIS, die Auseinandersetzungen mit den Loowern, mit Boyt Margor, die Kosmischen Burgen der Mächtigen …

Ich zögerte in meinen Gedanken, aber ich verwarf auch diese Überlegung wieder. Nein, die Mächtigen existierten nicht mehr.

Und wenn ich noch weiter in die Vergangenheit ging, dann wurde es immer unwahrscheinlicher, hier jemand oder etwas zu entdecken, was mit diesem Rätsel der Leitersprossen etwas zu tun haben konnte.

»Du träumst ja!« Tyari riß mich aus meinen Gedanken. »Breck hat dich zweimal gefragt, ob du etwas einzuwenden hast, wenn die SOL VP-515 anfliegt.«

»Nein, natürlich nicht«, antwortete ich rasch.

Eine halbe Stunde später setzte sich die SOL in Bewegung.

Sechstes Zwischenspiel

Ich schlief tief und fest. Das wußte ich genau. Dabei war ich mir des Widerspruchs bewußt, daß man im Schlaf nichts bewußt erleben konnte. Und doch war es so. Ich schlief, und ich war wach.

Ich sah meine Umgebung. Tyaris liebliches Gesicht, das meinem irgendwie glich, lächelte sogar im Schlaf. Mir fiel ein, daß sie nach meinem Bild von Tyar erschaffen worden war. Tyar, dem ich auch mit Hilfe meiner Freunde zu einer friedlichen und freien Zukunft verholfen hatte. Bars-2-Bars, das war der Name der Galaxis gewesen, aus der sie gekommen war. Heute war das nur noch Bars. Und Tyar hatte mir sein Geschöpf, das künstlich und gleichzeitig echt war, belassen. Ich brauchte eine Lebensgefährtin.

Ihre Haare waren schlohweiß. Sie reichten weit über die Schultern, fast bis zur Hüfte. Jetzt lagen sie zu kleinen Knäueln geringelt zwischen ihr und mir.

Ich wollte ihre Haare berühren, aber das ging nicht. Ich konnte mich nicht bewegen. Eigentlich war das logisch, denn ich schlief ja. Und willentliche Bewegungen waren nun einmal im Schlaf nicht möglich.

Sie war wie ich – eine ideale Lebensgefährtin. Daß sie eine überragende Telepathin war, störte mich nicht. Ich konnte meine Gedanken abschirmen, aber meistens tat ich das nicht. Sie sollte ruhig wissen, was ich dachte.

Aber da war doch etwas gewesen, was ich ihr verheimlicht hatte …

Oder …

»Hast du?« fragte eine weibliche Stimme. Es war nicht Tyari, aber ich wußte auch nicht, wer es war.

Ich wollte eine Frage stellen, aber meine Lippen und Stimmbänder bewegten sich nicht so, wie es der Geist befahl. Das mußte daran liegen, daß ich schlief.

Ich erwartete, daß sich der Extrasinn meldete, denn hier herrschte ganz offensichtlich ein Widerspruch vor. Nichts geschah. Schlief der Extrasinn auch? Kannte er überhaupt so etwas wie Schlaf?

Ich merkte, daß meine Gedanken immer verrückter wurden. Ich war benebelt. Wer hatte denn eben zu mir gesprochen? Ich wußte es nicht. Ich wollte aufwachen – voll und ganz. Es war unmöglich.

»Du hast Tyari den Inhalt von drei Visionen verweigert«, meldete sich wieder die unbekannte weibliche Stimme, »die allein sie betreffen. Chybrain, dein Geschöpf aus Born und dem ARK-SUMMIA-Bewußtsein, hat dir diese Visionen vermittelt. Er hat die Erinnerungen daran auch wieder gelöscht. Ich kenne diese Visionen aber.«

Ich versuchte, einen gezielten Gedanken zu formulieren: *Wer spricht da?*

Das funktionierte, denn die Antwort kam direkt. Sie gab mir aber neue Rätsel auf, und sie riß mich auch nicht aus diesem Zwischenstadium von Traum und Wirklichkeit: »Ich bin die Kombination, der Rest des Zwillings. Ich bin das Doppelfragment aus TR und SA, also TRSA. Frage mich nicht nach dem Rest der Namen, denn ich weiß das nicht. Nur du weißt es.«

Was willst du, TRSA? dachte ich.

»Dich informieren, damit du das tust, was einen fairen Ausgleich deiner Sünden beinhaltet. Der lange Weg der SOL ist kürzer als mein langer Weg. Und ich will, daß mein langer Weg ein Ende findet. Die Alternative dazu besteht allein darin, daß dein Weg ein Ende findet.«

Verrückt! dachte ich.

»Verrückt? Ich zeige dir, was verrückt ist. Ich zeige es dir! Ich hole die verschollene Erinnerung aus Chybrains Vision hervor. Ich spiele darin eine entscheidende Rolle. Du wirst mich vielleicht erkennen, aber nur vielleicht. Ich werde hier aber einen anderen Namen benutzen, den Namen ›Weidenscharf‹. Sei leichtsinnig! Und wisse trotzdem, daß ich Zwei bin, zwei, die Reste von TR und SA. Ich bin besser als ER oder PE oder JA. Du wirst dich wundern, Frevler. Ich werde dich erst bestrafen, damit du dir deiner Greueltaten bewußt wirst. Und dann werde ich dich töten, wenn du nicht...«

Ich war plötzlich hellwach. Und ganz andere Dinge spukten durch meinen Kopf. Meine Gedanken überschlugen sich. Ich war auf Kausnit, auf der Ebene der Flüsterblumen.

Ich und Tyari.

Weidenscharfs Jäger waren hinter uns her. Wir rannten und stolperten keuchend und schwitzend unter der stechenden Sonne durch die endlose Flut der vielfarbigen Blumen. Unter unseren Schritten zerbrachen die Blütenstengel und rissen mit schmatzenden Geräuschen. Blütenstaub wirbelte durch die warme Luft und drang mit betäubendem Duft in unsere Nasen und weit aufgerissenen Münder.

»Atlan, ich verliere langsam alle meine Fähigkeiten«, stieß Tyari abgehackt hervor. »Ich spüre die Ausstrahlung der Jäger nur noch schwach.«

»Das ist der verdammte Blütenstaub«, sagte ich und hob den Arm. Ich zeigte auf den Waldrand und die niedrigen Hügel, die sich am Ende der freien Fläche vor den Horizont schoben. Wir wußten nicht, was hinter den Hügeln lag.

»Sie werden uns einkesseln!«

»Wir können uns wehren«, sagte ich und wischte den Schweiß von meiner Hand, ehe ich wieder Tyaris Finger packte und sie mit mir zog. Wir rannten geradeaus, auf die Hügel zu. Unsere Doppelspur durch die riesige Fläche der exotischen Blüten und Blumen war für jeden Verfolger unübersehbar.

Einige Minuten später, als wir den kühlenden Schatten eines Baumes erreicht hatten, blieb ich stehen und wirbelte herum.

»Ich sehe sie«, keuchte ich und versuchte, meinen Pulsschlag zu kontrollieren. Langsam zog ich die Waffe aus der Schutzhülle und regelte den Energiestrahl ein. »Oder einige von ihnen.«

Es ging um Leben oder Tod für uns beide. Die rothaarige Weidenscharf wollte uns sterben sehen.

Ich setzte die Waffe auf das linke Handgelenk und merkte, daß der Projektorlauf unruhig zitterte. Ich machte ein paar schnelle Schritte und glitt hinter einen borkigen Stamm. Als ich den Strahler mit beiden Händen an einem trockenen Aststück abstützte, sah ich durch die Zieloptik, wie sich zwei Jäger inmitten des Blütenfeldes aufrichteten.

Ich zielte ruhig, dann feuerte ich zweimal. Unsichtbar im gleißenden Sonnenlicht röhrten die Blasterschüsse waagerecht über die Blumen.

Obwohl ich wußte, daß die Jäger uns töten würden, hatte ich auf die Schultern der zwei schlanken Männer in Kampfanzügen gezielt. Die Kleidung stand sofort in Flammen. Ich sah die schmerzerfüllten Gesichter, aber ich hörte die Schreie nicht.

Beide Getroffenen sanken, sich halb überschlagend, zu Boden.

Ich sicherte die Waffe und schob sie zurück.

»Das wird uns einen großen Vorsprung sichern, Liebste«, sagte ich.

Tyari band ihr langes silbernes Haar, das sich während des Rennens gelockert hatte, wieder zu einem Zopf zusammen. Auch sie war gut ausgerüstet. Wir waren kein wehrloses Wild.

Seit Tagen hasteten wir, nur durch wenige Stunden Schlaf unterbrochen, durch die menschenleere Landschaft des Planeten Kausnit. Wir wurden von mindestens zwanzig berufsmäßigen Jägern verfolgt, deren Anführerin die schöne Weidenscharf war, die ich einmal am Anfang der Jagd deutlich gesehen hatte. Mich wunderte, daß die Jäger weder Reittiere noch Maschinen benutzten. Dann hätten wir, wenn überhaupt, keine echte Chance gehabt.

»Ich habe gerade noch den Schmerz der beiden Jäger telepathisch auffangen können«, gab Tyari zu. »Wie viele Tage, sagst du, bis zur Rettung?«

Ich lachte grimmig und wischte den Schweiß von meiner Stirn. Tyari schob mir einen Riegel Konzentratnahrung zwischen die Zähne.

»Ich habe nichts gesagt. Aber irgendwoher weiß ich, daß es drei Tage sind.«

Tyari blickte mich aufmerksam an. Aus ihrem Gesicht sprach derselbe Ernst zu überleben wie aus jeder ihrer Bewegungen.

»Dann sollten wir nicht länger warten. Los! Weiter!«

»Obwohl wir eine deutliche Spur hinterlassen«, antwortete ich. »Das wird sich erst hinter den Hügeln ändern.«

Wir holten ein letztes Mal tief Atem. Wieder drangen der feine Blütenstaub und der betäubende Geruch der ätherischen Öle in unsere Nasen, legten sich auf die Schleimhäute und löschten, wenigstens bei Tyari, einen Teil der geistigen Fähigkeiten aus. Dann rannten wir los. Zuerst viel zu hastig, dann in einer Geschwindigkeit, von der wir hofften, sie länger halten zu können.

Die Hitze nahm zu. Die Konturen der Hügel verschwammen im Glast, der von der Ebene aufstieg. Tyari und ich hasteten durch das Meer aus Blüten und Farben, das uns zu einer anderen Zeit entzückt hätte. Jetzt achteten wir nur darauf, zwischen den Pflanzen richtig aufzutreten. Ein verstauchter Fuß kam einem Todesurteil gleich.

Rätselhaft!

Wir wußten alles, aber wir kannten den Grund nicht. Warum waren wir auf Kausnit? Wer war die schöne Weidenscharf mit dem stechenden Blick? Und warum wollte sie unseren Tod?

Noch hatten wir kein Teil unserer Ausrüstung verloren – wir konnten hoffen zu überleben.

Jetzt führte Tyari. Ich rannte mit angewinkelten Armen hinter ihr her. Wir liefen auf den Einschnitt zwischen zwei Hügeln zu. Noch sah keiner von uns die Verfolger. Vielleicht hatten sie uns längst eingekreist. Tyari hätte es wissen können, aber ihre telepathischen Fähigkeiten waren so gut wie gelähmt.

Zum Einbruch der Dunkelheit erreichten wir die Hügel.

Am Ende unserer Kräfte, stolperten wir den Hang aufwärts. Ich zog meine Waffe, verlor den Halt und schlug schwer zu Boden. Ich landete im dicken Gras und schlug mit dem Hinterkopf gegen eine harte Fläche. Sekundenlang war ich benommen.

Als ich mit einem Stöhnen die Augen aufriß, sah ich in Tyaris Gesicht.

»Atlan!« schrie sie und schüttelte mich heftig an den Schultern. »Du träumst! Was ist los?«

Ich richtete mich auf und blickte mich um. Ich lag in meinem Bett.

»Es ist nichts, mein Engel«, stöhnte ich. »Oder sagt dir der Name Weidenscharf etwas? Nein, er kann dir nichts sagen, denn es war ja ein falscher Name. Und TRSA sagt dir auch nichts?«

Sie fand die passende Antwort: »Ich bereite uns das Frühstück.«

Mit einem Satz war sie aus dem Bett, und ich starrte ihr hinterher.

Wir sprechen uns wieder, Atlan! erklang Weidenscharfs Stimme in meinem Kopf. Ich hätte mich am liebsten unter der Bettdecke verkrochen, wenn da nicht dieser unbändige Wille gewesen wäre, auch dieses Problem zu meistern.

Varnhagher-Ghynnst wartete auf die SOL und mich.

»Varnhagher-Ghynnst«, flüsterte ich. »Ich komme, egal wie lang der Weg der SOL auch ist!«

Weidenscharfs Gekicher verebbte irgendwo in der Ferne.

Siebtes Zwischenspiel

Die SOL erreichte den Rand von VP-515.

Ich war bei Breckcrown Hayes, den Piloten und den Stabsspezialisten in der Hauptzentrale im Mittelteil des sechseinhalb Kilometer langen Hantelschiffs.

Die Mannschaft sondierte die Lage. Die Orter spielten, und die Hyperfunkempfänger jagten durch die Frequenzbänder, während sich die Antennensysteme auf VP-515 richteten. Nach zwei Stunden gründlicher Arbeit faßte der High Sideryt in Anlehnung an ein Sprichwort, das er wohl von seinen Vorfahren kannte, die Lage so zusammen: »Schweigen im Wald!«

Das bedeutete, daß die Kleingalaxis VP-515 wie tot wirkte.

»Wir suchen uns eine Sternenballung«, entschied das Oberhaupt der Solaner, »die dicht genug ist, um mit ihren hyperenergetischen Strahlungen das zu überdecken, was uns an der Nase herumgeführt hat.«

Er warf mir einen auffordernden Blick zu. Ich nickte.

Unser Verhältnis war gut. Breck war der High Sideryt der SOL. Ich hatte niemals daran gedacht, das zu ändern oder mich gar in diese Position zu drängen. Er kannte mein Ziel. Zum Teil war das sein Ziel, denn er wollte den Solanern, seinem terranischen Zwergvölkchen, eine Aufgabe geben.

Ich hatte in den letzten Jahren durch meine Gedanken und Vorhaben den Solanern fast zuviel zugemutet. Es hatte Widerstand gegeben, und der konnte auch jetzt noch aufflammen. Breck richtete sich dennoch nach meiner Meinung.

Der nächste Zielpunkt der SOL war bereits fixiert. Die routinemäßigen Vorbereitungen liefen, die Stimmung in der Hauptzentrale signalisierte Ruhe und Gelassenheit. Keiner erwartete etwas Außergewöhnliches.

Da meldeten die Orter: »Auftauchen eines Objekts in einhundertzwölf Lichtminuten Entfernung. Vermutlich ein Raumschiff, das in den Einsteinraum zurückgekehrt ist. Typ nicht identifizierbar.«

Und die Funkzentrale ergänzte: »Empfang von digitalen, symbolhaften Zeichen im Zwischenfrequenzbereich um einhundertachtzig Mega-KP. Weiterleitung an SENECA, da normale Dekodierung nicht möglich.«

Es dauerte nur zwei Sekunden, bis SENECAS Separatschirm aufleuchtete und sich die Biopositronik meldete: »Der aufgenommene Text lautet: ›LA-6 ruft um Hilfe. LA-6 ist in Not. Wir sind völlig vom Kurs abgekommen. Der Antrieb versagt. Die zwanzig Sterbenden und Rosmere flehen. Rettet uns! Hört ihr uns?‹ Diese Nachricht wiederholt sich mehrmals, bis sie inmitten des digital kodierten Wortes ›Rosmere‹ abbricht. Danach konnten keine Signale mehr aufgenommen werden. Deutung: fremde Raumfahrer in Not.«

»Hoppla!« sagte Breckcrown Hayes. »Die holen wir heraus!«

Seine weiteren Maßnahmen waren ein Zeugnis seiner Routine. Seine Anordnungen kamen schnell und genau. Die SOL beschleunigte, aber bevor sie in eine Linearetappe gehen konnte, hatte die SZ-2-22, die GIRGELTJOFF, im Alarmstart das Generationenschiff verlassen, um ihm voraus auf die havarierten Fremden zuzueilen. Ich nickte Breck nur zu, obwohl mir diese erneute Unterbrechung eigentlich nicht willkommen war. Aber was war wichtiger, Lebewesen in Not oder mein Ziel Varnhagher-Ghynnst?

Es gab nur eine Antwort auf diese stumme Frage.

Bevor wir das Zielgebiet erreicht hatten, kam die Meldung von der GIRGELTJOFF. Deren Besatzung hatte einundzwanzig menschengleiche Lebewesen in höchster Not aus einem Raumschiffswrack geborgen. Zwanzig schlanke männliche Wesen waren besinnungslos oder verwundet. Die Kommandantin, eine Frau namens Rosmere, konnte sich in einer absolut fremdartigen Sprache mit der Besatzung der GIRGELTJOFF verständigen.

Sie hatte zwanzig unheilbar Kranke aus ihrem Volk, das sie die Salapa nannte, an Bord gehabt, um sie zur »Welt der Heilung« zu bringen. Diese Welt, die zur Kleingalaxis VP-515 gehörte, nannte sie Ikardem.

Die Namen sagten mir naturgemäß nichts. Ich maß dieser Bergungsaktion auch keine besondere Bedeutung bei.

Die Geretteten kamen an Bord.

Die zwanzig Kranken entpuppten sich als schwarz gekleidete, schlanke Männer, die absolut menschlich wirkten. Sie wurden ärztlich versorgt.

Rosmere war eine Frau, die mich mit ihren roten Haaren, ihrer Art des bescheidenen und doch bestimmten Auftretens, ihrer überwältigenden Figur und ihrem Charme und ihrer Faszination sofort in ihren Bann zog.

»Mein Ziel«, übersetzten die Translatoren, als sie mit weicher Stimme sprach, »ist es, die zwanzig armen Kreaturen zu retten, die ich an Bord der LA-6 hatte. Und das kann nur auf Ikardem geschehen, wo die Natur noch heil ist. Bitte bringt mich nach Ikardem, auch wenn ich dadurch sterben muß.«

Ich bemerkte die schiefen Blicke, die mir Tyari zuwarf, als ich Rosmere anstarrte, als wollte ich sie mit den Augen verschlingen. Varnhagher-Ghynnst war weit. Der Weg der SOL sollte ruhig lang werden. Der Weg nach Ikardem konnte auch sehr lang werden – oder nicht lang genug.

Vollidiot! bemerkte der Extrasinn.

Die sechste Sprosse

Es war etwas mühsam, aus Rosmeres Angaben die Position des Planeten Ikardem zu ermitteln. Klar war von Anfang nur, daß diese Welt in der Kleingalaxis VP-515 liegen mußte. Rosmeres schrottreife und zurückgelassene LA-6 wäre auch in intaktem Zustand niemals in der Lage gewesen, auch nur einen nennenswerten Bruchteil der Entfernung zur nächsten Großgalaxis zu überwinden.

Rosmere war in diesen Dingen sehr wenig bewandert. Sie war zwar Kommandantin der LA-6 gewesen, aber sie bezeichnete sich als »Ojeoje«, was im Grunde »Krankenschwester« bedeutete. Die eigentliche Führung der LA-6 war nach ihren Angaben von einem Computer durchgeführt worden, der jetzt nicht mehr existierte. Wie es zu dem Unfall an Bord gekommen war, wußte Rosmere nicht.

SENECA ermittelte nach ihren Angaben den vermutlichen Standort Ikardems, während die zwanzig Patienten in den Medozentren der SOL versorgt wurden. Sie litten an einer unbekannten Seuche, die auch den Medizinern der SOL Kopfzerbrechen bereitete. Bei der Untersuchung der Kranken ergab sich ferner, daß sie zwar äußerlich fast vollständig dem menschlichen Bild glichen, ihr Metabolismus, der Aufbau und die Funktion der Organe jedoch ganz anders waren. Die Heilmethoden der Solaner konnten daher nicht angewandt werden.

Rosmere betonte mehrmals, daß die Natur Ikardems allein ihren Patienten Heilung bringen könne. Sie habe entsprechende Erfahrungen darin und sie habe den Planeten schon mehrmals besucht. Über ihre Herkunft und ihr Volk wollte sie allerdings nichts sagen. Auch schien sie sich keine Gedanken darüber zu machen, wie sie wieder in ihre Heimat zurückkehren wollte.

Die Entfernung nach Ikardem schien nur knapp achtzig Lichtjahre zu betragen.

In Übereinstimmung mit Breckcrown Hayes und SENECA startete die SOL wieder einmal. Als Zielpunkt wurde zunächst eine Zone innerhalb der Randsterne von VP-515 programmiert. Ich verfolgte diese Linearetappe persönlich in der Hauptzentrale. Auch Tyari und Rosmere waren anwesend. Die Fremde war wortkarg und eher abweisend, was Tyari gefiel, aber mir nicht.

Ich verließ die Kommandozentrale, und Tyari folgte mir unaufgefordert. Draußen auf dem Hauptgang verharrte ich, denn ich sah ihren fragenden Blick.

»Ich liebe dich, Tyari.« Und das entsprach der Wirklichkeit. »Du hast natürlich bemerkt, daß Rosmere einen großen Einfluß auf mich auszuüben scheint. Ich gebe zu, sie ist faszinierend, aber das kann meine Gefühle für dich nicht irritieren.«

»Du lügst.« Sie lächelte mich freundlich an. »Und du lügst auch wieder nicht. Es geht etwas von dieser Person aus, was auch für mich unbegreiflich ist. Sie ist faszinierend. Aber diese Faszination ist nur äußerlich und künstlich. Ihre Gedanken bleiben mir verschlossen. Ich spüre aber, daß sie ein Ziel verfolgt, das nicht gut ist.«

»Wie kannst du etwas spüren, wenn ihre Gedanken nicht zu dir dringen?«

»Ich kann es dir nicht erklären, Atlan.« Sie umarmte mich. »Ich habe keine Angst um dich. Rosmere irritiert dich mit einer künstlichen Masche. Ich weiß, daß du das erkennen wirst. Leider kann ich dir nicht erklären, worin ihr Kunstgriff besteht. Ich gebe auch zu, daß es mehr Ahnung ist als Telepathie.«

Ihre Worte stimmten mich nachdenklich. Rosmere war hinreißend. Vielleicht zu hinreißend?

»Ich liebe nur dich«, sagte ich. »Und jetzt gehen wir wieder in die Kommandozentrale, ja?«

Sie ließ mich los und nickte.

Die Linearetappe neigte sich ihrem Ende zu, als wir uns wieder zu Breck, den wenigen anwesenden Stabsspezialisten und den Piloten der SOL gesellten. Rosmere hockte stumm in einem Sessel abseits des eigentlichen Geschehens. Sie blickte nicht auf, als Tyari und ich eintraten.

»Ende der Linearetappe«, teilte SENECA mit. »Ich werte die neuen Messungen des SPARTAC-Teleskops aus.«

Auf dem Hauptpanoramaschirm funkelten unzählige Sterne. Ich ergötzte mich an ihrem Anblick und drückte dabei Tyari an mich.

Du lügst, meldete sich der Extrasinn. *Du belügst dich selbst.*

Ich konnte gedanklich nicht antworten, denn SENECA übertönte alles.

»Ikardem kann geortet werden. Die Entfernung beträgt vierundvierzig Lichtjahre. Das Anmessen ferner Galaxien funktioniert – entgegen meinen

Berechnungen – aus dem Inneren von VP-515 noch schlechter als von draußen. Es ist alles falsch, was das Teleskop übermittelt, von den internen Daten, die VP-515 betreffen, einmal abgesehen. Extragalaktisch sind wir hier noch weniger manövrierfähig als zuvor.«

Das war ein Schlag, den auch ich nicht erwartet hatte.

»Ich muß nach Ikardem«, rührte sich Rosmere. »Ich muß zwanzig Leben retten. Kennt ihr keinen Weg?«

»Abwarten«, meinte Hayes nur. »Wir sind noch nicht am Ende unseres Lateins.«

Ich dachte bei mir, wie der Translator das wohl in Rosmeres Sprache übertrug. Der High Sideryt ordnete unterdessen neue Überprüfungen der eigenen Position und der astronomischen Daten an. Ich brauchte mich um diese Routineangelegenheiten nicht zu kümmern, zumal SENECA die Solaner dabei besser unterstützen konnte als ich.

Eine Stunde später stand fest, daß das Hantelschiff im Innenraum von VP-515 nur sehr bedingt manövrierfähig war. Selbst bei kurzen Linearetappen bestand das Risiko einer Kollision mit Sternen. Es ließ sich allerdings nicht feststellen, ob die unbekannten Einflüsse, die ja fast verklungen waren, nur hier so stark vorherrschten oder ob sie generell – also auch außerhalb der Kleingalaxis – wieder Gültigkeit hatten.

Ich machte mir meinen eigenen Reim darauf, aber ich behielt meine Ansicht erst einmal für mich.

Breckcrown Hayes wollte das ermitteln. Es war klar, daß die SOL damit wieder Kurs von Ikardem fort nehmen mußte. Als Rosmere das hörte, fing sie an, zu weinen und zu jammern.

»Die Zeit drängt«, klagte sie. »Wenn ich die Kranken nicht in den nächsten Tagen der Atmosphäre Ikardems aussetzen kann, müssen sie sterben.«

Das war der Moment, an dem ich mich zu Wort meldete.

»Wir haben schon die Erfahrung gemacht«, sagte ich zu Breck, »daß ein einzelnes Raumschiff in großer Entfernung der SOL viel genauere astronomische Ergebnisse erzielt als das SPARTAC-Teleskop. Damit ist es auch besser manövrierfähig. Ich schlage daher vor, ich bringe mit der MJAILAM die Kranken nach Ikardem, während du mit der SOL aus VP-515 verschwindest. Wir machen eine Position aus, an der wir uns wieder treffen, denn ich rechne damit, daß auch der Hyperfunkkontakt wieder abreißt.«

Rosmere warf mir einen dankbaren Blick zu, aber Breck wirkte nachdenklich.

»Diese Trennung auf Zeit behagt mir nicht«, gab er offen zu. »Ich vermute, daß du das Problem, das du siehst, wieder allein lösen willst, weil du dich noch immer aus deinem Alptraum angesprochen fühlst. Was ist, wenn wir uns verlieren?«

»Wir verlieren uns nicht.« Ich lächelte selbstbewußt. »Und was deine Meinung zu meiner Aktion betrifft, so ganz unrecht hast du nicht. Im Vordergrund sehe ich aber den Weg, wie wir den Kranken und Rosmere helfen können.«

»In Ordnung.« Breckcrown Hayes willigte ein. »Laßt die MJAILAM startklar machen. Wer soll dich begleiten?«

»Uster Brick als Pilot. Und Tyari natürlich. Sie kann zu Bjo oder Sternfeuer telepathischen Kontakt halten, wenn alle Stricke reißen. Ansonsten genügt die normale Besatzung.«

»Wenn du nichts dagegen hast«, meinte der Kybernetiker Joscan Hellmut, »dann bin ich auch dabei.«

Ich hatte nichts dagegen.

Die Vorbereitungen benötigten einige Zeit, denn die kranken Salapa mußten umquartiert werden. Der Bordarzt der MJAILAM, Doc Fredersteen, nahm das in seine Hände. SENECA und die MJAILAM-Positronik tauschten alle erforderlichen Daten aus. Der gemeinsame Treffpunkt wurde in einer Entfernung von fünfundachtzig Lichtjahren vom Rand der Kleingalaxis festgelegt.

Die drei Telepathen der SOL wurden von Tyari auf den geistigen Kontakt eingestimmt, der uns helfen sollte, Verbindung zu halten.

Als die MJAILAM dann den Rumpf der SOL verließ, setzte sich auch das mächtige Hantelschiff in entgegengesetzter Richtung in Bewegung.

Die vermutliche Entfernung nach Ikardem wollte ich in vier Linearetappen von je elf Lichtjahren überbrücken. In dieser Zeit würde die SOL ihr Zielgebiet im Leerraum schon erreicht haben. Wenn die Störeinflüsse wirklich von ihr ausgingen, so war sie dann weit genug entfernt, um unsere Messungen nicht mehr zu beeinflussen.

Nach dem ersten Halt erwies sich die Hyperfunkverbindung bereits als leicht gestört. Unsere Entfernung zur SOL betrug zu diesem Zeitpunkt über hundert Lichtjahre. Das SPARTAC-Teleskop vermittelte den Solanern noch immer die gleichen unmöglichen astronomischen Daten, während bei uns ein deutlicher Trend zu den bekannten Werten der galaktischen Konstellationen erkennbar war.

Die Vermessung der Sterne von VP-515 verlief scheinbar problemlos. Scheinbar, weil wir keine Vergleichsmöglichkeiten besaßen und uns nur auf die ersten Messungen stützen konnten.

Nach der zweiten Linearetappe war kein Hyperfunkkontakt mehr möglich. Tyari bekam aber problemlos telepathische Verbindung zu Bjo Breiskoll. Die beiden Telepathen tauschten unsere bisherigen Erkenntnisse über eine Entfernung von zweihundertfünfzig Lichtjahren mit der gleichen Sicherheit aus, als befänden sie sich in einem Raum und würden sich unterhalten.

Das Observatorium der MJAILAM spiegelte nun eine fast exakte Konstellation der fernen Sterneninseln wider. Die Nachricht der SOL hingegen lautete, daß dort alles unverändert war – falsche kosmische Daten und fehlende sichere Navigationsmöglichkeit.

Für Breckcrown Hayes war das eine deutliche Warnung. Ich ließ ihn das über die Gedankenbrücke wissen, denn diese Tatsache legte doch nahe, daß nach wie vor etwas die SOL in Bann hielt.

Nach der dritten Flugetappe erwartete ich natürlich nicht, daß wieder Hyperfunk möglich war. Und so bestätigte es sich auch. Als ich aber Tyaris Kopfschütteln sah, wurde mir unwohl. Sie konnte keine telepathische Verbindung mehr herstellen.

Wir warteten die verabredete Zeit für den Zwischenstopp ab, aber meine Gefährtin empfing auch fortan kein Signal von den Telepathen der SOL. Dieses abrupte Verschwinden der eigentlich als sicher geltenden Verbindung verunsicherte mich. Es konnte alle möglichen Ursachen haben, und diese verhießen eigentlich nichts Gutes für die SOL. Aber an ein Umkehren wenige Lichtjahre vor dem Ziel Ikardem dachte ich auch nicht.

»Wir setzen unseren Flug planmäßig fort«, entschied ich. »Wir können uns später immer noch an den verabredeten Treffpunkt halten.«

Rosmere warf mir einen dankbaren Blick zu. Sie erhob sich und kam an meine Seite.

»Es genügt mir«, erklärte sie leise, »wenn du uns auf Ikardem absetzt. Wenn die Zeit der Heilung verstrichen ist und wir nicht heimkehren, wird mein Volk ein anderes Raumschiff schicken, das uns in die Heimat bringt. Die Zeit der Heilung ist lang, mehrere Wochen nach euren zeitlichen Maßstäben.«

Ich war mit dieser Auskunft zufrieden. Länger als notwendig wollte ich mich mit dieser Hilfsmaßnahme auch nicht aufhalten. Sie hatte ja mit meinem aktuellen Problem und dem der SOL nichts zu tun.

Uster Brick startete die MJAILAM, als die festgelegte Zeit verstrichen war. Da wir uns in einem dicht mit Sternen besiedelten Gebiet befanden, war Vorsicht geboten. Die letzte Etappe sollte verzögert werden. Dazu waren etwa dreißig Minuten erforderlich.

Ich nutzte diese Pause, um mich in meiner Kabine etwas frisch zu machen. Tyari kam wenige Minuten später nach. Ich verließ gerade die Hygienekammer, als sie eintrat.

»Atlan«, sagte sie ernst. »Ich habe ein paar Gedankenfetzen von Rosmere aufnehmen können. Und das beunruhigt mich.«

»Was hat sie gedacht?«

»Sie stand in telepathischem Kontakt mit einem Wesen namens LA-6 und erklärte diesem, es solle seine schmutzigen Finger aus dem Spiel lassen. Jetzt sei sie an der Reihe. Das ist alles. Ihr telepathischer Partner, den ich nicht räumlich lokalisieren konnte, lachte nur über ihre Worte.«

»Hirngespinste«, wehrte ich lachend ab. »LA-6 war der Name von Rosmeres Raumschiff. Sie hatte sicher ein paar Nachwehen zu diesem Verlust.«

»Das sehe ich anders.« Ihre Gesichtszüge waren düster. »Ich kann es nicht beweisen, aber durch Rosmere braut sich etwas zusammen. Ich hatte bei ihren Gedankenfetzen den seltsamen Eindruck, daß sie über zwei Gehirne verfügt.«

»Ich freue mich, daß du eifersüchtig bist. Aber ich kann dich trösten. Es besteht kein Grund, unruhig zu werden. In spätestens vierundzwanzig Stunden haben wir Rosmere und ihre Patienten auf Ikardem abgesetzt. Dann bist du sie los, und wir können in Ruhe zur SOL zurückkehren. Und was die zwei Gehirne betrifft, so mag das auf dich seltsam wirken. Ich kenne noch andere Völker, bei denen es ganz natürlich ist, daß jedes Individuum zwei Gehirne hat.«

»Ich wünschte, ich könnte deinen Optimismus teilen.«

Sie ging ohne ein weiteres Wort, während ich mich ankleidete.

Wenige Minuten später befand ich mich wieder in der Kommandozentrale. Das Gesicht des kleinen und etwas dicklichen Piloten Uster Brick signalisierte Zufriedenheit.

»Noch eine knappe Minute, Atlan«, rief er mir zu. »Dann verlassen wir den Zwischenraum. Die Sonne Ikardems kann dann nur noch wenige Lichtminuten entfernt sein.«

Rosmere saß wieder still in einer Ecke. Ich bemerkte die verstohlenen Blicke, mit denen Tyari sie musterte. Irgendwie amüsierte mich diese Spannung. Und irgendwie gefiel mir die Fremde.

In wenigen Stunden würde alles vorbei sein.

Das dachte ich! Wie sehr ich mich irrte, merkte ich nur Sekunden später.

Die MJAILAM verließ planmäßig die Labilzone. Ich blickte fast gelangweilt auf den Hauptschirm, wo jetzt eine helle Sonne und viele ferne und kleine Lichtpunkte aufleuchten würden, die Sterne von VP-515.

Aber der Panoramaschirm blieb dunkel.

»Wo bleiben die Bilder?« fragte ich.

Uster Brick und seine Helfer betätigten mehrere Schaltungen, aber der Schirm blieb weiterhin dunkel. Auch als sie die Zweitschirme aktivierten, geschah nichts.

»Ortung negativ«, hörte ich aus der nebenan befindlichen Ortungszentrale.

»Was heißt das?« Ich kämpfte gegen eine aufsteigende Unruhe in mir an.

»Das heißt«, erklang es lapidar und doch so vielsagend, »daß wir kein einziges Echo empfangen.«

»Keine Hyper- oder Normalfunksignale«, ergänzte die Funkzentrale diese Hiobsbotschaft.

»Und kein optisches Bild.« Uster Brick starrte mich ratlos an.

»Das ist doch nicht möglich!« platzte ich heraus. »Was meldet der Halbraumspürer?«

»Natürlich nichts«, meinte der Pilot betreten. »Wir befinden uns nicht mehr in der Labilzone. Wir sind im Einsteinraum.«

»Unsinn! Dann müßten wir irgend etwas empfangen oder sehen oder orten.«

Ich erntete Schweigen, bis sich die MJAILAM-Positronik meldete: »Wir sind fraglos planmäßig in den Normalraum zurückgekehrt. Aber der Normalraum ist leer, so weit die Sensoren ihn erfassen können.«

Mir wurde klar, daß etwas ganz und gar Unbegreifliches geschehen war, etwas, das die bisherigen Ereignisse, die schon rätselhaft und verwirrend gewesen waren, bei weitem übertraf.

Wir schleusten zwei robotische Sonden aus, die unabhängig von den Bordsystemen die nähere Umgebung erkunden sollten. Sie gaben ein einwandfreies Echo ab, als sie die MJAILAM verließen. Auch ihre Funkmeldungen liefen völlig störungsfrei ein.

Meine letzte Hoffnung war damit weggeblasen, denn ich hatte noch damit gerechnet, daß wir es vielleicht nur mit einem größeren Defekt in den Bordsystemen zu tun haben könnten.

Die Messungen der Sonden ergaben im übrigen, daß alle physikalischen Daten des uns umgebenden Raumes absolut identisch mit den bekannten Werten waren. Daran änderte sich auch nichts, als die Sonden zurückkehrten und die mitgebrachten Daten nochmals überprüft wurden.

Es sah wirklich so aus, als bestünde nur noch der Leerraum mit der äußerst fein verteilten kosmischen Materie, wohingegen alle Sterne und Planeten verschwunden waren.

Siehst du, erklang eine leise und fremde Stimme spöttisch in meinem Kopf. *Das macht die sechste Sprosse. Das ist das Werk von LA-6.*

Ich glaubte zu phantasieren und reagierte nicht darauf. Der Extrasinn hatte jedenfalls nicht zu mir gesprochen. Er rührte sich auch jetzt nicht, als ich ihn gezielt mit einem Gedanken ansprach.

»Uster!« entschied ich. »Die Daten der letzten Linearetappe liegen noch vor. Wende die MJAILAM! Wir fliegen an unseren Ausgangsort zurück. Hier stinkt etwas ganz gewaltig.«

»Blind?« fragte der Solaner. »Mir ist nicht wohl dabei. Du weißt, Atlan, es kann immer geringfügige Verschiebungen durch kosmische Einflüsse geben. Das Risiko eines solchen Blindflugs ist nicht kalkulierbar.«

»Hat jemand eine bessere Idee?« fauchte ich. Tyari kam an meine Seite und versuchte mich zu beruhigen. Es gelang ihr nicht.

Ich fragte sie, ob sie telepathischen Kontakt zur SOL bekäme, aber erwartungsgemäß schüttelte sie den Kopf.

Achselzuckend bereitete Uster Brick die notwendigen Schritte vor.

»Eine Etappe?« fragte er. »Und die direkt?«

»Ja, zum Teufel«, entgegnete ich.

Der Kreuzer wurde um einhundertachtzig Grad gedreht. Dann starteten wir zu einem regelrechten Blindflug. Technisch war das kein Problem, aber wenn da draußen noch Himmelskörper waren, die sich nur dem Zugriff unserer Sensoren entzogen, dann konnten wir mit diesen kollidieren, bevor der Eintritt in die Labilzone erfolgte.

Es geschah nichts Ungewöhnliches bis zu dem Zeitpunkt, an dem wir den Einsteinraum verließen. Der Halbraumspürer lieferte auch jetzt keine Informationen. Für das Gerät war der Zwischenraum so »leer« wie eh und je.

Während des Linearfluges wurde meine Unruhe immer größer. Ich ahnte immer deutlicher, daß ich in etwas hineingeraten war, was ich nicht mehr in den Griff bekommen würde. Tyari versuchte auch jetzt, besänftigend auf mich einzureden, aber ich hörte ihr gar nicht zu.

Rosmere schien genau verstanden zu haben, was geschehen war. Ihre Augen flackerten traurig, aber sie hielt sich aus den verschiedenen Diskussionen heraus. Nur einmal klagte sie, daß ihre Patienten nun doch sterben müßten.

»Noch eine Minute bis zum Ende der Linearetappe!« rief Uster. Der Schweiß stand dem Piloten auf der Stirn.

Die letzte Minute verstrich mit einer lähmenden Zähigkeit. Mir standen vor Erregung die Tränen in den Augen, während ich den Hauptpanoramaschirm anstarrte und auf das Auftauchen der Sterne hoffte.

Und wieder wurde ich enttäuscht.

Es ließ sich nicht exakt feststellen, ob wir wirklich an den Ausgangsort der letzten Linearetappe zurückgekehrt waren. Die Daten der Systeme wiesen das zwar aus, aber ich glaubte inzwischen gar nichts mehr.

Jedenfalls war hier der Raum so leer wie vor dem Flug. Ich mußte zugeben, daß meine Ratlosigkeit einen Punkt erreicht hatte, den ich nie für möglich gehalten hätte.

»In zwanzig Minuten beginnt eine Krisensitzung«, erklärte ich. Damit gab ich gegenüber der Mannschaft zu, daß ich zumindest im Moment keinen Ausweg sah. Ich konnte das aber nicht ändern.

»Komm!« Ich winkte Tyari zu und steuerte den Ausgang an. Hier kam mir unser Bordmediziner Doc Fredersteen entgegen.

»Zumindest ich habe eine gute Nachricht!« rief er. »Ich kann die Krankheit der Salapa zwar nicht diagnostizieren, aber es ist uns wenigstens gelungen, bei den meisten Patienten den körperlichen Verfall zu stoppen. Mach dir keine großen Hoffnungen, Rosmere. An eine Heilung ist nicht zu denken. Ich kann lediglich den sicheren Tod für eine Weile aufhalten.«

In meiner Situation war das ein schwacher Trost.

Die Vorbereitung der Krisensitzung überließ ich Joscan Hellmut. Ich wollte ein paar Minuten mit Tyari allein sein, um mich mit ihr abzustimmen. Wir sprachen erst miteinander, als wir unsere Privatkabine erreicht hatten.

»Wie war das mit LA-6?« fragte ich sie.

»Warum?« wollte sie wissen.

»Mir war, als hätte ich eine Stimme gehört. Der Sprecher bezeichnete sich als LA-6 und als die sechste Sprosse. Er behauptete, für die augenblicklichen rätselhaften Erscheinungen verantwortlich zu sein.«

»Sechste Sprosse?« echote Tyari. »Nach meiner Zählung wäre die vierte Sprosse an der Reihe.«

»Vielleicht habe ich mich geirrt«, gab ich zu. »Aber wenn ich mich nicht geirrt habe, kann die Reihenfolge der Sprossen auch eine andere als die eines Abzählreims sein.«

Sie wußte darauf nichts zu sagen und wechselte das Thema: »Ich habe Rosmere genau beobachtet und auf jeden Hauch ihrer Gedanken geachtet, der zu mir durchdrang. Sie war wirklich betroffen, als sie miterlebte, daß da draußen nichts war. Sie macht sich auch wirklich Sorgen um die zwanzig kranken Salapa. Und als der Doc sagte, daß er den körperlichen Verfall stoppen konnte, atmete sie sichtlich auf.«

»Ich weiß wirklich nicht, was ich von allem halten soll. Man kann ja nichts mehr glauben oder für wirklich halten.«

»Was sagt dein Extrasinn dazu?«

»Gar nichts.«

»Steht deine letzte Vision im Zusammenhang mit diesen Ereignissen? Du hast mir nichts darüber berichtet.«

»Ich sehe keinen Zusammenhang. Wir waren auf einer Welt namens Kausnit. Nur wir zwei. Wir wurden von sogenannten Jägern verfolgt, die unter dem Kommando einer Frau namens Weidenscharf standen. Das traumartige Erlebnis endete ohne besonderes Ereignis während unserer Flucht durch diese Welt.«

»Ich habe aus Rosmeres Gedanken auch etwas über diesen LA-6 erhascht. Und LA-6 war der Name ihres Raumschiffs. Ist das Zufall? Eigentlich ist das doch absolut unwahrscheinlich.«

»Ich habe mir auch schon den Kopf darüber zerbrochen. Du mußt sie danach fragen, mein Engel. Geh zu ihr! Wenn sie mit dir spricht, kannst du vielleicht mehr von ihren wahren Gedanken aufnehmen, als wenn du nur stumm zuhörst. Ich möchte noch einen Moment allein sein, bis die Krisenkonferenz beginnt.«

Sie drückte mir einen flüchtigen Kuß auf die Wange und ging.

Ich setzte mich in einen Sessel und konzentrierte mich. Irgend etwas mußte ich übersehen haben. Und auch der Extrasinn, der sich in Schweigen hüllte, schien mit diesem Problem zu kämpfen. Neben mir auf dem niedrigen Tisch lagen die drei Sprossen aus Nickel, die sich wie ein Ei dem anderen glichen. Was bedeuteten sie?

Sie stehen als Symbol für irgendwelche Lebewesen, meinte unvermutet mein zweites Bewußtsein. *Aber mehr kann ich nicht sagen. Es ist alles zu verworren. Generell meine ich, daß du dann, wenn du die sechste Sprosse findest, auch wieder die Sterne von VP-515 sehen wirst. Ich halte alles für eine ähnlich gewaltige Manipulation, wie wir sie schon erlebt haben. Ich habe aber keinen Hinweis darauf, wo oder wie du die sechste Sprosse findest. Vielleicht befindet sie sich an Bord von Rosmeres Wrack. Aber wo sich das befindet, ist ja wohl auch nicht ganz klar.*

Damit kapselte sich der Extrasinn wieder ganz ab. Ich war allein.

Und plötzlich brach eine Erkenntnis in mir durch. Ich fand keinen Hinweis darauf, warum dies gerade jetzt geschah. Ich wußte mit einemmal, daß ich die Vision mit Tyari auf Kausnit schon einmal in nahezu der gleichen Form erlebt hatte. Ich wußte auch, daß die Erinnerung daran durch Chybrain gelöscht worden war.

Diese Sache war höllisch parallel zu der Doppelvision um Tickers Tod und der folgenden Wirklichkeit auf dem Planetoiden Phoboskartoffel. Aber was hatte das zu bedeuten?

Ein Lachen klang in mir auf. Es war unwirklich und zugleich ganz nah und ganz fern. Gleichzeitig lähmte mich ein geistiger Druck. Auch das war mir schon bekannt. Ich wehrte mich nicht gegen den Druck, denn im Augenblick schien es mir wichtiger zu sein, neue Informationen der unbekannten Gegner zu erhalten.

Den ersten Teil deines Kampfes mit Tyari auf Kausnit haben dir die Zwillinge TR und SA vermittelt. Das ist dir doch klar. Die Sperre der Erinnerung an die Vision deines Geschöpfes Chybrain habe ich gelöst.

»LA-6?« wollte ich sagen. Aber es wurde nur ein Gedankenstrom daraus, denn auch meine Lippen ließen sich nicht bewegen. *Die sechste Sprosse?*

Du kannst mich auch das LA-Fragment nennen, Atlan. Ich freue mich, daß du herumrätselst und von der Wahrheit noch weit entfernt bist. Das gibt mir das Recht, dich zu bestrafen. Du sitzt in der Falle, die ich aufgebaut habe. Finde einen Ausweg! Oder du wirst hier verschimmeln.

Hier? dachte ich intensiv. Mehr als die Freiheit meiner Gedanken besaß ich im Moment nicht. *Wo?*

Irgendwo in der Zeit. Ja, ich spiele mit der Zeit. Sieben Monate, elf Tage und vierhundertdreiundzwanzig Minuten sind schon verstrichen, seit du die SOL verlassen hast. Für dich und deine Begleiter waren es nur Stunden.

Diese Mitteilung übertraf – wenn sie der Wahrheit entsprach – sogar die bisherigen Ungeheuerlichkeiten. Sie hätte bedeutet, daß wir aus dem normalen Zeitgefüge entfernt worden waren. Vielleicht erklärte sich aber dadurch, daß wir nichts von der normalen kosmischen Umgebung wahrnehmen konnten.

Ich formulierte weitere Gedanken, aber das LA-Fragment meldete sich nicht mehr. Irgendwo in der Ferne verklang sein heiseres Lachen.

Ich wollte aufstehen, aber ich fühlte, wie sich der zähe Schlamm des Sumpfes um meine Stiefel schloß. Lianen und weißliche Fäden aus Schmarotzerpflanzen wischten durch mein Gesicht. Hinter mir keuchte und stöhnte Tyari.

Der Geruch des Blütenstaubs kämpfte gegen den fauligen Gestank des Sumpfurwalds an. Wir waren wieder auf Kausnit.

Die Vision! durchzuckte es mich. Ich versuchte, ihr zu entfliehen, aber der halbe Traum dauerte an, der Traum, der mich zu verwunden versuchte wie ein Pfeil aus dem Dunkel der Ungewißheit.

Weit hinter uns hörte ich die Jäger, die sich mit exotisch klingenden Rufen verständigten. Waren da nicht auch Laute auf interkosmo?

»Schneller!« wimmerte Tyari auf.

Jeder Schritt bedeutete riesigen Kräfteverschleiß. Ich drehte mich um, packte ihren Unterarm und zog sie mit.

Wir wateten bis zu den Knien durch eine Sumpffläche. Dann gelangten wir auf einen schmalen Wildwechsel. Binnen weniger Schritte hatten die gierigen Rankengräser und die langen Haare der giftgelben Moospolster Stiefel und Hosen wieder gesäubert. Die Enden der Pflanzen stürzten sich auf alles, was in ihre Nähe kam. Eine Wasserflasche und ein Kompaß-Kombigerät waren im Sumpf versunken, ebenso mein Vibromesser. Eine Schlange hatte es mir aus der Hand gerissen und davongewirbelt.

»Warum hetzen sie uns, Atlan?« klagte Tyari, als wir den Rand einer langgezogenen Lichtung erreichten. Der Pfad führte hinaus ins helle Sonnenlicht, mitten durch die mannshohen Gräser und auf das Gewirr aus gestürzten Baumriesen zu.

»Weil sie unseren Tod wollen«, erwiderte ich. Meine Lungen brannten. Wir rannten, so schnell wir es noch vermochten, quer durch die Lichtung.

»Halt! Wir legen einen Hinterhalt«, brummte ich. »Noch sind es mindestens fünfzehn Jäger.«

»Wenn nicht der eine oder andere im Sumpf steckengeblieben ist«, erklärte sie.

»Dort hinüber!« rief ich, als wir den jenseitigen Rand der Lichtung erreicht hatten. »Dann haben wir sie von zwei Seiten.«

»Wann?« fragte Tyari nur und zog sich auf einen Stamm hinauf, dessen Rinde unter ihrem Griff pulverisiert wurde. Fingergroße Insekten rannten nach allen Richtungen davon.

»Wenn sie in der Mitte der Lichtung sind.«

»Sie ... oder wir.«

»Denke daran, wenn du feuerst«, ermahnte ich sie und packte eine Liane. Ich schwang mich mit ihrer Hilfe in eine raschelnde Krone aus trockenen Blättern, die mitten zwischen den faulenden Bäumen lag.

Dann warteten wir wieder.

Die ganze Szene fror plötzlich ein. Nichts bewegte sich mehr. Es war, als ob ein Film in einer Szene angehalten worden wäre. Selbst Tyari, die ich deutlich erkennen konnte, atmete nicht mehr.

Wie gefällt dir das, Atlan? hörte ich das LA-Fragment ganz in meiner Nähe. *Erinnerst du dich, daß Chybrain dir auch diese Vision schon einmal vermittelt hat? Sicher, jetzt erinnerst du dich.*

So war es in der Tat. Der Druck war verschwunden. Ich konnte aus dem Sessel aufstehen. Alles war wieder fast normal. Ich warf einen Blick auf die Uhr. Während dieses visionären Scheinerlebnisses waren keine zwei Minuten in der Wirklichkeit verstrichen.

Ich beherrsche ein wenig die Zeit, erklärte das LA-Fragment überheblich. *Früher, als ich noch meinen ganzen Namen besaß, konnte ich es besser. Aber die gebliebenen Fähigkeiten reichen aus, um dich zu bestrafen. Du weißt, wie die Geschichte sich fortsetzte?*

Ich wußte es ziemlich genau, aber nicht vollständig. Die Erinnerung an etwas, das ich noch gar nicht wirklich erlebt hatte, war wieder da. Ich merkte aber bald, daß diese Erinnerung doch sehr trügerisch war ...

Wir kämpften einen Teil der Jäger nieder. Dann kam das helle Summen. Es wurde schärfer und näherte sich schnell.

Ich grübelte noch darüber nach, wieso einige der Jäger Interkosmo gesprochen hatten. Und ich grübelte über dieser Frage auch jetzt in der Wirklichkeit.

Der flache Gleiter kam von links über die Lichtung. In ihm stand eine Frau mit langen, im Fahrtwind flatternden Haaren. Ich konnte ihr Gesicht nicht aus der gestörten Erinnerung in mein Vorstellungsvermögen holen, aber ihr Name fiel mir wieder ein – Weidenscharf.

Das LA-Fragment lachte an dieser Stelle.

Meine Erinnerung war doch noch sehr lückenhaft. Ich vermeinte jedenfalls, daß sich Weidenscharf nach einem kurzen Kampf wieder von uns entfernte.

Es gibt noch einen dritten Teil dieser Vision, ließ mich der Unsichtbare wissen. *Die Erinnerung daran schlummert in dir. Vielleicht wirst du ihn in der Wirklichkeit erleben. Aber dazu müßtest du in den Besitz der sechsten Sprosse gelangen. Und das schaffst du nicht!*

»Du bist diese Weidenscharf!« schrie ich, einer plötzlichen Eingebung folgend. »Zeige dich!«

Nein! Wieder lachte das LA-Fragment. *Ich bin nicht Weidenscharf. Und ich werde mich dir nicht zeigen.*

Dann war der Spuk vorbei. Ich wartete noch ein paar Minuten, dann verließ ich meine Kabine. Im Konferenzraum warteten Tyari, Joscan Hellmut, Uster Brick, der Doc und ein paar solanische Wissenschaftler auf mich. Sie würden über das, was ich ihnen nun zu berichten hatte, nur noch mehr staunen.

Ich mußte jetzt aber offen sein.

Was würde der angekündigte dritte Teil dieses Erlebnisses bringen? Ich fand keine Antwort auf diese Frage. Ich gab mir gegenüber zu, daß ich Angst hatte.

Joscan Hellmut übernahm auf meinen Wink hin die Gesprächsleitung der Krisensitzung. Der erfahrene Kybernetiker spürte, daß ich innerlich aufgewühlt war. Seine Besonnenheit und seine Erfahrung waren jetzt wichtiger als meine, denn ich war nicht ganz Herr meiner Sinne. Zu übel war mir mitgespielt worden. Ich brauchte Zeit, um zu mir zu finden. Joscan würde mir dabei helfen.

»Bestandsaufnahme«, erklärte er nach den einleitenden Worten. »Nur neue Informationen helfen uns aus dieser verfahrenen Situation.«

Auch Tyari hatte gemerkt, daß ich noch etwas Ruhe brauchte. Sie ergriff das Wort. In ihrer Schilderung stand das Problem um LA-6 im Mittelpunkt. Die Fremde wartete abrufbereit im Vorraum des Konferenzsaals.

Tyari schloß ihre Aussage mit den Worten: »Ich habe mit Rosmere gesprochen. Dabei habe ich ein paar ihrer Gedanken aufnehmen können. Sie kann sich die Namensgleichheit von LA-6 hie und LA-6 da nicht erklären. Sie weiß das wirklich nicht. Ich sage das, obwohl ich Atlan gegenüber noch vor wenigen Stunden etwas anderes behauptet habe. Rosmere ist harmlos. Ich habe entweder etwas Falsches gehört, oder ich habe mir in meiner vielleicht verständlichen Eifersucht um Atlan etwas eingebildet.«

Ich war dankbar für ihre Worte, denn sie halfen mir sehr. Ich wollte jetzt über meine jüngsten Erlebnisse, so unwirklich sie auch klingen mochten, berichten. Aber ich kam noch nicht dazu.

Auch die MJAILAM-Positronik nahm an dieser Besprechung teil. Sie war SENECA unterlegen, aber immer noch ein Hochleistungsinstrument, in dem die Erfahrung von mehreren Jahrhunderten Kybernetik und Positronik verankert war.

»Ich bin sozusagen listenmäßig vorgegangen«, erklärte die Biopositronik. »Wie Tyari, so ist auch mir aufgefallen, daß nach drei Sprossen plötzlich von einer sechsten die Rede ist. Ich muß mich fragen: Wo sind die fehlenden zwei, die Nummern vier und fünf?«

Ich faßte kurz zusammen, was seit dem Start der SOL aus meiner Sicht geschehen war, aber ich sprach noch nicht über das jüngste Erlebnis, das erst wenige Minuten alt war. Daraufhin fuhr die MJAILAM-Positronik fort: »Meine Liste umfaßt nun JA, PE, ER, das Doppel aus TR und SA sowie LA. Und dann war da noch von WO, TA und KA die Rede. Das sind neun an der Zahl. Atlan erwähnte aber zehn mögliche Sprossen. Ich finde keine Erklärung.«

»Der, der die Erklärung finden muß«, sagte ich, »bin ich. So habe ich diese Wesen verstanden. Nun hört euch an, was ich just erlebt habe, nachdem Tyari mich in unserer Kabine allein ließ.«

Ich berichtete wahrheitsgetreu von der merkwürdigen Begegnung mit dem LA-Fragment und der Erinnerung an Chybrains übermittelte Vision, die ich unvollständig nachvollziehen mußte. Tyari starrte mich mit großen Augen an, als ob sie mir kein Wort glauben würde.

Den kurzen Gedankenaustausch mit dem Extrasinn erwähnte ich nicht. Es war ja eigentlich nur eine einseitige Information gewesen. Auch jetzt meldete sich das durch die ARK SUMMIA aktivierte zweite Bewußtsein nicht.

Der Hinweis des LA-Fragments, daß es »ein wenig die Zeit beherrschen würde«, löste teils Beklemmung, teils heftige Diskussionen aus. Als Joscan Hellmut merkte, daß die Diskussionen in nutzloses wissenschaftliches Gerede abzugleiten drohten, griff er ein.

»Wir müssen handeln«, verlangte er entschieden. »Über Zeitprobleme theoretisch zu diskutieren bringt uns nicht von der Stelle. Abgesehen davon kann ich da nicht mitreden. Die Kernfrage ist: Was sollen wir in unserem Dilemma denn tun?«

Betretene Stille kehrte ein.

»Ich brauche das LA-Fragment«, sagte ich klar, aber leise. »Die Hinweise sind schwach. Ich meine die Hinweise auf den Ort, an dem es sich aufhält. Aber ich sehe einen zumindest theoretischen Weg. Ich nehme an, daß es kein Zufall ist, daß das Raumschiff der Salapa LA-6 hieß und dieses unsichtbare Wesen auch. Es muß da eine Verbindung geben. Wo sonst könnte ich also die sechste Sprosse finden als in Rosmeres Wrack?«

Es dauerte eine Weile, bis die anderen verstanden, was ich meinte.

»Selbst wenn das stimmen sollte«, maulte Uster Brick, »wer weiß, wo das LA-6-Wrack jetzt ist? Wir wissen ja nicht einmal, wo wir selbst sind.«

»Diese Wesen«, versuchte ich meine Theorie zu verdeutlichen, »die die Sprossen liefern und sie auf eine unbegreifliche Art vielleicht sogar selbst sind, handeln hart. Sie sind aber auch fair. Sie haben mir immer eine Chance eingeräumt. Manchmal hatte ich sogar den Eindruck, daß sie mich nur lenkten und lockten, damit ich etwas Gutes für sie tat. Aber da kann ich mich irren. Sie haben mir versteckte Hinweise gegeben, damit ich erkenne, was sie sind und was sie wollen. Das ist mir bis jetzt noch nicht gelungen. Ich habe aber inzwischen vermocht, aus den kleinen Hinweisen etwas zu lesen.«

»Du sprichst in Rätseln«, begehrte Tyari auf.

»Im geistigen Kontakt mit dem LA-Fragment, mit LA-6 – oder mit der sechsten Sprosse –, erklärte dieses Wesen, es könne in gewissen Grenzen die Zeiten manipulieren. Bis jetzt hat mich noch keiner dieser Gegenspieler gezielt belogen, um einen Vorteil zu erzielen. Im Gegenteil – ich traf auf Neugier. Ich nehme daher an, daß mich das LA-Fragment auch nicht belogen hat, als es erwähnte, daß sieben Monate, elf Tage und vierhundertdreiundzwanzig Minuten verstrichen seien, seit ich die SOL verlassen habe.«

»Das ist doch total verrückt!« Der Widerspruch kam von Doc Fredersteen und Uster Brick gleichzeitig. Die sieben solanischen Wissenschaftler hakten sofort ein und unterstützten diese Aussage.

»Verrückt?« Ich gewann meine Ruhe allmählich wieder. »Verrückt ist, was wir von draußen sehen und empfangen – nämlich nichts! Das zeigt, daß das LA-Fragment mächtig ist. Es zeigt aber auch, daß es mich lenken oder locken will. Ich soll es finden, so, wie ich JA, PE und ER gefunden habe.«

Die Widersprüche prasselten auf mich nieder.

»Es ist ein technisches Problem«, fuhr ich ungerührt fort. »Wir haben in unserer MJAILAM-Positronik die Daten aller Flugetappen der letzten Zeit. Sie hat auch die Ortungswerte gespeichert, die SENECA über den Flug des LA-6-Wracks gesammelt hat. Ich weiß vom LA-Fragment, wieviel Zeit verstrichen ist, Zeit, in der sich das LA-6-Wrack am Rand von VP-515 im freien Fall weiterbewegt hat. Es muß doch möglich sein, daraus die MJAILAM genau an jenen Ort zu bringen – in einer Art Rückwärtsverfolgung unter Berücksichtigung des veränderten Zeitablaufs –, an dem sich das LA-6-Wrack jetzt befindet. Dorthin müssen wir! Nur dort kann ich das LA-Fragment treffen und seine Sprosse bekommen.«

Aus den Gesichtern meiner Gesprächspartner konnte ich unschwer erkennen, daß sie mich nicht verstanden hatten. Selbst die MJAILAM-Positronik rührte sich nicht mit einer Frage.

Ich erklärte noch einmal mit anderen Worten, was mir vorschwebte. Wenn alles stimmte, was ich wußte, dann mußte ich das LA-Fragment aufspüren. Wo es war, wußte ich nicht. Da war nur diese Namensgleichheit mit Rosmeres Krankenschiff.

Die MJAILAM-Positronik verstand mich zuerst.

»Die verlangten Daten sind vorhanden, Atlan«, erklärte die Biopositronik. »Was du beabsichtigst, habe ich verstanden. Meine Kapazität ist groß, aber ich kann die Unwägbarkeiten deiner Vorstellungen nicht genügend sicher einkalkulieren, um dieses Vorhaben zu realisieren. Mir fehlen die spontanen Inputs, eben das rein Menschliche.«

»Ich werde versuchen, dir das zu geben«, antwortete ich impulsiv. »Aber ich verstehe nicht, wo dein Problem liegt.«

»Das habe ich mir gedacht«, teilte die Biopositronik mit.

Eine heftige Diskussion brandete auf. Sie wurde durch einen scharfen Zwischenruf unterbrochen. Der kam von Joscan Hellmut.

»Ruhe! Ich habe Atlans Plan verstanden. Ich verstehe auch die Unsicherheiten, die die MJAILAM-Positronik aufgrund ihrer biopositronischen Struktur entwickeln muß. Da ich keinen Ausweg aus unserer Situation weiß, also nichts, was besser wäre als Atlans Idee, das LA-Fragment zu finden, um dadurch in eine greifbare Realität zurückzukehren, erkläre ich mich bereit, gemeinsam mit der MJAILAM-Positronik einen Ablaufplan zu entwickeln, der uns per Linearetappen in die Nähe des LA-6-Wracks bringt. Einen Erfolg garantiere ich nicht, aber einen Versuch ist die Sache doch wert. Die Biopositronik braucht einen solanischen oder menschlichen Partner. Ich biete mich an, so, wie ich es früher bei SENECA oft genug getan habe.«

Ich fühlte mich nach den Worten des Kybernetikers erleichtert. Es war ein Segen, daß er sich freiwillig als Teilnehmer an dieser scheinbar harmlosen Hilfsaktion gemeldet hatte.

Die anderen schwiegen.

Nur die MJAILAM-Positronik meldete sich. Sie sagte ganz einfach: »Danke. Du bist mir willkommen, Joscan.«

Der Solaner erwiderte nichts. Er wartete ab, bis Tyari und ich uns erhoben und den Raum verließen. Dann standen auch die anderen auf. Ich warf Joscan einen Blick zu, der unsere langjährige Verbundenheit beweisen sollte. Er erwiderte ihn nicht, denn er war bereits mit dem eigentlichen Problem so intensiv befaßt, daß er für seine Umgebung keine Aufmerksamkeit mehr hatte.

Ich verließ mich auf ihn. Es gab Dinge, die er besser konnte als ich.

Tyari, Uster und ich spielten in der Hauptzentrale anschließend drei

Stunden ein völlig sinnloses Würfelspiel, um uns die Zeit zu vertreiben. Rosmere ließ sich nicht blicken. Sie weilte mit Doc Fredersteen bei ihren Kranken. Draußen war alles unverändert. Da war nichts. Ob meine Theorie stimmte, daß der andere Zeitablauf, den das LA-Fragment verursacht hatte, auch die Ursache für die fehlenden Signale aus der kosmischen Umwelt war, erfuhr ich nicht. Die Solaner diskutierten heiß. Ich war froh, daß sich daraus keine Stimmung gegen mich entwickelte, denn das hätte mir jetzt noch gefehlt.

Dann kam Joscan Hellmut in die Zentrale. Er fluchte vor sich hin. Tyari zwinkerte mir zu. Das bedeutete, daß sie die Gedanken des Kybernetikers längst erfaßt hatte. Es bedeutete auch, daß ich etwas zuversichtlicher sein konnte.

»Wenn ich noch einmal geboren werde«, sagte Joscan Hellmut, »dann werde ich Bordkoch oder Roboter. Diese MJAILAM-Positronik hat mich geschafft.«

Er ließ sich in einen Sessel fallen.

»Und jetzt?« fragte ich.

Der Kybernetiker deutete mit ausgestrecktem Arm auf Uster Brick.

»Du läßt die Finger von deiner Steuerorgel?«

Der kleine, dickliche Pilot sah sich hilfesuchend um. Dann nickte er.

Im gleichen Moment war das leise Singen aus dem Rumpf der MJAILAM zu hören. Der Kreuzer beschleunigte.

»Wir haben alle Daten.« Joscan Hellmut wurde etwas redseliger. »Ich habe einen Menschlichkeitsfaktor eingebaut, der ganz falsch oder halb richtig sein kann. Die MJAILAM-Positronik hat ihn erst nach langem Zögern und nach einem Eingriff in die U-22-Einheit akzeptiert. Der Flug zurück ist kein Risiko. Er ist Wahnsinn. Wir müssen durch Bereiche von VP-515 hindurch, und die Sterne dieser Kleingalaxis wurden nur zu einem geringen Bruchteil vermessen und registriert. Und die Unsicherheiten durch die Verfälschungen von irgendwoher kommen hinzu. Es war nicht möglich, alle Unwägbarkeiten ins Kalkül zu ziehen. Insbesondere ist nichts bekannt, was die Bewegungen der Sterne von VP-515 betrifft. Nach der einzigen Bestandsaufnahme, die unvollständig war, sind inzwischen acht Monate, zwölf Tage und einundsiebzig Minuten verstrichen.«

Die MJAILAM beschleunigte, gesteuert von ihrer Positronik. Uster Brick starrte irritiert auf seine Würfel. Ich auch.

In diesem Moment, in dem ich Joscan Hellmuts müdes Gesicht studierte, erkannte ich, daß ich ein Nichts war – ohne Hilfe derer, die an meiner Seite standen.

Wenn das stimmte, was ich von dem Wesen LA oder seinem Fragment empfangen hatte, dann waren wir jetzt schon Monate von der SOL getrennt.

Was würde Breckcrown Hayes in dieser Zeit veranlaßt haben? War er überhaupt noch in der Reichweite unserer Hyperfunksender, die in einer falschen Zeit und unter völlig fremden Voraussetzungen arbeiteten – wenn sie jemals wieder in die gewohnte Normalität zurückfinden würden?

Die MJAILAM-Positronik lenkte nach Joscan Hellmuts und ihren Vorstellungen diesen Flug. Das Würfelspiel war längst vergessen. Ich studierte die Symbole über Usters Pilotensitz, der verwaist war.

Es folgten sieben Linearetappen. Und nach jedem Eintauchen in die Zwischenzone, in der die MJAILAM sich mit Überlichtgeschwindigkeit bewegte, wurde Joscan Hellmuts Miene lockerer.

»Noch eine!« Der Solaner hatte seinen Kopf in den Händen vergraben. Die MJAILAM-Positronik führte das durch, was er mit ihr ausgeheckt hatte. Mit Joscans Miene wuchs auch meine Zuversicht.

Tyari verließ die Hauptzentrale.

»Ich sehe mal nach Doc und Rosmere.« Sie lächelte. »Ohne Eifersucht«, fügte sie hinzu.

Nicht schlecht, hörte ich eine Stimme. Es gab keinen Zweifel. Das war LA. Oder sein Fragment. *Du näherst dich, aber du wirst mich nicht finden.*

Ich konnte nichts denken, denn mein Extrasinn meldete sich vehement: *Du bist auf der richtigen Spur. Bleib dran!*

Die MJAILAM fiel in den Normalraum zurück. Joscans Miene signalisierte, daß wir jetzt an dem Ort sein mußten, an dem sich das LA-6-Wrack befand.

»Plus-minus eine Lichtsekunde«, sagte der Kybernetiker lächelnd. »Wir sind am Ziel. Ohne Kollision.«

Die Ortungszentrale übermittelte ihre Ergebnisse. Sie ließen sich mit einem Satz zusammenfassen: Da draußen war nichts. Gar nichts!

Geh! signalisierte der Extrasinn.

»Sind die Lightning-Jets klar?« fragte ich. Damit waren die beiden Ein-Mann-Jäger der MJAILAM gemeint.

»Sind klar«, hörte ich von der MJAILAM-Positronik.

»Ich fliege allein«, entschied ich schnell. »Ich möchte auch nicht, daß Tyari etwas erfährt.«

»Was hast du vor?« Joscan Hellmut wirkte gelöst, aber doch sehr nachdenklich. Er hielt mich energisch fest.

»Ich habe dir freie Hand gelassen und dir vertraut«, sagte ich. »Ich verlange keine Gegenleistung. Vielleicht tu' ich etwas, das nicht in deine Vorstellungen paßt. Ich muß es aber tun – allein.«

»Viel Glück!«

Ich eilte zum Hangar der Lightning-Jets.

Unterwegs erreichte mich Tyaris Nachricht. Trotz Doc Fredersteens Behandlung waren zwei Salapa gestorben. Und weitere neun standen auf der Liste der Sterbenden. Die positive Botschaft unseres Docs hatte sich als halber Irrtum herausgestellt.

Oder nicht, erwähnte der Extrasinn völlig unsinnig an dieser Stelle.

Ich maß dieser Bemerkung keine Bedeutung bei.

Dann hockte ich im Sessel der Lightning-Jet und schloß meine Kampfkombination. Das Hangartor war offen. Ich startete behutsam und beschleunigte dann voll. Eine Lichtsekunde, wenn ich Joscan glauben durfte, das waren 300.000 Kilometer – oder etwa die Entfernung von Terra, der Erde, nach Luna, dem Mond.

Ich umrundete die MJAILAM in einem Radius von 24.000 Kilometern. Ihr Reflex war deutlich auf dem Orterschirm zu sehen.

Meine Überlegung beruhte auf der Erfahrung, die ich auf der SOL gemacht hatte, als ich diese mit der MJAILAM verlassen hatte. In zunehmender Entfernung hatten sich da die astronomischen Daten auf normale Werte stabilisiert. So ähnlich konnte es auch hier der Fall sein.

Das Ortungsecho der MJAILAM blieb stabil, als ich die Entfernung zu ihr vergrößerte. Als diese 180.000 Kilometer betrug, gab der Orter ein akustisches Zeichen. Ein neues Echo war aufgetaucht!

Das Wrack Rosmeres?

Es war da! Von der MJAILAM aus hatten wir es nicht orten können, obwohl die Distanz lächerlich gering war. Ich hatte diese verrückten Gegenspieler richtig verstanden. Sie hatten die MJAILAM in den Mittelpunkt einer Konfusion gerückt – wie zuvor die SOL.

Ich steuerte die Jet auf das Echo zu und schloß den Helm meines Raumanzugs. Dann legte ich alle Waffen ab, die an der Ausrüstung hingen. Ich wollte nicht kämpfen. Ich wollte überzeugen.

Neben dem Wrack hielt ich an und stieg aus. Während des kurzen Fluges hinüber zu dem Trümmerhaufen versuchte ich, die MJAILAM per Funk anzurufen. Ich bekam keinen Kontakt.

Das Wrack der LA-6 sah erbärmlich aus. Ich drang durch eine der vielen Öffnungen in es ein. Licht flackerte auf. Eine Gestalt bewegte sich darin. Sie besaß einen schmalen Hals. Mehr konnte ich nicht sehen. Ich sah nur diesen erbärmlichen Hals.

»Ich bin das LA-Fragment!« Die Stimme klang über die Außenmikrofone meines Raumanzugs an meine Ohren. »Ich habe dich getrieben. Du hast Freunde, die dir helfen. Ich habe keine Freunde. Ich bin der Rest von LA. Du hast JA, PE und ER befreit. Ich habe die Zeit manipuliert, so, wie ich es früher getan habe. Dafür wurde ich damals bestraft. Nun habe ich dich bestraft. Den Rest besorgen die anderen, die Zwillinge TRSA. Oder WO oder KA oder TA. Oder der, der keinen Namen mehr hat. Kannst du mir einen Gefallen tun? Du mußt es tun. Töte mich so, wie du es schon getan hast.«

Ich hatte oft genug in meinem Leben getötet, und jedesmal hatte ich einen bitteren Geschmack auf der Zunge gehabt. Dieser Geschmack war jetzt wieder da.

»Wer bist du?« fragte ich laut.

»Töte mich! Töte mich endgültig! Du, Atlan, hast meine Ruhestätte, in der ich vergewaltigt worden bin, geraubt. Ich kann von dir verlangen, daß du mich dafür tötest. «

»Ich bringe nichts und niemanden vorsätzlich um.«

»Dann muß ich dich töten«, erklang es.

»Tu es!« Ich sagte das ganz ruhig. »Ich töte dich nicht, LA. Ich bin ohne jede Waffe zu dir gekommen. Ich will nicht töten. Ich will überzeugen.«

Der schmale Hals verbreiterte sich. Er erzeugte zwei feste Arme mit breiten Händen. Diese griffen nach mir, aber sie erreichten mich nicht. Sie stoppten in der heftigen Bewegung.

»Du mußt mich doch hassen«, stöhnte das LA-Fragment. »Ich habe dir geschadet. Ich habe dir fast ein Jahr deines Lebens geraubt.«

»Ich kenne dich nicht«, entgegnete ich. »Und ich hasse dich nicht. Du mußt ein schweres Schicksal hinter dir haben, denn deine Sinne sind verwirrt.«

Die beiden Arme des seltsamen Wesens zuckten hilflos vor und zurück. Ich ergriff eine Hand und hielt sie fest.

»Du reichst mir die Hand? Ich habe nie an so etwas geglaubt«, hörte ich. »Das LA-Fragment, das du gefunden hast, ist frei und tot. Du hast mich ohne Gewalt an den Punkt gebracht, an dem ich vergessen kann, daß du meine Heimat gestohlen und die halben Seelen vergessen hast. Du brauchst mich nicht noch einmal zu töten, denn Töten ist falsch. Ich habe mit der Zeitmanipulation erst ein Reich aufgebaut, dabei getötet und danach noch mehr getötet. Jetzt kann ich vergehen, denn ich habe dich wirklich gesehen und gespürt. Ich habe unrecht getan, nicht du. Erkenne mich und die anderen!«

Ich verstand nichts, aber ich merkte mir jedes Wort.

Eine reale Gestalt formte sich aus dem LA-Fragment. Sie war erst klein und dann groß. Sie spiegelte die Zukunft in Farben und Bewegungen wider. Und die Vergangenheit. Sie flammte hellrot und fahlgrün auf – die Farben der Jenseitsmaterie. Sie krümmte sich, und ich sah ein unmenschliches Gesicht, das lächelte.

Dann schrumpfte das Wesen in sich zusammen. Teile des vergehenden Körpers purzelten zu Boden und lösten sich auf.

Es blieb nichts davon übrig als ein längliches Stück Nickel.

Es war die sechste Sprosse.

Achtes Zwischenspiel

Ich hatte die Nickelsprosse noch nicht ganz in einer Außentasche verstaut, da sprach mein Funkgerät an. Joscan Hellmut rief nach mir. Daß der Kontakt jetzt wieder klappte, war ein erstes Zeichen für die Normalisierung der Verhältnisse.

»Hier Atlan«, antwortete ich. »Bei mir ist alles in Ordnung. Ich bin in wenigen Minuten wieder bei euch.«

»Ausgezeichnet.« Das war Tyari. »Wir sehen auch die Sterne von VP-515 und die fernen Galaxien wieder. Und die Ortungszentrale hat das Wrack der LA-6 auf dem Schirm. Noch sondieren wir die Lage.«

Ich bestätigte und machte mich auf den Weg zurück.

Als ich das Wrack verließ und die Sterne sah, atmete ich auf. Es war unvorstellbar, daß ein kleines Wesen wie dieses LA-Fragment das alles bewerkstelligt haben sollte. Aber eine andere Erklärung gab es nicht.

Die Lightning-Jet wartete auf mich.

Zehn Minuten später betrat ich die Hauptzentrale der MJAILAM. Die Gesichter verrieten nicht nur Freude. Auch Rosmere war anwesend.

»Wie es aussieht, hat sich alles normalisiert«, berichtete Joscan Hellmut. »Aber wir scheinen tatsächlich den größeren zeitlichen Sprung durchgeführt zu haben, den wir den Berechnungen beim Flug hierher zugrunde gelegt haben. Und wir bekommen keinen Kontakt zur SOL.«

»Auch keinen telepathischen«, ergänzte Tyari.

»Der Zeitsprung könnte etwa ein Jahr betragen«, sagte ich. Dann erzählte ich, was ich erlebt hatte.

»Verrückt«, meinte Tyari nur. »Ich habe dieses Wesen in der Stunde seines Todes kurz gespürt. Es war glücklich. Die Gedanken waren ungenau, aber es *wollte etwas lassen*.«

»Wie bitte?« fragte ich. »Meinst du unterlassen? Oder wie soll ich das verstehen?«

»Ich verstehe es ja selbst nicht«, gab sie offen zu. »Es war irgend etwas mit lassen, und darüber war es sehr froh. Dann verwehten die Gedanken wie bei einem glücklichen Sterbenden.«

Rosmere drängte uns, jetzt endlich Ikardem anzufliegen. Dabei erfuhr ich von Doc Fredersteen, daß zwei weitere Salapa inzwischen verstorben waren.

Das Auffinden der SOL erschien mir zwar sehr wichtig, aber da wohl feststand, daß ein Standardjahr uns zeitlich trennte, konnte das zu einem schwierigen Unterfangen werden. Außerdem spielten nun ein paar Tage mehr oder weniger keine Rolle.

Auch Tyari und Joscan stimmten daher Rosmeres Begehren zu. Die MJAILAM wurde startklar gemacht. Das Ziel hieß Ikardem.

Bevor die erste Linearetappe begann, meldete sich die MJAILAM-Positronik.

»Aus den bisherigen Zeitangaben, die Atlan geliefert hat, sowie aus der Konstellation bekannter angemessener Galaxien geht hervor, daß dreihundertneunundfünfzig Tage vergangen sind, die uns wie ein Tag erschienen. Ich korrigiere die Bordchronometer.«

Die Leuchtziffern sprangen um und zeigten nun den 2. Oktober des Jahres 3809.

Wir starteten.

Und ich wartete auf neue böse Überraschungen.

Die zehnte Sprosse

Zunächst verlief unser Flug planmäßig. Wir führten zwei Linearetappen durch, die uns ins Innere der Kleingalaxis VP-515 brachten. Bei jedem Wiederauftauchen im Normalraum war ein deutliches Aufatmen aller Anwesenden in der Kommandozentrale zu vernehmen. Der Schock der jüngsten Ereignisse, die in Wirklichkeit fast ein Jahr gedauert hatten, steckte allen noch in den Gliedern. Die Furcht, daß sich solches wiederholen könnte, war noch vorhanden.

Nur Rosmere hielt sich aus allem heraus. Sie hockte still in einer Ecke und trug ihre Trauer über den Tod der Salapa mit sich.

Auch jetzt versuchten wir noch bei jedem Zwischenstopp Hyperfunkkontakt zur SOL zu bekommen. Aber nichts rührte sich. Ich gab die Hoffnung dennoch nicht auf, denn wir hatten ja einen Treffpunkt ausgemacht. Den anzufliegen und den Tod weiterer Salapa hinzunehmen, konnte ich nicht mit meinem Gewissen vereinbaren. Wir mußten erst nach Ikardem.

Auch alle Versuche Tyaris, mit den Telepathen der SOL in Verbindung zu treten, scheiterten weiterhin.

Tyari hatte sich mit Rosmere fast etwas angefreundet. Sie unterhielten sich zumindest. Die Fremde reagierte allerdings völlig verständnislos, als das Thema auf den Zeitsprung kam, den wir durchgeführt hatten. Sie verstand diese Geschichte offensichtlich nicht.

Während der dritten Linearetappe in Richtung Ikardem löste ich Uster Brick als Piloten ab. Es ging nicht nur darum, daß der Solaner eine Pause brauchte. Oder darum, daß er mit der Trennung von seinem Zwillingsbruder Vorlan nicht ganz problemlos leben konnte. Ich brauchte eine Abwechslung.

Auch Joscan Hellmut ruhte. Ich hatte gar keine rechte Gelegenheit gefunden, ihm für seine großartige Arbeit zu danken. Ohne seine phänomenalen Fähigkeiten und ohne sein tiefes Verständnis für die MJAILAM-Positronik hätte ich niemals das LA-Fragment gefunden.

Doc Fredersteen kam während der dritten Linearetappe in die Zentrale. Er hatte seine medizinische Betreuung verbessern können. Er war sich jetzt sicher, daß die übrigen Salapa überleben würden, wenn wir Ikardem in den nächsten achtundvierzig Stunden erreichten.

Die angekratzte Stimmung besserte sich dadurch etwas. Die MJAILAM-Positronik bemerkte dazu, daß der Tod der Salapa vielleicht auch deswegen so schnell eingetreten sein könnte, weil sie den veränderten Zeitablauf nicht vertragen hätten. Das Problem schien jetzt zur Gänze beseitigt. Die Hoffnung, daß die übrigen Patienten Rosmeres überleben würden, war berechtigt.

Ich schwenkte den Pilotensessel herum und lächelte Tyari zu. In wenigen Minuten würden wir wieder den Linearraum verlassen. Dann trennten uns nur noch wenige Lichtjahre vom Ziel.

So dachte ich, als Tyari mein Lächeln beantwortete. Ihre Gesichtszüge waren entspannt. Ihr Mißtrauen Rosmere gegenüber hatte sich gelegt. Und auch ich dachte nicht mehr so über diese fremde Frau, wie ich es einmal getan hatte.

Ich empfand es als störend, daß sich just in diesen ruhigen Minuten der Extrasinn mit peinigenden Gedanken meldete: *Ich habe die Lösung des Rätsels der Fragmente noch nicht. Aber lange wird das auch nicht mehr dauern. Du jedenfalls bist mehr als Millionen Lichtjahre davon entfernt, denn dieser Gegner lähmt deinen Verstand. Und meinen auch. Aber ich setze mich durch. Ich brauche nur etwas Zeit. Du wirst sehr bald größere Probleme bekommen.*

Ich erwiderte auch gedanklich nichts. Probleme hatte ich genug. Und die Worte des Extrasinns trugen nicht dazu bei, sie zu vermindern.

Die Signallampen blinkten auf dem Armaturenpult auf. Die Linearetappe neigte sich dem Ende zu. Ich informierte die Funkzentrale und Tyari, denn ich wollte auch diesen kurzen Aufenthalt im Normalraum dazu nutzen, Kontakt zur SOL zu bekommen.

Auf dem Hauptschirm flammten die Sterne von VP-515 auf. Alles wirkte normal. Die MJAILAM-Positronik sammelte die Daten der technischen Systeme und faßte die ausgewerteten Ergebnisse so zusammen: »Zielposition erreicht. Keine Besonderheiten.«

Wer weiß, bemerkte der Extrasinn unfreundlich, *wo die SOL sich nach einem Jahr befindet. Du hast doch gehört, daß ihr ein langer Weg bevorstand und noch bevorsteht.*

»Ihr oder mir?« fauchte ich leise zurück. Tyari verstand, daß ich mit meinem zweiten Bewußtsein sprach. Eine Antwort bekam ich nicht. Der

Extrasinn schien wirklich unter einer Depression oder Beeinflussung zu leiden.

Als die Vergleichsdaten des Observatoriums und der Fernortung vorlagen – und diese wiesen keine extremen Abweichungen von den erwarteten Werten auf –, bereitete ich die nächste Linearetappe mit der MJAILAM-Positronik vor. Sie sollte uns in die Nähe von Ikardem bringen, also in jene Zone, in der uns der unbegreifliche Einfluß des vergangenen LA-Fragments überrascht hatte.

Dort kommst du nie hin!

Der Satz stand plötzlich in meinem Kopf. Ich spürte, daß er weder aus mir selbst heraus entstanden war noch eine Mitteilung des Extrasinns darstellte. Er lebte in mir.

Eine Beeinflussung?

»Hör in mich hinein!« forderte ich Tyari auf. »Ich öffne meine Gedanken, so gut das nur möglich ist.«

»Du hörst eine fremde Stimme«, sagte sie. »Ich höre sie auch. Sie gehört TA. Du kennst TA, denkt er. Er will dich verunsichern und schwächen. Er denkt, er war einmal dein Freund.«

Das klang alles zu verwirrend.

»Du kannst das besser erfassen als ich«, gab ich zu. »Was ist da in meinem Kopf? Der Extrasinn hat sich wieder abgekapselt.«

»Eine Zahl.« Tyari hatte die Augen geschlossen. Ihre Hände lagen auf meinen Schultern. Der körperliche Kontakt potenzierte ihre telepathischen Fähigkeiten. »Die Zahl ist eine Zehn. TA-10. Ein Fragment. Es ist nicht hier, aber in der Nähe. Es verändert seinen falschen und mißbrauchten Körper. Das TA-Fragment will dich täuschen. Es will dich töten. Es denkt, daß es das Gegenteil in seinem Aussehen darstellen will, das Gegenteil von dem, wie du es einmal gekannt hast.«

Ich verstand noch immer nichts.

Daran hast du dich doch gewöhnt, erklang leise der Extrasinn. *Und ich habe mich auch damit abgefunden. Aber ich finde die Lösung.*

Das ARK-SUMMIA-Bewußtsein signalisierte damit zumindest, daß es auch das gedankliche Geschehen verfolgte. Ratschläge oder Hinweise kamen von ihm aber nicht. Und die hätte ich eigentlich gebraucht.

»Jetzt ist das TA-Fragment weg«, sagte Tyari. »Es ist nicht mehr bei dir. Aber es ist irgendwo in der Nähe.«

Ich reagierte instinktiv mit meinem ureigenen Bewußtsein.

»Alarm!« rief ich. »Schutzschirme auf hundert Prozent!«

»Alarm!« quäkte nur Sekunden später die MJAILAM-Positronik. »Fremdes Raumschiff. Entfernung nur dreitausend Kilometer. Es materialisierte ohne hyperenergetische Begleiterscheinungen.«

Keine Sekunde später hatte ich ein mehrfaches Bild der Ortungszentrale auf den Schirmen. Masse, Bewegung und Energie des fremden Raumschiffs wurden in Zahlenwerten und optischen Darstellungen abgebildet.

Das Raumschiff hatte die Form eines Würfels. Alle Seiten waren völlig eben und glatt, außer einer, die einen stumpfen Trichter nach außen stülpte. Das mußte das Antriebssystem sein.

Die Entfernung zu dem Objekt verringerte sich schnell. Das Raumschiff hielt auf uns zu.

Die MJAILAM-Positronik lieferte weitere Daten. Die Kantenlänge des Würfelschiffs betrug exakt dreihundertachtundvierzig Meter. (Die Zahl kam mir irgendwie bekannt vor.) Die Ecken waren leicht abgerundet.

Der Alarm hatte Joscan Hellmut und Uster Brick aus der Ruhe gerissen. Beide stürmten gemeinsam in die Zentrale. Ich räumte den Platz des Piloten, denn ich wußte, daß der Solaner an diesem Ort der bessere Mann war.

»Kaffee!« schrie Uster. »Extra stark!«

Ein Dienstroboter kam seinem Begehren sofort nach.

»Kontakt herstellen«, wies ich die Funkzentrale an. »Und macht es nett und freundlich; auch wenn ich den Verdacht, habe, daß sich an Bord dieses Würfelschiffs die zehnte Nickelsprosse befindet.«

Ich erntete erstaunte Blicke, insbesondere von Joscan. Aber auch die anderen Solaner in der Kommandozentrale hatten die Worte nicht gehört, die Tyari und ich gewechselt hatten. Und die Gedanken dazu hätten sie gar nicht aufnehmen können.

Meine Blicke ruhten auf dem Hauptschirm. Das fremde Schiff war in der normaloptischen Darstellung bereits als kleiner Lichtpunkt zu erkennen. Es reflektierte mit seinen blanken Metallwänden das Licht eines nahen Sternes. Daneben war es auf dem Bild der Ortungszentrale in allen Einzelheiten zu erkennen.

TA-10 hat gesagt, daß er eine ganz andere Gestalt annimmt, erinnerte mich der Extrasinn. Ich hatte für solche Gedankenspielereien in diesem Augenblick kein Verständnis.

Der Hauptschirm war für Sekunden in ein grelles Weiß getaucht. Dann blendete die Automatik das grelle Licht aus. Die MJAILAM wurde so heftig geschüttelt, daß die Andruckneutralisatoren die Stöße nicht ganz ausgleichen konnten. Das Aufheulen der Kraftwerke, die die Energien für die Defensivschirme lieferten, drang bis in die Hauptzentrale durch.

Wir wurden beschossen! Und das nicht gerade mit harmlosen Waffen!

»Keine Antwort auf unsere Anrufe«, plärrte es aus der Funkzentrale.

»Es gibt doch eine Antwort.« Tyari stand neben mir. »Sie ist schwach, aber ich kann immer wieder Teile von TA empfangen. Er ist dieses Raumschiff mit all seinen achtundachtzig Insassen. Er ist das alles. Er war immer ein

Raumschiff, und er will dich töten, weil du ihm seine zweite Heimat geraubt hast.«

»Das ist totaler Blödsinn«, stöhnte ich. Aber die Parallelen zu den Aussagen der anderen Fragmentwesen, denen ich bereits begegnet war, waren deutlich.

»Mag sein.« Meine Gefährtin blieb gelassen. »Aber das ist das, was ich an Gedanken auffasse.«

Uster hatte längst ein Ausweichmanöver geflogen. Der Beschuß aus den unbekannten Waffen des Würfelschiffs dauerte aber unvermindert an. Die Warnlampen der Schutzschirmüberwachung flackerten schon bedenklich.

Joscan Hellmut kam zu uns.

»Sollten wir uns nicht ein bißchen wehren?« fragte er. Das klang aber mehr wie eine Aufforderung.

»Gleich«, vertröstete ich den Kybernetiker. »Tyari empfängt Gedanken von TA, und diese sind auf Dauer vielleicht wichtiger als ein Erfolg im Kampf. Ich will endlich wissen, gegen wen wir kämpfen.«

Uster Brick bewies sein ganzes Können. Während er die MJAILAM in die wildesten Flugmanöver steuerte, leerte er zwischendurch die dritte Tasse Kaffee. Seine Gesichtszüge, die anfangs müde und abgespannt gewesen waren, glätteten sich dabei schnell.

Das Würfelschiff feuerte bei jeder Gelegenheit, aber es traf nicht mehr richtig. Die Streifschüsse konnten unserem aufgeblähten Mehrfachschirm nichts mehr anhaben.

Er lockt dich zur Gegenwehr, folgerte der Extrasinn.

»Er fleht um deine Gegenwehr«, sagte Tyari fast gleichzeitig. »Das empfange ich als vagen Gedankenstrom aus dem ganzen Würfelschiff.«

»Waffenzentrale?« fragte ich.

»Feuerbereit«, hörte ich.

Gleichzeitig brüllte Uster Brick den eifrigen Roboter an: »Ich will keinen Kaffee mehr. Ich will mich wehren!«

Er drehte seine Augen in meine Richtung. Ich sah das zornige Funkeln unter seinen Lidern, mit dem er mir seinen Ärger über mein zögerliches Verhalten mitteilte.

Wer oder was war das TA-Fragment? Das fragte ich mich.

Tyari schwieg. Sie vernahm nichts mehr.

Und dann erinnerte ich mich an die alten Zeiten, an die Zeiten des arkonidischen Imperiums.

»Feuer frei!« hörte ich mich sagen.

Endlich! erklang es in meinem Kopf. *Aber damit kriegst du mich nicht! Du weißt nicht, wer ich bin, obwohl ich deinem fotografischen Gedächtnis einen klaren Fingerzeig gegeben habe!*

Die Transformgeschütze der MJAILAM hämmerten ihre geballte Energie in den Raum. Am Zielort flammte ein bläulicher Energieschirm auf, der das Würfelschiff einschloß und schützte.

Der Gegner bewies nun auch sein navigatorisches Geschick. Er flog ein Ausweichmanöver just in dem Moment, in dem die Solaner die zweite Salve losjagten. Die Energien verpufften wirkungslos, denn das Würfelschiff war nicht mehr an der Stelle, an der es erwartet worden war.

Der Kampf spitzte sich zu.

Ich dachte an die verwirrenden Worte des LA-Fragments. Da war es mir gelungen, mit Taten und Worten, aber ohne Waffen zu überzeugen. Jetzt war das unmöglich. Dieser Gegner gab mir eine solche Chance nicht. Er zwang uns den Kampf auf.

Und doch schien es mir so, daß es eine Verwandtschaft zwischen LA und TA gab. Sie mußten doch beide auf meine gleichen Reaktionen reagieren. Jetzt war es zu spät. Der Kampf dauerte an.

Idiot! quäkte der Extrasinn dazwischen.

Sollte ich immer und immer wieder etwas durch Kämpfe erreichen? Siegen? Wären das wirklich Siege? War die Begegnung mit dem LA-Fragment nicht viel schöner gewesen? Auch wenn es mir ein Jahr meines bewußten Lebens geraubt hatte. Mir und einer Handvoll Solaner.

Ich verfolgte den Kampf zwischen dem Würfelschiff und der MJAILAM genau. Meine Gedanken gingen dennoch ihre eigenen Wege. Es war längst klar, daß wir diese Auseinandersetzung der Hochenergiewaffen nicht verlieren würden. Aber was hatte der Verlierer davon? Ich mußte mich das einfach fragen, auch wenn der Extrasinn mich mit quälenden Erinnerungen an mein hartes Herz der Vergangenheit marterte.

»Ich möchte eine Multifrequenzschaltung auf mein Mikro«, verlangte ich.

»Ist da«, kam es Sekunden später.

»TA!« rief ich, und die Sender der MJAILAM trugen meine Worte hinaus. »Ich weiß noch nicht, wer du bist. Ich habe deine Brüder JA, PE, ER und LA überzeugen können. Oder – vielleicht klingt das richtiger – ich habe das getan, was ihnen zu ihrem Ziel verhalf. Von diesen Ereignissen war nur eins schön, das mit dem LA-Fragment. Alles andere war Kampf. Und damit Krampf. Ich will auch dich überzeugen.«

Ich bekam sofort eine Antwort. Sie kam auf mehreren Funkkanälen, rein telepathisch in meinem Kopf und aus Tyaris Worten: »Ich kämpfe! Ich bin nicht JA oder PE oder ER oder die schlafenden Zwillinge TR und SA. Und ich bin schon gar nicht der Träumer PA. PA mag für dich wie ein Vater klingen, aber er ist weder dein Vater noch mein Vater. Er wartet auf dich, aber du wirst ihn nicht erreichen. Ich töte dich, denn du hast dich an mir versündigt.«

Der Tenor dieser Worte weckte Erinnerungen an die anderen Sprossen – oder an die Fragmente, denen die Sprossen entsprungen waren.

Eine neue Salve hyperenergetischer Energien traf die MJAILAM.

Uster tauchte das Schiff in den Rücken des TA-Fragments ab. Er wendete dort so ruckartig, daß die Andruckabsorber aufheulten und dennoch die Beschleunigungskräfte nicht absorbieren konnten. Tyari und ich, die wir ohne Halt in der Kommandozentrale standen, wurden zur Seite geschleudert.

Das Dröhnen der Geschütze peitschte in meine Ohren. Uster hatte den wunden Punkt des Würfelschiffs erkannt und die Geschütztürme in eine günstige Position gebracht.

Die geballten Energien der MJAILAM krachten auf die Seite des TA-Schiffes, an der der trichterförmige Antrieb zu erkennen war. Der bläuliche Schutzschirm zerbrach. Glühende Trümmer flogen durch das All. Riesige Fetzen wurden abgesprengt.

»Feuer stopp!« brüllte ich.

»Jetzt haben wir ihn doch!« Joscan Hellmut war hochrot im Gesicht. »Da müssen wir ihm den Todesstoß versetzen.«

»Ihm?« Ich registrierte, daß meine Anweisung befolgt wurde. »Weißt du, gegen wen wir kämpfen? Weißt du, warum wir es tun? Kennst du ihn? Du hast mir auf eine phantastische Weise geholfen, LA zu finden. Aber das gibt dir nicht das Recht, jemandem den Todesstoß zu versetzen.«

Joscan Hellmut schwieg betreten.

Das Würfelschiff feuerte nicht mehr. Es fiel auf das nahe Sonnensystem zu, und das glich einer Flucht.

»Nichts machen! Keine Flugbewegung, Uster!« verlangte ich.

Mir wurde immer klarer, daß ich nicht gegen Feinde kämpfte, auch wenn sich die Gegner brutal verhielten. All diese Wesen mußten ein Problem haben, das vielleicht ganz persönlich war. Es verleitete sie zu diesen sinnlos erscheinenden Taten, die etwas Selbstmörderisches an sich hatten.

Dann folgten wir dem Wrack des TA-Raumschiffs in größerer Entfernung. Auf meine Funkanrufe erfolgte kein Echo. Kurz vor Erreichen der Atmosphäre eines Planeten platzte der Würfel auseinander. Unzählige kleine Würfel mit einer Kartenlänge von exakt zehn Metern setzten den Flug zum rettenden Boden fort.

Zehn! sagte der Extrasinn. *TA weiß offensichtlich, was zehn Meter sind.*

Ich ließ die kleinen Würfel landen. Rosmere bat mich, den Flug nach Ikardem fortzusetzen, aber ich verweigerte ihr dieses Verlangen.

Jetzt wollte ich wissen, was es mit TA auf sich hatte.

Du willst die zehnte Sprosse, spöttelte der Extrasinn. Ich dachte, daß er mit dieser Bemerkung nur sein eigenes Unvermögen übertünchen wollte. *Aber es fehlen dir ein paar Sprossen aus der Mitte deiner Lebensleiter.*

»Wir gehen in einen Orbit um diesen Planeten«, entschied ich. »Dann fliege ich mit der MJAI-B nach unten. Ich gehe diesem TA auf den Grund. Außer Tyari nehme ich noch zwei Mann mit.«

»Ich bleibe an Bord«, sagte Tyari zu meiner Verwunderung. »Rosmere braucht meine Nähe. Sie hat bereits vier ihrer Patienten verloren. Das macht sie seelisch krank. Wenn ich ihr nicht beistehe, zerbricht sie.«

»Ich komme mit«, meldeten sich Uster Brick und Joscan Hellmut gleichzeitig.

»Ihr nicht!« Ich lachte. »Die MJAILAM braucht euch. Und außerdem seid ihr müde.«

Dann mußt du wohl allein gehen, spottete der Extrasinn.

»Ich bin an deiner Seite.« Rosmere war aufgestanden.

Mich verblüffte diese Reaktion noch mehr, denn ich hatte sie mit keinem Gedankenfetzen erwartet. Ausgerechnet Rosmere!

»Du hilfst mir«, sagte sie. »Ich helfe dir.«

Tyaris Augen flackerten wild.

»Danke.« Ich lächelte Rosmere an und verdrängte meine Gefühle für sie. »Ich helfe dir. Ich will aber nichts dafür haben. Ich suche Takorb allein auf.«

»Takorb?« fragte Tyari.

»Takorb.« Ich tappte zwar noch im dunkeln, aber ich wußte, was ich wollte und was ich tun mußte. »Ich habe diesen Planeten so genannt. Gefällt dir der Name? TA und Korb!«

Sie sagte nichts.

Als ich in der Space-Jet MJAI-B saß und den Rumpf der MJAILAM verließ, fühlte ich mich sehr einsam.

Irgend jemand hätte jetzt an meiner Seite sein müssen.

Ich wischte diese Gedanken weg, denn ich mußte mich nun ganz auf meine Aufgabe konzentrieren.

Die meisten Planeten des Alls waren öd und leer. Takorb war es auch. Die unzähligen Würfel aus dem TA-Raumer hatte ich aus der Ortung verloren. Sie mußten längst auf Takorb gelandet sein.

Der Funkkontakt zur MJAILAM war stabil. Ich hatte nur keine Lust, etwas zu sagen. In Abstimmung mit Joscan Hellmut schalteten wir unsere Geräte auf »Autotrans«. Das bedeutete, daß jeder Sender alle dreißig Sekunden einen Impuls abgab. Die Gegenstelle, die MJAILAM oder ich (nicht die MJAI-B, die einen eigenen Kanal hatte), würde erst dann mit einem Alarmsignal reagieren, wenn der zeitlich festgelegte Impuls nicht eintraf.

Damit hatte ich meine Ruhe.

Ich suchte Takorb im Tiefflug mehrere Stunden ab. Das Ortungssystem der MJAI-B nahm alles auf, was da kreuchte und fleuchte. Etwas Lebendes oder Würfel mit der Kantenlänge von zehn Metern fand es nicht.

Auch Tyari meldete sich nicht über Funk. Das wurmte mich.

Endlich gab der Orter ein Zeichen. Das Echo kam von der nördlichen Halbkugel, die zum Teil mit dickem Eis bedeckt war. Ich wendete die Space-Jet und jagte auf diese Stelle zu. Die Schutzschirme waren zur Hälfte aktiviert. Bei Gefahr würden sie sich automatisch auf volle Last hochschalten.

Die Eisregion tauchte unter mir auf. Das Echo des Orters wurde deutlicher. Die ersten Umrisse eines metallischen Körpers, der langgestreckt unter der Eisdecke verborgen war, kristallisierten sich heraus. Das Objekt war über dreihundert Meter lang und hatte die Form eines Ellipsoids. War das TA?

Ich umkreiste die Stelle und wartete auf eine Reaktion.

»Vorsicht, Atlan!« erklang Tyaris Stimme aus der Funkanlage. »Ich empfange wieder ein paar Gedankenfetzen. Das TA-Fragment bereitet eine Falle vor. Du solltest es rücksichtslos unter Feuer nehmen, denn es will dich wirklich töten. Es kennt keine Nachsicht.«

Ich quittierte den Empfang, aber sonst sagte ich nichts.

Unter mir zerbrach das Eis.

Etwas Dunkles schoß in die Höhe und verbreitete sich zu einem kilometerhohen Pilz. Ich lenkte die MJAI-B zur Seite, aber es war zu spät.

Die Kappe des Pilzes breitete sich mit rasender Geschwindigkeit aus und senkte sich wieder nach unten. In wenigen Sekunden würde ich eingeschlossen sein. Ich sah die schwarze Wand von oben auf mich zurasen.

Ohne zu überlegen, drückte ich auf die Feuerknöpfe. Die Energien prallten an der schwarzen Wand wirkungslos ab.

Dann schlug die metallene Dunkelheit auf mich herab. Die Schutzschirmaggregate heulten auf. Die Jet wurde in die Tiefe gedrückt. Dunkelheit breitete sich aus.

Im gleichen Moment gab die Funkanlage Alarm. Der Kontakt zur MJAI-LAM war abgerissen. Ich war von meinen Freunden abgeschnitten.

Die Stimme des TA-Fragments brandete laut auf: »Jetzt habe ich dich.«

Und plötzlich war das fremde Wesen gegenwärtig. Es entstand im Kommandostand der MJAI-B als verschwommene Gestalt. Erst allmählich schälten sich klare Umrisse heraus.

Eine bizarre Figur aus unzähligen Würfeln stand vor mir. Die einzelnen Flächen schillerten in allen denkbaren Farben. Insgesamt war die Körperform der eines klobigen terranischen Roboters nicht unähnlich.

Mit knirschenden Geräuschen kam das TA-Fragment näher.

»Nenne mir meinen vollständigen Namen, Atlan!« forderte es.

»Ich kenne ihn nicht«, gab ich zu.

»Du mußt ihn kennen! Du mußt mich kennen! Wenn du es nicht kannst, muß ich einen anderen Weg der Erlösung wählen. Und das wäre gleichbedeutend mit deinem Tod.«

Ich schüttelte irritiert den Kopf. »Ich weiß ganz sicher, daß ich einem Wesen wie dir noch nie begegnet bin.«

Die würfelförmigen Körperteile purzelten wild durcheinander und bauten sich neu auf. Nun glich das TA-Fragment einem übergroßen Schwan.

»Auch dies ist nicht meine wirkliche Gestalt«, erklang es fast traurig. »Ich kenne sie nicht. Ich kenne meinen vollen Namen nicht, und ich weiß auch nicht genau, wie ich ausgesehen habe, als wir uns in der Vergangenheit begegneten. Vielleicht war ich so ähnlich wie jetzt.«

»Wann und wo sind wir uns begegnet?« fragte ich.

»Auch das weiß ich nicht. Ich bin nicht mehr stabil. Der Dimensionspilz, den ich mit letzter Kraft errichtet habe, erhält meinen Fragmentkörper noch. Ich will ein würdiges Ende!«

Ein roter Würfel am Kopfende des Schwanenähnlichen verformte sich zu einem schweren Blaster.

»Stirb!« schrie das TA-Fragment.

Ich wollte meine Waffen hochreißen, aber ich kam nicht mehr dazu.

Bevor mein Gegner einen Feuerstoß auslösen konnte, erfolgte eine gewaltige Erschütterung. Die uns draußen umgebende Dunkelheit platzte auf. Energiebahnen jagten von irgendwoher heran und zerfetzten das unwirkliche Gebilde. Dazu erklang ein Dröhnen, als würde jemand mit einem überdimensionalen Schmiedehammer auf den Planeten trommeln.

»Nein!« schrie das Fragmentwesen. »Verschwinde!«

Seine Waffe fiel zu Boden. Die einzelnen Würfel des Körpers folgten in einem bunten Reigen, in dem die Farben der Jenseitsmaterie nun dominierten, während sich draußen der dunkle Schirm unter den Feuerstößen und den gewaltigen Schlägen immer mehr auflöste.

Die Körperteile des Fragments begannen zu schrumpfen. Einige lösten sich vollständig auf.

Das Jammern verklang. In den letzten Tönen, die ich hörte, schwangen Freude und Euphorie mit. Dann hatte der Spuk ein Ende. Es existierte nichts mehr von dem seltsamen Körper.

Fast nichts mehr!

An der Stelle, an der das seltsame Wesen vergangen war, lag ein unterarmlanges Stück Nickel.

»Die zehnte Sprosse«, sagte ich und hob das Ding nachdenklich auf.

Die neunte Sprosse

Ich blickte durch die Kanzel nach draußen. Die MJAI-B lag auf der Eisfläche. Der dunkle Schirm, den das TA-Fragment als Dimensionspilz bezeichnet hatte, war verschwunden.

Unweit meines unfreiwilligen Landeplatzes stand eine gut hundert Meter große Gestalt mit einer geballten Faust und einer überdimensionalen Waffe auf dem Planeten. Sie war mit einem dicken und weißen Fell bekleidet. Rötliche Augen funkelten herab.

Ich versuchte Funkkontakt zur MJAILAM zu bekommen, aber nichts rührte sich.

Dann wollte ich die MJAI-B starten.

Die mächtige Gestalt kam nun schnell näher. Sie setzte einen Fuß auf die Jet. Der Defensivschirm, der noch voll aktiviert war, schien für dieses Wesen nicht zu existieren. Das Material der Außenwände begann zu knirschen.

Zweifellos war es diese Gestalt gewesen, die mich vor dem Tod durch das TA-Fragment bewahrt hatte. Freundlich gesinnt schien diese riesige Pelzgestalt mir aber auch nicht zu sein.

Ich gab den Startversuch wieder auf. Der dicke Fuß verschwand seitlich aus meinem Blickfeld, aber die rötlichen Augen funkelten weiter auf mich herab.

Plötzlich ruckte der mächtige Schädel zur Seite. Ein Röhren drang aus dem breiten Maul. Ich konnte es bis ins Innere der Space-Jet hören.

Der Arm mit der Waffe zuckte hoch und spie Feuer in den Himmel.

Ich warf einen Blick auf den Orterschirm und dann einen nach draußen. Die MJAILAM jagte heran. Sie war das Ziel des Beschusses. Meine Freunde hielten es offensichtlich für angebracht, mir zu helfen. So unrecht hatten sie damit auch nicht. Unklar war mir nur, warum ich keinen Funkkontakt zu ihnen bekam.

Das ist nicht schwer zu erraten, meldete sich der Extrasinn. *Das umgekommene TA-Fragment scheint diesen bepelzten Burschen doch gekannt zu haben, denn es forderte ihn auf zu verschwinden. Also ist das Pelzwesen eine weitere Sprosse. Sie will dich. Daher unterbindet es mit seinen unbegreiflichen Fähigkeiten jeden Kontakt zu denen, die dich unterstützen könnten. Und jetzt versucht es sogar, die MJAILAM ganz auszuschalten.*

Draußen entbrannte ein Kampf. Die MJAILAM setzte nur schwache Waffen ein, vermutlich die Lähmstrahler und die Paralysatoren. Eine Wirkung auf das riesige Wesen erzielten meine Freunde damit nicht. Sie lenkten es aber von mir ab.

Ich wartete einen günstigen Moment ab und führte dann mit der MJAI-B einen Blitzstart durch. Die Jet jagte in die Höhe. Der Bepelzte versuchte mit der blanken Hand meinen Flug aufzuhalten, aber ich wich mit einem geschickten Manöver aus. Das zornige Grollen des Wesens war auch jetzt wieder zu hören. Es jagte mir ein paar Schüsse hinterher, aber die konnten mir nichts schaden.

Auch die MJAILAM setzte sich ab.

Ich wähnte mich schon in Sicherheit, als erneut etwas Unbegreifliches geschah. Das Pelzwesen verformte sich zu einer Kugel von gut hundert Metern Durchmesser. Es war nun etwas größer als die MJAILAM. Und es hob ab und schoß in die Höhe.

Die Funkverbindung war noch immer vollkommen blockiert, aber ich konnte mich auch ohne sie auf Uster Brick verlassen. Der Kreuzer jagte heran. Das Hangartor war bereits geöffnet. Ich lenkte die MJAI-B darauf zu.

Kurz bevor ich es erreichte, war die fremde Kugel heran. Sie blähte sich zu einem tulpenförmigen Hohlraum auf und verschlang den zwölf Meter durchmessenden Diskus der Space-Jet kurz vor dem Ziel. Ich bekam noch mit, daß die MJAILAM nun mit schweren Waffen feuerte, aber eine Wirkung erzielte sie damit offensichtlich nicht.

Um mich herum herrschte jetzt völlige Dunkelheit. Der Antrieb war ausgefallen oder durch eine unbekannte Einwirkung blockiert worden.

Ich schaltete die Außenscheinwerfer ein. Dunkelbraune Wände mit einer seltsamen Maserung umgaben mich auf allen Seiten. Sie erinnerten mich an das Innere eines riesigen Magens.

Vorsichtshalber schloß ich den Helm meines Kampfanzugs. Dann wartete ich auf das, was nun geschehen sollte. Eine Möglichkeit, selbst zu handeln, sah ich nicht. Ich nutzte die Zeit, um erneut zu versuchen, eine Hyperfunkverbindung zur MJAILAM zu bekommen. Normalfunk würde aus dem Innern dieses Wesens heraus sowieso nicht funktionieren.

Es knackte im Empfänger, als ich den Standardruf mehrmals abgesetzt hatte. Dann meldete sich die MJAILAM-Positronik mit starken Verzerrungen, Verzögerungen und kurzen Ausfallzeiten.

Sie wiederholte die Nachricht mehrmals, bis ich sie vollständig empfangen hatte. Sie lautete: »Objekt ist unsichtbar geworden. Tyari spürt deine Gedanken nicht mehr. Ortung negativ. Kein Kontakt außer dieser stark beeinträchtigten Hyperfunkverbindung.«

Das hatte mir gerade noch gefehlt. Dieses teuflische Biest hatte sich ausgezeichnet abgeschirmt. Ich hätte damit rechnen müssen, daß es dazu in der Lage war, denn auf dem Ödplaneten war es ja auch buchstäblich aus dem Nichts entstanden. Es mußte aber schon vor meiner Ankunft dort gewesen sein, obwohl ich es nicht entdeckt hatte.

Ich setzte einen kurzen Lagebericht ab, aus dem eigentlich nichts hervorging. Ich wußte ja auch keine Einzelheiten, die meinen Freunden auf der MJAILAM geholfen hätten.

Die Automatik wiederholte meinen Bericht mehrmals, aber ich erhielt keine Empfangsbestätigung. Die Verbindung war wieder zur Gänze gestört. Weitere Versuche hatten keinen Sinn.

Ich konzentrierte mich wieder auf meine fremdartige Umgebung, denn ich rechnete damit, daß sich mein neuer Gegner irgendwann melden würde.

Als sich nach einer Stunde immer noch nichts rührte, verließ ich das Beiboot. Mein Raumanzug sollte mich genügend schützen. Ich nahm diesmal mehrere Waffen mit, denn ich wollte kein Risiko eingehen. Die Scheinwerfer der MJAI-B erhellten die riesige Hohlkugel.

Ich entdeckte zwei größere Öffnungen. Mit dem Flugaggregat steuerte ich eine davon an. Aus der Nähe entpuppte sich das Loch als ein oval geformter Gang. Wieder tauchte das Bild eines Magens auf. Und das hier war dann ein Darmeingang oder -ausgang.

Ich kletterte in das Loch. Hier herrschte keine Schwerkraft. Das deutete darauf hin, daß ich mich nicht auf einem Planeten befand. Die Innenwände des »Darmes« waren von der gleichen bräunlichen Farbe wie die Wände des »Magens«. Ich schaltete den Helmscheinwerfer ein, denn bis hierher drang das Licht der Space-Jet nicht mehr vor.

Der »Darm« setzte sich in Windungen fort. Er mündete in einen kleineren Hohlraum, der von einem matten Licht erhellt wurde. Woher dieses kam, konnte ich nicht feststellen.

In der Mitte dieses Raumes formte sich Nebel aus dem Nichts, der sich anschickte, feste Formen anzunehmen. Ich war gespannt, in welch monströser Gestalt sich dieses Fragment zeigen würde. Aber ich wurde überrascht.

Vor mir stand ein Mann, der durchaus ein Terraner sein konnte. Er wirkte wie ein Vierzigjähriger und trug eine alte einteilige Kombination von purpurroter Farbe. Waffen entdeckte ich nicht.

»Hallo, ich bin Atlan«, sagte ich so ruhig wie möglich. Aber meine Sinne waren bis zum Zerreißen gespannt.

»Ich weiß das«, sagte der Mann. »Aber ich weiß nicht, wer ich war. Ich heiße nur noch KA, und ich warte auf meinen endgültigen Tod.«

Solche Reden hatte ich schon zur Genüge gehört. Ich ging nicht darauf ein und fragte direkt: »Bist du bereit, mir Informationen zu liefern?«

»Gern.« Das klang fast beschaulich. »Ich verlange nur eine kleine Gegenleistung. Ich kann mir denken, was du wissen willst. Ich war einmal anders. Ich bin hier alles. Und alles ist künstlich. Ich wurde durch dich getötet und starb dennoch nicht richtig. Der Grund ist wohl der, daß ich anders bin. Und dann hast du mir meine Heimat geraubt. Sonst weiß ich nichts. Ich bin nur ein Fragment, das seine endgültige Ruhe sucht. Ich habe dich vor dem Tod bewahrt, als ich den Dimensionspilz des aggressiven TA-Fragments zerstörte. Eine Zahl begleitet mein Scheinleben; es ist eine Neun. Mehr weiß ich nicht. Und nun sage mir bitte, wer ich bin. Sonst will ich nichts wissen, denn dann kann ich in Frieden sterben.«

»Es tut mir aufrichtig leid«, antwortete ich, »aber ich weiß nicht, wer du bist oder wie du heißt.«

»Aber er hat gesagt, daß du es weißt«, begehrte das KA-Fragment voll bitterer Enttäuschung auf.

»Wer hat das gesagt?« Ich spürte, daß ich auf einer heißen Fährte war. Von diesem Fragment war etwas zu erfahren.

»Ich kenne seinen Namen nicht. Er sah so aus.«

Er streckte einen Arm aus und fuhr damit annähernd kreisförmig durch die Luft. Ein etwa kopfgroßes Ei entstand für mehrere Sekunden. Es schimmerte hellrot und blaßgrün.

»Chybrain!« stieß ich aus.

Also hatte der Bursche hier doch seine Finger im Spiel. Das war für mich eine echte Überraschung, denn ich hatte das seltsame Ei aus Jenseitsmaterie längst abgeschrieben. Wie kam er darauf, daß ich diese Fragmente kennen sollte?

Sie sahen früher anders aus, erinnerte mich der Extrasinn.

»Es tut mir leid«, wiederholte ich, »aber ich kann dich nicht erkennen. Chybrain hat sich geirrt.«

Ich erwartete jetzt in Anlehnung an die vorangegangenen Ereignisse, daß das KA-Fragment aggressiv werden würde oder verlangte, daß ich es tötete. Aber es kam ganz anders.

»Leb wohl!« sagte das Fragment.

Es griff in seine Brust und durchdrang mit der Hand den Overall. Als die Hand wieder zum Vorschein kam, leuchtete in ihr eine Leitersprosse in hellem Rot und fahlem Grün.

Die Gestalt reichte mir das Ding und nickte mir aufmunternd zu.

»Nimm es! Es ist ganz harmlos. Das Leuchten wird gleich vergehen.«

Ich packte zu.

Im gleichen Moment verschwand die Gestalt und auch die andere Umgebung. Ich schwebte im Leerraum. In weniger als fünfzig Metern Entfernung driftete die MJAI-B langsam vor sich hin. Ihr Scheinwerferlicht traf mich.

Als ich auf die Sprosse starrte, blinkte diese in dem bekannten Silberglanz des Nickels.

Das konnte nur bedeuten, daß das KA-Fragment freiwillig den Tod gesucht hatte. Und es hatte seine Sprosse, die neunte, hinterlassen.

Ich schaltete das Flugaggregat ein und steuerte auf das Beiboot zu. Ohne Zwischenfälle gelangte ich in das Innere.

Hier bemühte ich mich zuerst um Kontakt zur MJAILAM. Zu meiner Verwunderung funktionierte das aber nicht. Auch auf dem Orter entdeckte ich nichts. Ich suchte die Umgebung ab. Ich befand mich nur wenige Lichtminuten von dem Ödplaneten entfernt, auf dem ich den beiden letzten Fragmenten begegnet war.

Die MJAILAM mußte hier doch irgendwo sein!

Ich schaltete den Antrieb ein. Er funktionierte fehlerfrei. Ich überprüfte die Funksysteme in Selbsttests. Sie waren in Ordnung.

Es gibt nur eine Erklärung, meinte der Logiksektor. *Es fehlen ja noch ein paar Sprossen. Eine oder mehrere davon geistern hier noch herum. Und sie unterbinden den Kontakt.*

Die achte Sprosse

Ich irrte nun schon zwei Stunden mit der MJAI-B in dem fremden Sonnensystem herum, ohne eine Spur der MJAILAM zu entdecken. Zunächst hatte ich befürchtet, daß der Kreuzer von dem KA-Fragment zerstört worden war. Es hätte in dem Augenblick geschehen sein können, als ich von der Kugel verschlungen worden war. Aber dann hätte ich irgendwelche Trümmer finden müssen.

Das war in weitem Umkreis nicht der Fall. Auch das Ortungssystem, das fehlerfrei arbeitete, entdeckte nichts. Das war einerseits ein Trost, andererseits aber nicht.

Nach meinen Eindrücken hatte die MJAILAM diesen Raumsektor verlassen. Das wiederum war unlogisch, denn meine Freunde würden mich nicht im Stich lassen. Somit blieben noch zwei Möglichkeiten.

Einmal die, die der Extrasinn genannt hatte, nämlich daß noch andere Fragmentwesen in der Nähe waren und die normale Kontaktaufnahme mit dem Mutterschiff verhinderten.

Und zum anderen war es für mich durchaus vorstellbar, daß diese Wesen die MJAILAM an einen anderen Ort gelockt hatten.

Die Positronik des Beiboots fand jedenfalls keinen Hinweis auf irgendein bedeutendes Ereignis. Und ich selbst auch nicht. Ich war von jeglichem intelligenten Leben abgeschnitten. Das Sonnensystem bot nichts, und mit der MJAI-B würde ich kein anderes erreichen können.

Ich grübelte, aber ich fand keinen Ausweg aus dieser Situation. Auch der Extrasinn bewies seine Ratlosigkeit durch langes Schweigen.

Wenn die Unbekannten dich beeinflussen, sagte er schließlich, *und daran zweifle ich nicht, dann werden sie sich auch irgendwann melden. Die ganze Geschichte sieht so aus, als wolle man dich mürbe machen oder quälen.*

Mein inneres Gleichgewicht war noch recht stabil, denn etwas Ähnliches war mir auch schon durch den Kopf gegangen. Ich zwang mich zur Gelassenheit und setzte die schon fast sinnlose Suche fort. Dazu durchstreifte ich weiter nach einem starren Schema das ganze Sonnensystem.

Die Überraschung, die dann tatsächlich eintrat, kam aber von einer ganz anderen Seite.

»Ein bißchen einsam hier, nicht wahr?« hörte ich eine bekannte Stimme.

Ich fuhr in meinem Pilotensessel herum. Vor mir schwebte Chybrain in der Mitte des Kommandostands. Er sprach auf normalakustischem Weg zu mir, als ich ihn mit einem deutlichen Aufatmen begrüßte.

»Ich habe dich gefunden«, meinte er. »Die anderen, störenden Fragmente sind nicht mehr da. Eine gute Situation.«

»Das sehe ich anders«, entgegnete ich. »Wo steckt die MJAILAM?«

»Ich weiß es nicht«, lautete die Antwort, die mich doch etwas verwunderte. »Nach den harten Auseinandersetzungen mit den Zyrtoniern habe ich mich noch nicht ganz erholen können. Meine Sinne sind getrübt. Ich kann die MJAILAM nicht entdecken.«

Warum fragt er nicht nach der SOL? warf der Extrasinn dazwischen.

Das war in der Tat merkwürdig, sagte ich mir. Aber so ganz hatte ich Chybrain ja nie verstehen können.

»Ich muß zur MJAILAM zurück«, antwortete ich daher nur. »Bist du nur gekommen, um mir zu sagen, daß du mir nicht helfen kannst?«

»Wir werden gemeinsam einen Weg finden«, meinte das Kristallei etwas unklar.

Ich schüttelte nur den Kopf. Irgendwie kam mir diese unverhoffte Begegnung sehr merkwürdig vor. Ich wurde von diesen Überlegungen aber schnell abgelenkt, denn die Hyperfunkanlage gab ein akustisches Zeichen. Ich wurde angefunkt.

Die Verbindung war schwach und von Störungen durchsetzt. Aber an den Symbolen des einleitenden Textes erkannte ich den Absender sofort.

Es war die SOL!

Ich jubelte innerlich, denn damit hatte ich nun wirklich nicht gerechnet. Sie suchten mich – das ergab sich aus dem folgenden Text.

Endlich klappte auch die Bildübertragung. Ich verlangte nach Breckcrown Hayes. Ein noch verschwommener Kopf schälte sich heraus. Das war nicht der High Sideryt. Es handelte sich um eine Person, bei deren Anblick mir der Schweiß ausbrach.

Das war Cara Doz!

Die junge Frau hatte lange Zeit während der Auseinandersetzungen mit Anti-ES als Chefpilotin der SOL fungiert. Das lag nicht nur schon über zwei Jahre zurück. Cara Doz hatte eines Tages ihr Geheimnis preisgegeben. Sie war keine Solanerin gewesen, wie wir alle angenommen hatten.

Hinter ihr hatte sich damals Chybrain verborgen! Der Chybrain, der jetzt hier in der MJAI-B schwebte.

»Der Kontakt ist sehr schwach«, teilte Cara mir mit. »Wir haben dich noch nicht in der Ortung, aber wir werden dich finden.«

Vorsicht! rief der Extrasinn scharf. *Hier stimmt einiges ganz und gar nicht. Es ist unmöglich, daß dies Cara Doz ist. Selbst wenn ich annehme, daß Chybrain diese Person auch ohne Aufgabe seines eigentlichen Körpers darstellen kann, so bleibt es absolut unverträglich mit jeglicher Logik, daß er gleichzeitig hier ist und nichts darüber erwähnt.*

Ich stimmte meinem zweiten Bewußtsein bei dieser Überlegung vorbehaltlos zu.

Ich bezweifle, fuhr der Logiksektor fort, *daß diese Funknachricht echt ist. Ich bezweifle auch, daß dieser Chybrain echt ist.*

Ich starrte das funkelnde Ei an. Es glich bis ins letzte Detail jenem Chybrain, den ich kannte. Wer sollte ihn nachahmen? Und aus welchem Grund?

Eine andere Sprosse! Ein anderes Fragmentwesen! Es peinigt dich. Es ist wahrscheinlich auch der Urheber für den unterbrochenen Kontakt zur MJAI-LAM.

Der Funkkontakt war jetzt wieder so gestört, daß ich kein Wort mehr verstehen konnte. Der Bildschirm zeigte nur noch Schlieren.

Ich erhob mich aus meinem Sessel und stellte mich vor den angeblichen Chybrain. Er glitt etwas in die Tiefe, bis sein Körper auf der Höhe meiner Augen verharrte.

»Der Kontakt ist nur kurz unterbrochen«, behauptete er. »Die SOL wird dich finden. Ich bin mir ganz sicher.«

»Und ich bin mir sicher«, entgegnete ich, »daß du spinnst. Dieser Anruf kam nicht von der SOL.«

»Aber wieso denn nicht?« Das klang fast ein bißchen spöttisch. Oder täuschte ich mich da?

»Es gibt auf der SOL keine Person, die der gleicht, die da eben gesprochen hat. Ich habe diese Frau eindeutig erkannt, aber ...«

»Du phantasierst, Atlan«, klang es aus dem Kristallei. »Das war Cara Doz, die Chefpilotin.«

»Es gibt auf der SOL keine Cara Doz mehr. Du hast einen Fehler begangen, als du gerade sie für dieses erlogene Funkgespräch ausgewählt hast. Wer bist du? Oder soll ich besser fragen: Welches Fragment bist du? Welche Zahl begleitet dein Leben? Die Vier, die Fünf, die Sieben oder die Acht? Andere Möglichkeiten gibt es nicht mehr.«

»Du redest Unsinn. Ich bin Chybrain. Und du kennst mich.«

»Du kannst mich weder bluffen noch an der Nase herumführen, Fragment.« Ich spielte den Gelassenen und Selbstbewußten. »Irgendwoher hast du eine falsche Erinnerung, denn du müßtest besser als ich wissen, daß es keine Cara Doz mehr an Bord der SOL geben kann.«

Das Ei antwortete nichts.

»Verschwinde!« forderte ich es auf. Meine Hände lagen auf den Kolben der Waffen. »Verschwinde!«

»Du bist verrückt, Atlan!« schrie der scheinbare Chybrain aufgeregt. Auch das war eine Reaktion, die für ihn völlig untypisch war. Meine letzten Zweifel an den Folgerungen des Extrasinns waren weggewischt.

»Du erwartest etwas von mir«, fuhr ich fort. »Deshalb peinigst du mich. Du willst mich an einen Punkt treiben, an dem ich dir sage, wer du einmal warst. Ich kenne dieses unsinnige Verlangen von deinen Artgenossen. Sechs Nickelsprossen habe ich bereits in meinen Besitz gebracht. Ich kann dir nicht helfen. Mach es wie KA! Der hat sich selbst aufgelöst. Oder kannst du das nicht?«

»Er kann es wirklich nicht!«

Ich fuhr herum. Der Spuk hatte eine Gestalt mehr.

Vor der Funkanlage stand ein uralter Mann mit runzeliger Haut und faltigen Händen. Ich war mir sofort sicher, auch diese Gestalt noch nie zuvor gesehen zu haben.

»Er kann es wirklich nicht«, wiederholte der Alte matt. »Ich bin übrigens PA oder das siebte Fragment. Und der, der sich als Chybrain ausgibt, ist das WO-Fragment. Oder die Nummer acht. Ich halte das, was er macht, für sehr unfair. Es ist auch dumm, denn er wird nichts damit erreichen.«

»Scher dich weg, PA!« schrie der falsche Chybrain. »Er gehört mir. Ich suche meine Erlösung auf meine Weise.«

»Du warst immer ein Narr, WO. Auch die anderen waren Narren.« Der Alte wirkte mitleiderregend. »Dabei ist die Sache doch so einfach. Atlan kann uns nicht erkennen. Er hat es zur Genüge bewiesen. Vielleicht haben wir uns zu sehr verändert. Vielleicht ist aber auch sein Erinnerungsvermögen blockiert.«

»Es gibt da einhundertsechsundachtzig Jahre in meinem Leben«, hakte ich ein und wandte mich dabei an den Alten, als den sich das PA-Fragment widerspiegelte, »an die ich mich wirklich nicht erinnern kann. Es sind die Jahre 3605 bis 3791. Und aus den zwölf Jahren vor 3605 weiß ich nur bruchstückhafte Ereignisse, denn da weilte ich als Gefangener von Anti-ES in der Namenlosen Zone. Wenn die Begegnungen zwischen uns, auf die ihr euch immer wieder beruft, in jene Zeit fallen, so kann ich mich nicht daran erinnern. Ich gehe davon aus, daß diese Bewußtseinslücke durch die Kosmokraten bewirkt wurde, in deren Reich ich diese Zeit verbracht habe. Aber selbst für diese Annahme gibt es keinen sicheren Beweis.«

»Es könnte so sein«, meinte der Alte. »Es kann aber auch anders gewesen sein. Ich weiß es nicht. Es ist jedenfalls nicht fair, wie WO dich behandelt.

Ich kann ihn nicht zu einem anderen Verhalten zwingen, aber ich kann dir, Atlan, bestätigen, daß du sein falsches Spiel durchschaut hast. Ich kann jedenfalls warten. Ich werde dich nicht angreifen oder bedrängen. Vielleicht findest du dann eine Lösung.«

»Sehr angenehm«, knurrte ich wütend. »Und was mache ich mit diesem falschen Kristallei?«

»Ich weiß das auch nicht«, meinte das PA-Fragment. »Ich gehe wieder, denn ich kann hier nichts mehr erreichen. Vielleicht sehen wir uns noch, Atlan. Ich hoffe es jedenfalls sehr, denn auch ich suche meine Erlösung, wenngleich ich nicht versuche, sie mit Gewalt zu erreichen.«

Er löste sich vor meinen Augen auf.

»Meine Aufforderung zu verschwinden«, erklärte ich dem falschen Chybrain, »gilt nach wie vor. Du hast von deinem Artgenossen gehört, daß ich dir nicht helfen kann.«

»Du mußt mir helfen«, jammerte das WO-Fragment. »Ich finde sonst keinen inneren Frieden.«

»Ich möchte dir ja helfen«, antwortete ich. »Aber ich weiß nicht, wie. Du bist der Urheber des zur MJAILAM unterbrochenen Kontakts. Ich mache dir ein Angebot. Hebe diese Sperre auf! Bleib bei mir! Erzähle mir alles, was du über dich und die anderen Fragmente weißt! Vielleicht finden wir dann eine Lösung für dein Problem.«

»Es gibt nur noch vier Fragmente, Atlan. PA und mich. Wo TR und SA stecken, weiß ich nicht. Ich müßte jetzt meiner inneren Stimme folgen und dich töten. In der Sekunde deines Todes werden vielleicht alle verschollenen Erinnerungen in dir frei. Ich könnte sie auffangen. Und dann wüßte ich, wer ich war. Und ich könnte dann in Zufriedenheit die verdiente Ruhe finden.«

Die Farben des leuchtenden Eies verblaßten nun schnell. Das Oval verformte sich zu einer unregelmäßigen und schäbig aussehenden amorphen Masse.

»Ich werde nicht versuchen, dich zu töten.« Die Stimme des WO-Fragments klang jetzt rauh. »Ich werde aber nicht die Dimensionsfalle aufheben, die dich von der MJAILAM abschneidet. Ich bleibe bei dir, bis du eine Lösung für mein Problem findest.«

»Das paßt mir absolut nicht«, erklärte ich entschieden. »Wenn du nicht freiwillig verschwindest, werde ich dich dazu zwingen.«

»Wie willst du mich zwingen?« spottete die nun braune Masse, die wie ein schmutziger Fleck in der Luft hing.

»Das laß meine Sorge sein.«

Ich bereitete die Einschaltung des kleinen Paratronschirms vor, den ich in Notfällen im Innern des Beiboots aufbauen konnte. Das Fragment rührte sich nicht. Entweder wollte es mich gewähren lassen, oder es verstand nicht, was ich beabsichtigte. Es griff auch nicht ein, als ich das Feld so positionierte, daß es nach dem Einschalten den braunen Körper einschließen würde.

Mit einem letzten Tastendruck aktivierte ich die Energien. Sie flammten kurz auf und hüllten das WO-Fragment ein. Erst jetzt schrie es gepeinigt auf. Es zappelte wild hin und her, aber es war gefangen.

Im gleichen Moment erschien auf dem Orterschirm das Echo der MJAILAM. Der Kreuzer war höchstens vier oder fünf Lichtminuten entfernt. Und aus den Funkempfängern hörte ich Tyaris sorgenvolle Stimme: »Atlan! Wo hast du gesteckt?«

Ich hatte keine Zeit für eine Antwort, denn ich mußte mich ganz auf das Fragmentwesen konzentrieren, das sicher noch eine Teufelei plante. Um mich zu schützen, schaltete ich die Defensivschirme meines Kampfanzugs ein. Längst war mir klar, daß ich durch den Paratronschirm das WO-Fragment daran hinderte, weiter die unbegreifliche Dimensionsfalte zu erhalten, von der es gesprochen und die mich an der Wahrnehmung der MJAILAM gehindert hatte.

Die braune Masse vergrößerte sich nun rasch. Sie drängte sich bis an den Rand des kugelförmigen Paratronschirms, der unter der Belastung aufglühte. Ein dumpfes Rumoren im Kraftwerk der MJAI-B zeigte an, daß der Schirm dessen Energie bis zu den höchsten Werten abzog.

»Abschalten der anderen Systeme oder Aufheben des Paratronschirms!« verlangte die Bordpositronik.

»Schalte ab, was du willst«, rief ich schnell. »Aber laß den Schirm stehen.«

»Gefahr!« warnte die Bordpositronik. »Es droht die Selbstzerstörung des Beiboots.«

»Egal!« Ich stürzte auf den Ausgang des Kommandostands zu, denn schon nahm der Energieschirm mit der braunen Masse in seinem Innern fast den ganzen Raum ein. »Alle Energie auf den Schirm!«

Ich sprang die wenigen Stufen bis zum Notschott mit einem Satz hinunter und schlug auf die Verriegelung. Nichts geschah.

Keine Energie! signalisierte der Extrasinn. *Manuell öffnen!*

Die Positronik hatte selbst die Notenergien auf den Paratronschirm geschaltet. Das war gut und richtig so, aber ich hatte es im ersten Moment nicht erkannt. Sekunden später hatte ich das Schott mit den Händen geöffnet. Ich schaltete den Antrieb meines Raumanzugs ein und entfernte mich schnell von der MJAI-B.

Es war keine Sekunde zu früh.

Ein greller Lichtblitz zuckte dort auf, wo sich die MJAI-B befand. Automatisch dunkelte der Sichtschirm meines Raumanzugs sich ab, um meine Augen zu schützen. Die gewaltige Explosion konnte ich zunächst nur durch den Lichtschein wahrnehmen. Dann flammte mein Schutzschirm an mehreren Stellen auf, als er von den auseinanderfliegenden Trümmern des Beiboots getroffen wurde.

Tyaris entsetzter Schrei gellte im Helmempfänger auf. Sie nahm wohl an, daß ich jetzt ums Leben gekommen war.

»Keine Sorge«, sendete ich schnell. »Ich bin rechtzeitig von Bord gegangen.«

Nun blickte ich mich um. Im Raum schwebten nur noch meist glühende Trümmer des Beiboots. Vergebens hielt ich nach dem WO-Fragment Ausschau.

Über Funk meldete sich nun Joscan Hellmut. Ich gab ihm einen kurzen Lagebericht und bat ihn, mit der MJAILAM an den Ort des Geschehens zu kommen. Alles andere würde ich an Bord berichten.

Als die Explosion abgeklungen war, tauchte der Kreuzer auch schon auf.

»Ich komme gleich an Bord«, teilte ich meinen Freunden mit. »Ich habe nur noch eine Kleinigkeit zu erledigen.«

Ich steuerte mich in das Zentrum der Explosion hinein. Hier war der Raum praktisch leer, denn die Trümmer waren nach allen Seiten davongeflogen. Lange zu suchen brauchte ich nicht.

Einsam schwebte das Stück Nickel in der Leere.

Ich nahm die Sprosse an mich und lenkte mich dann auf die offene Schleuse der unweit wartenden MJAILAM zu.

Neuntes Zwischenspiel

Mein Bericht wurde mit dem erwarteten Staunen zur Kenntnis genommen. Ich hörte von Joscan Hellmut, daß es auch weiterhin keinen Funkkontakt zur SOL gab. Aus seiner Sicht hatten sich die letzten Stunden ganz ähnlich abgespielt wie bei mir. Meine Freunde hatten einfach keine Spur der MJAI-B finden können und auf die gleiche Art herumgerätselt wie ich.

Das Befinden von Rosmeres Patienten war mehr schlecht als recht. Die Fremde zeigte sich zwar geduldig, aber das Flehen in ihren Augen verriet doch, daß ihr einziges Anliegen darin bestand, jetzt endlich den Planeten Ikardem, die Welt der Heilung, anzufliegen.

Dagegen gab es keine Einwände, zumal sich die kosmische Umgebung nun als völlig normal erwies. Mit dem Untergang des WO-Fragments schienen alle früheren Störungen oder Verfälschungen verschwunden zu sein.

Auch jetzt versuchte die Funkzentrale eine Nachricht an die SOL abzusetzen. Aber kein Anruf wurde beantwortet.

Nach Ikardem war es nicht mehr weit. Uster Brick bereitete das Raumschiff für diese kurze Etappe vor, während ich immer wieder Fragen beantworten mußte. Die MJAILAM-Positronik nahm natürlich an allen Gesprächen teil, aber auch sie fand keine vernünftigen Erklärungen.

»Haben wir von den verbliebenen drei Fragmentwesen noch etwas zu befürchten?« fragte Tyari.

»Von PA wohl kaum«, meinte ich. »Dann wohl eher von TR und SA. Es ist auf jeden Fall angebracht, vorsichtig und aufmerksam zu sein.«

Die MJAILAM startete und verließ dieses namenlose Sonnensystem. Das Ziel hieß wieder einmal Ikardem.

Ich legte in unserer Privatkabine die mitgebrachten Sprossen zu den anderen. Bis zum Ende der Linearetappe reichte die Zeit noch aus, um ein Duschbad zu nehmen. Und genau das hatte ich jetzt vor.

Die Doppelsprosse vier und fünf

Wir kreisten im orbitalen Flug um Ikardem. Rosmere betrachtete interessiert die Bilder, die wir von der Planetenoberfläche aufzeichneten. Sie wirkte jetzt gelöst und zufrieden.

»Es gibt keinen Zweifel«, erklärte sie. »Dies ist Ikardem, meine Welt der Heilung.«

»Gibt es einen bestimmten Ort«, fragte ich, »an dem wir landen sollen?«

Sie starrte mich einen Moment an, als hätte sie mich nicht verstanden.

»Nein«, sagte sie dann. »Die MJAILAM darf überhaupt nicht auf Ikardem landen. Es könnte zu einer Katastrophe größten Ausmaßes kommen.«

»Wodurch?« Ich lachte. »Es gibt kein intelligentes Leben auf Ikardem. Das haben wir längst festgestellt. Es sind auch keine technischen Anlagen vorhanden, denn die Energiesensoren haben nichts festgestellt.«

»Die Gefahr für ein Raumschiff, das nicht den Salapa gehört«, behauptete sie rätselhaft, »liegt an einer anderen Stelle. Leider bin ich nicht in der Lage, euch das näher zu erklären. Ich weiß nur, daß es so ist.«

Ich fand mich damit ab und stellte laut fest: »Damit haben wir ein anderes Problem. Wie sollen wir dich und deine Patienten nach unten bringen, wenn wir nicht landen dürfen?«

»Das Problem sehe ich nicht«, meinte Rosmere. Sie wurde immer geheimnisvoller. »Könnt ihr einen Container bereitstellen, in dem die Patienten und die Verstorbenen untergebracht werden?«

»Das ist kein Problem.« Auch Joscan Hellmut war neugierig geworden. »Ich spreche sofort mit Doc Fredersteen. Er wird alles veranlassen. Aber wie gelangt der Container auf die Oberfläche von Ikardem? Er hat keinen

Antrieb. Wir könnten ein Antigrav-Aggregat installieren und ein Klimasystem, aber das dauert ein paar Stunden.«

»Ich brauche keinen Antrieb und keinen Antigrav und kein Klimasystem«, behauptete Rosmere. »Ich bin schließlich eine Ojeoje.«

Unsere Translatoren übersetzten dieses Wort wieder mit dem Begriff »Krankenschwester«, wodurch ihre Behauptung nur noch rätselhafter wirkte. Auf meine weiteren Fragen zuckte Rosmere nur mit den Schultern.

»Ich kann dir das nicht erklären«, sagte sie immer wieder.

Ich gab es schließlich auf, denn ich hatte den Eindruck gewonnen, von ihr nichts Wissenswertes mehr erfahren zu können. Auch Tyari stimmte mir zu.

Doc Fredersteen meldete sich. Die Kranken und die Verstorbenen waren in einem Container untergebracht worden, der in einer Lagerhalle auf Deck B stand. Tyari und ich begleiteten Rosmere an diesen Ort. Die Fremde wirkte gelöst, aber sie war noch schweigsamer als zuvor.

Sie betrachtete den Container von innen und außen. Dann bedankte sie sich sehr herzlich bei Doc Fredersteen und bekräftigte, es sei alles nach ihren Wünschen und Vorstellungen vorbereitet worden.

Schließlich kam sie zu Tyari und mir.

»Bei euch möchte ich mich ganz besonders bedanken«, sagte sie. »Und in diesen Dank schließe ich die ganze Mannschaft der MJAILAM ein. Ihr könnt euch kaum vorstellen, welchen Gefallen ihr mir getan habt. Ich möchte mich gern ein wenig revanchieren. Daher lade ich dich, Atlan, und dich, Tyari, für vier Tage auf die Welt der Heilung ein. Ich verspreche euch, daß ihr ein unvergeßliches Wunder erleben werdet.«

»Vier Tage?« fragte ich und dachte dabei an die SOL, zu der wir immer noch keinen Weg gefunden hatten. »Ist das nicht ein bißchen viel?«

»Ich werde hundert Tage oder mehr auf Ikardem bleiben«, antwortete sie. »Ist das nicht ein bißchen viel?«

Ich war irgendwie neugierig geworden. Rosmere barg ein Geheimnis, das sie vielleicht hier an Bord nicht lüften wollte. Und außerdem war ich gespannt, wie sie den Container auf den Planeten schaffen wollte.

Tyari nickte mir zu, als ich meine Gedanken für sie öffnete. Dann sprach ich mit Joscan Hellmut, der während meiner Abwesenheit wieder das Kommando an Bord übernehmen würde.

Der Solaner hatte auch keine Bedenken, auch wenn seine Sorge, die SOL zu finden, aus seinen Worten zu hören war.

Tyari und ich ließen unsere leichte Ausrüstung kommen und legten sie an. Mehr würden wir nicht brauchen, denn Ikardem war eine angenehme und warme Sauerstoffwelt mit einer reichhaltigen Flora.

»Wir sind bereit«, erklärte ich Rosmere.

»Gut.« Sie richtete sich auf und breitete ihre Hände aus. Dann schloß sie die Augen.

Ich warf Tyari einen fragenden Blick zu, aber sie schüttelte nur den Kopf. Das bedeutete, daß sie keinen Gedanken der Fremden empfangen konnte.

Ohne spürbare Nebenerscheinungen veränderte sich übergangslos die Umgebung.

Tyari und ich standen auf einer grünen Wiese. Wenige Schritte von uns entfernt lag der Container. Rosmere entdeckte ich zunächst nicht. Erst als ich mich umsah, machte ich sie auf dem Gipfel eines Hügels aus. Ihr ausgestreckter Arm deutete auf den Container. Ihre Lippen bewegten sich, aber ich konnte ihre Worte nicht hören.

Die Seitenwände des Containers klappten nach unten. Das Dach glitt seitlich davon. Mehrere der Patienten sprangen quicklebendig daraus hervor. Einige von ihnen öffneten die Särge mit den Verstorbenen. Auch diese glitten gewandt und sehr lebendig ins Freie.

»Meine Jäger!« hörte ich nun Rosmeres Stimme laut. Erstaunlich war, daß sie nun Interkosmo sprach. »Gebt den beiden ein paar Minuten Vorsprung. Und dann hetzt sie zu Tode!«

»Wir gehorchen«, riefen die schlanken männlichen Gestalten in ihren schwarzen Anzügen. Auch sie bedienten sich des Interkosmo. Und in ihren Händen tauchten jetzt plötzlich schwere Waffen auf.

»Was hat das zu bedeuten?« Tyari war starr geworden.

»Ich merke nur«, antwortete ich, »daß wir dieser Rosmere gewaltig auf den Leim gegangen sind. Es ist besser, wenn wir uns in Sicherheit bringen.«

Ein Gleiter zischte heran. Rosmere schwang sich lachend hinein und jagte davon. Sekunden später war sie aus meinen Blicken entschwunden.

Ich nahm Tyaris Hand und rannte einen Abhang hinunter in ein schier unendliches Blütenmeer. Gleichzeitig versuchte ich, die MJAILAM über Funk zu rufen. Wie ich erwartet hatte, geschah es. Ich bekam keine Verbindung.

Als die ersten Feuerstrahlen über uns hinwegheulten, wußte ich endgültig, daß die Lage höllisch ernst war. Wir rannten weiter, wobei ich nach einer Deckung suchte.

»Das TR-Fragment oder das SA-Fragment«, rief ich Tyari zu. »Das steckt hinter Rosmere.«

»Oder beide«, meinte sie.

Beide, vermutete auch der Extrasinn.

Wir gerieten in höhere Pflanzen, so daß die Verfolger uns mit Sicherheit nicht sehen konnten. Da der Untergrund hier fest war, hinterließen wir auch kaum Spuren. Ich wechselte die Richtung um neunzig Grad, als seitlich ein kleines Felsmassiv auftauchte. Wir umrundeten es so, daß wir uns auch hier der Sicht von Rosmeres Jägern entziehen konnten.

Als wir den Gipfel erreicht hatten, spähte ich vorsichtig nach unten. Die schwarzen Gestalten hatten in der Tat unsere Spur verloren, denn sie waren in alle Richtungen ausgeschwärmt. Sicher war es nur eine Frage der Zeit, bis sie uns wieder entdeckten. Aber zunächst einmal hatten wir eine kleine Verschnaufpause.

Wir hockten uns zwischen die Felsen. Ich konnte dabei die Landschaft unterhalb von mir im Auge behalten und rechtzeitig erkennen, wenn sich die Jäger uns näherten.

»Ich verstehe das alles nicht«, jammerte Tyari.

In diesem Augenblick erkannte ich den ersten Zusammenhang.

Die Visionen!

Ikardem war Kausnit!

Und Rosmere war Weidenscharf!

Die Bilder wurden noch deutlicher.

In Chybrains erster Vision zu diesem Erlebnis, die schon einige Wochen zurücklag, hatten Tyari und ich die gleiche Verfolgung erlebt. Und in dieser Vision war der Name der Anführerin Rosmere gewesen. Und nicht Weidenscharf!

Rosmeres Worte sah ich nun in einem ganz anderen Sinn. Wenn sie von der »Welt der Heilung« gesprochen hatte, dann hatte sie ihre Heilung gemeint! Die Parallelen zu den Worten der früheren Fragmentwesen waren überdeutlich. Aber ich hatte sie nicht erkannt.

Und wenn sie gemeint hatte, daß eine Landung der MJAILAM eine Katastrophc bedeuten würde, dann hatte sie an eine Katastrophe für sich gedacht!

Wie geschickt sie es eingefädelt hatte, daß die MJAILAM zurückblieb und niemand an Bord etwas Schlimmes ahnte! Ich war ziemlich sicher, daß sie mit nachgeahmten Funksprüchen auch Joscan Hellmut und die Solaner beruhigte.

Es war von einer dritten Vision die Rede, erinnerte mich der Extrasinn. *Ich erkenne dunkel, daß damals auch Chybrain dir drei Teile der visionären Erlebnisse auf Kausnit vermittelt hatte. Ich erkenne aber den Inhalt nicht.*

Auch mir gelang es nicht.

Ich werde den dritten Teil hier erleben, antwortete ich dem Extrasinn lautlos. Irgendein unbestimmtes Gefühl hielt mich davon ab, mit Tyari über diese Erkenntnisse zu sprechen.

»Sie nahen«, warnte sie mich.

Wir setzten unsere Flucht fort.

Fünfzig Stunden später war ich um einige Erfahrungen reicher. Die beiden ersten Teile meiner Kausnit-Visionen hatten sich weitgehend erfüllt. Die Abweichungen zur Realität bestanden nur in Kleinigkeiten und darin, daß diese mir ein viel bewußteres Denken erlaubte.

In den Visionen hatte ich nichts von den Fragmentwesen gewußt und auch meine eigentliche Gegnerin – Rosmere oder Weidenscharf – nicht richtig gekannt. Das war jetzt anders.

Daneben hatten wir mehrere Kampf- und Verfolgungsphasen erlebt, die ich nicht aus den Visionen kannte. Die Wirklichkeit verlief auch insofern anders ab, als sich jetzt alles zu einem geschlossenen Bild formte.

Als der dritte Teil der Visionen begann, erkannte ich dies in der Wirklichkeit. Ich war aber nicht in der Lage, etwas vorherzusehen. Erst wenn etwas geschehen war, wurde die verschüttete Erinnerung frei. Die Übereinstimmungen waren aber auch jetzt nicht absolut vollständig.

Hoch über uns schwebte irgendwo der Gleiter Rosmeres.

»Wir leben noch«, stellte ich fest. »Erstaunlich, nicht wahr?«

»Sie hat es auf meinen Tod abgesehen«, murmelte Tyari.

»Unsinn, auf unseren Tod!« sagte ich betont.

Wir hasteten weiter, seit drei Tagen auf der Flucht. Verwundete und tote Jäger markierten unseren Weg.

Hinter uns, hoch über unseren Köpfen, klapperten und polterten zuerst kleine, dann größere Steine, und schließlich hagelte eine staubende Lawine genau an der Stelle herunter, an der sich eben noch Tyari befunden hatte.

Ich ließ mich zurückfallen, zielte und schoß auf den Jäger, dessen Oberkörper zwischen zwei Steinzinnen in die Höhe gerissen wurde und dann schwer nach vorn fiel.

Ein System enger Steinböden nahm uns auf. Wir hasteten aufwärts und sahen schon eine freie Fläche, die sich hinter einem unregelmäßigen Steinwall verbarg. Als wir das Rund vor uns erreichten, blieben wir im Schutz eines Durchlasses stehen. Tyari sicherte nach hinten. Ich drehte meinen Kopf in unsere Fluchtrichtung.

Im gleichen Augenblick sprang dort, wohin wir rennen wollten, ein Jäger wild feuernd zwischen den Basaltsäulen hervor.

Ich traf ihn mit dem zweiten Schuß, nachdem ich mich blitzschnell zu Boden geworfen hatte.

Das Summen des Gleiters wurde wieder lauter. Meine Augen suchten den Himmel ab. Das Summen kam näher.

»Wir haben es fast geschafft. In wenigen Stunden liegt alles hinter uns«, sagte ich und musterte jede Handbreit der Felsen, die in den unglaublichsten Formen diese Fläche umgrenzten. Nichts bewegte sich jetzt. Nur der heiße Wind, der nach Sumpf und Dschungel roch und nach dem betäubenden

Blütenstaub, winselte in kurzen Stößen. Unser Herzschlag und die Atemgeräusche waren das Lauteste ringsum.

»Ich zuerst«, flüsterte ich und deutete auf die andere Seite. »Jeder sichert den anderen. Etwa siebzig große Schritte. Das schaffen wir.«

»Verstanden. Mach schnell!«

Ich hob die Waffe, kontrollierte die Ladeanzeige, holte tief Luft und warf mich vorwärts. Ich raste mit riesigen Sprüngen im Zickzack über den freien Platz und landete mit dem letzten Sprung im einzigen sichtbaren Durchlaß. Zu meinen Füßen lag die Leiche des getroffenen Jägers.

Wir besaßen nur noch wenige Waffen. Alles andere hatten wir verloren. Und wir starben fast vor Durst. Ich warf einen langen Blick auf die steinernen Stufen und winkte dann Tyari.

Sie rannte, sprang und schlug ebenso Haken wie ich. Als sie noch zwei Schritte von mir entfernt war, schwang sich der Gleiter mit Rosmere lautlos über die Felsbarriere. Das Abbild des Fragmentwesens stand federnd darin, eine klobige Waffe im Anschlag. Der Gleiter hielt in der Luft an.

Rosmere schoß einen Meter neben mir in die Felsen. Ich versuchte sofort, weiter nach links auszuweichen, um freies Schußfeld zu haben. Ich spürte, daß dieser eigentlich sinnlose Kampf jetzt eine Entscheidung finden würde.

Tyaris Augen erfaßten die Feindin. Während sie zur Seite sprang, wirbelte sie gleichzeitig herum. Dann feuerten wir gemeinsam. Ich traf den Gleiter am Bug, aber die Wirkung war gering. Tyari verfehlte den Oberkörper Rosmeres nur um zwei Handbreit.

Dann deutete der Projektor der Rothaarigen genau auf mich. Tyari stürzte in meine Richtung. Warum sie das tat, konnte ich nicht erkennen.

Im selben Augenblick feuerte das Fragmentwesen.

Tyari hatte sich vor mich geworfen. Ob zufällig oder bewußt, war unwichtig. Ich würde es sowieso nie erfahren. Sie wurde gegen mich geschleudert. Ihr Arm fiel schwer herunter. Der Kolben ihrer Waffe krachte auf meine Handgelenke und prellte meine Waffen aus den schmerzenden Fingern.

In ihren Augen glänzte ein letzter und verzweifelter Lebenswille.

»Sie wollte mich, Atlan«, hauchte Tyari und glitt langsam an meinem Körper herunter. Ich hielt sie geistesabwesend fest und hörte das laute, triumphierende Lachen Rosmeres. Ihre Stimme hallte über die Fläche: »Das ist es, was ich wollte. Ich wollte Tyari töten. Du kannst zunächst weiterleben, denn dich brauche ich noch.«

Ich war völlig gelähmt. Ich sah untätig zu, wie sie sich in den Gleitersitz fallen ließ, die Maschine wendete und davonjagte.

Tyari war tot.

Ich kam erst wieder zu mir, als ich merkte, daß die Parallelität zur verschütteten Vision hier endete.

»Rache!« stieß ich hervor und riß die beiden zu Boden gefallenen Waffen hoch. Noch war ihr Gleiter in Schußweite. Meine Hände waren ganz ruhig, auch wenn sie höllisch schmerzten. Die Eiseskälte, die mein Herz und meine Sinne umklammerte, übertrug sich auf meinen Willen, die Hände und die Waffen.

Ich traf mit beiden Feuerstößen das Heck des Gleiters. Eine Explosion wurde ausgelöst. Das Gefährt geriet ins Trudeln, aber Rosmere bekam es wieder unter Kontrolle. Ich ging sowieso davon aus, daß es sich nicht um einen wirklichen Gleiter handelte, sondern um etwas, das das TR-Fragment oder das SA-Fragment erzeugt hatte.

Sie kehrte zurück und landete wenige Schritte von mir entfernt. Der Gleiter löste sich auf. Er verformte sich zu einer zweiten Rosmere.

Ich rief wieder die MJAILAM, aber niemand antwortete.

Die beiden Frauen kamen auf mich zu.

»Du kannst uns nicht töten, Atlan«, sprachen sie gleichzeitig. Ihre Augen funkelten böse. »Hier siehst du uns, Rosmere und Weidenscharf, TR und SA. Du hast es gewagt, uns anzugreifen. Auch dafür wirst du bestraft! Oder kannst du die Schlüsselfrage beantworten?«

Gegen die schweren Waffen, die sich in ihren Händen bildeten, hatte ich keine Chance.

»Wartet!« Ich ließ meine Waffen fallen, denn in diesem Moment, in dem ich Tyari verloren hatte und selbst dem Tod ins Auge blickte, packte die zweite Erkenntnis nach mir. »Ihr braucht mich nicht zu töten, denn ich kann euch sagen, wer ihr seid.«

Die Reaktion war verblüffend. Die Waffen verschwanden. Der böse Blick in ihren Augen wich gespannter Neugier. Ich schritt über Tyaris Leiche auf die beiden scheinbaren Frauen zu.

»Ich hätte es früher merken müssen«, gab ich zu. »JA, PE, ER, TR, SA, LA, PA, WO, KA, und TA, all das sind Namensfragmente der ehemaligen zehn Zähler der Namenlosen Zone, die die zehn Relativeinheiten überwachen sollten, für die Anti-ES von den Kosmokraten verbannt worden war. Ihr Fragmente müßt die Reste dieser Zähler sein. Oder der Rest der Manifeste, zu denen euch Anti-ES umfunktionierte. Ihr beide seid folglich Tremt-Zount und Sank-Zount. Und in euch steckt noch etwas der Manifeste Tremtrin und Sankrin. Eure Artgenossen waren Janv-Zount oder Janvrin, Perv-Zount oder Pervrin, Erf-Zount oder Erfrin, Lasse-Zount oder ...«

Ich brach ab, denn die beiden Gestalten sanken zu Boden, ohne eine Spur zu hinterlassen. An den Stellen, an denen sie gestanden waren, glänzten silbrig zwei Nickelsprossen.

Als ich jetzt die MJAILAM rief, antwortete mir ein fröhlicher Joscan

Hellmut: »Nett von euch, daß ihr euch wieder einmal meldet. Wie sieht es da unten aus?«

»Schlimm«, antwortete ich matt. »Sehr schlimm, Joscan. Tyari ist tot. Peilt mich bitte an und holt mich hier ab.«

Epilog

Ich saß allein in meiner Kabine auf der MJAILAM und starrte die neun Nickelsprossen an, die vor mir auf dem Tisch lagen. Eine fehlte noch, die des ehemaligen Zählers Pay-Zount oder des Manifests Payrin.

Die Traurigkeit über den Verlust der geliebten Frau beherrschte mich auch jetzt noch. Aber mein Leben ging weiter. Varnhagher-Ghynnst wartete auf mich. Und vielleicht, so versuchte ich in meinen Gedanken einen schwachen Trost zu finden, hätte Tyari dort nicht an meiner Seite bleiben können.

Mit einem Ohr verfolgte ich die Geschehnisse, die sich in der Kommandozentrale abspielten. Joscan Hellmut hatte endlich Kontakt zur SOL bekommen. Die MJAILAM steuerte jetzt den damals verabredeten Treffpunkt außerhalb von VP-515 an. Und die SOL kam uns entgegen. Bis zum Zusammentreffen würden noch einige Stunden vergehen.

Breckcrown Hayes bestätigte die Zeit von rund einem Jahr, die vergangen war, seit wir uns getrennt hatten. Alle Suchaktionen der Solaner waren erfolglos geblieben, aber die Hoffnung, die MJAILAM wiederzufinden, hatten die treuen Burschen um den High Sideryt nie aufgegeben.

Der Grund dafür war ein seltsamer alter Mann gewesen, der von Zeit zu Zeit auf der SOL erschienen war und versichert hatte, daß die MJAILAM noch existieren würde. Die Solaner hatten angenommen, daß es sich dabei um einen Gesandten der heimatlichen Superintelligenz ES gehandelt hatte. Aus der Beschreibung des Alten erkannte ich aber sofort, daß das nicht stimmte, denn diese paßte genau auf das PA-Fragment.

Später würde Zeit sein, diesen Irrtum aufzuklären. Jetzt verspürte ich keine Lust dazu. Ich wollte nur Ruhe, um Tyari zu vergessen.

Ich ließ einen Roboter kommen, der alles aus der Kabine entfernen mußte, was mich an sie erinnerte. Als das geschehen war, war ich wieder allein mit meinen Gedanken.

Manches aus den Erlebnissen sah ich jetzt anders. Es ließ sich nicht leugnen, daß ich der eigentliche Verursacher für das Verschwinden der Namenlosen Zone war. Diese mußte eine Art Heimat für die Fragmente der sicher früher einmal mächtigen Wesen der Zounts oder Zähler gewesen sein.

Ich konnte den Zorn dieser Unbegreiflichen irgendwie sogar verstehen.

Durch Anti-ES war ihnen übel mitgespielt worden. Und an dessen Verbannung in die Namenlose Zone war ich zumindest mitschuldig, wenngleich ich mir sagte, daß Perry Rhodan oder Anti-ES selbst die eigentlichen Verursacher waren. Aber Perry Rhodan waren die Zounts nie begegnet.

»Es ist noch viel schlimmer.« Das PA-Fragment in der Gestalt eines alten Mannes stand vor mir. »Uns allen ist in der fernen Vergangenheit noch viel übler mitgespielt worden. Zugegeben, daß wir auch vieles falsch gemacht haben und daß einige von uns mit ihrem geistigen, psionischen oder technischen Potential Macht aufbauen wollten. Die Strafe der Kosmokraten hat uns in der fernen Vergangenheit getroffen, und wir landeten in der Namenlosen Zone, um fortan den Hohen Mächten von jenseits der Materiequellen direkt zu dienen. Du weißt selbst, Atlan, zu welchem Mißbrauch es dann durch den Verbannten, durch Anti-ES, kam. Es wird schwer für dich sein, das alles zu vergessen und zu verstehen. Wir Zounts sind eine gänzlich andere Lebensform gewesen. Und unser Tod verlangte nach gewissen Ritualen, von denen du einiges aus dem Gebaren meiner Brüder und Schwestern hast erfahren können. Dennoch gebührt dir unser Dank, den ich als letzter nur allein aussprechen kann. Unsere Symbolik wird dich noch zu mancher Erkenntnis führen, die dir auf deinem weiteren Weg helfen kann. Alles wirst du sicher nie verstehen. Leb wohl, Atlan!«

Ich wollte nichts fragen, und ich wollte nicht reagieren.

Es war mir auch egal, ob Chybrain wirklich die Fragmente der Zähler auf mich gehetzt hatte oder nicht.

Das PA-Fragment wurde durchscheinend. Aus dem braunen Nebel, der sich für kurze Zeit bildete, formte sich die letzte der zehn Sprossen. Sie behielt aber ihre rotgrüne Farbe der Jenseitsmaterie.

Mitten in meiner Kabine entstand so etwas wie ein Loch im Nichts. Ich blickte in einen unbegreiflichen und unbeschreiblichen Kosmos aus bunten Farben und verwirrenden Lichterspielen.

Zwei gut eineinhalb Meter lange Stangen schoben sich aus der anderen Dimension auf mich zu. Ich sah die zehn Auskerbungen auf den Innenseiten. Die neun anderen Nickelsprossen glühten in den Farben der Jenseitsmaterie auf. Sie glitten mit der Sprosse Pay-Zounts zwischen die beiden Stangen und formierten sich zu einer leuchtenden Leiter.

Aus dem umgebenden Nichts schälte sich ein Sarg von gleicher Farbe und Substanz, in den die Leiter glitt. Der Deckel schloß sich, und das ganze Gebilde verschwand in der anderen Dimension.

Ein glückliches Wispern drang in meine Sinne.

Zum Schluß verschwand das Loch im Nichts. Ich war wieder allein.

»Auf, Arkonide!« sagte ich zu mir, denn ich wußte, daß der lange Weg der SOL noch nicht zu Ende war.

Michael Thiesen

Irrfahrt durch die Unendlichkeit

Die Geschichte
des Raumschiffs SOL

Die Worte des Helioten hämmerten noch immer in Perry Rhodans Gedanken.

»Du hast nicht gefragt, wie der aktuelle Name deines Schiffes lautet.«

»Also – wie lautet er?«

»Das Raumschiff trägt den Namen SOL«

Perry Rhodan wandte sich nach hinten und sah einen Augenblick lang zurück zu dem Pilzdom, der wie eine riesige Patronenhülse vor der psionischen Fontäne des Äolentors schwebte. Ob das Thoregonwesen gewußt hatte, welche Lawine an Erinnerungen die Nennung dieses kurzen Namens in Perry Rhodan auslösen mußte?

SOL.

Rhodan setzte seinen Weg zur KAURRANG fort. SOL. Gemessen an seiner beträchtlichen Lebensspanne waren es gar nicht so viele Jahre gewesen, die er an Bord dieses Schiffes verbracht hatte. Und doch war es, als verbinde ihn noch immer eine Art Zauberband mit der SOL. Der Heliote hatte eine Zeit in ihm wachgerufen, die weit mehr als tausend Jahre zurücklag. Rhodans Gedanken wirbelten. Gedächtnisfetzen setzten sich zu vollständigen Bildern zusammen ...

Medaillon ... der Mahlstrom der Sterne ...

Im Jahr 3540 befand sich die Menschheit in einer prekären und zugleich bizarren Situation: Mehr als achtzig Jahre zuvor hatten die Laren, Repräsentanten des technologisch überlegenen Konzils der Sieben Galaxien, die Milchstraße überfallen und im Handstreich erobert. Sie hatten versucht, ihn, Perry Rhodan, zu ihrer Galionsfigur zu machen, doch durch einige Winkelzüge hatte er sich den Invasoren entzogen und so deren Wut auf sich und die übrigen Terraner gelenkt. Deshalb hatte er sich schließlich gezwungen gesehen, am 7. März 3460 die ganze Erde mitsamt dem Mond durch einen Sonnentransmitter in Sicherheit zu bringen. Das kühne Vorhaben war jedoch gescheitert. Anstatt im Milchstraßenzentrum in dem lemurischen Sonnendreieck Archi-Tritrans zu materialisieren, waren Terra und Luna an einen unbekannten Ort im Kosmos verschlagen worden, einen über 150.000 Lichtjahre langen Energie- und Materieschlauch, der zwei fremde Galaxien verband und durch starke energetische Turbulenzen geprägt wurde. In diesem Mahlstrom der Sterne hatte die Erde Mitte August einen neuen Standort als Begleiter der roten Sonne Medaillon gefunden.

Doch die Sehnsucht nach der verlorenen Heimatsonne beflügelte die Menschen der Erde und nicht zuletzt Perry Rhodan selbst. Sobald auf Terra wieder einigermaßen geordnete Verhältnisse herrschten, wurde der Bau eines Super-Raumschiffs in Angriff genommen, das den Weg in die heimatliche Milchstraße finden sollte. Es erhielt den programmatischen Namen SOL. Die eigentliche SOL war ein 1500 Meter durchmessendes und ebenso langes Zylindersegment. Die beiden kugelförmigen SOL-Zellen 1 und 2, die an seinen Enden angeflanscht waren, gaben dem gesamten Raumer das Aussehen einer riesigen Hantel. Jedes der Kugelelemente hatte mit einem Durchmesser von 2500 Metern für sich allein die Größe eines Ultraschlachtschiffs. Ausgerüstet war die SOL mit den damals modernsten Kraftwerken, die nach dem Nugas-Schwarzschild-Prinzip arbeiteten, und mit einer moderneren Variante des legendären Dimesexta-Triebwerks, das bislang nur in der MARCO POLO Anwendung gefunden hatte und für schnelle intergalaktische Reisen gedacht war. Eine große Zahl von Leichten Kreuzern, Korvetten, Space-Jets und anderen Beibooten machte den Hantelgiganten zum Trägerschiff einer kleinen Flotte.

Perry Rhodan hatte seine ganze Hoffnung auf die SOL gesetzt. Doch wie so oft vereitelte das Schicksal alle Planungen.

Während das Hantelschiff im Jahre 3540 seiner Fertigstellung entgegenging, vollendete sich auch eine schleichende Entwicklung von beträchtlicher Tragweite: Eine unentdeckte Hyperstrahlung der Sonne Medaillon hatte die Menschheit verändert. Die Aphilie brach aus, und nur wenige Immune, darunter auch Mutanten und Zellaktivatorträger, blieben von dem völligen Verlust von Mitgefühl und Nächstenliebe verschont. Für Rhodan war es ein besonderer Schock, daß ausgerechnet sein ältester Freund, Reginald Bull, am 4. Juli 3540 die Rebellion gegen seine Regierung einleitete und die Macht an sich riß. Doch es war nicht Bullys persönliche Schuld. Ein Defekt seines Zellaktivators hatte »den Dicken« zu einem Sohn der Aphilie gemacht. Perry Rhodan und seine gegen die Aphilie immunen Anhänger wurden in einem Schauprozeß zur Verbannung verurteilt.

Noch heute mußte Perry Rhodan Bullys Cleverness bewundern. Indem er ihm für seinen Exodus von der Erde die SOL zur Verfügung stellte, schlug Reginald Bull zwei Fliegen mit einer Klappe. Er entfernte nicht nur die unerwünschten Immunen, sondern auch das neue Schiff, das für viele Menschen ein Symbol der Hoffnung auf eine Rückkehr in die heimatliche Galaxis darstellte.

Am 10. Juli startete der Hantelraumer von der Erde. Für Rhodan war dieser erzwungene Abschied von Terra eine der bittersten Stunden seines Lebens, aber immerhin zählten zu den rund eintausend Personen an Bord viele seiner langjährigen Freunde und Weggefährten: der Superwissenschaftler Geoffry Abel Waringer, der einstige SolAb-Chef Galbraith Deighton, der Telepath Fellmer Lloyd, der Teleporter Ras Tschubai, die Metabio-Gruppiererin Irmina Kotschistowa, der Telekinet Balton Wyt, der Supermutant Ribald Corello, der Zentaur Takvorian und der Pseudo-Neandertaler Lord Zwiebus. Hinzu kamen Alaska Saedelaere, Merkosh, der Gläserne, Dalaimoc Rorvic und dessen Psychopartner Tatcher a Hainu, die Siganesen des Thunderbolt-Teams mit ihrem PALADIN-Roboter, der Haluter Icho Tolot und natürlich auch Gucky, der Mausbiber. Als Piloten fungierten die Emotionauten Senco Ahrat und Mentro Kosum, die das Schiff über die SERT-Haube allein kraft ihrer Gedanken steuern konnten.

Nur tausend Mann Besatzung waren zuwenig für ein so großes Schiff wie die SOL. Bevor er den Mahlstrom der Sterne endgültig verließ, nahm der Hantelraumer daher auf Carrent-For zehntausend Raumfahrer, Wissenschaftler und Techniker mit ihren Familien an Bord. Perry Rhodan hatte Mühe, sich vorzustellen, was diese Menschen damals bewegt haben mochte. Auf jeden Fall war ihnen zu diesem Zeitpunkt noch nicht bewußt, daß sie die Keimzelle für einen neuen Zweig der Menschheit bildeten.

Weil die Aphiliker vor dem Start die Koordinaten der Milchstraße aus den Speichern des Schiffes entfernt hatten, wurde die Suche nach der verlorenen Heimat für die SOL zu einer Jahrzehnte währenden Odyssee. Und immer mehr kristallisierte sich heraus, daß diese SOL mehr war als nur ein großes Raumschiff. Es war eine kleine, isolierte Welt, in der Menschen ihr Leben verbrachten, in der sie bangten und hofften, in der sie lachten und weinten und in der sie Partnerschaften eingingen und sich wieder trennten. Für die Kinder aber, die an Bord geboren wurden und die die Erde nur aus den Erzählungen ihrer Eltern kannten, war die SOL die Heimat, etwas, das für sie wichtiger war als alle Planeten, auf denen das Schiff auf seiner langen Reise Station machte. Wichtiger auch als der Planet Terra, von dem die SOL einmal aufgebrochen war. Die Entwicklung war absehbar gewesen, und Rhodan fragte sich noch heute, warum er erst so spät darauf reagiert hatte. Aber wer hatte auch mit einer so langen und so gefahrvollen Reise gerechnet?

Als man am 3. Juli 3578, fast achtunddreißig Jahre nach dem Start von der Erde, mit dem SPARTAC-Energieteleskop der SOL endlich die Position der Milchstraße entdeckte, waren bereits viele der jungen SOL-Geborenen an wichtigen Schaltstellen des Generationenschiffs tätig. Die SOL befand sich damals am Rand der Kleingalaxis Balayndagar. Niemand an Bord ahnte, daß hier die Kelosker lebten, die Planer und Supermathematiker des Konzils der Sieben. Doch als die SOL-Zelle 1 und der Mittelteil der SOL auf dem Planeten Last Stop landeten, um Proviant an Bord zu nehmen, geriet SENECA, das Bordgehirn des Generationenschiffs, in den Bann keloskischer Artefakte und behauptete, ein Start werde zu einer Explosion führen. Die biopositronische Hyperinpotronik SENECA, ein 500 Meter durchmessendes kugelförmiges Gebilde, war im Zentrum des SOL-Mittelteils unterbracht. Zwei mobile Außeneinheiten, das Roboterpaar Romeo und Julia, erweiterten SENECAS Aktionsradius. Aus psychologischen Gründen hatte man ihnen das Aussehen primitiver kastenförmiger Maschinenmenschen gegeben. Die Menschen sollten sich nicht unterlegen fühlen.

Perry Rhodan lachte leise. Das alberne Erscheinungsbild der beiden Roboter, hinter denen sich die Macht und die Unberechenbarkeit SENECAS verbargen, hatte ihn mehr als einmal eher provoziert als besänftigt.

Da die beiden auf Last Stop gelandeten Schiffsteile der SOL gefangen zu sein schienen, fällte Perry Rhodan eine Entscheidung. Er gab Ras Tschubai und Senco Ahrat am 9. Juli den Auftrag, mit der SOL-Zelle 2 allein in die Milchstraße weiterzufliegen. Es war müßig, darüber zu spekulieren, ob nicht vieles anders gekommen wäre, wenn er einen anderen Entschluß gefaßt hätte. Rhodan hatte sich daran gewöhnt, Entscheidungen fällen zu müssen, deren Tragweite er nicht immer absehen konnte.

Kreuzer wurden ausgesandt, um Balayndagar zu erforschen. Sie stießen auf die Kelosker, und dabei beschädigten die Frauen und Männer der CINDERELLA unabsichtlich das Altrakulfth, eine mysteriöse, große Maschine, mit deren Hilfe die Kelosker bislang die Große Schwarze Null hatten kontrollieren können, ein gewaltiges Black Hole, das die Existenz Balayndagars bedrohte. Unversehens mit dem bevorstehenden Untergang ihrer Galaxis konfrontiert, waren die Kelosker nun entschlossen, die SOL zu benutzen, um den wichtigsten Besitz ihres Volkes in Sicherheit zu bringen: das Shetanmargt.

Immer offener kooperierte SENECA mit den plumpen, hochintelligenten Wesen, die in sieben Dimensionen denken konnten. Das Bordgehirn beschwor damit in der SOL eine Krise herauf, die zur ersten Bewährungsprobe des kurz nach dem Start von der Erde an Bord geborenen Kybernetikers Joscan Hellmut wurde. Auch Ulturpf und Kjidder Emraddin, zwei mutierte, SOL-geborene Kinder, halfen mit zu verhindern, daß das Generationenschiff in die Hände der Kelosker fiel. Die Existenz der Emraddin-Brüder, von denen der eine in andere Existenzebenen zu wechseln und der andere elektronische, positronische und inpotronische Vorgänge zu beeinflussen vermochte, war wohl ein erster Hinweis darauf, welche Folgen der pausenlose Aufenthalt im Weltall und der wiederholte Betrieb des Dimesexta-Triebwerks auf das menschliche Erbgut haben konnten. Heutzutage benutzte man aus gutem Grund keine Dimesexta-Triebwerke mehr.

Die Situation in Balayndagar eskalierte, und schließlich arrangierte sich Perry Rhodan mit den Keloskern. Nein, es war mehr als ein Arrangement gewesen. Es war eine echte Allianz, obwohl Rhodan von Anfang an klar gewesen war, daß er die wahren Beweggründe und Gedankengänge dieser Wesen niemals würde wirklich verstehen können. Siebenundvierzig Kelosker, darunter der berühmte Rechenmeister Dobrak, gingen mit dem Shetanmargt an Bord der SOL, und die keloskische Maschine vereinigte sich mit SENECA zu einem Rechnerverbund. Die Entwicklung der Großen Schwarzen Null war jedoch schon zu weit vorangeschritten und eine Flucht aus der Kleingalaxis unmöglich geworden. Die Schiffsführung der SOL wählte den einzigen Ausweg und steuerte das Generationenschiff am 30. August 3578 direkt in das Schwarze Loch. Die merkwürdigen Emraddin-Zwillinge zogen sich zugleich für immer in eine fremde Dimension zurück. Keiner von den Verantwortlichen hatte zu diesem Zeitpunkt bemerkt, daß es längst eine Reihe weiterer Mutanten an Bord der SOL gab.

Während er weiter auf die KAURRANG zudriftete, glaubte Perry Rhodan noch einmal die angstverzerrten Gesichter der Menschen an Bord der SOL vor sich zu sehen. Zu einer Zeit, in der noch niemand etwas von Schwarzen Sternenstraßen wußte, hatten sie sich einem Black Hole anvertrauen müssen.

Wie durch ein Wunder überstanden das Mittelteil der SOL und die angekuppelte SOL-Zelle 1 die Flucht durch die Große Schwarze Null, doch die merkwürdige Reise kostete die Menschen an Bord des Schiffes fast anderthalb Jahre. Die Borduhren zeigten plötzlich den 3. Januar 3581, als die SOL mit ihrer bewußtlosen Besatzung eine rutenförmige Anordnung von Sternen erreichte, die in den sechsdimensionalen Raum eingelagert war und von einer Energieblase umhüllt wurde, dem Dakkardimballon. Gespeist wurde die Minigalaxis im Überraum von dem Schwarzen Loch Samtauge, das mit Black Holes in unterschiedlichen Galaxien des Normalraumes in Verbindung stand. Der Dakkardimballon war der Lebensraum der Zgmahkonen.

Schon bald stellte sich heraus, daß die aus Fischwesen hervorgegangenen Zgmahkonen diejenigen waren, die im Konzil der Sieben Galaxien die Fäden zogen. Gleich beim ersten Vorstoß auf eine Zgmahkonenwelt befreite Gucky Olw, einen Spezialisten der Nacht. Vor Äonen hatte der zgmahkonische Wissenschaftler Galkon Erryog Olw und dessen Geschwister in der Retorte gezüchtet. Kurze Zeit später war der Heimatplanet der Zgmahkonen in ein Schwarzes Loch gestürzt und aufgrund der klugen Vorkehrungen Galkon Erryogs in den Dakkardimballon geraten. Da Olw und seine Geschwister die Black-Hole-Verbindungen zum Normalraum benutzen konnten, hatten die diktatorischen Herrscher der Zgmahkonen sie nun mißbraucht, um andere Völker unter ihre Kontrolle zu bringen. So war das Konzil der Sieben Galaxien entstanden.

Als klar wurde, daß die SOL den Dakkardimballon mit ihren eigenen Triebwerken nicht mehr würde verlassen können, mußten Alaska Saedelaere, Icho Tolot, Gucky und Olw mit einem gekaperten zgmahkonischen Spezialschiff durch einen Black-Hole-Tunnel in die Galaxis der Laren vorstoßen, um dort das Beragskolth zu entwenden, eine besondere Antriebsmaschine, die einst von den Keloskern entwickelt worden war. Obwohl sie die Notwendigkeit natürlich einsahen, waren die SOL-Geborenen nicht sonderlich begeistert darüber, daß nach dem Shetanmargt eine weiteres unheimliches Keloskeraggregat in ihr Raumschiff, ihre Welt, eingebaut wurde. Sie schienen recht zu behalten, denn bei der Montage und Justierung des Beragskolth kam es zu Dimensionseinbrüchen und allerlei merkwürdigen Phänomenen. Gleichzeitig ließen die Herrscher der Zgmahkonen, die Nullbewahrer, Jagd auf das terranische Schiff machen, das sich in den zottenartigen Auswüchsen des Dakkardimballons verborgen hielt. Schließlich war das Beragskolth betriebsbereit, und Perry Rhodan wollte mit Hilfe der Spezialisten der Nacht endlich den entscheidenden Schlag gegen das Zentrum des Konzils führen, um so die Befreiung der Milchstraße einzuleiten. Aber es kam anders …

Perry Rhodan hatte in seinem Leben oft genug erlebt, daß die Gefahren des Kosmos wie die Köpfe der Hydra waren. Schlug man einen ab, wuchsen sofort neue nach.

Überraschend tauchten Geisteswesen auf, die sich Koltonen nannten. Sie waren es gewesen, die einst Galkon Erryog gelenkt und zur Erschaffung der Spezialisten der Nacht veranlaßt hatten. Und aus dem Hintergrund hatten sie seither den Aufbau des Konzils der Sieben gesteuert. Der Zapfstrahl des Beragskolth vernichtete zwar die letzten Koltonen, doch die Spezialisten der Nacht konnten es nicht verwinden, daß sie zeit ihres Lebens willenlose Werkzeuge einer unbekannten Macht gewesen waren. Das unkontrollierte Wüten ihrer Psi-Kräfte destabilisierte den Dakkardimballon vorübergehend und ließ die Verbindungen zum Normalraum zusammenbrechen. Damit waren die Zgmahkonen in ihrem Miniuniversum isoliert, während die SOL im letzten Augenblick Chmaczy-Pzan, die Heimatgalaxis der Hyptons, eines weiteren Konzilsvolkes, erreichte.

Hier bereiteten die Spezialisten der Nacht nun ihre »Heimkehr« vor und schufen inmitten eines Hangars der SOL ein Schwarzes Loch. Entsetzt mußten die SOL-Geborenen feststellen, daß die unberechenbaren Ereignisse, die Perry Rhodans Person magnetisch anzuziehen schien, ihr Schiff schon wieder an den Rand der Vernichtung geführt hatten. Für sie war es auch nicht wichtig, daß Alaska Saedelaere den zwölf Spezialisten der Nacht in das kleine Black Hole folgte. Sie waren nur zufrieden, daß das Schwarze Loch anschließend erlosch.

Perry Rhodan seufzte. Noch einmal flog sein Blick zwischen dem Pilzdom und der KAURRANG hin und her. Das war wohl sein Schicksal. Er wurde fortwährend in verwirrende Geschehnisse kosmischen Ausmaßes verwickelt und mußte Menschen, die nichts als ein friedliches Leben führen wollten, dazu bringen, sich ebenfalls gegen die mysteriösen Gefahren des Alls zu stemmen. Natürlich hatte er Verständnis für die Sorgen der SOL-Geborenen gehabt, aber er hatte sich ein Ziel gesetzt, und dazu brauchte er die SOL.

Nach einem kurzen Zwischenspiel auf dem Planeten Grosocht, bei dem Gucky auf den sterbenden Mausbiber Lowis stieß, ließ Perry Rhodan nun endlich Kurs auf die heimische Milchstraße setzen.

Nein! In Gedanken verbesserte sich Rhodan. Für ihn und einige wenige andere war es die heimische Milchstraße gewesen. Die meisten Menschen an Bord hatten keinen echten Bezug zu dieser Galaxis.

Schon rund zwei Jahre bevor der Rest des Generationenschiffs in der Milchstraße eintraf, war die SOL-Zelle 2 dort angekommen. Für Ras Tschubai und Senco Ahrat war es eine Heimkehr nach einhundertzwanzig Jahren. Während sie vorsichtig die Lage sondierten, erfuhren sie, daß viele der von den Invasoren unterdrückten Splittergruppen der Menschheit dem Vhrato-Kult huldigten. Vhrato, der Sonnenbote, war zwar eine Figur aus der lemurischen Mythologie, aber für Tschubai und Ahrat gab es keinen Zweifel, daß die Menschen Perry Rhodan als Befreier herbeisehnten. Durch eine technische Manipulation an ihrem Schutzschirm gaben sie der SZ-2 das Aussehen eines halbmateriellen Schemens, und in den folgenden Monaten beschützte das geheimnisvolle »Vhratoschiff« immer wieder terranische Rebellen vor Einheiten der Laren und der mit diesen verbündeten Überschweren.

Als die Milchstraßenvölker im Dezember 3580 darangingen, sich gegen die Laren zu einen galaxisweiten Allianz zusammenzuschließen, griff Ras Tschubai sogar persönlich ein, um die Gründung der GAVÖK zu unterstützen. Danach wurde das Vhratoschiff zum Schutzengel für die Raumer der GAVÖK. Im Januar des Jahres 3581 entging die SOL-Zelle 2 schließlich auf der Handelswelt Olymp einer Falle der Laren, die gehofft hatten, Perry Rhodan fangen zu können, und erbeutete dabei 162 Nug-Behälter, die dringend für die Kraftwerke des Schiffes benötigt wurden. Als die Laren nun versuchten, mit Hilfe einer nachgemachten MARCO POLO und eines Perry-Rhodan-Doppelgängers das langgesuchte Geheimversteck ihrer Gegner zu finden, verbündeten sich Ras Tschubai und Senco Ahrat mit Atlan, der im zurückliegenden Jahrhundert im Schutz der Dunkelwolke Provcon-Faust das Neue Einsteinsche Imperium der Menschheit, das NEI, aufgebaut hatte. Gemeinsam vereitelten sie den Plan der Laren.

Ende August des Jahre 3581 erreichte Perry Rhodan mit dem Mittelteil der SOL und der SOL-Zelle 1 die Milchstraße. Rhodan hoffte, die versprengten Überreste der Menschheit zu sammeln und in einen Aufstand gegen die Laren führen zu können, die nach dem Kollaps des Dakkardimballons vom Rest des Konzils abgeschnitten waren. Natürlich plante er Atlan als Verbündeten ein, doch schnell mußte er einsehen, daß die Politik des Arkoniden darauf gerichtet war, den Status quo gegenseitiger Duldung von NEI und Laren zu bewahren. Der Streit war vorprogrammiert, und aus den beiden alten Freunde wurden im Nu unversöhnliche Feinde. Für Rhodan war Atlan ein Verräter, und für Atlan war Rhodan eine Bedrohung seiner Politik.

Die Menschen neigen dazu, uns Unsterbliche zu überschätzen, sinnierte Perry Rhodan. Aber auch Zellaktivatorträger waren Menschen, keine hehren Lichtgestalten. In gewisser Weise hatten sowohl Atlan als auch er selbst recht und unrecht zugleich gehabt. Beide hatten sie jahrzehntelang ihre Pläne zum Wohl der Menschheit verfolgt, und ihre Gedanken hatten sich so sehr darauf fixiert, daß weder er noch Atlan damals in der Lage waren, die Vorstellungen des anderen zu verstehen. Und wie immer mußten unter der Fehde der Mächtigen diejenigen leiden, die eigentlich nichts damit zu tun hatten.

Schließlich eskalierten die Ereignisse so weit, daß Atlan die SOL von einer Kampfflotte des NEI einkreisen ließ. Von neuem waren die Solaner mit dem drohenden Untergang ihrer Heimat konfrontiert. Und ausgerechnet zwei von ihnen führten Atlan und Perry Rhodan wieder aufeinander zu, der Kybernetiker Joscan Hellmut, längst Sprachrohr der SOL-Geborenen, und der siebzehnjährige Telepath Bjo Breiskoll. Seine geschmeidigen Bewegungen, seine schräggestellten Augen und die an zahlreichen Stellen seines Körpers wachsenden rotbraunen Fellbüschel hatten Bjo den Spitznamen »rot-braun gefleckter Katzer« eingebracht. Perry Rhodan sah ein, daß die Menschen des NEI nicht für eine Militäraktion gegen die Laren zu gewinnen waren, aber auch Atlan fühlte sich längst als Fremder inmitten der neuen Menschheit.

Wieder durch die SZ-2 komplettiert, brach die SOL am 17. Februar 3581 zum Rückflug in den Mahlstrom der Sterne auf. Einige Kelosker blieben in der Milchstraße zurück, um einen Achtzigjahreplan zur Vertreibung der Laren durchzuführen. Mit an Bord waren dafür der Arkonide Atlan, der das NEI Julian Tifflor anvertraut hatte, und der merkwürdige Robotologe und Schürzenjäger Galto Quohlfahrt, bei dem seine Posbi-Freunde ein Körperteil nach dem anderen gegen robotische Ersatzteile austauschten.

Auf dem Weg zum Mahlstrom geriet die SOL in den Bann einer grünlichen Wolke, der der Kelosker Dobrak die Bezeichnung Große Grüne Null gab. Sie ging von den vergeistigten Pehrtus aus. Weil Perry Rhodan bereits vor 124 Jahren bei seiner Odyssee durch die Galaxien Naupaum und Catron versteinerten Pehrtusgehirnen begegnet war, konnte das Kollektivbewußtsein der Pehrtus auf die SOL übergreifen und die Besatzung in einen Dornröschenschlaf versetzen.

Vielleicht hatten die Solaner ja recht, dachte Perry Rhodan, *und die größte Gefahr für ihr Schiff ging wirklich immer von mir aus.*

Vor allem dem Shetanmargt und dem »Schiffstrottel« Rurik Conic war es zu verdanken, daß Dobrak und Rhodan die SOL dem Pehrtusbewußtsein entziehen und aus den Fesseln der Großen Grünen Null befreien konnten.

Kurz danach, am 12. März 3581, wurden während einer Flugpause im Rasterstop-System auf einen Schlag siebenundzwanzig hochintelligente und übersinnlich begabte Kinder an Bord der SOL geboren, die noch im Mutterleib durch den Flug mit dem Dimesexta-Triebwerk verändert worden waren. Weil sie die siebte Dimension als ihre Heimat ansahen, versuchten die Säuglinge zunächst die Kelosker ihrer geistigen Kontrolle zu unterwerfen und verschwanden schließlich, als die SOL ihre Reise auf der Septadim-Parallelspur fortsetzte. Galto Quohlfahrt und seine damalige Favoritin Elaine Foxan erlebten unterdessen ein Abenteuer auf einem der Rasterstop-Planeten.

Unversehens tauchte Mondra Diamonds Gesicht vor Perry Rhodans innerem Auge auf. Irritiert schüttelte der Unsterbliche den Kopf, und das Spukbild verschwand.

Am 2. April 3582 erreichte die SOL endlich den Mahlstrom, aber die Sonne Medaillon und vor allem die Erde waren nicht mehr da. Sie waren schon am 2. September 3581 im Schlund, einem allesverschlingenden Entmaterialisierungstrichter, verschwunden. Außerdem hatten sich im Verlauf des langen Fluges die Fronten zwischen den unterschiedlichen Parteien an Bord des Generationenschiffs verhärtet.

Neben dem Klub SOL, einer von Joscan Hellmut gegründeten Gemeinschaft, die die Interessen der SOL-Geborenen gegenüber den Mahlstrom-Terranern und den Alt-Galaktikern vertreten sollte, gab es weitere kleine Gruppen, einige radikal, andere eher schwärmerisch. Nach der Ankunft im Mahlstrom erreichte der Konflikt in der SOL einen neuen Höhepunkt, und als Reaktion auf den passiven Widerstand der SOL-Geborenen verließen Perry Rhodan und seine Anhänger das Schiff mit den Beibooten. Die Einsicht, daß der akute Nugas-Mangel an Bord das Schiff über kurz oder lang dem Sog des Schlundes preisgeben würde, zwang die zerstrittenen Parteien jedoch zu einer vorübergehenden Versöhnung. Auf Ovarons Planeten stieß man unmittelbar danach auf Menschen, die die Erde vor ihrem Sturz in den Schlund verlassen hatten. Zu Perry Rhodans freudiger Überraschung waren darunter auch sein Sohn Michael alias Roi Danton und Reginald Bull, der inzwischen dem Griff dem Aphilie entschlüpft war.

Doch nicht nur kosmische Mächte und die allgegenwärtigen Interessenkonflikte an Bord bedrohten die SOL. Erreger, die das Generationenschiff aus dem Rasterstop-System eingeschleppt hatte, ließen auf Ovarons Planeten und in der SOL selbst eine gefährliche Seuche ausbrechen. Glücklicherweise wurden die Mediziner ihrer rechtzeitig Herr. Nachdem anschließend eine Anlage zur Nugas-Produktion in ihr Mittelteil eingebaut worden war, verließ die SOL mit Reginald Bull und Roi Danton am 3. August 3582 Ovarons Planeten.

Es gibt noch Menschen im Mahlstrom, fuhr es Perry Rhodan in den Sinn. Wir haben sie einfach vergessen wie so manches andere. Zuviel Neues hatten sie damals erfahren, Dinge von kosmischer Bedeutung. Und einige Menschen waren darüber in Vergessenheit geraten.

Noch im Mahlstrom begegnete Gucky in Inneren des Planetoiden Vrinos einem Boten der Superintelligenz ES und erfuhr so, daß Terra durch eine gewaltige Macht, BARDIOC, bedroht wurde. Den Berechnungen des Keloskers Dobrak folgend, brach die SOL nun auf zur Suche nach der verschollenen Erde.

Die Details der KAURRANG wurden immer deutlicher. Perry Rhodan war froh, bald wieder bei seinen Gefährten zu sein, bei seinem alten Freund Reginald Bull, bei dem ängstlichen Tautmo Aagenfelt, der rätselhaften Ska Kijathe, dem ewig polternden Poulton Kreyn, den beiden Swoons und bei Mondra Diamond. Aber noch immer kreisten seine Gedanken um die SOL, sein Schiff.

Nach ihrem erneuten Aufbruch aus dem Mahlstrom der Sterne wurde die SOL in der siebten Dimension von den Jotanern angehalten, denen Atlan und Ras Tschubai mit der SOL-Zelle 2 schon 3581 im Milchstraßenzentrum begegnet waren und die psionische Lebensenergie benötigten. Mit einer Materieprojektion seiner längst verstorbenen Frau Thora schlugen die Jotaner Perry Rhodan in ihren Bann, aber mit ihrem untrüglichen Gespür für aberwitzige Ereignisse bereinigten Dalaimoc Rorvic und Tatcher a Hainu schließlich die Situation. Die SOL konnte ihre Reise fortsetzen.

Sekundenlang verwischten sich in Rhodans Vorstellung die Gesichter Thoras und Mondra Diamonds, obwohl zwischen der ursprünglich so kühlen Arkonidin und der ehemaligen Zirkusartistin kaum eine Ähnlichkeit bestand. Rhodan schob den irritierenden Gedanken fort.

Zwei Wochen nachdem sie den Mahlstrom verlassen hatte, stieß die SOL in den Randbezirken der Galaxis Dh'morvon auf die humanoiden Tbahrgs, die der Mächtigkeitsballung einer fremden Superintelligenz, der Kaiserin von Therm, angehörten. Beim Besuch der tbahrgischen Zentralwelt Xumanth erhielten die Terraner erste Hinweise darauf, daß das MODUL, ein großes Forschungsschiff der Kaiserin, irgendwo auf die verschollene Erde gestoßen war. Die Tbahrgs und die ihnen übergeordneten Feyerdaler, ein weiteres Vasallenvolk der Kaiserin, vermuteten allerdings, daß die SOL ein Spion VERNOCS, einer Inkarnation der Superintelligenz BARDIOC, wäre. Auf dem Feyerdalerplaneten Pröhndome entdeckten Perry Rhodan und einige Solaner, daß Agenten VERNOCS längst in den Machtbereich der Kaiserin von Therm eingedrungen waren. Indem sie Rhodan und die Solaner zu ihren Beauftragten erwählte, provozierte die Superintelligenz einen Konflikt mit den Feyerdalern und konnte diese damit aus ihrer gesellschaftlichen Erstarrung reißen. Die SOL machte sich nun auf den Weg zu dem Ort, an dem das MODUL in eine kosmische Falle der Inkarnation CLERMAC gegangen war.

Sein Ziel war gewesen, die verschwundene Erde zu finden, und das hatte ihn gezwungen, Allianzen einzugehen. Aber ganz allmählich war er auf diese Weise zu einem Laufburschen übergeordneter Mächte geworden – der Kaiserin von Therm, von ES, schließlich der Kosmokraten. Es hatte lange gedauert, bis er sich davon befreit hatte. Und jetzt, Thoregon ... War er nicht schon wieder auf dem gleichen Weg?

Nach dem Erreichen der Coursteebouth-Wolke schlugen Perry Rhodan, Bjo Breiskoll, Ras Tschubai, Mentro Kosum und Icho Tolot beim Wettlauf um das MODUL den Agenten CLERMACS, den Hulkoos, ein Schnippchen. Der COMP, ein Ableger der Kaiserin von Therm, konnte geborgen und an Bord der SOL gebracht werden. Dort übernahm das 32-Meter-Kristallgebilde schnell die Kontrolle über die Hyperinpotronik SENECA. Nur indem er die Annäherung einer Hulkooflotte simulieren ließ, konnte Rhodan den COMP zum Einlenken bewegen. Im Januar 3583 begegnete die SOL zunächst in der Dh'morvon vorgelagerten Kleingalaxis Alpha-morvon den Choolks, dem wichtigsten Hilfsvolk der Kaiserin von Therm, ehe sie am 11. April in der Galaxis Nypasor-Xon endlich das Yoxa-Sant-System erreichte, den Sitz der Superintelligenz.

Perry Rhodan hatte bis dahin nur ES gekannt, ein körperloses Wesen, das aus der Vergeistigung eines ganzen Volkes hervorgegangen war. Die Kaiserin von Therm war etwas völlig anderes. Als Gespinst kristalliner Fäden umgab sie den Planeten Drackrioch, substanzgewordenes Produkt jener Priorwelle, in der die Soberer vor unendlichen Zeiten das Destillat ihrer Kultur ins All abgestrahlt hatten.

Die Kaiserin von Therm übergab Perry Rhodan einen ihrer Kristalle und machte ihn damit endgültig zu ihrem Verbündeten im Kampf gegen ihren großen Feind, die Superintelligenz BARDIOC. In der Galaxis Ganuhr stieß die SOL Mitte des Jahres 3583 an den von der Kaiserin angegebenen

Koordinaten zwar endlich auf das Medaillon-System mit der langgesuchten Erde, doch diese war fast völlig menschenleer. Die wenigen Terraner, die sich noch auf der Erde aufhielten, wurden von den Suggestionen einer Kleinen Majestät beherrscht, eines gehirnähnlichen Organismus, der – wie sich später herausstellte – von BARDIOC abgespalten worden war. Die letzten freien Terraner, die sich zur Terra-Patrouille zusammengeschlossen hatten, waren auf einen Nachbarplaneten geflüchtet. Zu ihnen gehörte auch Alaska Saedelaere, den es vor zwei Jahren auf mysteriöse Weise aus der SOL auf die entvölkerte Erde verschlagen hatte. Ein Einsatzkommando der SOL vernichtete die Kleine Majestät, und Saedelaere, der Mann mit der Maske, kehrte an Bord des Generationenraumschiffs zurück, zusammen mit Douc Langur, jenem Forscher der Kaiserin von Therm, der die Erde an ihrem neuen Standort entdeckt hatte. Douc Langur war ein merkwürdiges Wesen, stets von Zweifeln zerrissen, ob er ein Roboter oder organischer Herkunft sei.

Eine Übermacht von Hulkooschiffen zwang die SOL schließlich, sich aus dem Medaillon-System zurückzuziehen, und Perry Rhodan startete unter dem Einfluß des Kristalls der Kaiserin eine erbarmungslose Jagd auf Kleine Majestäten. Für die SOL-Geborenen begann eine neue Zeit des Leidens und Zähneknirschens. Wieder wurde das Schiff, das ihre Heimat war, für gefährliche Missionen eingesetzt, die nichts mit ihren eigenen Zielen zu tun hatten. Aber auch Atlan, Reginald Bull, Fellmer Lloyd und Rhodans übrige Freunde reagierten mit Unverständnis.

Sie müssen mich für einen Besessenen gehalten haben, dachte Perry Rhodan, aber in gewisser Weise war ich dies wohl auch. Kristallträger. Beauftragter einer Superintelligenz. Nicht mehr Herr seiner Entscheidungen. Rhodan warf einen kurzen Blick zum Pilzdom zurück. Dort war er gerade zum sechsten Boten von Thoregon ernannt worden. Ging es wieder los? Sollte er nicht gewarnt sein? Trotzig wandte sich der Terraner wieder nach vorn, blickte der KAURRANG entgegen.

Der Feldzug gegen die Statthalter BARDIOCS führte die SOL im Oktober 3583 schließlich zu den Varben, die mit ihren körpereigenen Gravobeuteln die Schwerkraft beherrschten, aber nicht ahnten, daß sie seit langem von BARDIOCS Inkarnation manipuliert wurden. Die Auseinandersetzungen zwischen Perry Rhodan und der Inkarnation VERNOC brachte die Zivilisation der Varben an den Rand der Vernichtung und setzte die SOL von neuem einer Bedrohung durch die Hulkoos aus. Im März 3584 gelang es dann, die Sphäre mit den Inkarnationen gefangenzunehmen. Daß Rhodan sie gegen den Willen der Solaner an Bord seines Schiffes bringen ließ, erwies sich schon bald als Fehler, denn BULLOC, die vierte und machtvollste Inkarnation, manifestierte sich und unterwarf die Besatzung innerhalb kurzer Zeit ihrem geistigen Diktat. Nur einer großen Flotte der Choolks war er zu verdanken, daß BULLOC die SOL schnell wieder aufgab und verschwand. Perry Rhodan, der sich selbst als Geisel angeboten hatte, nahm er mit.

Wen sonst, murmelte Rhodan selbstironisch. Perry Rhodan, von Beruf Held.

Für Atlan und die anderen Zellaktivatorträger war es keine Frage, daß sie nach einem kurzen Aufenthalt auf der Erde die Suche nach Perry Rhodan aufnahmen. Die SOL-Geborenen sahen dies ganz anders. An ihre Spitze hatte sich Gavro Yaal gesetzt, ein energischer Biologe, dem der auf Kompromisse und Ausgleich bedachte Joscan Hellmut als Sprecher der Solaner viel zu nachgiebig war. Unterwegs wurde die SOL von Unbekannten angegriffen. Alaska Saedelaere gelangte mit einigen Solanern auf den Planeten der Tardellianer und beendigte die Manipulation der Völker eines Neunsonnenreiches durch ihre Vorfahren. Anschließend konnte die SOL ihre Suche fortsetzen. Erst über ein Jahr nach seiner Entführung fand man Perry Rhodan schließlich in der Galaxis Barxöft, schlafend auf einem Planeten des Parföx-Par-Systems. Er träumte zusammen mit BARDIOC den Traum einer Superintelligenz.

BARDIOCS Traum. Kaum ein Erlebnis hatte Perry Rhodan so sehr erschüttert wie dieses. Wann war er je dem Atem des Kosmos näher gewesen als in diesem Augenblick? Wenn es irgendein Ereignis gegeben hatte, das ihn endgültig mit seiner kosmischen Bestimmung verbunden hatte, dann war es dieses gewesen, mehr noch als sein späterer Besuch bei ES. Durch Bardioc erfuhr er von den Mächtigen, den Sporenschiffen, dem Ursprung der Schwärme und den unverständlichen Plänen der Kosmokraten, die hinter den Materiequellen residierten. Und ihm wurde klarer denn je, wie relativ die Worte Freund und Feind, richtig und falsch, gut und böse auf der kosmischen Ebene waren.

Die Superintelligenz BARDIOC war aus dem Gehirn des Mächtigen Bardioc hervorgegangen, der für einen Frevel bestraft worden war und dessen Überrest nun eine Einheit mit den Pflanzen und Tieren seiner Welt bildete. Als sich das Gehirn von der Natur des Planeten löste und wieder zu Bardioc wurde, sah der kosmisch denkende Mensch Perry Rhodan nur einen Weg: das Gehirn in die SOL zu holen und zur Kaiserin von Therm zu bringen.

Für Rhodan war dies die einmalige Gelegenheit, einen Galaxien umspannenden Konflikt zu beenden und die Chance zu wahren, noch schlimmere Gefahren vom Universum abzuwenden. Für die Solaner hingegen kam nach BULLOC ein neues Ungeheuer an Bord des Schiffes, das sie als ihren ureigensten Besitz ansahen, ein neues und ein noch schlimmeres. Sie wehrten sich gegen Rhodans Vorhaben, aber das Versprechen, daß ihnen die SOL nach der Beendigung der aktuellen Mission endgültig übergeben werden würde, ließ sie einlenken. Mehr noch! Als eine Instabilität seines Lebenserhaltungssystems die Weiterexistenz von Bardiocs Gehirn ernsthaft bedrohte, mußte Perry Rhodan Gavro Yaal selbst zu Rate ziehen. Der aber sah in der Tatsache, daß zunächst die Kaiserin von Therm und nun auch BARDIOC auf ihre Hilfe angewiesen waren, den Beweis, daß die SOL, SENECA und die Besatzung des Schiffes als Gemeinschaftswesen die legitimen Erben dieser machtvollen Wesen seien, eine neue Superintelligenz.

Ein Angriff BULLOCS, der sich als Nachfolger der Superintelligenz BARDIOC ansah, zwang Bardioc zu einem gewaltigen mentalen Abwehrschlag, der auch SENECA beeinträchtigte. Dadurch geriet Bardioc in neue Gefahr. Daß es wieder Gavro Yaal war, der dieses Problem löste, stärkte die Position der SOL-Geborenen weiter. Nachdem Bardiocs Gehirn Ende April 3584 im Yoxa-Sant-System mit den Kristallstrukturen der Kaiserin von Therm vereinigt worden war, nahm die SOL Kurs auf das letzte Ziel, das Perry Rhodan ihr vorgab.

In der Galaxis Tschuschik, die von ihren Bewohnern, den humanoiden Wyngern, Algstogermaht genannt wurde, hatte Bardioc vor mehr als einer Million Jahren sein Sporenschiff versteckt, die PAN-THAU-RA. Dieser Verrat am Bund der Mächtigen hatte für den Kosmos eine unvorstellbare Gefahr heraufbeschworen, denn es war damit zu rechnen, daß die Kosmokraten jene Materiequelle manipulieren würden, an der die PAN-THAU-RA einst ihre Ladung übernommen hatte.

Die Solaner und ich, überlegte Perry Rhodan, für beide sollte Algstogermaht ein Wendepunkt werden. Ich wollte eine kosmische Katastrophe verhindern. Sie wollten ihre Freiheit.

In Algstogermaht traf die SOL am 13. Juli 3586 auf die BASIS. Dieses neue terranische Riesenschiff war von der Erde gekommen, die inzwischen von Beauftragten der Superintelligenz ES wieder an ihren angestammten Platz in der Milchstraße zurückversetzt worden war. Auch dort war man inzwischen auf die von der PAN-THAU-RA ausgehende Gefahr aufmerksam geworden. Während Perry Rhodan und seine Vertrauten dem Geheimnis Laires auf die Spur kamen, eines Roboters der Kosmokraten, der sich einst mit Bardioc verbündet und nach dessen Verschwinden das Sporenschiff im Hyperraum versteckt hatte, wuchs die Ungeduld der SOL-Geborenen. Die Stimmung an Bord des Generationenschiffs wurde mit der Zeit so gespannt, daß im November 3586 die noch auf der Erde geborenen Besatzungsmitglieder mit ihren Familienangehörigen auf die BASIS überwechselten. Die Metabio-Gruppiererin Irmina Kotschistowa wurde unterdessen auf die zehnjährigen Zwillinge Sternfeuer und

Federspiel aufmerksam, bisher unentdeckte parapsychische Talente an Bord der SOL.

Als das erfolgreiche Ende der Algstogermaht-Mission unmittelbar bevorstand, entschloß sich Perry Rhodan endlich, die SOL den Solanern zu überlassen. Als Übergabetermin wählten die SOL-Geborenen zunächst den 18. Dezember 3586. Da er aber von Douc Langur erfuhr, daß die Solaner einem geheimnisvollen Ereignis entgegenfieberten, verzögerte Rhodan die Übergabezeremonie durch einen Psychotrick noch einmal. Am 24. Dezember trat das von den Solanern erwartete denkwürdige Ereignis schließlich ein. In Gegenwart Perry Rhodans brachte die Solanerin Helma Buhrlo ein Weltraumbaby zur Welt. Das Kind, das den Namen Corun Han erhielt, war das erste Individuum eines neuen Menschentyps, der Buhrlos, die sich ohne Raumanzüge im All aufhalten konnten. Unmittelbar nach der Geburt verließ Perry Rhodan die SOL, die Kurs auf ein unbekanntes Ziel setzte. Mit an Bord blieb Douc Langur, der Forscher der Kaiserin von Therm, der das Schicksal der Solaner, dieses neuen Zweiges der Menschheit, weiter verfolgen wollte.

Von der BASIS aus hatte Perry Rhodan dem Hantelschiff nachgesehen, das majestätisch in der Tiefe des Alls verschwand. Natürlich hatte er es mitunter bereut, die SOL so einfach aufgegeben zu haben. Aber es ihm immer klar gewesen, daß er damals das Richtige getan hatte. Er war sicher gewesen, daß er die SOL einmal wiedersehen würde, aber er hatte nicht damit gerechnet, daß bis dahin Jahrhunderte vergehen würden. Sehr viel früher als er hatte aber sein Freund Atlan wieder den Weg des verschollenen Generationenschiffs gekreuzt. Von ihm hatte Rhodan das meiste von dem erfahren, was der SOL nach ihrer Trennung von der BASIS zugestoßen war.

Ein Kind mit glasartig wirkenden Hautpartien. Menschen, die auf Planeten lebten, hätten den Neugeborenen, den Helma Buhrlo am 24. Dezember 3586 in der SOL zur Welt gebracht hatte, vielleicht als bemitleidenswerte Mutation bezeichnet. Für die Solaner war Corun Han Buhrlo das Symbol einer neuen Epoche. Seine Geburt und ihr eigenständiger Aufbruch aus der Galaxis Algstogermaht waren so tiefgreifende Ereignisse, daß man eine neue Zeitrechnung einführte. Daß das Jahr 3586 zum Jahr 1 der SOL wurde, war symptomatisch für die Politik Gavro Yaals. Er wollte den radikalen Bruch mit der Vergangenheit, mit allem, was mit Perry Rhodan und der Erde zu tun hatte. Gavro Yaals Botschaft war: »Der Mensch ist für ein Leben im Weltraum bestimmt. Planeten braucht er nicht.«

Eine neue Zeit, neue Gedanken, sinnierte Perry Rhodan. Er hatte seine Geschwindigkeit unmerklich verringert. Er wollte die KAURRANG nicht zu früh erreichen. Er brauchte Zeit zum Nachdenken. Damals war er 1650 Jahre alt gewesen, und mit Gavro Yaals Ideen hatte er nichts anfangen können. Aber wie war es heute? War er ein lebendes Fossil, das den Anschluß an die Zeit verloren hatte?

Die Natur schien Gavro Yaal recht zu geben. Schon in der ersten Hälfte des 2. Jahres der SOL, des Jahres 3587, wurden sechs weitere Kinder mit Buhrlonarben geboren. Die Solaner verehrten sie. Und Yaal verfolgte weiter sein Konzept eines Lebens im All. In beiden Zellen des Generationenschiffs ließ er SOL-Farmen einrichten, große Grünflächen, die der Erholung und Zerstreuung, vor allem aber der Produktion von Nahrungsmitteln dienen sollten. Doch auch Gavro Yaal mußte Kompromisse machen. Bereits im 2. Jahr der neuen Zeitrechnung landeten vier Beiboote der SOL auf einem fremden Planeten, um Rohstoffe zu beschaffen. Die Bewohner des Planeten, die grünen, vierarmigen Kowalleks, nannten ihre Heimat »Unsere Welt Zwzwko«. Sie waren die ersten Extraterrestrier, die sich in der SOL niederließen. Ihnen folgten im Verlauf weniger Monate die Epseriden, die Phlaphla und die Theodam. Und später kamen viele andere. Noch bot die SOL genug Raum, und die Solaner dachten liberal und weltoffen. Aber wenn Gavro Yaal das Schiff auch nach demokratischen Regeln führte, so ging er doch unerbittlich gegen solche Besatzungsmitglieder vor, die den Idealen vom isolierten Leben im Weltraum zuwiderhandelten. Als erster wurde am 15. Juli 3590 der Pilot Perg Ivory wegen eines derartigen Verstoßes zur Verbannung auf einen Planeten verurteilt. Viele sogenannte Meuterer sollten in den folgenden Jahrzehnten sein Schicksal teilen.

Sicher, Gavro Yaal ist ein Fanatiker gewesen, überlegte Rhodan, aber auch ein Idealist. Das konnte man von denen, die nach ihm kamen, nicht mehr behaupten. Cleton Weisel, Elvin Glador und wie sie alle hießen. Keinem von ihnen war Rhodan jemals persönlich begegnet. Er kannte ihre Namen nur aus den Berichten Atlans.

Yaals Einfluß schwand bald. Eine Clique von Wissenschaftlern und Technikern, an deren Spitze Cleton Weisel stand, übernahm die Führung der SOL. Im Gegensatz zu Yaal war Weisel ein diktatorischer Herrscher, aber die Solaner ließen sich sein Diktat gefallen, denn seine Mannschaft, die Arge SOL, sorgte dafür, daß an Bord alles funktionierte. Im Jahre 3608 nutzte Weisel eine Krise, um mit SENECAS Hilfe den Kybernetiker und einstigen Sprecher der SOL-Geborenen Joscan Helmut, die übersinnlich begabten Zwillinge Sternfeuer und Federspiel, den Katzer Bjo Breiskoll und auch Gavro Yaal in Tiefschlaf zu versetzen. Den arglosen Solanern wurde weisgemacht, durch das »Projekt Überleben« habe Weisel eine Eingreiftruppe für zukünftige Notfälle geschaffen. In Wirklichkeit hatte der raffinierte Technokrat die letzten Personen aus dem Weg geräumt, die seine Herrschaft noch behindert hatten. Zur gleichen Zeit wurde an Bord das erste Baby geboren, dessen Körper vollständig von Buhrlohaut bedeckt war, der erste echte Weltraummensch.

Rund fünfzig Jahre lang beherrschte die Arge SOL das Generationenschiff recht unangefochten. Ihr Niedergang begann, als sich 3645 eine fremde Energie-Intelligenz in SENECA inkorporierte. Außerdem gelang es der fremden Macht, in Romeo und Julia Quasi-Antimateriemassen einzuschleusen, deren Vereinigung die SOL in einer gewaltigen Explosion vernichten würde. SENECA bannte die Gefahr allerdings vorläufig, indem er seine beiden Roboter in Kunstharzblöcke einschließen ließ. In der Folgezeit häuften sich Funktionsstörungen der Biohyperinpotronik. Der Widerstand der unzufriedenen Solaner wuchs schnell, doch Cleton Weisel, der die Macht um nichts in der Welt aus der Hand geben wollte, schlug erbarmungslos zurück. Fünfhundert Solaner wurden zu Meuterern erklärt und auf dem Planeten Chircool zurückgelassen. Weisel konnte nicht ahnen, daß ausgerechnet die Nachkommen dieser Verbannten die SOL Jahrhunderte später aus einer Sackgasse führen sollten.

Als direkte Folge von SENECAS Kollaps versagten die Emotionauten, die mit ihren SERT-Hauben die SOL bislang sicher durch die Gefahren des Kosmos navigiert hatten. Sie verfielen schließlich dem Wahnsinn und suchten den Freitod. Nun zeigte sich um so deutlicher, wie begrenzt die Fähigkeiten der Arge SOL waren. Ohne die Unterstützung SENECAS und der Emotionauten konnten sie weder das Schiff steuern noch die technischen Funktionen an Bord aufrechterhalten. Die SOL schlingerte dem Untergang entgegen. Durch ein mißglücktes Linearmanöver geriet sie 3650 in das absolute Nichts, ein Hypervakuum, aus dem es kein Entrinnen zu geben schien. Diese aussichtslose Situation nutzte der Techniker Elvin Glador, um die Macht in der SOL an sich zu reißen. Er und seine Anhänger fegten die Arge SOL hinweg. Cleton Weisel wurde getötet.

Glador errichtete ein Regime, das noch rigider war als das der Arge. Seinen Machtapparat, den er SOLAG nannte, teilte er in streng hierarchisch geordnete Kasten ein. Den untersten Rang nahm die Gruppe der Ferraten ein, die Glador als Brüder der sechsten Wertigkeit bezeichnete. Sie hatten einfache Wartungs- und Reparaturarbeiten zu erledigen. Die Brüder der fünften Wertigkeit, die Troiliten, waren lediglich in SENECA gespeicherte Energiewesen, die notfalls als fünfte Kolonne fungieren sollten. Die nächsthöhere Kaste bildeten die Brüder der vierten Wertigkeit, die Pyrriden, die Planeten zu besuchen und das Schiff mit Rohstoffen zu versorgen hatten. Die Ahlnaten, die Brüder der dritten Wertigkeit, waren Priester und Lehrer. Sie mußten vor allem die Ferraten instruieren. Die Brüder der zweiten Wertigkeit waren Soldaten, die Glador als Haematen bezeichnete, weil sie für die Reinheit des Blutes aller Solaner verantwortlich sein sollten. Kommandiert wurden sie von einigen Offizieren, den Vystiden. Die oberste Kaste bildeten die Magniden, die unmittelbaren Helfer Gladors. Für sich selbst, den Bruder ohne Wertigkeit, wählte Elvin Glador den Titel High Sideryt. Der High Sideryt hatte die absolute Macht über die SOL, und er allein hatte auch zu entscheiden, wer sein Nachfolger werden sollte. Die einfachen Solaner waren völlig rechtlos geworden.

Was haben sie aus der SOL gemacht, aus meinem Schiff! Seit der Trennung von der BASIS waren keine siebzig Jahre vergangen, und an Bord herrschten Tyrannei und Unwissenheit. Es war meine Schuld, schoß es Perry Rhodan durch den Kopf. Er hatte den Solanern das Schiff überlassen. Er war verantwortlich. Aber er wußte auch, daß er damals keine andere Wahl gehabt hatte, als den Solanern ihre Freiheit zu geben. Und Freiheit beinhaltete stets auch die Möglichkeit des Scheiterns.

Auf der einen Seite war Elvin Glador ein Pragmatiker, der erkannt hatte, daß das Desaster an Bord der SOL nur mit unerbittlicher Strenge in den Griff zu bekommen war. Auf der anderen Seite war er aber auch ein machtbesessener Wahnsinniger, der davon träumte, unsterblich zu werden und das Schiff gemeinsam mit seinen eigenen Doppelgängern zu beherrschen. Bei seiner Machtergreifung war der neue High Sideryt von Chybrain unterstützt worden, einem merkwürdigen Wesen, das aus Jenseitsmaterie bestand. Als Atlan fünfzig Jahre zuvor zu den Kosmokraten, den Mächten jenseits der Materiequellen, unterwegs gewesen war, hatten sich sein Extrasinn und die fremdartige Wesenheit Wöbbeking auf rätselhafte Weise verbunden und Chybrain hervorgebracht.

Atlan. Auch sein Schicksal war die SOL gewesen. In gewisser Weise war sie sein Schiff nicht weniger als das Perry Rhodans. Mein Freund Atlan! Wie schnell war das gesagt. Es gab einige Personen, die Perry Rhodan zu Recht und mit Ernst seine Freunde nannte, Terraner und Außerirdische. Aber mit Atlan verhielt es sich anders. Mit niemandem hatte er je so unerbittlich gestritten wie mit ihm, um Macht, um Frauen und immer wieder um den rechten Weg. Aber kein Zerwürfnis war so tief gewesen, daß sie nicht nach einiger Zeit wieder zueinandergefunden hätten. Sie waren mehr als Freunde, sie waren kosmische Zwillinge. Auserwählte, die vom Schicksal – oder von wem auch immer – stets aufs neue in einen Strudel aberwitziger kosmischer Ereignisse gestürzt wurden. Zellaktivatorträger! Ritter der Tiefe! Nun war er, Perry Rhodan, zum Boten von Thoregon ernannt worden. Wie mochte es Atlan in diesem Augenblick ergehen?

Elvin Gladors Konzept funktionierte nur teilweise. Der Niedergang an Bord der SOL verzögerte sich, aber er ging weiter. Immer mehr Wissen geriet in Vergessenheit. Immer weniger verstanden die Menschen in der SOL von der Technik um sie herum, von der doch ihr Leben abhing. Verbotene Zonen entstanden, in denen Giftstoffe und radioaktiver Müll gelagert wurden. Die Solaner zahlten den Preis. In den letzten zwanzig Jahren des 37. Jahrhunderts wurden an Bord immer mehr körperliche Mutanten geboren, die nicht selten nur noch mit Mühe als Menschen zu erkennen waren. Zunächst betrachtete man sie nur als arme Opfer einer grausamen Natur, doch im Laufe der Zeit begegneten die Solaner ihnen mit wachsendem Mißtrauen.

Das alte Spiel, dachte Perry Rhodan. Wenn etwas schiefläuft, richtet sich der Volkszorn auf diejenigen, die anders sind. Oder vielmehr, verbesserte er sich, er wird auf diese gerichtet, von denjenigen nämlich, die von sich und ihren eigenen Machenschaften ablenken wollen.

So verkündete der High Sideryt Tenho Waibnost im Jahr 114 der SOL, dem Jahr 3700 der herkömmlichen Zeitrechnung: »Alle, die nicht normal sind, sind Monster.« Damit eröffnete er ein Jahrhundert grausamer Monsterjagden, bei denen sich vor allem die Vystiden und die Ferraten auf unrühmliche Weise hervortaten. Dabei waren gerade die Ferraten, die durch ihre Tätigkeit des öfteren Giften und radioaktiver Strahlung ausgesetzt wurden, die Eltern vieler sogenannter Monster. Auch die nichtmenschlichen Bewohner der SOL, für die sich der abschätzige Begriff »Extras« einbürgerte, wurden zum Ziel von Aggressionen, und schließlich gerieten selbst die Buhrlos, die noch vor hundert Jahren die Objekte der allgemeinen Verehrung gewesen waren, in Mißkredit. Sie taten zwar niemandem etwas zuleide, aber weil die besondere Physiologie ihrer Glashaut sie zwang, in regelmäßigen Abständen das Vakuum des Alls aufzusuchen, hatten sie sich in entlegenen Regionen in unmittelbarer Nähe der Schiffshülle angesiedelt und blieben meist unter sich. Allein dadurch zogen sie schon das Mißtrauen der einfachen Solaner auf sich, die tagtäglich ums Überleben kämpfen mußten.

Um das Jahr 3770 herum verschaffte jedoch eine zufällige Entdeckung den Buhrlos den Schutz der SOLAG. Man stellte fest, daß die Weltraummenschen bei ihrem Aufenthalt im All eine besondere Energieform speicherten, die man ihnen später abzapfen konnte. Dieses »E-kick« wurde zum Stimulans der SOLAG-Angehörigen, vor allem der Magniden und des High Sideryt. Da man dem E-kick außerdem eine lebensverlängernde Wirkung nachgesagte, war die SOLAG nun sehr am Wohlergehen der Buhrlos interessiert. Das Schicksal der übrigen Solaner berührte die Herrscherkaste jedoch immer weniger.

3788 übernahm ein neuer High Sideryt die Führung der SOL, Chart Deccon. Deccon war ein in sich gebrochener Mann. Zum einen berauschte ihn die Macht, zum anderen war er von Zweifeln zerrissen, weil wußte, daß er dem Anspruch seines Amtes nicht gerecht werden konnte. Das Generationenschiff war ein unregierbarer Moloch geworden, und die SOLAG beschränkte sich darauf, ihre eigene Position zu sichern und die allernotwendigsten Einrichtungen aufrechtzuerhalten. Banden hatten in den Tiefen des Schiffes ihre Territorien abgesteckt, die sie erbarmungslos gegen Konkurrenten verteidigten. SOL-Farmer produzierten auf ihren Feldern heimlich die tödliche Droge Mystos, durch die viele dem Jammer ihres Alltags zu entfliehen suchten. Monster verbargen sich in verbotenen Zonen, in steter Angst vor neuen Pogromen. Viele Solaner litten Hunger und lebten als Bettler. Medizinische Hilfe für die Armen boten nur einige wenige Heiler. Von denjenigen Bewohnern des Hantelschiffs, denen es besser ging, hingen manche neuartigen und doch uralten Gedanken nach. Schon 3753 hatten sich die Terra-Idealisten zusammengefunden, eine Gruppe, die kritiklos alles verehrte, was mit der Erde zusammenhing, und von einem planetengebundenen Leben träumte.

Chart Deccon sollte einer der bedeutendsten High Sideryts werden, derjenige, in dessen Regierungszeit das Schicksal der SOL eine entscheidende Wende nehmen würde.

Mitte Februar des Jahre 3791 geriet die SOL in den Zugstrahl eines Sonnensystems, dem die Solaner den treffenden Namen Mausefalle gaben. Das Schiff wurde hilflos zu dessen siebtem Planeten gezogen, wo alle eingefangenen technischen Gebilde von Robotern zerlegt wurden.

In diesem Augenblick, in dem der endgültige Untergang des Generationenschiffs und seiner annähernd einhunderttausend Bewohner unabwendbar schien, kreuzte der Arkonide Atlan den Weg der SOL.

Daß Atlan im Mausefalle-System auf die SOL stieß, war kein Zufall. Im Jahre 3587 hatte er in der Galaxis Erranternohre die BASIS verlassen, um zu den Kosmokraten zu gehen, die hinter dic Materiequellen residierten. Nun war er in das normale Universum zurückgekehrt. Was er in den zurückliegenden 196 Jahren erlebt hatte, war ihm unbekannt, er wußte nur, daß er einen Auftrag erhalten hatte. Er sollte die SOL in den Limbus zwischen den Mächtigkeitsballungen der Superintelligenzen ES und Seth-Apophis führen. Dort sollte sie im Sektor Varnhagher-Ghynnst eine wichtige Aufgabe erfüllen.

Die SOL im Auftrag der Kosmokraten, schoß es Perry Rhodan durch den Kopf, die THOREGON SECHS, das Flaggschiff des Sechsten Boten. War es das Schicksal der SOL, auf Anweisung übergeordneter Mächte zu operieren? Er selbst hatte im Lauf seines Lebens erkennen müssen, daß er einer Bestimmung folgte, hatte sich dagegen aufgelehnt, hatte sich distanziert und hatte schließlich doch eingesehen, daß er sich seiner kosmischen Berufung nicht auf Dauer zu entziehen vermochte. Konnte auch ein Schiff eine solche kosmische Bestimmung haben? War die SOL gar mehr als nur ein Schiff?

Die Zustände an Bord der SOL des Jahres 3791 schockierten Atlan. Er hatte die SOL gekannt, die Perry Rhodan den Solanern überlassen hatte, und sah nun, daß diese daraus einen Ort der Unwissenheit, des Hasses, der Armut und der Tyrannei gemacht hatten. Der Arkonide sorgte zunächst dafür, daß die »Schläfer« geweckt wurden. Gavro Yaal, Joscan Hellmut, Bjo Breiskoll, Sternfeuer und Federspiel waren seine ersten Helfer bei der kaum zu bewältigenden Aufgabe, die zahllosen technischen Mängel an Bord zu beseitigen und für die Solaner wieder akzeptable Lebensumstände zu schaffen. Die meisten SOL-Geborenen betrachteten Atlan und dessen Freunde zunächst mit Skepsis, aber das Ansehen des Unsterblichen stieg schnell, als es ihm gelang, die SOL aus dem Mausefalle-Zugstrahl zu befreien. Auf dem Weg zum Planeten Osath, von dem der Zugstrahl ausging, begegnete Atlan auch erstmals Chybrain, dem eiförmigen Wesen aus Jenseitsmaterie. Auf dem Planeten selbst entdeckte er, daß die kosmische Falle von einem Robotgehirn eingerichtet worden war, das verzweifelt nach Helfern suchte, um den Auftrag seiner längst verschwundenen Erbauer zu erfüllen und Frieden zu schaffen. Fünftausend Solaner, überwiegend Monster, aber auch einige Extras und Terra-Idealisten blieben auf eigenen Wunsch unter Führung des Mutanten Weicos auf Osath zurück.

Die SOL steuerte nun die Heimatwelt des humanoiden Chailiden Akitar an, den Atlan auf Osath kennengelernt hatte. Zwar befürchtete der High Sideryt Chart Deccon noch immer, daß Atlan die SOL in neue Gefahr bringen würde, aber einige fortschrittliche Magniden hatten die Chance erkannt, den Solanern durch eine derartige Mission wieder Ziel und Hoffnung zu geben. Außerdem sank der Einfluß der SOLAG, je mehr sich die Verhältnisse an Bord verbesserten.

Auf Chail fanden die Solaner die Roxharen vor, die großen, aufrecht gehenden Ratten ähnelten. Sie mißbrauchten auf Geheiß einer geheimnisvollen Macht, des »geistigen Faktors«, die mentalen Kräfte der friedliebenden Chailiden, um andere Völker an der Entwicklung zu einer raumfahrenden Zivilisation zu hindern. Atlan gelang es mit einigen Helfern, die Roxharen von Chail zu vertreiben. Gleichzeitig mit der Flucht der Rattenartigen erschien der legendenumrankte Komet Nar'Bon, und in Atlan erwachte das Wissen, daß er neben der Reise nach Varnhagher-Ghynnst die Aufgabe hatte, Friedenszellen zu schaffen, aus denen eine Pufferzone zwischen den Mächtigkeitballungen entstehen sollte.

In der nahe gelegenen Kleingalaxis All-Mohandot, die wegen ihrer unregelmäßigen Form auch Flatterfeld genannt wurde, stießen die Solaner danach auf die riesenhaften, vierbeinigen Ysteronen, die ebenfalls von den Roxharen und ihrem geistigen Faktor beherrscht wurden. Auf dessen Befehl mußten sie Welten zertrümmern, um das Nickel aus den Planetenkernen zu gewinnen. Es stellte sich heraus, daß der geistige Faktor, für den sich die Bezeichnung Hidden-X einbürgerte, eine Spiegelung von Seth-Apophis war. Hidden-X hatte ursprünglich einen Sektor des Universum für die Übernahme durch diese negative Superintelligenz vorbereiten sollen, arbeitete inzwischen aber längst an der Ausweitung der eigenen Macht. Chart Deccon, der zuletzt Atlans Freund geworden war, opferte sein Leben, um Hidden-X aus dem Reich der Ysteronen zu vertreiben. Der neue High Sideryt, Breckcrown Hayes, stand der Mission des Arkoniden aufgeschlossener gegenüber als sein Vorgänger. Gleich zu Beginn seiner Amtszeit schaffte Hayes die SOLAG mit ihren menschenfeindlich starren Strukturen ab.

An Bord der SOL befanden sich nun auch die letzten der zwergenhaften Molaaten, deren Welten den Nickelraubzügen der Ysteronen zum Opfer gefallen waren. Eine von ihnen, die geniale Paramathematikerin Sanny, wurde eine enge Freundin Atlans.

Auch das ist ein Aspekt unseres Daseins, sinnierte Perry Rhodan. Überall, wo wir hinkommen, lauern Gefahren auf uns. Aber stets finden wir auch Freunde, die uns helfen, sie zu überstehen. Natürlich gab es an Bord der KAURRANG Spannungen, doch Rhodan zögerte nicht, jeden an Bord in gewisser Weise als Freund anzusehen.

Noch immer war Atlan weit von seinem Ziel entfernt. Ein Doppelgänger Chart Deccons mußte eliminiert werden, den Hidden-X an Bord der SOL geschickt hatte. Dabei wurde auch das Robot-Pärchen Romeo und Julia vernichtet, und die Troiliten fanden ihr Ende.

Diese beiden Roboter, dachte Rhodan, waren nur ein kleines Detail. Und dennoch verlor die SOL mit ihrem Untergang einen Teil ihrer Identität.

Der Kampf gegen Hidden-X ging weiter. Die SOL flog die Kugelgalaxis Pers-Mohandot oder Ploohnei an, und Atlan begegnete einem weiteren Beauftragten von Hidden-X, dem Schalter Hapeldan. Er war einer von vielen Molaaten, die verschleppt worden waren, um das Flekto-Yn, die Machtbasis des geistigen Faktors, zu bauen. Die SOL wurde zunächst in das Vlaahalaan, die materielle Projektion einer »Landschaft im Nichts«, versetzt und anschließend in das Sternenuniversum, in dem keine Galaxien existierten, sondern alle Sonnen gleichmäßig im Raum verteilt waren. In Gestalt Wöbbekings, eines weiteren Wesens aus Jenseitsmaterie, das den Solanern bereits in Form des Kometen Nar'Bon begegnet war, tauchte hier ein neuer geheimnisvoller Helfer Atlans auf. Aber die SOL blieb zunächst im Sternenuniversum gefangen. Vergebens versuchten die Solaner, mit den

Dimensionstransmittern der EINZIGEN, der Beherrscher des Sternenuniversums, aus dem fremden Weltraum zu entkommen. Ohne es zu ahnen, vereitelten sie dabei aber Hidden-X' Vorhaben, einen Dimensionstransmitter als Auge zum Jenseits zu benutzen und aus der Namenlosen Zone Jenseitsmaterie zu rauben. Schließlich wies die Molaatin Sanny der SOL den Weg zu einem Ort absoluter statistischer Unwahrscheinlichkeit, an dem weder Atome noch andere Teilchen existierten. Durch dieses »Weiße Loch« gelang endlich die Rückkehr ins heimatliche Raum-Zeit-Kontinuum, doch aufgrund des abweichenden Zeitablaufs im Sternenuniversum schrieb man dort bereits den August 3804. Die SOL hatte im Verlauf von nur siebenundfünfzig Tagen zwölf Jahre verloren.

Duplizität der Ereignisse, lächelte Rhodan bitter. Etwas Ähnliches steht auch uns bevor, wenn wir den Baolin-Deltaraum verlassen.

Kaum hatte die SOL das Sternenuniversum hinter sich gelassen, sahen sich ihre Bewohner neuen Attacken durch Hidden-X ausgesetzt, aber nach vielen Schwierigkeiten konnte man doch einen Zugang zum Flekto-Yn finden, der jupitergroßen Nickelfestung der feindlichen Geistesmacht. Rund einhunderttausend versklavte Molaaten wurden befreit, aber noch war Hidden-X nicht geschlagen. Die Solaner mußten weitere bizarre Angriffe aushalten und verloren durch einen Aufenthalt im Zeittal des Planeten Technokrat noch einmal drei Jahre. Allmählich kristallisierte sich immer deutlicher heraus, daß Hidden-X die gigantischen, von den Ysteronen zusammengetragenen Nickelmassen zur Herstellung der Jenseitsmaterie verwendete, die ihm die ersehnte Herrschaft über das Universum sichern sollte.

Als sich die Auseinandersetzung dem Höhepunkt näherte, entführte Hidden-X Atlan und Sanny aus der SOL in das Flekto-Yn. Die Lage der beiden schien aussichtslos, bis die kleine Molaatin mit Hidden-X' eigenen Machtmitteln eine Spiegelung des körperlosen Gegners erzeugte. Ein unwirkliches Ringen begann, aus dem Hidden-X als Sieger hervorzugehen drohte, aber der Kontakt mit der Jenseitsmaterie Chybrains beendete seine Existenz. Noch während seines Untergangs versetzte Hidden-X Atlan einen letzten Schlag und entriß ihm die Koordinaten von Varnhagher-Ghynnst, die nach Xiinx-Markant abgestrahlt wurden und in den Besitz von Anti-ES gelangten.

Immer wenn man sie überhaupt nicht brauchen kann, tauchen die Schatten der Vergangenheit wieder auf, einer Vergangenheit, die man längst vergessen glaubt. Anti-ES war einst durch Abspaltung negativer Bewußtseinsinhalte entstanden, die ursprünglich in ES enthalten gewesen waren und zur Polarisierung und Vernichtung dieser Superintelligenz geführt hätten. Mitte des 35. Jahrhunderts hatten ES und Anti-ES ein Kosmisches Schachspiel um das Schicksal der

Menschheit gespielt. Wegen seiner zahlreichen Regelverstöße hatten die Kosmokraten Anti-ES nach dem Ende des Spiels für zehn Relativ-Einheiten in die Namenlose Zone verbannt.

Durch temporäre Reinkarnationseffekte gab Wöbbeking-Nar'Bon Atlan nun verlorene Erinnerungen zurück: Auf seinem Weg von der BASIS zu den Kosmokraten war der Arkonide von Anti-ES abgefangen und in die Namenlose Zone entführt worden. Mit Atlan als Geisel hoffte Anti-ES den Kosmokraten seine eigene Freilassung abtrotzen zu können, aber der Unsterbliche fand in der Namenlosen Zone Verbündete wie den Miniaturisierer Leitgeist. Es gelang ihm, aus Anti-ES Born, den positiv eingestellten Kern, herauszuschneiden. Mit Hilfe von Jenseitsmaterie entstand daraus Wöbbeking-Nar'-Bon. Wöbbeking und Atlans Extrasinn schließlich brachten gemeinsam Chybrain hervor.

Um die verlorenen Koordinaten von Varnhagher-Ghynnst wiederzubeschaffen, mußte die SOL die Galaxis Xiinx-Markant anfliegen. Deren Bewohner hatte Hidden-X durch eine manipulierende Strahlung zu permanenten Kriegen angestachelt, zu einer gnadenlosen Auslese, deren Ziel war, ein unbesiegbares Vasallenvolk hervorzubringen. Den für Xiinx-Markant verantwortlichen, namenlosen Ableger von Hidden-X hatte Anti-ES längst mit seinem eigenen Diener verschmolzen, dem Androiden Anti-Homunk, der das Kriegstreiben weiter anheizte. Die Solaner wurden aber nicht nur von den aggressiven Xiinx-Markantern bedroht, sondern auch durch die Manifeste. Anti-ES, dessen Ziel noch immer die Flucht aus der Namenlosen Zone war, hatte sie aus den zehn Zählern geschaffen. Diese hatten seine Haft überwachen sollen, waren aber in Abhängigkeit von Anti-ES geraten und hatten durch Jenseitsmaterie die Fähigkeit erhalten, als Manifeste unterschiedlicher Gestalt die Namenlose Zone zu verlassen, um die Aufträge ihres neuen Herrn im Normalraum auszuführen.

Chart Deccon und die anderen haben recht behalten, dachte Perry Rhodan beinahe amüsiert. Natürlich hat Atlan die SOL aus dem Zugstrahl gerettet und die Lebensumstände der Solaner verbessert. Aber weil wir Zellaktivatorträger kosmische Gefahren anziehen wie eine Straßenlaterne die Nachtfalter, waren die SOL-Geborenen anschließend in Nöte geraten, die sie sich in ihren schlimmsten Träumen nicht hätten ausmalen können.

Die vielfältigen Angriffe der Manifeste wurden abgewehrt. Währenddessen fand der bananenförmige Extra Cpt'Carch, der sich seit langem in der SOL aufhielt, mitten in Xiinx-Markant seine Heimatwelt Cpt, vollendete seine Entwicklung und erkannte, daß es seine Mission war, die Vernichtung seines Volkes durch Anti-Homunk aufzuhalten. Die wiedererstarkenden Cpt'Capts, vergeistigte Wesen an der Grenze zur Entstehung einer Superintelligenz, machten es Atlan und den Solanern nach weiteren Auseinandersetzungen schließlich möglich, mit Hilfe des Struktors die kosmische Dunkelzone um Anti-Homunks Basis aufzulösen.

Rhodan schürzte die Lippen. Spätestens damals dürfte auch der letzte Solaner begriffen haben, daß die Extras an Bord der SOL nicht einfach fremdartige Störenfriede waren, denen man mit Mißtrauen begegnen mußte.

In der letzten Konfrontation mit Atlan unterlag Anti-Homunk, den Anti-ES aus der Körpersubstanz des entführten jungen Terraners Benjamin Vouster erzeugt hatte. Anti-Homunks Schicksal wurde besiegelt, indem Benjamins Schwester Iray ihr Leben opferte und mit ihrem Bruder in einem Explosionsblitz verging. Die schöne Terranerin war erst in Xiinx-Markant an Bord der SOL gekommen. Sie hatte sich zunächst Barleona genannt und war Atlans Geliebte geworden.

In vielem sind wir uns ebenbürtig, Arkonide. Aber in dieser Hinsicht werde ich dir nie das Wasser reichen können, dachte Perry Rhodan schmunzelnd. Und unwillkürlich richtete er seinen Blick nach vorn, zur KAURRANG.

Mit der Vernichtung Anti-Homunks waren die Gefahren für die SOL nicht beseitigt. Anti-ES versuchte nun, Wöbbeking zu sich zu ziehen, um sich den abgespaltenen positiven Teil seiner selbst wieder einzuverleiben. Durch die Explosion von Anti-Homunks Festung, dem Leuchtenden Auge, entstand ein Transmitterloch, von dem Wöbbeking-Nar'Bon angezogen wurde. Die junge Emotionautin Cara Doz, in Wirklichkeit eine Maske Chybrains, lenkte die SOL so, daß sie dem Wesen aus Jenseitsmaterie den Weg verlegte und statt seiner in das Loch im Weltraum hineinflog. Die SOL gelangte jedoch nicht in die Namenlose Zone, sondern erreichte vielmehr die künstliche Doppelgalaxis Bars-2-Bars. Da diese aber den Nabel zur Namenlosen Zone und damit zu Anti-ES darstellte, durfte Atlan weiter hoffen, wieder in Besitz der Koordinaten von Varnhagher-Ghynnst zu kommen.

Die Galaxis Bars-2-Bars, zu der der Xiinx-Markant-Transmitter die SOL abgestrahlt hatte, gehörte zu den merkwürdigsten kosmischen Objekten, die Atlan in seinem langen Leben zu Gesicht bekommen hatte. Hidden-X hatte Bars und Farynt, zwei intelligente, beseelte Galaxien, kreuzförmig ineinandergeschoben, um das Tor zur Namenlosen Zone zu erzeugen, das ihm endlich den Weg zur ersehnten Jenseitsmaterie bahnen sollte. Diesen Nabel hatte Hidden-X allerdings nie gefunden, statt dessen hatte sich Anti-ES seiner bedient.

Die Solaner bemühten sich, Frieden zwischen den verfeindeten Völkern von Bars und Farynt zu stiften, und suchten gleichzeitig nach dem Nabel, dem Weg zu Anti-ES. Der negativen Superintelligenz blieben diese Aktivitäten natürlich nicht verborgen. Sie ergriff Gegenmaßnahmen.

Anti-ES entführte und manipulierte namhafte Besatzungsmitglieder der SOL, darunter die Molaatin Sanny und der aus Cpt'Carch hervorgegangene Twoxl, und baute aus ihnen eine eigene Kampftruppe auf, das Arsenal, an dessen Spitze der Solaner Kerness Mylotta stand. Eine Waffe des Arsenals war das Kampfschiff ARSENALJYK, das Anti-ES mit Jenseitsmaterie gewappnet hatte. Im Kampf mit dem Arsenal und anderen Sklaven und Ablegern von Anti-ES gelangte die SOL im April des Jahres 3808 in das Junk-System. Hier befand sich der Nabel, der Übergang zur Namenlosen Zone.

Auch Wöbbeking-Nar'Bon tauchte dort auf, und zur Verwirrung der Solaner gewährten die Kosmokraten Anti-ES für einhundert Stunden Freiheit aus der Namenlosen Zone. Als Anti-ES nun versuchte, Wöbbeking zu übernehmen und ihn wieder zu einem Teil seiner selbst zu machen, griff Chybrain ein, der sich bis dahin in der Maske von Cara Doz verborgen hatte. Mit den Kräften der Solaner, die er über Monate hinweg gesammelt hatte, zwang Chybrain Anti-ES einen Schrumpfungsprozeß auf, bis die negative Superintelligenz so klein war, daß Wöbbeking sie in sich aufnehmen konnte. Damit wurde die Absicht der Kosmokraten offenbar, denn aus der Verschmelzung von Wöbbeking und Anti-ES entstand ein neues, positiv eingestelltes Superwesen, KING. Die SOL verlor zugleich Sanny, Twoxl, Argan U und andere Besatzungsangehörige, die KING mit sich nahm.

Die Koordinaten von Varnhagher-Ghynnst übermittelte ein Bote der Kosmokraten an Chybrain, doch dieser enthielt sie Atlan vor.

Überwesen, Hohe Mächte, knirschte Rhodan. Sie spielen mit uns. Menschen sind Helfer, nichts weiter. Wir haben zu funktionieren im Sinne übergeordneter Ziele. Der Terraner legte den Kopf in den Nacken. Und ich? Seit ein paar Stunden Sechster Bote von Thoregon. Kein Mitglied des Rates hatte mit ihm gesprochen. Niemand hatte ihn wirklich in die Zusammenhänge eingeweiht. Und dennoch wußte Perry Rhodan, daß er das Richtige tat, auch wenn er dieses Wissen niemandem hätte erklären können. Außer vielleicht seinen unsterblichen Freunden, die in den Jahrhunderten gelernt hatten, die kosmischen Gezeiten zu spüren.

Tyar und Prezzar, die beiden Bewußtseine der Galaxien Bars und Farynt, deren Gefängnis der Stern Junk gewesen war, hatten ihre Freiheit zurück, und die gewaltsam zu Bars-2-Bars vereinigten Galaxien begannen sich wieder zu trennen, doch noch immer konnte die SOL nicht zu ihrem Bestimmungsort aufbrechen. Chybrain, der sein Ansehen bei den Kosmokraten aufwerten wollte, forderte von Atlan, die Namenlose Zone zu erkunden, die er als Sammelbecken des Bösen bezeichnete. Dafür blieben dem Arkoniden nur die einhundert Tage bis zum endgültigen Verschluß des Junk-Nabels.

Unter den Solanern regte sich Widerstand gegen ein neuerliches Abenteuer mit ungewissem Ausgang, und auf den High Sideryt Breckcrown Hayes wurde daher Druck ausgeübt. Als schließlich jemand ein Attentat auf Bjo Breiskoll und ihn selbst verübte, ließ Atlan die SOL im Junk-System zurück und flog mit dem Kreuzer MJAILAM in die Namenlose Zone. Für die SOL begann eine Zeit des Wartens, doch schon bald zeigte sich, daß Atlans neue Mission nicht ohne Konsequenzen für das Generationenschiff war. Der vermeintliche Solaner Zelenzo, der versucht hatte Atlan und den Katzer zu ermorden, entpuppte sich als Tarnexistenz eines zeckenähnlichen Zyrtoniers. Dieser hatte ursprünglich den Auftrag gehabt, die Vulnurer in die Namenlose Zone zu holen, und hatte Atlan von seinen Plänen abbringen wollen. Gleichzeitig ließ auch Atlan durch einen Boten, den Extra Insider, übermitteln, daß die ameisenähnlichen Vulnurer, denen die SOL schon während der Auseinandersetzungen mit Hidden-X begegnet war, in die Namenlose Zone gebracht werden müßten, zur Lichtquelle.

Obwohl sie es hatten vermeiden wollen, waren die Solaner ein weiteres Mal ins Zentrum eines kosmischen Konflikts gerückt. Breckcrown Hayes sandte die SOL-Zelle 2 aus, um die Vulnurer, die als Nomaden das All durchstreiften, nach Bars-2-Bars zu rufen. Kurz nachdem die SZ-2 zur Rest-SOL zurückgekehrt war, brach dann am 20. Juli 3808 der Junk-Nabel zusammen, und das Generationenschiff strandete auf dem Planeten Zerberus. Dort trafen die Solaner wieder mit Atlan zusammen, der mit seinen Begleitern den Nabel im letzten Augenblick durchquert hatte. Der Arkonide hatte auf der anderen Seite Menschen gefunden, Nachkommen von Terranern, die vor rund dreihundertfünfzig Jahren mit der BRISBEE vor den Laren geflohen und auf mysteriöse Weise in die Namenlose Zone verschlagen worden waren.

Nach weiteren Verwicklungen kehrte Atlan erneut in die Zone des Bösen zurück. Mit ihm kamen die Vulnurer und bildeten nun eine positive Gegenkraft zu den Zyrtoniern. Die Zyrtonier entstammten dem gleichen Urvolk wie die Vorfahren der Vulnurer, die vor Äonen aus der Namenlosen Zone geflohen waren. Mit Hilfe der BRISBEE-Kinder konnte eine beachtliche Streitmacht aus der SOL in den Machbereich der Zyrtonier gebracht werden. Außerdem hatte Atlan die Futurboje entdeckt, die beliebig zwischen der Namenlosen Zone und dem Normalraum hin- und herzuwechseln vermochte. Obwohl sie sich heftig zur Wehr setzten, wurden die Zyrtonier geschlagen. Der Ursprung der Jenseitsmaterie, die Lichtquelle, die einst von den Bewußtseinsinhalten einiger Zyrtonier und Vulnurer gebildet worden war, verströmte nun ihre ganze Kraft, und die Namenlose Zone löste sich auf. Dabei wurde auch Chybrain, der in eine Falle der Zyrtonier gegangen war, befreit. Atlan erhielt nun endlich die Koordinaten von Varnhagher-Ghynnst und konnte seine Reise mit der SOL fortsetzen.

Man könnte meinen, die Hohen Mächte hätten zu guter Letzt ein Einsehen mit dem alten Schlitzohr gehabt, dachte Perry Rhodan lächelnd. Atlan hatte einiges durchmachen müssen, seit er im Mausefalle-System mit der SOL zusammengetroffen war. Es war schier unglaublich, welch absurden Überwesen der Arkonide begegnet war und welch unvorstellbare Orte er dabei besucht hatte. Rhodan hatte auf seinem Lebensweg selbst einiges erlebt, was, gelinde gesagt, eigenartig war, aber kaum etwas war so aberwitzig gewesen wie die Abenteuer, die Atlan und die Solaner hatten hinter sich bringen müssen.

Am 7. Oktober 3808 brach die SOL zu ihrem Flug nach Varnhagher-Ghynnst auf, der zwölf Tage dauern sollte. Schon bald mußte die Reise jedoch unterbrochen werden, weil das SPARTAC-Energieteleskop des Schiffes widersprüchliche Daten lieferte. Bei Vermessungsarbeiten mit der MJAILAM wurde Atlan mit rätselhaften Wesen konfrontiert, die sich als Fragmente bezeichneten und sich nach jeder Begegnung in Leitersprossen aus Nickel verwandelten. Zu spät erkannte der Arkonide, daß es sich um die Überreste der zehn Zähler handelte beziehungsweise der Manifeste, die Anti-ES aus ihnen geschaffen hatte. Durch die Vernichtung der Namenlosen Zone heimatlos geworden, suchten sie nun Vergeltung. Ehe sie unschädlich gemacht werden konnten, töteten zwei von ihnen Atlans Geliebte Tyari.

Wie vielen Frauen hat Atlan ins Grab nachgeblickt? Wieviel von sich selbst verliert man dabei? Wir haben oft darüber gesprochen. Einen Augenblick lang schoß Perry Rhodan der Anblick der toten Thora durch den Sinn, und er sah zur KAURRANG hinüber. Wer liebt, macht sich verletzlich.

In der SOL war während Atlans Abwesenheit mehr als ein Jahr vergangen, und es dauerte noch bis zum Jahre 3811, bis das Generationenschiff schließlich in der Galaxis Vayquost eintraf, zu der der Sektor Varnhagher-Ghynnst gehörte. Eine Wolke aus unzähligen winzig kleinen Gebilden nahm hier einen Raum von zehn Lichtminuten ein. Spoodies wurden sie genannt, die insektenähnlichen Mikromaschinchen, die in Wirklichkeit Überreste des vor Jahrmillionen explodierten Virenimperiums der Kosmokraten waren. Für das Netzwerk, das die Wolke zusammenzuhalten schien und die SOL bei ihrer Annäherung angriff, prägte irgend jemand den Begriff Raumtang. Aus dem Innern des Schwarms bargen Atlan und Bjo Breiskoll Fischer, einen menschenähnlichen Fremden. Als sich Fischer in eine Schar Spoodies auflöste, die in die Kopfhaut der anwesenden Solaner eindrangen, begriff Atlan einen weiteren Aspekt seines Auftrages. Die Spoodies saugten zwar Blut aus den Körpern ihrer Wirte, aber sie gaben auch ein Drüsensekret ab, das deren Leistungsfähigkeit und Intelligenz steigerte.

Mit einer Ladung Spoodies an Bord, die die Buhrlos geerntet hatten, setzte die SOL ihre Reise fort. Atlan folgte weiter den Anweisungen, die er hinter den Materiequellen erhalten hatte. Am 16. September 3811 flog das Generationenschiff in das Krandhor-System ein, die Keimzelle des kleinen Sternenreichs der Kranen, die vor etwa einhundert Jahren ihr Sonnensystem erstmals verlassen hatten. Wagemutig griffen die Kranen, die aufrecht gehenden Wölfen und Löwen glichen, die waffentechnisch weit überlegene SOL an, doch Atlan ging einem Gefecht aus dem Weg. Vielmehr überzeugten Breckcrown Hayes und Joscan Hellmut den Kranen-Herzog Munduun auf diplomatischem Wege von den Vorzügen der solanischen Technologie und vor allem der Spoodies. Schließlich pflanzte sich der Herzog selbst einen solchen Symbionten ein. Atlan übergab das Kommando über die SOL an Gavro Yaal und blieb auf Kran zurück. Vom neu erbauten, pyramidenförmigen Wasserpalast aus begann er nun als Orakel von Krandhor die Geschicke des expandierenden kranischen Herzogtums zu lenken. Nur die wenigen Solaner, die ihn als Orakeldiener betreuten, waren in das Geheimnis eingeweiht. Für Herzog Munduun und das Volk der Kranen blieb das Orakel ein Mysterium.

Bald nach dem ersten Besuch Krans starb der seit langem schwerkranke High Sideryt Breckcrown Hayes. Als Begräbnisstätte wählte er die Spoodie-Wolke von Varnhagher-Ghynnst, zwischen der und dem Krandhor-System die SOL nun hin- und herzupendeln begann, um die Kranen mit Spoodies zu versorgen.

Im Oktober 3813 suchte ein Verhängnis die SZ-2 heim, die sich als Spoodie-Schiff dem 17. Nest der kranischen Flotte näherte. Die SOL-Zelle stand unter dem Kommando Solania von Terras, die sich in ihrer Zeit als Magnidin Brooklyn genannt hatte. Königssamen, die man auf dem Planeten Firx an Bord genommen hatte, keimten mit großer Geschwindigkeit, und das Schiff füllte sich mit Königsblüten, die die Solaner in ihren hypnotischen Bann zogen. In ihrem Wahn beschädigten die Menschen ihr Schiff und glaubten, einen Planeten, die Neue Heimat, ansteuern zu müssen. Am 7. Oktober ging die SOL-Zelle 2 schließlich auf dieser Welt, dem einzigen Planeten eines roten Zwergsterns, zu Bruch, umgeben von Blütenmeeren und von den Wracks zahlreicher Raumschiffe, die in die gleiche Falle gegangen waren. Einem unverständlichen Drang folgend, versammelten die Solaner sich nach dem Absturz in der Zentrale der SZ-2 und starben, während ihre Spoodies sie verließen und zu Staub zerfielen.

»Gefallen im Dienst der Kosmokraten, für eine Aufgabe, deren Sinn sie gar nicht hatten erfassen können. Aber es waren ja nur Solaner, nur Menschen«, preßte Rhodan bitter hervor. Menschen hatten zu funktionieren. Was kümmerte es die Kosmokraten, ob es ein paar tausend mehr oder weniger von ihnen im Universum gab. Diese Ignoranz war es gewesen, die ihn von den Hohen Mächten fortgetrieben hatte. Und Thoregon? War Thoregon besser? Ja, Thoregon war

anders. Rhodan war davon überzeugt. Es mußte anders sein. Oder war das nur eine Hoffnung, eine Illusion, an die er sich klammerte?

Unter der geistigen Führung des Orakels entwickelte sich das Herzogtum von Krandhor rasch. Der aus SZ-1 und Mittelteil bestehende Torso der SOL diente weiter als Spoodie-Schiff, und die Buhrlos waren die Erntemannschaft. Kranen übernahmen das Kommando über das Spoodie-Schiff, aber das Oberhaupt der Solaner nannte sich weiterhin High Sideryt.

Auf Kran erfüllte Atlan das Gebot der Kosmokraten. Das erstarkende Herzogtum der Kranen war ein Puffer im Limbus zwischen den Machtbereichen von ES und Seth-Apophis. Fremde Lebensformen wie die Tarts, die Prodheimer-Fenken, die Mousuren, die Ais und die Lysker schlossen sich dem Herzogtum an und wurden wie die Kranen Spoodieträger. Weil seine Aufgabe als Orakel immer komplexer wurde, war Atlan selbst auf Spoodies angewiesen, deren Zahl ständig zunahm, bis der Arkonide schließlich mit einer Wolke aus Millionen Spoodies verbunden war. Fast zweihundert Jahre verbrachte er so, scheinbar schlafend, in der Orakelkammer des Wasserpalastes.

Atlan hat es später abgelehnt, Ritter der Tiefe, Gefolgsmann der Hohen Mächte, zu werden, erinnerte sich Perry Rhodan. Wer kann es ihm übelnehmen? Kosmokraten! Von allem, was ihr uns Unsterblichen angetan habt, war dies wohl die perfideste Vergewaltigung.

Atlan und die SOL schienen in Vayquost in eine Sackgasse geraten zu sein, aus der es keinen Ausweg mehr gab. Doch im Jahr 4011 änderte sich alles. Und die Befreiung ging ausgerechnet von dem Planeten aus, auf dem die SOL mehr als dreihundert Jahre zuvor eine Gruppe von Unzufriedenen ausgesetzt hatte.

Auf Chircool, einer Dschungelwelt in der Galaxis Vayquost, lebten seit zwanzig Generationen Menschen, als im Jahr 4011 erstmals ein Raumschiff der Kranen, die ARSALOM, dort landete, um neue Träger für die Spoodies zu finden. Das kleine Häuflein von Chircool waren die Nachkommen jener Solaner, welche die SOL als Meuterer hatten verlassen müssen, als das Generationenschiff Vayquost um das Jahr 3650 herum zum ersten Mal durchquerte. Aus der Ferne wachte Douc Langur, der einstige Forscher der Kaiserin von Therm, als »Alter vom Berg« über die Menschen von Chircool, die sich selbst Betschiden nannten. Da in ihren Legenden die Erinnerung an das Schiff der Ahnen fortbestand, glaubten viele Betschiden in dem weißen Schiff der Kranen, das auf Chircool niederging, die SOL zu sehen.

Weil die Betschiden die SOL suchen wollten, erlaubten die Kranen dem

Halbbuhrlo Surfo Mallagan, dessen Freunden Brether Faddon und Scoutie sowie Douc Langur, an Bord der ARSALOM zu gehen. Nach einigen Abenteuern im Herzogtum von Krandhor erfuhren Mallagan, Faddon und Scoutie im Nest der 17. Flotte, daß auf dem nur 107 Lichtjahre entfernten Planeten Kranenfalle ein riesiger Kugelraumer lag. So stießen die drei Betschiden auf das Wrack der SOL-Zelle 2, die dem Lockruf der Königssamen zum Opfer gefallen war.

In der Folgezeit zog Surfo Mallagan die Aufmerksamkeit unterschiedlicher kranischer Machtgruppen auf sich, indem er sich gesetzeswidrig einen zweiten Spoodie einsetzen ließ. Als Träger von vier Spoodies nahm der Betschide schließlich auf dem Planeten Couhrs an der Lugosiade teil, einem geistigen Wettstreit, der an ein dreidimensionales Schachspiel erinnerte. Das geheime Ziel dieses Wettkampfes war, Mitglieder für ein Mutantenkorps zu finden, das das Orakel von Krandhor aufzustellen beabsichtigte. Da seine vier Spoodies Mallagan überragende körperliche und geistige Kräfte verliehen, sorgte das Orakel dafür, daß die drei Betschiden auf das Spoodie-Schiff gebracht wurden, den noch intakten Überrest der SOL, der sich auf dem Weg von Varnhagher-Ghynnst nach Kran befand.

Mallagan, der aufgrund der Spoodies zusehends die Kontrolle über sich verlor, konnte es nicht ertragen, daß nicht der High Sideryt Tanwalzen, sondern der Krane Tomason das Schiff seiner Ahnen kommandierte. Mit SENECAS Hilfe bemühte er sich daher, das Spoodie-Schiff zu übernehmen, und benutzte dabei die Buhrlos, die unersetzliche Erntemannschaft, als Druckmittel. Douc Langur kam nun ebenfalls an Bord, doch auch der hochangesehene Alte vom Berg konnte Mallagan nicht von seinem Tun abhalten. Schließlich wurde der Betschide von SENECA mit einem Pulk aus Hunderten von Spoodies verbunden. Douc Langur versuchte nun, das Orakel auf Kran vor dem nahenden Verhängnis zu warnen, und wurde durch einen Roboter getötet.

Auf Kran brach unterdessen ein offener Konflikt aus, der endgültig deutlich machte, daß die Mehrheit der Kranen nicht länger gewillt war, sich den undurchsichtigen Zielen eines anonymen Orakels unterzuordnen. Daraufhin gab das Orakel bekannt, daß das Herzogtum von Krandhor nicht Selbstzweck war, sondern als Puffer zwischen den Mächtigkeitsballungen zweier verfeindeter Superintelligenzen dienen sollte.

Es ist immer wieder faszinierend, wie bereitwillig sich ein Volk einer Aufgabe unterordnet, nur weil irgend jemand ihm glaubhaft macht, daß alles einem höheren Zwecke dient. Ist dies ein naturgegebener Wesenszug intelligenter Geschöpfe, fragte sich Perry Rhodan, während er sich der KAURRANG immer mehr näherte, oder die Folge eines Programms, das die Kosmokraten ihren Noon-Quanten eingegeben haben?

Nach der Ankunft des Spoodie-Schiffs auf Kran übernahm der Kranenherzog Gu die Rolle Atlans, der endlich das Geheimnis um das Orakel von Krandhor lüftete. Der Vielfachspoodieträger Surfo Mallagan wurde Gus Berater. Die Kranen verließen die SOL, mit der Atlan Millionen von Spoodies in die Milchstraße transportieren wollte, um die Macht des Solaren Imperiums wiedererstehen zu lassen. Als die SOL am 10. Februar 4012 den Sektor Varnhagher-Ghynnst erreichte, war die Spoodie-Wolke verschwunden. Statt ihrer entdeckte Atlan den Asteroiden Spoodie-Schlacke, in dem sich neben Behältern voller Spoodies eine Frau von unglaublicher Ausstrahlung aufhielt, die Inkarnation einer Kosmokratin.

Gesil. Die Erinnerung wirbelte Rhodans Gedanken durcheinander.

Vor dem endgültigen Aufbruch in die Milchstraße besuchte die SOL noch einmal Chircool. Hier war es nach der Implantation der Spoodies zu Zerwürfnissen gekommen. Auf eigenen Wunsch gaben die Betschiden ihre Welt nun auf und siedelten auf das Schiff ihrer Vorfahren über.

Die SOL hatte kaum Kurs auf die Heimatgalaxis genommen, da richteten sich die 320 Buhrlos, die im Innern des Schiffes eine gewaltige Menge E-kick angehäuft hatten, nach einem imaginären Punkt im All aus. Der unbekannten Hyperstrahlung, die von diesem Punkt ausging, gab der Betschide Jörg Breiskoll den Namen Phänomen-Aura. Um ihre Bestimmung zu finden, verließen die Weltraummenschen die SOL mit den angesammelten Energien und flogen auf die Quelle der Strahlung zu, während ihre Haut sich in einer Art von Verpuppung verdickte und eine metallisch blaue Färbung annahm.

Die SOL hatte sich längst entfernt, als die Buhrlos ein fremdes Raumschiff, die »Wiege der Götter«, erreichten. Dieses Kastenraumschiff der Tenderanen brachte die Weltraummenschen in ein Sonnensystem, wo sie auf ein verschollenes Fragment des Virenimperiums trafen. Von ihm erfuhren sie, daß ES die Entstehung der Buhrlos einst durch eine besondere Strahlung ausgelöst hatte. Das E-kick, die Aura des Nichts, hatte den Zweck, den Buhrlos die Umwandlung in die harte Komponente zu ermöglichen, durch die ES die Bewußtseinsinhalte seines Reservoirs ergänzen wollte. Auf einem anderen Planeten trafen die Weltraummenschen der SOL anschließend auf die Nachkommen von Buhrlos, die vor fünfzigtausend Jahren durch ES aus Lemurern geschaffen worden waren, die jedoch ihr Ziel, die Bildung einer harten Komponente, verfehlt hatten. Schließlich vollendeten die letzten Buhrlos von der SOL ihre Metamorphose, wurden zu Stählernen und gingen so in ES auf.

Unterdessen stieß die SOL in der zweiten Junihälfte des Jahres 4012 bei einem Orientierungsmanöver auf eine Raumstation, in der Androiden im Auftrag der Kosmokraten an der Rekonstruktion des Virenimperium arbeiteten. Am 1. August erreichte die SOL endlich den Randbereich der heimatlichen Milchstraße. SENECA erklärte den Solanern, die auf Spoodie-Schlacke geborgenen Spoodies seien von Vasallen der Seth-Apophis manipuliert worden, so daß die SOL und deren Besatzung nun unter der Kontrolle dieser Superintelligenz stünden. Ende September landete die SOL wieder auf der Erde, auf jenem Planeten, von dem sie 472 Jahre zuvor aufgebrochen war. Aber damals hatte sich Terra noch im Mahlstrom der Sterne aufgehalten. Längst war sie in die Milchstraße zurückgekehrt. Dort hatte man eine neue Zeitrechnung eingeführt, man schrieb das Jahr 425 NGZ.

Sie haben Gesil mitgebracht. Eine schmerzhafte Assoziation durchzuckte Perry Rhodan. Als sei es gestern gewesen, stand die Szene vor seinen Augen. Er würde nie den Augenblick vergessen, in dem seine Frau ihm eröffnet hatte, daß sie mit Taurec und Eirene hinter die Materiequellen gehen würde. Aber die vielen glücklichen Jahre davor konnte das nicht auslöschen. Auch ein schreckliches Ende zerstört nicht die Schönheit des Beginns.

Die von Seth-Apophis gesteuerten Solaner versuchten auf Terra Schlüsselstellungen der Macht zu besetzen, aber sie wurden bald entlarvt und von ihren manipulierten Spoodies befreit.

Im folgenden Jahr gehörte die SOL unter Atlans Kommando zu der galaktischen Flotte, die am 10. März zum Frostrubin, dem verirrten Kosmonukleotid TRIICLE-9, aufbrach. Wie die anderen wurde sie dort mit der unfaßbaren Übermacht der Endlosen Armada konfrontiert und machte auch den Sturz durch den Frostrubin in die Galaxis M 82 mit, die ein Teil des Machtbereichs von Seth-Apophis war.

Unterdessen ordnete Surfo Mallagan in der Galaxis Vayquost an, die SOL-Zelle 2 von Kranenfalle zu bergen und wiederherzustellen. Als Flaggschiff einer Flotte von fünfhundert kranischen Raumschiffen startete die SZ-2 nach M 82. Mit an Bord waren neben Mallagan selbst auch Brether Faddon und Scoutie. Erst Anfang Dezember 426 NGZ traf die SZ-2 in dem umkämpften Vier-Sonnen-Reich der Sooldocks auf die galaktischen Schiffe und vereinigte sich wieder mit dem Mittelteil der SOL und mit der SZ-1. Endlich war das Generationenschiff wieder vollständig. Kommandant der SZ-2 blieb allerdings weiterhin der Krane Tomason.

In den ersten Tagen des nächsten Jahres flog Atlan mit der SOL die Armadaeinheit der Kapseloden-Strahlen an, und wieder kam ein äußerst fremdartiger Gast an Bord: Als Dank dafür, daß die SOL ihr Volk vor den Armadabarbaren beschützt hatte, nahm Reihumgrün, die exotische Kommandantin der Kapseloden-Strahlen, von nun an als Ratgeberin an den Unternehmungen des Hantelraumers teil.

Da Atlan inzwischen eine Armadaflamme trug, das Signum der Angehörigen der Endlosen Armada, argwöhnten die Solaner, ihr Schiff sei erneut in die Hand einer fremden Macht geraten.

Man kann es ihnen nicht verdenken, brummte Rhodan leise.

Aber Atlan unterband jede Meuterei und benutzte die SOL als Führungsschiff der Armadabarbaren, die sich seinem Kommando unterstellt hatten. Nachdem die Terraner Mitte des Jahres 427 NGZ endlich das Armadaherz entdeckt und die Geschichte Ordobans erfahren hatten, kehrte Atlan mit der galaktischen Flotte in die Milchstraße zurück, um diese auf die Ankunft der Endlosen Armada vorzubereiten, die nun die Chronofossilien, die Orte der bedeutendsten Taten Perry Rhodans, besuchen mußte. Atlans Flaggschiff war noch immer die SOL. Tomason und seine Kranen verließen das Schiff und flogen in ihre Heimat zurück, Surfo Mallagan blieb jedoch an Bord der SOL und übernahm das Kommando über die SZ-2.

Nach der Ankunft auf der Erde wurde das alte Generationenschiff bis Ende 427 NGZ grundlegend überholt. Man baute die wegen ihrer unkalkulierbaren Nebenwirkungen fragwürdig gewordenen Dimesexta-Triebwerke aus und ersetzte sie durch einen modernen Metagrav-Antrieb. Die durch den Auszug der Kranen spärlich gewordene Besatzung wurde auf zehntausend Personen aufgestockt.

Anfang des Jahres 429 NGZ erreichte die Endlose Armada schließlich das Solsystem, und das Chronofossil Terra wurde aktiviert. Nun stand einer Rückkehr zum ursprünglichen Standort des Frostrubins, der Galaxis Behaynien, nichts mehr im Wege. Als die ersten Armadaeinheiten Mitte Februar die Milchstraße wieder verließen, brach auch die SOL auf, um den gigantischen Heerwurm auf seiner zweihundert Millionen Lichtjahre weiten Reise zu begleiten. Neuer Kommandant der SOL war Brether Faddon, die SOL-Zelle 2 unterstand weiterhin Surfo Mallagan, der kurz vor dem Start seine Spoodie-Wolke verloren hatte, und die SOL-Zelle 1 wurde von Zyita Ivory kommandiert, die während der Erforschung der Endlosen Armada von sich reden gemacht hatte.

Mitte März 429 NGZ griffen die Hohen Mächte von neuem nach der SOL. An Bord erschien Carfesch, ein Bote der Kosmokraten. Er forderte die Schiffsführung zu einer gefährlichen Aktion auf, die zum einen dem Frostrubin die Rückkehr an seinen angestammten Platz ermöglichen und zugleich das Leben Atlans und Jen Saliks retten sollte, die in der unwirklichen Region des »Tiefenlandes« verschollen waren. Viele Solaner empörten sich über die Anmaßung der Kosmokraten und waren entschlossen, den Befehl zu verweigern, doch Brether Faddon setzte sich durch.

Nachdem die SOL ihren Auftrag erfüllt hatte, fand sich Carfesch am

1. Juni erneut an Bord ein und übergab den Solanern einen würfelförmigen Psi-Empfänger, der immer dann ansprechen sollte, wenn sich ein Wesen, eine Gruppe oder ein Volk in höchster Not befand. Damit erhielt die SOL die neue Aufgabe, überall im Universum Not zu lindern Der erste Einsatz führte das Generationenschiff zu einem fremden Raumer, der von seinem defekten Computer mit einen undurchdringlichen Feld, dem Eisnebel, an die Oberfläche eines namenlosen Planeten gefesselt wurde. SENECA korrigierte den Computerfehler, und die unbekannten Raumfahrer konnten den Planeten wieder verlassen.

Danach verlor sich die Spur der SOL in der Unendlichkeit ...

... und jetzt taucht sie wieder auf, nach fast neunhundert Jahren. In diesem Augenblick mußte sich Perry Rhodan eingestehen, daß er noch immer nicht fassen konnte, was ihm der Heliote eröffnet hatte. THOREGON SECHS, die SOL. Er hatte lange genug in Erinnerungen geschwelgt. Nun verlangte die Gegenwart ihr Recht.

Vor Rhodan befand sich die Schleuse der KAURRANG. Der Terraner streckte seine Rechte nach dem kleinen Handgriff aus und zog sich an Bord der Balkenspindel.

Epilog

Perry Rhodan fand die SOL tatsächlich wieder, 861 Jahre nachdem sie aus seinem Gesichtskreis verschwunden war. Er steuerte mit der KAURRANG die Koordinaten an, die ihm der Heliote genannt hatte, und gelangte mit seinen Gefährten in die von Beben erschütterte Galaxis DaGlausch, die von den terranischen Astronomen Whirlpool genannt wurde.

Zu ihrer Überraschung trafen Perry Rhodan, Reginald Bull, Mondra Diamond, Tautmo Aagenfelt und die übrigen hier – 23,5 Millionen Lichtjahre von der Milchstraße entfernt – Terraner an. Zusammen mit Alashan, einem Stadtteil Terranias, waren sie von Shabazza, dem erklärten Feind der Koalition Thoregon, auf einen fremden Planeten in einer fremden Galaxis versetzt worden. Und Shabazza, das wußte Rhodan, war auch der neue Herr der SOL.

Obwohl die Alashaner genug damit zu tun hatten, sich in ihrer neuen und feindlichen Umgebung zu behaupten, waren sie schließlich bereit, Perry Rhodan bei seinem Kampf um die SOL zu unterstützen. Eintausend verwegene Frauen und Männer landeten im Juli 1290 NGZ auf dem Planeten Century, dem Hauptstützpunkt Shabazzas, eintausend nur, eine lächerlich geringe Zahl angesichts der Roboterheere ihres Gegners. Dennoch gelang das Unglaubliche: Rhodan und seine Truppe eroberten die SOL und flohen mit ihr in die Weiten des Alls.

Aber die SOL hatte sich verändert. Die Solaner hatte man an einen unbekannten Ort verschleppt, und auf MATERIA, einer Fabrik der Kosmokraten, war ihr Schiff für Shabazzas Bedürfnisse umgebaut worden. Das Mittelteil hatte man verlängert, so daß die SOL jetzt schlanker wirkte und insgesamt acht Kilometer lang war. Ihre Oberfläche glänzte wie Gold. Sie war mit Carit überzogen worden, einem Material, das winzige Beimengungen jenes mysteriösen »Ultimaten Stoffs« enthielt, den die Kosmokraten so beharrlich durch ihre Kosmischen Fabriken sammeln ließen. Carit vermochte gewaltige Energiemengen aufzunehmen, zu speichern und in den Hyperraum abzustrahlen. Auch im Innern des alten Hantelschiffes fand Perry Rhodan Neues vor: Die Kompaktsyntronik SOLHIRN hatte das Kommando übernommen, und der Metagrav-Antrieb war gegen ein Hypertakt-Triebwerk ausgetauscht worden, mit dem die SOL 120 Millionen mal schneller fliegen konnte als das Licht.

SOLHIRN wurde bei der Eroberung zerstört, und die lange unterdrückte Biohyperinpotronik SENECA erhielt ihre alte Funktion zurück. Mit einer Besatzung von nur 1026 Personen wagte Rhodan den ersten intergalaktischen Flug, der die SOL, seine THOREGON SECHS, zu den Nonggo, einem anderen Thoregonvolk, führen sollte. Doch Shabazza hatte sein goldenes Schiff nicht kampflos aufgegeben. Verborgen im Plasma SENECAS war ein winziger Agent zurückgeblieben, und der sorgte dafür, daß die SOL zum Zentrum der heimischen Milchstraße flog, geradewegs in die Fänge der Kosmischen Fabrik MATERIA.

Dieses monströse Raumfahrzeug belauerte Dengejaa Uveso, das zentralgalaktische Gigant-Black-Hole, in dem die Superintelligenz ES, einer der Gründer von Thoregon, Schutz gesucht hatte. Durch den kompromißlosen Kampf gegen ES wollten die Kosmokraten das endgültige Entstehen Thoregons vereiteln, wollten verhindern, daß ein Teil des Kosmos ihrem Zugriff entzogen würde. Aber im Verband mit den Flotten zahlreicher Milchstraßenvölker verhalf die SOL ES schließlich zur Flucht.

Mit der Kunstwelt Wanderer gelangten die SOL und ihre mittlerweile dreitausend Köpfe starke Besatzung wieder nach DaGlausch, in den PULS, eine extrauniverselle Zone, auf die die Kosmokraten keinen Einfluß nehmen konnten. Hier versammelten sich ES und fünf weitere Superintelligenzen, um Thoregon aus der Taufe zu heben, ein Bollwerk der Freiheit gegen die Hohen Mächte, die jenseits der Materiequellen agierten und keine Rücksicht nahmen auf das Wohl und Wehe der Völker des normalen Universums. Bis zum letzten Augenblick kämpften die Kosmokraten gegen die Gründung Thoregons an, doch schließlich gaben sie nach: Thoregon entstand.

Aber noch war die Existenz Thoregons nicht gesichert, und so gab ES der SOL einen neuen Auftrag: Durch den riesigen Pilzdom, der inmitten des PULSES schwebte, sollte sie über die »Brücke in die Unendlichkeit« in die ferne und unbekannte Galaxis Segafrendo vorstoßen, um den Bestand Thoregons und zugleich den der Menschheit zu sichern. Perry Rhodan war nicht an Bord, dafür aber andere Unsterbliche: Atlan, Ronald Tekener, Dao-Lin-H'ay, Myles Kantor und der Haluter Icho Tolot. Auch Mondra Diamond, die längst Perry Rhodans Geliebte geworden war, machte den Flug ins Ungewisse mit und ebenso ihr und Rhodans gerade geborener Sohn Delorian.

Am 2. Mai 1291 NGZ flog die SOL in den Mega-Dom ein. Sie brach wieder auf zu einer Odyssee durch Zeit und Raum, zu einer neuen Irrfahrt durch die Unendlichkeit.

ENDE